광과, 모서리를 닮은 여자

저자

금 봉

나는 결혼과 함께 찾아온 또 다른 금 같은 인생 속에 글을 담지 않을 수가 없었다.
나, 라는 존재의 지나친 평범함과 부족함이 글, 이라는 고귀한 속성에 누가 되지 않
을 까, 매번 고민하고 또 고민했다. 끝없는 터널 속에서 나를 보이기 위함이 아닌 그
들을 보이기 위함의 글을 담았다. 나를 보지 말기를 바라며 그들을 보는 눈으로 이
글을 온전히 담아 주길 간절히 바란다.

그림작가

주혜경 (Ju, Hye kyung)

· 홍익대학교 미술대학원 회화과정 졸업 (석사)
· 개인전 19회 개최 및 단체전 , 국제아트페어 150회 개최
· 현재 한국미술협회(성남지부), 에꼴, 공과참, 탄천현대작가회 회원

광과, 모서리를 닮은 여자

금봉 지음

표지그림 주혜경, Time Game 4218,
Acrylic on Canvas, 162cm × 132cm, 2013

좋은땅

　6월의 태양이 이렇게 뜨거웠던가, 매년 해가 바뀔 때마다 맞닥뜨린 계절의 느낌을 잘 기억해 내지 못한다. 누구나 말할 수 있는 정말 더웠지, 응 정말 추웠어, 라는 말은 쓸데없이 뻔하고, 내가 공감할 수 없는 설명이라 좋아하지도, 이런 식의 말을 하지도 않는다.

　아, 광을 만났던 계절이 이때였던가, 그래, 그런 것 같다.

　그렇다면 나는 계절의 한 부분을 아주 자세히 설명할 수 있을 것 같다. 그때도 정체 모를 언제나 어디선가 흔히 볼 수 있는 노란 꽃들이 나를 둘러싼 채 피어 있었다.

　나는 이 꽃을 볼 때마다 생각한다. 꽃의 이름을 기억해 두겠다고 말이다. 하지만 난 아직도 이 노란 꽃의 이름을 모른다. 광을 만나기 전, 내 눈에 가득 담긴 그 노란 꽃, 그리고 그를 향해 고개 짓을 하며 함께 반짝이던 그 꽃.

　아득히 높은 하늘이 머리 위에 있었고 태양은 지금보다 뜨거웠고 지글거렸다.

그리고 그것을 빤히 보았다. 그리고 잠시 눈을 감는다. 감은 눈 속에 태양이 찌그러진 섬광으로 보였다. 정확하진 않지만 아주 많이 찌그러진 태양이다. 눈동자를 옮길 때마다 이곳 저곳으로 옮겨 다니며 모양은 더욱 찌그러진다.

지금 저 태양도 그때의 광, 의 모습일까?

그때처럼 눈을 감고 찌그러진 태양을 감상해 보았다.

이름 모를 노란 꽃들 사이에서.

1

2010. 6.

출근 길부터 숨이 막힌다. 목적지에 도착한 버스에서 내리자마자, 지하철 속으로 뛰어 들어간다. 서울 생활 중 이런 것쯤, 문제가 되지 않는다고 사람들은 말한다. 하지만 난, 이게 늘 문제다. 시골에서는 걸어서 출근을 하거나 학교를 가고 친구를 만나러 갈 때도 딱 기본 요금의 택시비만 지불하면 그만이다. 서울 생활을 하면서 이 교통비를 모았다면 나의 일어섬은 더 빨라졌을 것이다.

나는 어느새 꽤 모은 적금으로 더 늘어난 보증금 액수로 월세가 더 적은, 지하철 역 근처에 집을 얻었다. 지는 해가 들어오는 방향, 그리고 집 앞의 첫번째 골목의 고물상, 그리고 작은 백반 집, 새벽부터 분주하게 움직이는 그곳은 시끄럽긴 했지만 나는 늘, 내가 쉴 이곳을 보며 스스로를 위한 칭찬으로 머리통을 어렵사리 쓰다듬는다.

나는 대학을 졸업하자마자, 취직을 했다. 공부에 취미가 없었던 나로서 정말 운이 좋은 편이었다. 나는 라면을 끓여 먹기보다 뜨거운 물을 부어 먹기를 즐기던 사람이라 인스턴트 음식을 개발하는 이 회사가 내게는 천직이라고 생각했다. 그렇게 근무한 지 일 년이 조금 넘어갈 때 즘, 뜨거운 물을 부어 먹는 라면보다 끓여 먹는 라면이 먹고 싶었고 조금 더 시간이 지난 후, 능력만 된다면 육수를 보글보글 끓여 내어 미리 만들어 놓은 밀가루 반죽으로 면을 만들어 넣어 먹었을 것이다.

중독이 될 만큼 맛있다고 느꼈던 나의 혀는 MSG의 유혹에도 얼마 가지 못했다. 늘 생수통을 들고 다니며 소금과 설탕으로 나의 몸이 절여 있는 것을 희석해야만 했다. 결국 높은 연봉과 복지에도 불구하고 나는 MSG를 배신할 수밖에 없었다.

내 주변 사람들은 말한다. 그렇게 좋은 직장을 어떻게 나올 수가 있냐, 지금이라도 늦지 않았다, 라고 말이다. 내가 이 직장을 다닌 후부터 나의 부모님은 이 회사의 라면이나 간식 거리를 즐겼다. 그리고 아직도 그것들은 주방 한 부분에 꽉 차 있을 것이다. 유통기한이 지난 제품까지도 말이다. 내가 회사를 그만두었다, 라는 소식을 접한 나의 엄마는 내게 짧게 말했다.

"다시 취직할 때까지 집에 오지 마."

엄마는 내가 배가 불렀다고 다그쳤다. 맙소사, 온갖 양념에 찌든 딸의 건강을 묻기는커녕, 나는 그렇게 버림받았다. 그렇게 두 달을 실업 급여로 MSG가 없는 나름의 건강한 삶을 지내고 있을 때다.

난 대학 시절에도 미팅, 소개팅 따위는 하지 않았다. 물론 하고 싶었던 마음은 간절했으나, 처음 보는 사람과 눈을 마주하고 음식을 먹고 차를 마시고 이야기를 한다는 게 나는 죽기보다 더 싫었다. 그러다 보니 난 아

광과, 모서리를 닮은 여자

직도 솔로, 아니 모태 솔로인 것을 쉬쉬하며 음흉한 눈빛으로 텔레비전 속에 나오는 하얀 얼굴의 남자들을 탐닉하고 지내고 있는 것이다.

두 번째 직장을 나가기 일주일 전, 부쩍 친해진 몇 살 위인 앞집 여자가 내게 소개팅을, 주선했다. 앞집 여자, 그러니까 이 언니의 이름은 나의 이름보다 더 특이하다.

글쎄, 이름이 시소라고 한다. 나는 잘못 들었나, 라는 생각에 다시 되물었다.

"네?"

"거 봐 다들 그래, 내 이름을 한 번 얘기했을 때 네, 라고 말한 사람은 없었지, 모두 끝을 올려 말하는 네? 가 되지.

잘 들어 난 시소야, 한 시 소.

나의 엄마 아빠의 주된 연애 장소가 시소였어 품, 참 막 지은 이름이지, 안 그래?"

나는 그 이름을 듣고 놀이터 한 구석에 방치된 녹슨 시소를 생각하며 몰래 웃었다.

시소와 얼굴을 익히게 된 사연도 참, 기가 막히다. 이사를 한 지 일주일도 되지 않았을 때, 나는 이사를 왔다며 옆집, 그리고 앞집에 인사를 했다. 어릴 적 우리 집은 다섯 번의 이사를 했는데 그럴 때마다 나의 엄마는 그렇게 인사를 했고 먹을 것을 나눠 먹었다.

난 그게 당연히 해야 하는 것? 따위로 생각했고 창피함 따위는 이미 붉은 볼에 줘 버렸다.

내 어릴 적 삶에 배어든, 또는 배운 대로, 살아온 대로 그 행동은 묻어 나기 마련이다.

나는 앞집의 초인종을 눌렀다. 분명 나는 괴상한 소리들을 들었다. 그건 이 문 속에서 일어나는 소리들이다. 미동도 않는 건 모른 척을 하려는 걸까? 나는 쓸데없이 확인하고 싶은 집념에 사로 잡혔다. 다시 두 번을 연달아 초인종을 눌렀다.

찰칵.

시소는 문을 열자마자 조금은 미안한 듯, 또는 화가 난 듯한 표정으로 눈으로 바쁘다는 식의 표현을 하며 말했다.

"아, 무슨 일이죠?"

시소의 목소리는 어느 때보다 더 급했다.

"아, 저 저기."

"얼른 말해요."

시소는 사타구니가 훤히 드러나는 반바지? 아니 팬티? 같은 옷을 입고 있었는데 나는 눈을 어디다 두어야 할지 할 말을 잃어버린 중이다.

자신의 몸을 보며 당황스러운 건 시소의 얼굴도 마찬가지였다.

"제가 이사를 와서요."

"아, 그래요? 아, 아아, 다행이다, 그럼 정말 미안하지만 잠깐 들어와서 나 좀 도와줘요."

시소는 갑자기 나의 팔을 잡아당기며 집 안으로 끌어당겼다. 집 안에 들어서자마자 풍기는 음식 냄새에 기분이 좋았다. 시소가 화장실 문을 열더니, 차마 눈 뜨고 볼 수 없는 광경을 보여 주며 미소 지으며 말했다.

"하하,

내가 아주 심각한 일을 하는 중이었거든.

그런데 이게 아무 소용이 없는 거야, 주인 아줌마는 전화도 안 받지,

이게 몇 번째인지 모르겠네요, 으아아악."

　그녀의 얼굴은 눈물이 막 떨어지기 직전이었고, 화장실 변기의 물이 넘쳐 이미 바닥에 흥건하게 흐르고 있는 중이었다. 정말 그것이 무엇인지 설명하고 싶지 않을 만큼 나는 아연실색했다.

　"아, 저기 그럼 다음에 올게요."

　"아니, 어디가요? 나 좀 도와 달라니까? 아, 제발."

　"네? 전 전… 이런 거."

　가만히 생각해 보니 이 여자가 다짜고짜 반말이다. 여자는 내게 이상한 도구를 쥐어 주며 자신이 변기에 계속 물을 채울 테니 펌프질을 하라는 것이다. 변기가 기막힌 타이밍에 막혔던 것이다. 정신없는 틈에 나는 이미 변기에 그 요상하고 밥맛 떨어지는 물건을 대고 정말 열심히 펌프질을 했다. 대학 졸업 후, 이렇게 무엇인가에 열중하고 열심히 땀을 내본 건 처음이다. 시소는 내게 힘을 북돋았다. 그리고 손뼉까지 치는 게 아닌가.

　"그렇지, 잘 한다! 와, 힘 세다!"

　이상하게 난 그 말에 난 꼭 좋을 결과를 이루어야 한다는 집념에 사로잡혀 마지막 힘을 다해 도구를 뽑아내듯, 산삼을 캐듯 펌프질을 했다. 그 순간, 변기는 용 울음 소리를 내며 소용돌이 쳤다. 온갖 무서운 내용의 그것들이 이리저리 터지며 변기는 그것을 먹어 치우고 또 먹어 치웠다. 난 눈으로 흐른 땀을 나의 옷 소매로 닦았는데, 그것은 투명한 색이 아니었다. 그 색은, 그렇다. 그 색이다.

　나는 소리를 질렀고 맨발로, 걸으며 세면대의 물을 틀어 미친듯이 세수했다. 시소는 마치 나를 오랫동안 봐 왔던 사람처럼 배를 잡고 웃었다.

"으하하하하하하 걱정 말아요, 그쪽이 생각하는 그런 건 아니니까."

난 시소를 흘겨보았고, 아마도 똥, 이라는 그 말에 질색을 하며 신발을 신었다.

"아, 잠깐 잠깐 잠깐, 이대로 보낼 수는 없지."

난 젖은 상의를 손가락으로 들고 있었다.

"네, 나도 이대로 있을 수는 없어요."

"흠, 그럼 옷만 갈아 입고 올래요?"

시소의 얼굴은 그제서 핏기가 돌기 시작했다.

"췟."

"마침 밥을 먹으려던 참이라."

이 와중에 밥이라니, 하지만 나의 마음과는 다르게 나의 눈알은 2인용 식탁 위에 놓인 여러 개의 반찬 그릇을 기웃거렸다. 일을 쉬는 동안 엄마의 구원 속 반찬들을 먹어 보지 못한 탓이리라. 나는 나의 마음과는 다르게 그곳을 나와 아주 빠르게 샤워를 마치고 옷을 갈아 입었다. 서둘러 신발을 신으려는 차, 머리카락을 말리지 않았다는 모습을 본다면 꽤나 내가 음식들에게 미친 사람처럼 보일 수도 있다는 생각이 들었다.

나는 비열하게 침을 꿀꺽 삼키며 머리카락을 대충 말린 후, 오렌지를 비닐에 담아 슬리퍼를 질질 끌고 시소의 집 초인종을 눌렀다. 시소는 전과 다르게 아주 시원해 보이는 민소매 린넨 원피스를 입고 있었고 산발이었던 긴 머리카락을 질끈 묶고 있는 모습이다.

내 생에, 아니 내 주변에 이렇게 여성스러운 모습의 여자는 처음 보았다.

"어서 와요."

자세히 보니 시소의 집은 나의 집보다 반 평 정도 넓었다. 어쩐지 공기

광과, 모서리를 닮은 여자

가 굉장히 쾌적하다. 시소가 사는 방향은 해가 뜨는 모습이 제대로 보인다. 나 또한 이 집을 염두해 두지 않았던 건 아니다. 하지만 나의 월세의 반값이나 더 치러야 했기 때문에 포기할 수밖에 없었다. 게다가 보증금도 더 비싸다.

식탁도 놓을 수 있는 이 집이 나는 조금, 아니 아주 많이 부러워지는 중이다. 엉덩이와 정강이를 동시에 바닥에 두고 밥을 먹는 나와는 조금 다른 부류의 여자인 것 같기도 하다.

"아깐, 정말 미안, 워낙 다급했어요, 하지만 그쪽이 생각하는 그건 아니고, 상한 음식이 있어서 한꺼번에 버리다가 그만 막혀 버린 거죠."

나는 시소가 약간의 반말을 섞어 말하는 것에 금방 적응이라도 했는지, 그것보다 변기에 음식물을 버렸다는 것에 올바름을 일깨워 줘야 한다는 생각뿐이다.

"아니, 음식물을 거기에 버리면 안 되는데….

그게 그러면 안 되는 건데…."

제대로 된 설명을 해 줘야 할 텐데, 나는 또 말을 흘려 버렸다.

"아, 맞아요, 워낙 적은 양이라…."

시소는 자신의 이마를 툭 치며 다시 말했다.

"아…. 혼자 살면서 하지 말아야 하는 것에 자꾸만 익숙해지고 있어요! 하여튼 너무 고마워요."

나는 곁눈질로 식탁 위의 반찬들을 아주 빠르게 훑었다. 세상에 쌈 채소가 그곳에 있었다. 그것도 수북하게, 이 사람은 정말 음식을 제대로 하는 사람인 것이다. 시소는 전기레인지 위에 낮은 냄비를 갖고 와서 뚜껑을 열었다. 맙소사, 돼지 고기를 발갛게 볶은 요리다.

이건 맛보지 않아도 알 수 있는 맛이다.

"자자 얼른 맛있게 먹어요."

시소는 내가 마치 조선 시대에 살았던 머슴마냥, 국 그릇에 밥을 퍼 주었다. 나는 피식거리며 상추 위에 깻잎을 얹고 고기를 얹어 입을 벌리지도 않고 오물오물 잘도 씹어 넘겼다. 시소는 처음 보자마자 정이 가는 사람이다. 아니, 사랑스럽다고 해야 맞을 것이다.

그리고 그녀는 정말 나이에 비해 너무 어려 보였다. 나는 시소의 실제 나이를 듣고, 그녀의 대하드라마 같은 이야기를 듣고 까무러칠 뻔했다.

"난 안 해도 되는 걸 많이 해 본 거 같아, 결혼도, 이혼도, 아이도 있지."

그녀는 이런 이야기를 아무렇지 않은 듯이 했다.

"아이는 일주일에 한 번 꼭 보긴 하는데, 나보다 지금의 엄마를 더 좋아해. 서운하냐고? 처음엔 그랬지, 그런데 크면 다 알 거야. 그래서 쓸데없는 욕심은 안 부려."

시소는 나와 딱, 열 살 차이이다. 그러니까 시소는 내 나이에 아이를 낳은 것이다. 생각해 보면 그리 늦은 나이는 아니다. 그럼 내가 늦은 걸까?

한번도 생각해 보지 않은 문제에 부딪혔다. 시소의 말처럼 결혼은 해봐야 한다, 그리고 아이도 낳아 봐야 한다, 라고 하면 나는 지금 아주 많이 늦은 건가, 라는 모태 솔로만 느낄 수 있는 그 흔한 두려움에 빠지기도 했다.

그런데 시소는 혼자 있는 지금 현재가 가장 행복하다, 라고 말한다.

"딱 보면 알아, 한 번도 못 만나 본 거지? 당연히 뭐 적당한 연애는 말할 것도 없겠네?"

시소를 만난 지 딱 다섯 번 만에 그녀는 내게 남자 이야기를 꺼냈다.

사실 늘 남자 이야기를 하긴 했지만 나의 관한 남자 이야기는 처음이었다. 가끔 그렇게 시소는 나의 속을 뒤집어 놓았다. 반면에 시소 앞에서는 나는 정말 솔직한 사람이 되었고 엄마 앞에서 보다 더 약한 모습을 보일 수도 있게 되었다. 나는 시소가 좋았고 시소는 나를 더, 더 좋아했다.

"내가 정말 좋아하고 귀하다고 생각하는 사람이 있어, 어릴 적부터 아는 사람이기도 하고, 어때? 한번 해 볼 거야?"

"뭐, 뭘 해?"

버벅거리는 나를 보며 시소가 웃었다.

"우하하, 얘 좀 봐, 소, 개, 팅 말이야, 무슨 생각을 하는 거야?

음란 마귀."

나의 부끄러움은 이미 목덜미부터 귀, 볼, 이마까지 올라가고 있는 중이다. 시소는 아주 작은 장사를 했다. 오후 4시부터 문을 열었고 자정이 되면 무슨 일이 있어도 문을 닫는 곳이다. 단골 손님들은 다섯 개밖에 되지 않는 좌석 때문에 은근히 서로 경쟁을 하기도 했다.

나는 본격적으로 면접을 보러 다녔다. 그리고 때마다 면접을 보거나 복장을 갖추어야 하는 날에는 늘 같은 옷을 입었다. 흰 셔츠에 허리가 들어간 검은 재킷, 그리고 무릎까지 선을 맞추어 수선까지 한 검은 스커트, 또는 발목까지 자로 잰 듯이 떨어지는 슬랙스, 그나마 깔 맞춤은 싫다며 고른 갈색 구두, 이것들은 내가 이사를 해도 따라오는 것들이다. 나는 오늘 이것을 입어야 했다. 늦잠을 자야 했던 시소는 눈가에 눈곱을 달고 내 집의 비밀번호를 누르고 쳐 들어왔다. 난 시소에게 비밀번호를 가르쳐 준 적이 없다.

"허억, 뭐야? 대체 비밀번호를 어떻게 알았어?"

나는 등을 굽히고 머리카락을 산발하고 다크서클을 입가에 달고 온 그녀를 보고 더욱 놀랐다.

"봤으니까 알지."

"아, 머리야, 근데 왜? 지금? 왜 왔어?"

시소가 큰 봉투를 내밀었다.

"이거 입고 가, 그 칙칙한 옷은 좀 벗고."

"늦었다니까?"

"그러니까 더 늦기 전에 얼른 갈아 입어, 안 그럼 안 간다."

방금 물을 머금은 초록색 잎 같은 시소도 아침만 되면 몰골이 할머니 같았다.

"할머니가 잔소리를 하시니 따를 수밖에요, 네, 잘 알겠습니다요."

난 정중하게 고개를 숙이는 척, 옷을 갈아 입었다. 아주 작은 꽃무늬 원피스, 그리고 하얀 재킷, 나는 오늘의 면접을 상상하며 낄낄거리며 입었다. 정말 이렇게 입고 면접을 본다고? 나는 당연히 떨어질 것을 예상하며 다시 또 낄낄거렸다. 단 한 번도 면접이란, 것을 경험해 보지 않은 시소의 머릿속은 칙칙함보다 화사하거나 여성스럽거나 예뻐 보이는 것을 선택했다. 시소는 정말 나이에 맞지 않게 푼수, 스럽거나 순수했다. 그리고 그게 맞다고 고집을 피웠다. 그럴 때마다 난, 귀여운 그녀의 고집에 가뿐히 속아 넘어가 주고 싶었다. 거울에 비친 내 모습을 보자마자 웃음이, 아니 눈물이 터져 나올 것만 같다.

"아 눈물 날 것 같아."

"감동하지 않아도 돼, 다 알아."

시소는 내가 밖을 나설 때까지 그 자리에 등을 굽히고 앉아 있었다.

"간다, 할머니는 좀 주무시고요, 네?"

면접을 보러 간 곳은 백화점이다. 백화점에서 근무하는 모든 직원들의 식사를 책임지는 곳으로 내가 하는 일은 식단을 짜고 재료를 구입하고 하루 두 끼를 책임지는 일이다. 지금까지 했던 일들을 보면 많이 비껴나가긴 했다. 또한 연봉도 많지 않았다.

또한 복지도 그럭저럭이다. 백화점의 소속은 아니지만 어쨌든 같은 그룹이긴 하다. 하지만 세상 물정 모르는 시소는 내가 백화점에서 굉장히 큰 역할이라도 되는 위치의 면접을 보는 것, 즘으로 알고 있다. 그녀가 빌려준 옷은 자세히 들여다보지 않아도 아예 대놓고 나는 명품입니다, 자랑 좀 합니다, 라고 말하듯, 모두가 쉽게 눈치 챌 수 있는 정도의 디자인이다. 분명 오늘의 면접은 망칠 것이 뻔하다. 솔직히 말하자면 이곳의 면접을 약속하긴 했지만 나 또한 그렇게 썩, 맘에 드는 곳은 아니었다. 면접에 관한 합격의 유, 무는 내게 그리 중요한 일은 아닐 것이다.

백화점의 환한 조명 아래를 조금 걷다 보니 화장실이 나왔고 엘리베이터가 보였다. 옆으로 곧게 뻗은 길이 이어져 있었고, 드디어 백화점 안의 작은 골목이 보였다. 골목을 지나고 또 다른 세상이 펼쳐졌다. 그곳으로 구두를 또각거리며 걸어 들어갔다.

꽤 규모가 큰 푸드코트이다. 시설도 한눈에 보자마자 깨끗하다, 라는 인상을 주었다. 나의 옷은 민망함을 무릎쓰고 계속 걸어 나가야 한다. 꽤 들어차 있는 그곳 사람들의 시선이 내게 향하는 것이 느껴졌다.

'길이 이렇게 길다고?'

그리고 반대편 길로 들어서니 여러 개의 사무실이 빼곡히 붙어 있었다. 어디선가 들어오는 빛을 따라가 보니, 창문 밖의 정체 모를 푸른 나무가 버티고 있었다. 나는 후, 하고 숨을 내쉬었다. 이곳의 사람들은 모두 짙은 초록색 유니폼을 입고 있었다.

뭐든 가장 잘 보이는 위치에 앉아 있는, 키가 굉장히 작고 귀 위 머리 카락을 반대편 귀 위까지 쓸어 모은 중년의 남자가 나를 보고 웃고 있다.

'하, 저 사람이군.'

분명 나를 웃으며 환대하고 있는 모습인데, 난 왜 그 웃음에 기분이 나쁜 건지 모르겠다. 무사히, 아주 짧은 면접을 보고 나오자마자 합격 전화를 받았다. 너무 빠른 응답에 나도 모르게 생각할 시간이 필요하다, 라는 말을 뱉고 말았다. 왠지 으스스한 느낌이라고 해야 할까? 몇 분 만에 합격이라니 말이다. 하지만 난 그 대답에 대해, 전화를 끊고 나서야 한참 후, 당연한 후회를 했다.

나는 시소의 집으로 달려가 옷을 갈아입고 그 상태로 눈을 감았다. 눈을 떴을 땐 이미 해가 지고 있었다. 나는 놀라 기겁하며 벌떡 일어났다. 남의 집에서 내 집보다 더 편하게 누워 있다니 희한한 일이다.

"점점 미쳐 가고 있네."

시소는 이미 출근을 한 모양이다. 난 귀신에 홀린 듯, 슬리퍼를 신었다. 맞다. 시소의 원피스를 입었을 때부터 넋이 나갔던 것 같다. 나로 돌아가야 한다. 나는 엉덩이 부분이 닳아서 무늬가 사라질 것 같은 트레이닝을 입고 누구에게나 있을 법한 야자나무가 그려진 흰 티셔츠로 갈아입었다. 푹 눌러쓴 검은 모자 위에는 먼지가 덕지덕지 붙어 있었다.

뭐 이런 것들이 좀 붙어 있어야 사람 냄새가 나는 거 아닌가, 라고 스스로 나를 위로하며 정당화시키며 걸었다. 마법에 빠진 사람처럼 도착한 곳은 시소의 가게다.

나는 간판을 올려 보았다.

『오든지』

가히 매력적이지 않은가. 나의 코에서 크허엉, 하는 괴상한 웃음 소리가 튀어나왔다.

"아, 미치겠다."

나는 시소의 이런 점에 늘 반문하고 의문점을 가지면서도 매력을 느꼈다. 하이에나처럼 나는 문 앞을 어슬렁거렸다. 시소가 주방에서 나오자마자 생맥주를 들이밀며 나의 어깨를 누르며 말했다. 자리에 앉으라는 신호다.

"나 바쁘다."

"응."

시소는 면접에 대해 한마디도 물어보지 않았다. 결국 나는 내 입으로 면접에 관해 털어 놓았고 시소는 나의 머리통에 아직 덜 익은 꿀밤을 먹였다. 아주 맵고 쓰고 떫다.

나는 취기에 실실거리며 그런 시소가 귀여워 계속 웃었다. 그때, 나는 그 사람, 아니다 요정? 이라고 해야 할 것 같다. 갑자기 눈에 들어온 요정 같은 사람을 보고 심장이 멈추는 줄 알았다. 꿈일까 라는 생각도 들었다. 이건 정말 지구상에서 볼 수 있는 생명체는 아니지 않은가, 저녁 여덟 시가 다 되어 가지만 밖은 아직 밝았다.

나는 다시 한번 아, 저것은 과연 인간인가? 라는 생각으로 고개를 쭉 빼고 눈을 게슴츠레하게 떴다. 키가 커서 하늘과 맞닿은 것처럼 보였다. 나는 『오든지』의 구석에 앉아 있었고 그 사람에게 나의 모습이 잘 보이지 않을 것이라 굳게 믿었다. 시소가 후다닥, 발을 구르는 소리가 들렸다. 그러더니 자꾸 뒤를 보며 내게 눈짓을 하는 것이다. 도대체 왜 그러는 건지 뭐가 필요하다는 건지, 알 수가 없었다.

난 시소가 바쁘다고 말하는 것 같아 소리쳤다.

"내가 갖다 먹는다."

나의 말투는 정말 시간이 흐른 후 두고두고 아무리 생각해 보아도 술 주정뱅이, 남자 같은 걸쭉한 목소리였다. 난 이때를 생각할 때마다 온몸이 땅으로 녹아내리는 것만 같다.

시소가 그들에게 다가가 다정하게 인사하며 최대한 내가 보이지 않는 자리로 그들을 앉혔다. 그들 중 딱 한 사람, 하늘에 키가 닿을 것 같은 그 사람, 나는 턱을 괴고 고개만 삐죽, 내밀어 그를 탐닉했다. 정말 보는 것만으로도 탐닉이 되는 존재다. 맥주 한 잔에 그의 얼굴 한 번, 맥주 한 잔에 또 그의 얼굴 한 번, 땅콩 따위는 필요가 없다. 시소가 갑자기 다가와 내게 조용히 윽박질렀다.

"설, 안 들어갈 거야? 너무 많이 마셨어."

난 시소가 아닌 그의 얼굴을 보며 대답했다.

"난 괜찮아, 그냥 일해 신경 쓰지 말고."

"너 만취야, 얼른 일어나 응? 나중에 설명할게."

시소는 자꾸만 뭘 설명한다는 이야기를 늘어 놓는다.

"에이 안 취했어."

갑자기 시소가 거울을 내게 들이 밀었다. 거울에 비친 나의 얼굴을 보자 한숨이 절로 나왔다. 동공은 들떠 있었고 볼은 발갛고 작고 찢어진 눈은 더욱 관자놀이와 친해지려 했다.

정말이지 음흉함이 절어 있는 상태다.

“에이 씨 뭐하는 거야 아, 치워 주세요 오, 제바알.

너무 못생겼어 요 오.”

시소가 아예 자리를 잡고 앉아서 내게 속삭였다.

“저번에 말했던 사람, 저 사람이란 말이야, 근데 너, 지금 이런 모습이 말이 되니? 얼른 모자 풀 눌러쓰고 들어가 응? 제발.”

시소는 기존의 것보다 커지긴 했지만 작은 나의 눈을 보며 고개를 끄덕였다. 나도 말없이 고개를 끄덕거렸다. 그리고 나는 그때 엄청난 썩은 미소를 지었다고 한다. 시소는 내가 갈 줄 알았을 것이다. 이때를 생각하면 나도 어디에서 이런 용기가 샘솟았는지 모르겠다.

하긴 술이란, 없던 친구도 만들어 주고 없던 애인도 만들어 주고, 없던 친절함도 만들어 주는데, 혹 나도 그러지 말라는 법은 없지 않은가, 이것은 순전히 술이 만들어 낸 스토리다.

난 그를 알게 되고 난 후, 술의 신 디오니소스에게 무한한 감사와 영광을 보냈다. 나는 벌떡 일어나 그들에게 다가갔다. 다가가면서 나는 속으로 외쳤다.

'너 단단히 미쳤다, 하얀색에 미친 거니?

아니면?'

빛나는 그 남자, 그 옆에 정말 예쁜 여자, 그러나 나에게는 여우 같은 여자, 그리고 앞에 보이지도 않는 남자, 에게 말이다. 난 뜬금없이 인사했다.

“안녕하쎄요오.”

나는 분명 그 남자의 눈을 보고 말했다. 그런데 옆에 여우가 말했다.

“네? 네, 저 아세요?”

내 눈의 시선이 저 여우에게 갔을 리가 없는데, 이상했다. 나중에 안 사실은 취기 때문에 나의 눈동자 초점이 맞지 않았다는 것이다. 맙소사, 나의 눈이 몰려 있음이 분명하다.

"아니 아니, 이 분."

나는 손가락으로 그 남자를 가리켰다. 남자는 앉아 있었고 나는 서 있었지만 우리의 시선의 높이는 같은 듯하다. 그 남자도 내게 고개로 인사했다.

"네, 안녕하세요."

나는 풀린 눈으로 미소를 짓고 있었다고 한다. 눈동자는 보이지 않은 채.

"그런데 우리가 어디서 뵈었죠?"

나는 남자 맞은편 의자에 아예 앉았다. 나는 손바닥을 절레, 흔들며 말했다.

"저기 시소가, 소개팅."

그때 시소가 다가와 나를 만류하며 잡아끌었다.

"정말 미치겠네, 아니 얘가 이런 애가 아닌데…

오늘 면접이 잘 안됐거든, 설휘, 얼른 일어나."

나의 고부라진 혀가 말했다.

"아니에요, 괜찮아요 아주머니, 정말 괜찮아요옹."

그렇게 나는 거지 같은 행색으로 그와 그날 소개팅이 시작되었다고 한다. 난 땅콩과 오징어가 필요 없었다. 그의 얼굴을 보며 계속 맥주를 들이켰고 들이켠 횟수마다 그를 보았다. 말없이 웃기만 하던 그가 입을 열었다. 아주 소중한 순간이다.

"닮았다는 소리 안 들어요?"

나는 예쁜 척, 고개를 갸웃한다.

"이거요."

그가 가리킨 건 탁자의 모서리다.

"에?"

"잘 봐요, 닮았어요."

난 초점이 잘 맞진 않았지만 보려고 애를 썼다. 대체 탁자에 뭐가 있다는 건지 나는 섬세하게 살폈다. 나의 눈동자가 다시 중간으로 쏠리고 있었고 탁자에 집중할수록 주변이 빙빙 돌고 있었다.

"자 이렇게 밖에서 보면 화가 난 것 같고, 이렇게 안에서 보면 슬퍼 보이죠?"

나는 그가 행동하는 대로 해 보았다. 탁자의 모서리를 곁에서 보았다. 아주 자세히 보기 위해 난 쭈그렸다. 초점이 점점 맞춰지고 있었다. 그 순간, 난 욕을 했다.

"이런 젠장."

진짜 그 남자의 말이 맞았다. 나의 올라간 눈 꼬리, 길고 작은 눈, 정말 탁자의 모서리를 닮았다. 꼭지점을 중간으로 좌, 우는 나의 눈을 표현한 것이리라. 기가 막혔다. 하다하다 이제 나는 어떤 물건을 닮은 사람이 된 것이다. 지금부터 난 내 기억이 사라졌다고 그들에게 말해야 했다. 나는 벌떡 일어나 탁자의 모서리 부분을 주먹을 두 번 내리치며 그 남자에게, 그 빛나는 남자에게 미친놈이라고 했고 끝내 꺼지라는 말을 했다고 한다.

시소는 그날 『오든지』를 일찍 닫고 나를 내 집 안에 구겨 넣었다. 나는 이틀을 침묵한 채 잠만 잤다. 숙취는 나의 뇌 속과 위장을 마구 뒤흔들었다. 먹은 것이 없어 위가 텅 비었는데도 불구하고 구역질을 계속 했다. 알코올 섭취 후 이틀이 지나도 숙취로 구역질을 하다니, 난 정말 알코올 해독 능력까지도 부족한 사람이 분명하다. 위 속을 모두 비워낸 후 갈증은 네 발로 기어가 물을 찾게 만든다. 나는 네 발로 기어 목표물을 손에 들어 그것을 벌컥거렸다. 몇 번의 반복을 했을까, 또 해는 졌다. 집 밖을 나가지 않은 지, 확실히 가늠이 되질 않았다. 과연 나는 지금 살아 있는 것일까?

『오든지』에 있었던 그날의 기억이 새록새록 피어났다. 하나씩 장면이 떠오르고 단어들이 떠오를 때마다 나의 한숨과 탄식과 손바닥으로 머리통을 내리치는 일들이 생겨나고 있다.

그리고 이불 속에서 두 발을 차며 동동거렸다. 수도 없이.

시소는 나와의 소통을 하루라도 미루게 되는 날에는 답답함이 밀려온다고 말했었다. 그런데 그런 그녀가 며칠째 나와 소통을 거부하고 있는 중이다.

"아, 내가 대체 무슨 일을 저지른 거지."

그제서 배터리가 없는지도 몰랐던 휴대전화의 전원을 복귀시켰다. 띠링 띠링 띠링, 수없이 울리는 스팸 문자가 연속으로 화면에 뜬다.

"헉, 뭐야."

백화점에서 부재중 전화가 세 번, 문자가 두통이 와 있었다. 어떻게 이런 경우가 있을까, 나는 의심스러웠다. 충분한 검토가 되었다면 연락을 바란다는 것이다. 우리 사회에 면접자를 이렇게 배려하는 회사가 또 있을까? 그리고 왜 그 배려를 나는 꺼림직하다, 라고 느끼는 걸까? 젠장, 고정관념에서 벗어날 수 없는 작은 인간의 습관이여.

그래도 적지 않은 연봉에 나쁘지 않은 복지를 갖춘 업체다. 작은 상호 프랜차이즈 업체이긴 했지만 엄연히 대기업의 친척이나 마찬가지 아닌가. 그런데 면접을 보러 온 사람들이 없었다는 걸까? 나는 의심스러운 생각을 떨칠 수가 없었다. 그때 현관 비밀번호를 누르는 소리가 들렸다.

　"아, 시소?"

　나는 그 소리만 들었음에도 시소라는 것을 확신했고 눈물이 날 지경이다. 나는 현관 앞에서 무릎을 꿇고 고개를 바닥에 꽂고 움직이지 않았다.

　"윤설."

　시소는 나의 이름을 줄여서 불렀다.

　"저는 할 말이 없습니다, 저를 용서하시고 구원해 주십사 이렇게 간청 드리옵니다."

　"어우 싸이코, 어쩜 술만 마시면 뇌를 두고 다니냐?"

　"눈물이라도 흘려 보여 드릴까요?"

　"네 이년 시끄럽다."

　시소는 전기레인지 위의 냄비 뚜껑을 열어 냄새를 맡았다.

　"설 너 이거, 손도 안 댔네?"

　나는 냄비를 확인했다.

　시소는 나와 소통을 하지 않은 것이 아니라, 내가 그녀의 인기척을 느끼지 못하고 사망했던 것이다. 해장국까지 해다 받쳤다니, 난 이 여자에게 앞으로 충성을 다할 것이다. 그녀의 사랑에 눈물이 날 지경이다.

　"괜찮아 괜찮아, 지금 먹을게."

　나는 국자로 콩나물을 푹 퍼서 입에 넣었다.

　시소는 나의 팔을 잡아당기며 입으로 구겨 넣은 음식물이 나올 정도로 뒤통수를 쳤다.

"뱉어 뱉어어, 아, 정말."

난 콩나물을 입에 물고 말했다.

"왜에에?"

"하, 상했잖아아아아? 여자여, 아니 썩었다, 윤설휘."

다시 보니 콩나물 위로 하얗고 끈적한 그 무언가 늘러 붙어 있는 것이 보였다. 또 다시 나의 모든 장기들이 들고 일어서며 구역질을 개수대에 했다. 맞다 지금은 여름이지 않은가.

"오웨에에에엑."

시소는 고개를 저었고 새로 가져온 냄비를 전기레인지에 올리고 전원을 켰다. 시소는 썩은 음식물을 버리는 것도 아주 손쉽게 한다. 어쩜 행동이 이렇게 간단명료하고 깔끔하기까지 한지, 나는 이혼을 하자고 한 그 전남편 놈이 한심했다.

"아 냄새."

시소는 다리가 네 개인 은색 상을 펴고 밥상을 차렸다. 나는 정말 진심으로 눈물이 났다.

"시소 고마워."

"언니라고 불러라, 이 싸이코야."

나는 흐르는 콧물을 시원하게 들이마셨다.

"크흐으흠, 그래 언니라고 부르자! 언니 고마워."

시소가 두루마리 휴지를 발로 차며 내게 전달했다.

"아씨 더러워 진짜, 맛있니? 그거? 풀어라 쫌."

며칠 동안 비워 낸 나의 위 속에 나는 시소가 끓여 온 따뜻한 북엇국

광과, 모서리를 닮은 여자

을 먹었다. 그녀의 솜씨는 정말 말할 것도 없이 최고다. 그리고 난 오늘부터 시소를 언니라고 부르기로 마음먹었다. 내가 남에게 언니라고 부르는 일은 없다. 씨를 붙여 이름을 부르거나 저기요, 라는 얘기로 그들을 인식했다. 하지만 시소는 이제 내게 언니가 된 것이다.

진짜 언니, 그렇다고 내가 북엇국이나 김치나 먹을 것 따위에 현혹이 되어서 다음 번에도 얻어먹을 요량으로, 그런 인간처럼 굴려고 이러는 건 아니다. 진심으로 나는 시소가 나의 언니였으면 했다. 하지만 역시 언니, 라는 단어는 나와 친숙해지지 않았다.

"나 간다, 다 먹고 치우고 가, 알았어?"

"네 언니."

시소는 언니라는 소리가 싫지 않은 모양이다. 시소의 입에서 칫, 이라는 소리는 들렸지만 분명 웃고 있었다. 시소가 현관문을 열어 둔 채 말했다.

"참, 싸이코! 너 묻더라, 그리고 궁금하대!

진짜 간다."

"응 시소."

역시 시소는 시소라고 불러야 입에 달라붙는다. 나는 시소의 말을 곱씹으며 입 안에 들어간 음식을 씹다가 멈추었다. 태양처럼 하얗게 빛나던 그 남자, 를 말하는 거다. 점점 섬세하게 그 남자의 얼굴이 떠올라 내 얼굴 앞에 멈추었다.

"세상에 맙소사."

뭔가 수상할 수도 기쁠 수도 있는 일이 일어날 징조다. 시소의 말처럼 나는 설거지를 했고 음식물도 깔끔히 비웠다. 며칠 만에 씻은 나의 거울

속 얼굴을 가만히 들여다보았다. 또 기억이 났다.

"모서리, 닮았어요, 얘기 많이 듣죠?"

나는 또 욕이 튀어나왔다.

"이런 씨이."

그 남자는 정말 희한한 사람이다. 사람보고 모서리를 닮았다고 하다니, 나 또한 그가 궁금해지고 있다. 내가 못생긴 건 맞지만 뭔가 닮았다는 건 뭐, 나쁜 일은 아니지 않은가, 나는 그에 대한 내 생각을 스스로 좋은 일이라며 최면을 걸었다. 그리고 인터넷 검색창에 글을 넣었다.

『모서리를 닮은 여자』

수많은 정보에 눈이 돌아갔지만 모서리를 닮은 사람은 없는 것 같았다. 그렇다면 나는 세상에서 가장 특이하고 있을 수도 없는 얼굴을 가진 것인가? 나는 정신나간 사람처럼 아주 오랫동안 컴퓨터를 들여다보며 키득거렸다.

2

시소의 잔꽃무늬 원피스를 또 한 번 빌려 입었다. 아무래도 그날 나의 인상이 기억에 남을 만했다면 원피스가 큰 역할을 했을 거다. 우여곡절 끝에 나는 첫 출근을 했다.

면접 신청자가 없어서 내가 합격을 한 것이라고 생각하지는 않기로 했다. 시소의 말처럼 좋은 직장과 좋은 사람들이 아니라면, 언제든지 그곳을 뛰쳐나오면 된다, 라는 명확한 전제가 깔려 있으니까 걱정할 건 없었다.

나는 과장이라고 불리는 사람을 남들이 쉽게 표현하는 대머리라고 부르고 싶지 않았다. 왼쪽 귀 위에서 머리카락을 한 올 한 올 정성을 다해 반대쪽 귀까지 빗어 올린 그 모습은 마치 죽음을 앞에 두고 생명의 물약을 먹게 해 달라고 애원하는 사람처럼 보였기 때문이다. 그 머리카락 한 올 한 올은 그에게 정말 소중할 것이다. 내 생전 이렇게 슬퍼 보이고 애절해 보이는 사람은 처음이다. 난 과장을 부를 때마다 마주칠 때마다 나의 친절함을 몸 속 깊숙한 곳에서 꺼내어 대했다. 진심으로.

"자, 이건 윤설휘 씨 유니폼이고 여자 탈의실은, 저, 기 하영 씨가 안내해 줄 거예요. 그럼 이따 봅시다."

"네, 과장님."

과장은 과장님, 하고 불러주는 것을 꽤 좋아하는 듯하다. 나는 하얀 가운을 걸치자마자 마치 시골의 작은 동물병원 수의사가 된 기분이 들었다. 여직원이 물었다.

"전에 있던 영양사는 말도 없이 그만뒀어요.

물론 문제가 좀 있긴 했지만요, 그래도 인수인계는 하고 가야 하는 게 예의인데, 그 사람은 실업 급여도 무시했어요…."

하영이라는 이 여자 직원은 내가 스톱을 외치지 않으면 무슨 말이든지 계속 할 사람이었다. 내가 묻지도 않은 말을 왜 내게 하는 건지 의도를 모르겠다. 근무하는 것과 연관된 일이라면 또 모르겠다. 정신이 없다. 어떤 말을 귀에 넣고 어떤 말을 버려야 할지 말이다. 나는 간단하게 이 여자를 조심하자. 라는 것만 기억하기로 했다. 내가 영양사가 맞긴 하지만 진짜, 영양사라고 불러야 한다고 생각하니 지금 걸친 가운이 여간 부담이 되는 것이 아닌가, 역시 사람은 자리가 만든다고 했던가, 얼마나 많은 사람들의 끼니를 내가 책임져야 하는 걸까, 덜컥 겁이 나기 시작했다. 김하영은 지금까지도 계속 말하고 있었다.

"그렇지 않아요?"

나는 듣지 않은 말에 네? 라고 말할 수밖에 없다.

"아니 그렇잖아요, 그래도 여기서 일을 하면 영양사, 라는 직급으로 어떤 직원보다 더 좋은 대우를 받잖아요?

그런데 그 사람은 그게 부족했다고 말했어요. 아주 이기적인 사람이죠."

김하영은 강한 사람이다. 그리고 첫 출근한 나의 기를 꺾으려는 것만 같았다. 다시 한번 곱씹었다. 이 여자를 조심하자, 라고.

"아 네. 뭐, 일 앞에 특별한 사람은 늘 있죠.

맡은 일 잘하면 되는 거고, 다 같이 잘 지내야죠."

김하영은 고개를 돌리며 의미심장한 미소를 내게 던지며 말했다.

"뭐, 좋은 말이네요. 준비 다 되면 나오세요."

나는 말을 아끼지 않아야만 했다.

"고마워요."

나는 이곳에서 일보다 사람 때문에 피곤한 일이 생길 것 같은 불길한 예감이 들었다. 나는 전 직장에서도 동료들과 꽤 잘 어울리는 편은 아니었다. 그렇다고 말도 안 되게 왕따를 당하거나 막장 드라마에나 나올 법한 그런 일들을 당한 적은 없다. 하지만 나의 얼굴 생김새에 관해 평가를 하는 인간들 때문에 더러운 기분을 느낀 적은 많았다.

"설휘 씨, 쌍꺼풀 수술 왜 안 했어?

요즘은 대학교 가기 전에 다 하더라? 그래야 사회에 나오면 티가 안 나거든."

"설휘 씨? 이번 휴가 때 쌍수 생각 없어?

내가 잘 아는 곳이 있는데."

나의 얼굴에 관해서 생각도 안 해 본 것들을 이들은 늘 참견하고 지적하거나 나를 화제 삼은 이야기를 하는 것을 좋아했다. 나를 낳은 것이 자기들인가? 이리 보아도 고귀한 나의 이 여사님이 만들어 낸 얼굴이다. 내 얼굴에 대해서 책임질 일도 없는 사람들이 뭐가 그렇게 불만이고 말이 많은지 모르겠다. 물론 나는 그 말들에 사사건건 답하지 않았기 때문에 그들은 이런 이야기를 해도 되는 사람이라고 생각했을지도 모를 일이다. 꼭 그런 사람들은 이런 말을 꼭 끼워 넣으며 말을 마무리한다.

"에휴, 정말 뒤에서 딴 얘기하고, 남 욕하는 사람들이 제일 싫어, 왜 그렇게 사는 건지 몰라.

안 그래? 설휘 씨?"

그럼 앞에서 대놓고 내 얼굴에 대해 심각하게 말하는 건 괜찮다는 건가? 아주 생, 지랄을 한다. 한 사람도 빠짐없이 그들은 꼭 이런 이야기를 빼먹지 않았다. 그래 난, 찢어지고 가늘고 작은 눈 매무새가 마음에 들지 않았다. 당연히 남들처럼 쌍꺼풀 수술에 관해 생각을 안 해 본 건 아니다. 하지만 그들에게 나의 눈이 화제 거리가 된 후부터 난 비겁한 발악을 하기 시작했다. 그들이 말하는 것처럼 되는 게 가장 싫었고 그들의 말에 내가 달라진다는 것을 본다면 그것만큼 억울한 일은 없을 테니까 말이다. 그래서 난 내 눈을 가만 두기로 했다. 아무도 모르게 나의 눈은 무기가 될 수 있었으니까. 그래서일까?

어느 순간부터 나의 눈은 그 남자가 말했던 것처럼 정말 그것을 닮아가고 있었는지 모른다.

"설휘 씨는 왜 눈으로 욕을 하고 다녀?"

"이런, 이런 설휘 씨 또 욕한다."

라는 유머 같지도 않은 걸레 같은 말을 듣기도 했다. 하지만 그만큼 그들에게 무기로서 역할은 했다는 얘기가 되는 거니까 나는 또 비겁하게 홀로 승리를 만끽하곤 했다. 나의 첫 출근 이야기는 아주 단순하다. 나는 하루 종일 이름을 외우지도 얼굴을 익히지도 못할 만큼의 직원들과 인사를 나누었다. 다행히 나는 이곳에서 꽤 오랫동안 일을 할 수 있을 것 같다, 라는 예감도 들었다. 그날 나는 일부러 백화점 일층으로 내려와 화장품 코너를 가로질러 걸었다. 화장을 하지 않는 나이지만 그 냄새가 좋았다. 화장품과 향수 냄새를 맡는 것만으로도 정말 여자가 된 기분이 든다. 시소의 명품 원피스가 에어컨 바람에 살랑거렸다. 이 살랑거림은 나를 조금은 예뻐 보이게 만들어 주고 있지는 않은가, 나의 심장이 조금씩 설레기 시작했다. 왠지 모를 빛으로 인하여.

나는 모서리를 운운한 그 빛나는 남자를 새 출근을 맞이해 깜박, 머릿속에서 잊고 있었다. 바다가 갈라지고 땅은 솟아오르고 산은 땅으로 꺼지는 소식이다. 모서리를 닮은 여자를 보고 싶어하는 남자가 생겼다는 건 정말 그런 일이었다. 혹시나 시소가 억지로 남자에게 세뇌를 시킨 건 아닐까, 하는 의심도 들었지만 그녀의 말을 들어 보면 그럴 리가 없다.

"이번 주말이다! 잊지 마, 만나고 나서 또 가게에 오지 말고, 싸이코처럼 술도 푸지 말고, 응? 알았지?"

솔직히 난 그 남자를 다시 한번 보는 일에 어떤 기대도 없다. 그 남자는 내가 진짜 모서리를 닮았는지 단순한 호기심으로 나를 궁금해 한 건지도 모르는 일이니까 말이다.

결국 난 모태 솔로를 벗어나긴 힘들다, 라는 결론을 손에 쥐고 오겠지, 란 생각을 한다.

하긴 그들의 얘기처럼 쌍꺼풀을 수술을 했다면 모태 솔로에서 벗어날 수 있다는 기대감을 갖을 수도 있겠지만 눈으로 싸워야 하는 그런 일은 없었을 거다. 시소가 이번에는 단색의 원피스를 내밀었다. 정말 애매한 색깔이다. 갈색도 아니지만 자주색도 아닌 것이 그렇다고 붉은색은 또 아니다. 마치 봉숭아 물을 들일 때 백반을 넣어 꽃잎을 빻았을 때 봤던 그런 꺼림직한 색이었다. 게다가 또 민소매 원피스라니, 나는 나의 일명 불 주사(그때 우린 BCG주사를 이렇게 불렀다. 알코올 램프에 불을 붙여 소독한 주사 바늘을 빗대어 만들어진 말이다.) 자국을 보이는 게 죽기보다 더 싫었다. 결국 시소가 출근하기를 기다릴 수밖에 없었다.

"설, 너 이거 안 입기만 해 봐, 꼭 입고 나가, 그리고 화장하는 건 바라지도 않으니까… 이건 꼭 바르고, 알았지?"

"네네, 알겠습니다. 주인님."

시소가 내민 건 작은 립밤이다. 그래, 이런 것쯤 충분히 발라 줄 수는 있다. 당연히 난 간단한 검정색 슬랙스, 엄지와 검지 발가락 사이에 달랑 끈 하나만 들이미는 샌들을 신고 흰 셔츠를 입었다. 거울을 보고 큰 소리로 말했다.

"이렇게까지 입어 줘야 해? 영광인 줄 알아."

나의 평소 복장은 헐렁한 티셔츠에 면바지 또는 트레이닝 복이다. 그 남자는 정말 영광스러움을 알아야 할 것이다. 그리고 시소의 립밤을 바르고 바지 주머니 속에 넣었다.

엄마가 립스틱을 바르고 난 후 내는 소리를 따라했다.

"빠-빠-빠."

건물 밖을 나오자마자 뜨거운 태양에 아스팔트가 익고 있는 공기가 콧구멍으로 훅, 끼쳤다. 정말 더럽게 기분 나쁜 맛이다. 청소기 속 회색 먼지를 한 입에 넣은 맛이다. 나는 침 뱉을 곳을 찾았다. 다행히 바로 앞에 보이는 하수도로 빠르게 걸었다. 그리고 몇 번을 반복하며 침을 뱉었다.

"으엑 퉤퉤퉷 우에엑, 퉤퉷."

지나가던 엄마 또래의 중년 여자가 나를 아래 위로 훑어보는 것이 아닌가, 마치 여자의 눈빛은 낮술을 격하게 한 후 내가 토하기라도 하는 것처럼 아주 한심스러운 표정으로 나를 보았다. 난 손바닥을 펴서 소심하게 가슴 앞에서 저었지만 중년의 여자는 끝내 혀를 차고 돌아섰다. 나는 또 눈으로 싸우려 들었는지, 돌아서 가던 여자가 멈칫, 하며 다시 나를 돌아보고 가는 것이 아닌가, 나는 결국 고개를 푹 숙이며 길을 걸었다.

뭔가 또 불길한 예감은 그냥 나를 스치고 지나가지 않을 모양이다. 그를 만날 장소는 집에서 멀지 않다. 대학가이기 때문에 한 블록을 지날 때마다 음식점, 커피 전문점, 빵집이다.

오후 네 시를 넘어가지만 아직 해는 쨍, 하며 이글거렸다. 걸은 지 십 분도 채 되지 않았지만 겨드랑이에서 땀이 맺히고 있었다. 골목을 돌아 큰 길로 들어서니 양쪽으로 길게 4차선 도로가 펼쳐져 있었고 가장자리마다 노란 꽃들이 피어 있었다. 얼마나 줄을 잘 맞추어 심었는지 마치 나를 환영해 주기 위해 심어 놓은 것처럼 보여 한결 기분이 좋았다.

지고 있는 태양에 잠시 시야가 가려졌다. 통유리로 된 커피 전문점은 안이 훤히 들여다보였다. 나는 대놓고 그 남자를 찾았다. 말 그대로 기웃기웃.

"안 온 거야?"

나는 앉아서 남자를 기다린다는 게 너무 어색해서 먼저 들어갈 수가 없었다. 나는 다시 노란 꽃을 감상했다. 엇, 그 목소리다. 낮고 얇지 않은 그 친절한 목소리.

"저기, 안녕."

태양을 등지고 있는 그의 얼굴이 보이지 않았다. 내 눈을 빛이 점령해 버렸다. 아니, 그런데 이 남자가 내게 반말을 한다. 나는 빛 탓에 얼굴이 잘 보이지 않아 그를 가늠하는 데 한참이 걸렸다. 그리고 재빨리 지는 태양을 손으로 가려 보았다.

"덥지 않아?"

어라, 이 자식이 또 반말이다. 나는 똑같이 반말로 응수했다.

"어."

갑자기 그가 크게 웃었다. 다시 큰 웃음을 보이며 그는 나를 훑으며 지나갔다. 그때 빛에 가려진 시야가 한 눈에 밝게 들어왔다. 그때 보았던 그 빛나던 그 남자, 그놈이 맞다. 역시 그는 오늘도 빛이 난다. 그가 한쪽 손으로 유리문을 가리키며 말했다.

"들어갈까?"

나는 귀신이라도 본 듯, 그가 말하는 대로 순순히 응했다. 누구라도 그랬을 거다. 만약 정우성 같은 남자가 나를 에스코트하듯 말을 걸면 그 누가 그것을 거부할 것인가. 우리가 커피 전문점으로 들어가자마자 모든 사람들이 그를 보았다. 마치 자석에 저절로 이끌리는 것처럼 도미노 모양으로 사람들의 고개가 휙휙, 돌아갔다. 그 모습은 남자들 또한 마찬가지다. 또한 그를 본 여자들은 앞질러 자리에 앉은 나의 모습을 확인하며 속닥거렸다.

마치 나의 이야기를 하는 것처럼 보인다. 만약 그게 맞는 이야기라면 그들에게 눈으로 욕해 줄 생각이다. 그때 한 여자와 눈이 마주쳤고 난 눈으로 욕을 하기 시작했다. 여자들은 빠르게 시선을 피했지만 내 귀가 바위만큼 커다랗지 않아도 내 얼굴에 대해 속닥거릴 것이 뻔했다. 남자가

광과, 모서리를 닮은 여자

나를 마주보고 가까이 앉았다. 그의 얼굴이 아주 또렷하게 내 눈에 들어왔다. 아, 이놈은 정말 잘생겼다. 기가 막힐 정도로 잘생겼다. 내가 좋아하는 정우성의 얼굴은 그냥 평범한 얼굴인 뿐인 거다. 난 넋이 나가고 있었다. 정신을 차릴 수가 없었다.

정신을 똑바로 차린다면 이게 정신이 나간 것일 테다. 심장은 이미 입 밖으로 튀어나왔고 이 긴장감 때문에 마치 좀비의 얼굴로 변하지는 않을까, 걱정도 되었다. 당연히 이곳에 있는 여자들이 나를 기이하다고 생각할 것이다. 당연하다. 이 긴장감을 얼른 풀어 내야 한다.

"뭐 마실까?"

나는 말없이 고개만 저었다. 진심으로 아무것도 먹고 싶지 않았다. 단 한번의 행동에 놈이 일어서며 앞으로 걸어갔다. 그리고 기다릴 필요없이 그는 음료를 들고 온다. 난 내 눈을 의심했다. 다시 확인했지만 그가 들고 있는 음료는 딱 하나다. 이놈은 정말 자기 것만 달랑 들고 왔다. 고개를 저은 건 내가 맞지만 이건 뭔가 이상했다. 아니, 물이라도 좀 가져오는 게 예의? 아니, 아닌가? 그는 큰 사이즈 컵의 내용물을 뚜껑을 열어 벌컥거리며 마셨다. 나는 고개를 조금 뒤로한 그놈의 목을 흘긋거렸다. 들키지 않으려 애쓰며 흘긋거렸다.

목 안에 돌덩이 하나를 굴리고 있는 것처럼 복숭아 뼈가 아래 위로 불룩 볼록, 움직였다. 맙소사. 나의 눈이 그것을 감상하고 있는 것을 그놈이 알아차렸다. 눈이 마주쳤다. 혹시 내 두 볼이 이미 붉게 물들어 터진 건 아닐까? 왜 이렇게 뜨거운 거지? 뜨거운 뭔가 볼에서 흘러내리는 느낌이 든다. 나는 무엇이라도 해야 했다.

"왜 만나자고 했어요?"

"푸읍."

"어라, 웃어요? 이거 좀 실례 아닌가?"

"아 미안 미안."

그는 손가락으로 나의 상의와 하의를 가리키더니 자신의 것도 함께 가리켰다. 맙소사, 우린 말도 안 되게 서로 맞춘 것처럼 딱, 커플의 차림새였다. 그도 흰 셔츠, 그리고 검정 슬랙스를 입었고 넓은 창이 달린 샌들을 신고 있었다. 나는 소리 내지 않고 입을 억, 하고 벌리고 있었다. 약간의 짜릿함을 즐기고 있었는지도 모르겠다.

그때 휴대전화에 시소의 메시지가 떴다.

『만났지?』

난 빠르게 답했다.

『ㅇ』

"저기요. 왜, 만나자고 했냐구요?"

아니 이 남자는 사람을 왜 이렇게 빤히 바라보는 건지, 모르겠다. 나도 모르게 말을 하다 눈을 내리깐다.

"궁금했어."

"허, 저기 왜 자꾸 반말이지?"

"그때부터 그러자고."

난 내 말이 잘못됐다는 것을 아주 빠르게 눈치 챘다. 술에 취한 그날, 내가 그렇게 말했다는 뜻일 것이다. 이래서 술에 취해 기억이 끊긴 날이 있다면 최대한 말을 아껴야 하는 것이다. 난 아는 척 창밖을 보며 말했다.

"아, 깜박했네."

"윤설, 휘 맞지?"

"뭐 맞긴 한데 솔직히 난 그쪽 이름 몰라, 남자 이름은 기억 잘 못하니까."

기억을 못한다는 말을 나는 대충 둘러댔다.

"난 그때, 이름을 말하지 않았어. 난 김운."

나는 또 덫에 걸렸다. 그의 이름은 아주 특이했다. 외자에 운이라니, 외모만큼 그랬다.

난 다시 물었다.

"그러니까 왜."

운이 빠르게 답했다.

"친구하기로 했잖아."

난 작은 눈을 크게 뜨려 눈썹을 치켜 올렸다. 난 내가 그날 그런 말을 했든 안 했든 갑자기 떠오르는 생각에 그날의 흥분과 분노가 다시금 살아나 입술을 움직인다.

"탁자 모서리 따위를 닮았다고 한 사람과 내가?"

운이 미소 지었다. 그 미소 뒤에 난 할 말을 모두 잃었다.

"우울해 보이는 것보다 화난 모습이 더 나은 걸."

나는 대체 이놈이 무슨 말을 떠들고 있는 건지 이해가 잘 되지 않았다. 하지만 가만히 생각해 보니 이렇게 마음 속까지 흰색일 것 같은 사람을 친구로 삼아도 나쁠 건 없을 것 같았다. 어쨌든 안구를 정화하기엔 딱, 들어 맞는 사람으로 보이니까. 나의 목소리는 아마 전보다 더 부드러워 졌을 것이다.

"스물 여덟?"

"응."

"그렇네 동갑내기."

운이 고개를 끄덕인다. 난 그가 남긴 얼음을 손가락으로 집어 입 안에 넣었다. 운의 눈이 진짜 크게 동그래졌다.

"왜?"

운이 다시 고개를 저었다. 내가 자신의 얼음을 집어 먹는 것에 좀 놀란 눈치다.

"너 시소는 언제부터 알았어?"

"음, 아마 내가 기어 다닐 때부터?"

나의 작은 눈은 또 다시 큰 척을 떨었다.

"뭐억?"

"누나 친구."

"늦둥이?"

"지금 보면 그렇지도 않지, 하지만 그땐 그랬겠지."

"귀한 늦둥이라, 안 한 거 없이 다했겠네."

"많은 사람들이 그렇게 생각해."

"넌 아니라는 거야?"

운은 대충 웃음으로 떼우려는 것 같아 나는 더 이상 묻지 않았다. 그리고 정말 궁금한 것을 물었다.

"넌 누구 닮았어?"

"두 분 다."

그 말은 즉, 운의 두 부모님은 미인과 미남이 만났다는 이야기다. 운의 누나를 상상해 보았다. 운의 얼굴과 겹쳐 생각을 해 본다면 아마 지금 배우를 하고 있을지도 모를 일이다. 나는 자꾸만 운의 가정을 파헤치고 있었다.

"넌?"

"뭐?"

"넌 누구 닮았어?"

이 대답을 해야 하는가, 고민하다 입을 열었다.

"난 고모."

모서리를 닮았다고 하는 이놈 앞에서 나의 부모님도 탁자를 닮았다고 인정하는 짓은 할 수 없었다. 친척 중 가장 나와 닮은 사람은 고모니까 나는 어쩔 수 없이 고모를 팔아 넘겼다. 내 말을 듣자마자, 운이 크게 웃었다. 그 웃음소리는 옆 사람도 기분 좋게 하는 소리다. 나도 내 말이 우스워 운과 함께 크게 웃어 버렸다. 이 때가 나의 꽁꽁 얼어 붙어 있던 빗장이 순식간에 해제가 되는 순간이었을 것이다.

'아, 내가 드디어 모태 솔로에서 벗어나는 건가….'

우린 같은 옷을 입고 나란히 걸었다. 커피 전문점을 나온 그 순간부터 우린 끊임없이 이야기했다. 신기할 정도로 이야기가 걸음과 함께 술술 나왔다. 그렇게 당연히 아주 자연스럽게 『오든지』에 도착했다. 이미 『오든지』의 다섯 좌석 중 네 좌석은 꽉 차 있었고 마치 운과 나를 위해 자리를 마련해 둔 것처럼 한 좌석이 우리를 기다리고 있었다. 물론 나는 시소를 보자마자 손가락으로 위로 들고 운의 턱 쪽을 가리키며 말했다.

"얘가 오자고 했음."

운이 고개를 끄덕거렸다.

"응, 맞아요."

시소는 눈을 게슴츠레하게 뜨며 나를 훑었다.

"바쁘니까, 니들 신경 쓰이게 하지 말아라!

특히 너."

"뉑뉑, 주인님."

시소는 역시 친절함과 상냥함을 보이지 않으려 애를 썼으나 나와 그리고 네발로 기어다닐 때부터 알았다는 운에 대한 애정을 무한대로 표현했다. 먹음직한 음식들은 계속 나왔고, 음식에 맞춰 당연히 목으로 들어가야 하는 술은 나의 손과 운의 손 옆 자리를 지켰다.

화장실에서 잠깐 마주한 나의 발간 얼굴을 보며 나는 행복해했다. 그리고 입을 아, 하고 벌리고 소리 내지 않고 비명을 지르며 빙글빙글 돌았다.

손을 씻다가 발가락 위가 흥건하게 젖었지만 그런 것 따위가 내 행복을 깨지는 못할 것이다. 아주 짧은 시간이지만 나는 운을 언제부터인가 알고 있었던 사람처럼 느껴졌다.

왜 그렇지 않은가? 영화에서나 드라마에서도 그들은 만난 지 얼마 안 되었으면서 왜, 대체 왜 알고 있었던 사람 같다, 또는 우리 언제 봤나요? 라는 대사를 읊어야 하는지 손가락이 오글거렸었다. 헌데 나는 지금 운을 보고 그런 생각을 하고 있었다. 역시 남이 하면 무엇이든 불륜처럼 보이는 것인가. 나는 얼굴을 젖은 손바닥으로 찰싹 찰싹 때려 보았다.

아직 나는 정상이다. 그리고 샌들을 질질 끌고 『오든지』 안으로 들어섰다. 밖에서 아주 잠깐 운의 옆 모습을 확인하며 감탄했다. 나는 취기 때문에 그렇다, 라고 주문을 외워 본다. 애써 그 모습을 거부하려 했지만 그 모습을 나의 뇌 깊은 속으로 아주 음흉한 곳으로 끼워 넣었다. 아무도 꺼내 보지 못하도록.

이럴 수가, 나의 희망이 산산조각이 나려고 한다. 시소가 충격적인 말을 했다. 나는 정말 그 말을 듣고 충격을 받았다. 낮에 운과 함께 들른 그

곳이 운이 운영하는 곳이라고 했다.

　더욱 충격적이었던 건, 그곳 말고 두 곳이 더 있다는 거다. 같은 나이에 내 앞에 앉아 있는 저 남자는 벌써 성공이라는 단어를 달고 살고 있다. 나는 아직 두 다리를 바닥에 놓고 밥을 먹는 일벌레로 살아야 하는 위치다. 나의 말수는 조금씩 줄어들고 달콤한 술은 쓰디쓴 사약을 먹는 것처럼 목구멍을 타고 넘어 들었다. 혼자만의 핑크 빛은 곧 잿빛이 되고 말 것이다. 그렇게 나는 다시 모태 솔로의 깊은 늪으로 들어가고 있는 중이다.

　정말 본격적인 한 여름이다. 아무것도 하지 않고 나무 그늘에 서 있기만 해도 숨이 막히는 그런 날씨다. 몇 개의 에어컨이 온종일 돌아가는 식당이긴 했지만 조리대 쪽에서 맞는 뜨거운 열기는 에어컨이 감당할 수 있을 만한 열기가 아니었다. 그나마 난 음식의 재료들을 준비하고 결과물을 확인하면 되는 일이지만 눈치가 보이지 않는다면 거짓말일 것이다.

　아마 전에 있던 영양사도 이런 기분을 느끼기 싫어서 그만 둔 건 아닐까, 라는 생각도 든다. 다른 곳의 환경과 비교하기에 나의 경험은 없지만 계절 속 한 여름이라는 환경에서 이곳은 좀, 지랄 맞은 건 사실이다. 조리대에서 사람들의 역할은 정확하게 분담이 돼 있었다. 하지만 똑같은 옷을 입고 똑같은 모자를 쓰고 있는 그들은 누가 누구인지 잘 분간이 되지 않을 때가 많다. 그래도 김하영, 은 나의 눈에 꼭 띄었다. 이곳을 방문할 때마다 김하영은 꼭 그때 이곳에 있었다. 우연이라 하기엔 참, 기가 막힐 정도로 꼭 그렇게 마주쳤다. 김하영은 과장의 말로 일반 직원들 중 가장 오랫동안 근무한 사람이라고 했다.

그래서 사람들은 그녀를 더욱 따르는 듯했으나, 나이가 훨씬 많은 여자가 김하영에게 미소를 보이며 약간 굽신, 하는 모습은 정말이지 꼴불견이다. 김하영의 직책이 그렇게 권력을 남용할 만한 위치인지, 난 고개를 저을 수밖에 없다. 특히 오늘처럼 여직원만 모이는 회식에서는 더욱 그렇다. 우리는 열두 명이 채 되지 않은 작은 공동체. 그래서 난 더욱 잘 지낼 수 있을 거라 믿었다. 그리고 굳이 내가 무슨 노력 같은 것을 해서 이들과 억지로 친해질 필요는 없다고 생각했다. 그냥 말 그대로 잘 지내면 된다.

우리는 삼겹살 집에 자리를 잡았다. 내가 이 직장에 오기 전부터 당연히 그들은 이곳의 단골이라고 한다. 사실 난 오늘 운과 약속이 있었다. 하지만 첫 회식에 만약 참석하지 않는다면 김하영의 입술이 나를 가만두지 않았을 거라고 생각했고 그렇게 난 김하영을 선택한 것이다.

『혹시 일찍 끝나면 연락 줘.

서리서리 설휘』

난 운의 문자를 보자 훗, 하고 웃음이 나왔다.

갑자기 나의 등 뒤에서 김하영의 목소리가 들렸다. 나는 너무 놀라 눈이 커졌을 것이다.

"뭐에요? 남친?"

정말이지 이 여자는 기분 나쁜 사람이다. 문자를 모두 읽은 모양이다.

"읽은 거예요?"

나는 퉁명스럽게 말했다.

"아니 뒤에서 완전 잘 보이는데 어떻게 안 봐요?

일부러 읽은 건 아니에요."

나는 사복으로 갈아 입은 김하영을 다시 한번 똑똑히 관찰했다. 아니 거북할 정도로 섬세하게 보았다. 이 여자는 아무래도 패션 쪽에 무지막지한 관심이 있는 사람이 맞을 것이다.

머리부터 발 끝까지 모두 내가 처음 보는 패션 쪽의 것들이다. 정말 특이하고 정말 볼수록 낯선 사람이다.

"그러니까 남자 친구?"

나는 일부러 김하영을 피해 자리를 앉았지만 그녀는 어느새 내 옆자리에 와 있었다. 김하영의 말할 때마다 풍기는 화장품 냄새에 나는 불길했다.

"친구요."

"남잔데 친구?"

세상에 무슨 이런 고려시대적 발상으로 말을 하는 건지, 아니 그게 가능하지 않아도 김하영이 내게 이렇게 말하는 게 난 싫었다. 난 단순하게 말없이 고개를 한 번 더 끄덕였다.

역시 김하영의 눈빛은 기분 나쁘다.

"서리 서리 서리는 뭐야, 풉, 애칭?"

김하영이 양쪽 어깨를 움직이며 크게 말했다. 나를 놀리려는 작정이다. 다른 직원들이 거들었다.

"서리? 윤설휘 씨니까, 서리가 애칭인가 보네."

왜 또 내가 이들의 식탁 위에 올라가야 하는지 모르겠다. 나는 조용히 젓가락질만 할 생각이었다. 김하영은 자연스럽게 고기를 굽는 집게를 맞은편 나이 많은 직원에게 밀었다.

엄밀히 말하면 나의 직책은 없지만 영양사라는 위치는 구내 식당의 직원들은 모두 아울러야 하는 위치다. 그러고 싶지 않아도 나는 나의 엄마보다 나이가 더 많아 보이는 분들에게 이 재료는 이렇게 해라, 이 음식은 양념을 조금 줄여라, 나트륨은 꼭 레시피대로 사용해라, 유기농 채소의 세척이 부족하다, 등등 부탁이 아닌 강요의 말을 해야 할 때가 많다.

더군다나 사람들의 입으로 들어가는 음식을 만드는 곳이기 때문에 예민하거나 섬세하지 않으면 안 되는 곳이라 더했다. 하지만 난 일 외에 그들에게 꼭 존대를 했고 항상 먼저, 를 외치며 양보했다. 직장이 아닌 밖에서는 더 당연한 일이 아닌가, 우린 같은 곳에서 일하지만 어찌 보면 소속된 회사도 다르기 때문에 나는 더욱 존중해야 한다고 생각했다.

짧은 말 한마디라도 내가 모를 상처를 누군가는 받을 수 있다, 라는 생각을 늘 머릿속에 담아 두었다. 그래서 난 김하영과 언젠가는 부딪칠 게 뻔하다고 생각했다. 최대한 김하영이 하는 짓, 을 보지 않으려 노력하지만 김하영은 꼭 눈에 띄는 짓만 했다. 집게를 집은 아주머니, 그러니까 박현주라는 이름으로 불리는 이 사람은 아주 짧은 한숨을 뱉고 고기를 굽기 시작했다. 박현주는 분명 집에 가면 제법 큰 딸이 있을 것이다.

조리대를 맡는 직원들은 거의 하청 업체 소속이다. 나는 저 직원들이 자꾸만 신경이 쓰였다. 김하영은 박현주가 구워 주는 고기를 아주 잘도 씹어 먹었다. 진한 립스틱을 바른 입술이 계속 신경 쓰였는지, 티슈로 몇 번씩 입술을 닦아 냈다. 난 어느 정도 배를 채운 후 박현주가 잡고 있는 집게를 거의 빼앗으며 낚아챘다.

"얼른 드세요! 내가 할게요."

순간 열두 명의 직원들이 나를 쳐다보았다. 고기를 굽고 있던 나머지

직원들이 김하영의 눈치를 보았다. 그리고 나는 한마디를 툭, 뱉었다.

"다른 분들도 어느 정도 드셨으면 바꾸죠?

자, 얼른 드세요. 이쪽은 내가 구울게요."

김하영의 미간이 일그러지는 것을 나는 목격했다. 그리고 그녀를 따르는 비슷한 이들의 미간도 함께 일그러졌다. 소주를 들이켜며 말했다.

"그럼 그럼요."

눈치를 보던 직원들이 집게를 엉성하게 쥐고 고기를 구웠다. 박현주는 이제서야 여유 있게 젓가락을 움직이며 내게 말했다.

"저기 영양사님, 술 한잔 따라 드릴까요?"

정말 거북한 말이다.

"말씀 편하게 하세요, 제가 나이도 어리고, 딸뻘인 걸요,

그냥 편하게 술 한잔 마실래요? 이렇게요."

나는 말 끝에 웃음 소리를 첨가하며 어색함을 없애려 애썼다. 순식간에 직원들의 말수가 줄어들고 있었고, 김하영의 목소리도 들리지 않았다. 박현주가 따라 내는 소주를 들이켰다.

그리고 나는 정중하게 두 손으로 그녀에게 술을 따라 주었다.

"혹시 따님 있으세요?"

"네 있죠. 딸, 아들 이렇게요."

"따님 나이는요?"

"지금 대학 1학년이에요."

"와, 김하영 씨 나이와 얼마 차이 없네요?"

김하영은 대학교를 졸업하지 않은 채 고등학교를 졸업하자마자 이곳에 취직을 했다고 들었다. 이대로 분위기가 끝이 나야 한다. 이 정도면

어느 정도 김하영은 눈치를 챘을 것이다. 난 이제 입을 다물고 있을 것이다. 이렇게 평화적인 분위기로 마무리가 되려면 그게 최선이다. 그런데 김하영은 물러날 생각이 없는 것 같았다.

김하영은 자기 위치에서 하면 안 되는 말을 지껄이기 시작했다.

"참, 모두들 들었어요? 이번에 또 인원 감축한다고 하던데."

나는 정말 기가 막혔다. 인원을 감축한다고 해도 자기 위치에서 할 수 있는 게 뭐가 있다고 저 난리를 떠는 건지 쓸데없는 거드름은 대체 어디서 배웠단 말인가. 당연히 계약직 직원들의 표정이 좋지 않다. 특히 나이가 어느 정도 있는 직원들의 표정은 더욱 난감해 보였다. 입을 닫고 있으려던 나는 정의감 앞에서는 활활 불 타오른다.

"그 부분에 대해서 여기서 확실하게 알 수 있는 위치에 있는 사람은 없죠. 원래 소문이란 게 특성이 쥐도 새도 모르게 쑥, 들어가기도 하고요. 아니, 생각해 보세요, 지금 인원 감축을 할 때인가요? 지금도 너무 바쁜데요."

박현주가 말했다.

"정말 그렇다면 다행인데, 작년에도 인원 감축 얘기가 나오고 나서… 우리야 이렇게 남았지만, 남자 직원은 네 명이나 일을 그만두었어요."

"아."

나는 아무리 인원감축을 정말 한다고 해도 이들에게 희망을 주고 싶었다.

"아직 일어나지도 않은 일이고, 워낙 바쁜 걸 위쪽에서도 다 알 거예요! 뭐 우리가 한마디는 할 수 있다고 생각해요, 일손이 모자란 건 누가 봐도 맞는 얘기니까요."

광과, 모서리를 닮은 여자

멀찌감치 떨어져 있던 다른 여직원이 말을 거들었다.

"정말 그건 맞는 말씀이에요, 솔직히 너무 바쁘잖아요!

영양사님도 그렇지 않아요? 영양사가 한 사람 더 있다면 교대도 할 수 있을 텐데 말이에요."

나는 미소 지었다.

"흐흣, 와 그거 정말 좋은 생각이네요. 큿."

김하영은 못마땅한 표정을 지으며 말했다.

"그러니까, 불평 없이 해야 한다는 얘기에요! 남으려면."

내가 받아쳤다.

"아무리 좋은 회사라도 어떻게 불만이 안 나올 수가 있어요?

난 차라리 불만을 말하는 쪽이에요!

그래야 미래적으로도, 모든 회사가 노동에 있어서 더 좋은 환경이 될 수 있을 테니까."

김하영이 억지 웃음을 뱉으며 말했다.

"에이 저기 영양사님, 그러다가 영양사님도 짤리면요?"

이 돼먹지 못한 여자의 저 잘난 입을 주먹으로 한 대 내리쳤으면 좋겠다.

"전 잘리기 전에 먼저 나갑니다."

"에이 농담이에요! 진짜 그럴 생각은 아니죠?"

"뭐 눈에 거슬리는 게 딱 한가지라면 그것만 없애면 되겠죠, 굳이 나가지는 않고요."

김하영이 엄지와 검지를 마주치며 딱, 하는 소리를 냈다.

"역시 빨라요, 그거예요 그거."

나의 바로 옆 자리에 앉은 김하영의 입에서 침이 튄 것 같다. 이렇게 기분 나쁜 여자는 정말 난생처음이다. 무엇이 이 여자를 이렇게 만들어 놨을까, 궁금했다. 난 괜히 큰 소리로 말했다.

"여기요, 맥주 세 병 주세요."

나는 사무실이 따로 있다. 아주 좁았지만 나름 창문도 있고 밖을 볼 수 있는 곳이다. 딱 한 가지 통유리로 된 사무실의 블라인드를 올리면 김하영이 보인다는 것이다. 그것도 아주 가까이 위치한 곳에 앉아 있다. 괜한 오해를 받기가 싫어서 블라인드를 늘 올려 놓지만 내일부터는 그러지 않을 생각이다. 딱, 김하영이 보이는 쪽만 블라인드를 끝까지 내려 놓을 생각이다.

우리는 그나마 평화를 깨지 않은 상태에서 식사를 안전하게 마쳤다. 열두 명 중, 딱 한 명의 직원이 술을 하지 못했는데 첫 출근 때 인사를 하고 단 한 번도 이야기를 나눈 적이 없는 사람이다. 그때 김하영이 그 직원의 이름을 불렀다.

"저기 준희씨?"

이준희라는 여자는 그 누구보다 더 위축되어 보인다. 원래 그런 사람처럼 보였다.

"집에 갈 거지?"

"네."

김하영이 가방 속을 뒤지더니 차 열쇠를 내밀었고 그것을 이준희는 받아 들었다. 그 모습은 아주 자연스러워 보였다. 나는 순간 착각했다. 한 집에서 사는 건가? 라는 의문이 들었다. 이준희는 사람들에게 고개를 여러 번 숙이며 인사하더니 재빨리 김하영의 차 운전석에 앉았다. 이게 어

　　　　　　광과, 모서리를 닮은 여자

찌 된 일일까? 아무리 술을 마시지 않아도 상사의 차를 운전하다니, 말이 되지 않는 행동이다. 김하영이 말했다.

"그럼 내일 봅시다. 먼저 갈게요."

난 넋을 보고 자동차의 꽁무니를 바라보았다. 박현주가 옆에서 말했다.

"준희가 주임님 집 근처에 산다네요? 쟨 술을 못하니까, 회식을 하면 늘 저렇게 가요."

"허."

난 기가 막힌다. 정말 집이 근처일까? 라는 의문도 들었다.

"준희씨는 몇 살이에요?"

"아마 스물 셋 정도일거예요."

"주임이랑 딱 세 살 차이라…."

"저희도 이제 갈게요, 휴대전화가 아주 불이 났어요."

박현주는 부재중 전화가 떠 있는 것을 보이며 말했다.

"네 그럼, 모두 내일 뵈어요."

나는 직원들이 모두 사라진 그 곳에서 김하영이 지나간 찻길을 오랫동안 바라보았다. 나의 직감일 수도 있겠지만 이준희라는 사람은 김하영에게 시달리고 있는 건 아닐까, 라는 생각이 들었다. 그녀는 식사를 하는 중에도 말 한마디 없었다. 뭔가 굉장한 우울함이 그녀를 감싸고 있는 게 느껴졌다. 나의 정의감이 슬슬 발동하고 있는 중이다.

나는 집 앞 편의점에서 맥주를 샀다. 거기에 문어 슬라이스는 빠지지 않는다. 진짜 문어는 아니다. 하지만 우리는 그것을 꼭 문어라고 부른다. 그리고 빨간색보다는 그래도 더 나아 보이는 플라스틱 파란색 의자에 앉았다. 이 시간이면 출근하는 편의점 점장이 안으로 들어서며 내게 인사했다.

"어쿠 안녕하세요."

"네 안녕하세요, 출근인가 봐요."

점장이 방긋 웃는다.

시소는 내게 제발 편의점 앞에 앉아서 문어나 혼자 씹으며 앉아 있지 말라고 신신당부를 한다. 스물 여덟 살밖에 안 된 처녀가 할 행동이냐고 나를 다그쳤다.

"왜? 이게 어때서? 집에서 청승 떠는 것보다 나아."

"둘이면 몰라, 혼자잖아? 차라리 가게로 와."

"이건 또, 이것만의 맛이 있지."

"으이구."

그나마 이 시간은 바람이 불어 덥지는 않다. 자기 몸보다 큰 가방을 맨 여학생이 편의점에서 나오더니 아이스크림 봉투를 바닥에 버리고 간다. 난 맥주를 들이켜며 봉투를 주웠다.

"저기 학생."

여학생은 뒤를 돌아보았다. 나는 봉투를 여학생에게 내밀었다.

"자, 여기요."

여학생은 어이없어 하며 그것을 낚아 채며 주변을 두리번거렸다. 나는 편의점 모퉁이 쪽 쓰레기통을 가리켰다.

"저어 기."

여학생을 운동화를 아스팔트 바닥에 툭툭, 소리가 나도록 걸으며 봉투를 휴지통에 골인했다. 나는 소리쳤다.

"잘 가."

광과, 모서리를 닮은 여자

여학생은 다시 뒤를 보며 나에게 눈을 흘겼다. 저 여학생은 앞으로 쓰레기를 아무 데나 버리지는 않을 것이다. 혹은 버리고 싶을 때마다 주변을 두리번거릴 수 있고 양심에 가책을 느낄 수도 있을 것이다. 난 오늘도 한 사람을 정의롭고 도덕적인 울타리 안으로 들어올 수 있도록 조금 노력했다. 나는 혼자 키득거렸다. 혼자만의 만족이다.

이곳은 4차선 도로를 중간에 두고 맞은편에 똑같은 편의점이 또 있다. 그곳에는 이곳과 다른 빨간색의 플라스틱 의자가 있다. 그래서 나는 그곳에 가지 않는다. 사실 맞은편 편의점에서 맥주 한잔을 즐기고 집으로 가기는 더 편하다. 하지만 난 이곳을 선택했다.

왜냐면 빨간 의자가 아니니까. 난 저 빨간 의자가 이유 없이 싫다. 내가 가장 싫어하는 야시장, 같은 곳에 온 기분이 들었다. 난 야시장이 싫다. 멀쩡한 도로 위를 빨간색 고추장 물이 들거나 온갖 쓰레기들이 즐비하고 마치 태풍이 지나간 자리처럼 그 길은 오랫동안 시름시름 앓기 때문이다. 솔직히 이 편의점의 알바나 점장이 나의 도덕적 관념과 더 가까운 사람들이기 때문에 선택에서 고민은 덜 되었을 거다.

또한 이백 보 정도를 더 걷는다는 건 건강과 관련도 있을 테니 말이다. 나는 맥주 한 캔을 더 샀다. 문어를 남기고 문어만 씹는 건 예의가 아니니까.

맥주를 반쯤 들이켰을 때 맞은편 빨간 의자에 앉은 사람이 보인다. 나는 멀리 보는 시야가 좀 흐릿했다. 안경 쓸 정도는 아니었지만 점점 더 시력은 나빠지고 있는 것 같았다.

저 정도의 실루엣이라면 마치 운 정도의 키와 다리 길이일 것이다. 나는 다리에 힘을 풀어 내며 아주 편한 자세로 플라스틱 의자에 몸을 기댔다. 널부러진다, 라는 단어가 맞다.

그리고 다시 이준희와 김하영을 생각했다.

"아오, 나쁜 기지배."

맞은편의 실루엣이 일어났다. 뭔가를 손에 들고 건널목을 향해 걸었다. 점점 실루엣이 가까워졌고, 나는 아무 생각없이 바라보다 턱이 빠질 정도로 소리를 내며 놀랐다. 헉, 운이었다. 나는 너무 놀라 입이 쩍, 벌어졌다. 최대한 나는 여유를 부리고 싶었다.

"성공한 ceo께서 편의점 맥주를."

나는 운의 이런 소탈한, 아주 극성일 정도로 소탈한 이런 점이 좋았다. 그래서 난 운을 친구의 카테고리에서 밀어내지는 않았다. 그렇게 우린 친구가 되었고, 결국 모태 솔로에서 벗어날 수는 없었지만, 그래도 나는 만족한다. 이 잘생긴 사나이를 가까이서 볼 수 있다는 건 정말 행운이니까. 운이 건널목에 서서 내게 손을 흔들었다. 나도 함께 손을 흔들었다. 초록색 불이 켜졌고 운이 성큼성큼 다가왔다. 신호등의 숫자가 4, 3, 2, 1, 이번에는 맥주를 들고 흔들었다. 나는 크게 웃었다.

"으하하하핫."

"같이 마실래요?"

"바로 네, 라고 하면 너무 재미없겠지?

"벌써 재미없어."

내가 웃었다.

"웬일이야? 마치 일부러 나의 뒤를 밟다가, 또 나를 기다리다가, 목이 빠질 뻔해서 안 기다린 척하려고 맥주를 들고 있는?"

운이 긴 손가락으로 나의 이마를 톡, 하고 건드렸다.

"꿈 깨라."

"쳇."

운이 나의 빈 맥주 캔을 흔들며 말했다.

"하나 더?"

나는 고개를 끄덕인다.

"네 ceo님이 손수 사서 갖고 오시죠."

"아 예에엡."

우린 시원한 바람을 맞으며 시원한 맥주를 마셨다.

"왜 연락 안 했어?"

"아, 뭐 늦어서 만나기도 그럴 것 같았지. 왜? 고귀한 분께서 나를 기다린 거야?"

운이 고개를 끄덕거렸다.

"휴대폰을 한 번 보시오."

나는 또 휴대전화를 찾는 데 시간이 걸린다. 마치 누군가 나를 본다면 뒤적뒤적, 샤샤샥, 하고 소리가 난다고 할 것이다. 휴대전화는 가방 아주 깊은 곳에 있었다. 확인 안 된 메시지 두 개, 부재중 전화 두 통, 모두 운이었다. 나는 눈을 가늘게 뜨고 말했다.

"으흐흐흐흐 뭐야 이거? 무슨 징조지? 이보시오, 스토커가 된 것이냐."

"연락이 없어서 걱정은 조금 했음."

"에이, 그렇다고 휴대전화에 불이 난 것도 모자라, 나를 찾아오다니, 수상한데?"

운이 웃었다.

"어 이거 뭐야? 어어 진짜야? 오오오오오."

"왜? 그럼 안 돼?"

나는 분위기가 조금 신중해지는 것을 느꼈다.

"잉? 얘 봐라."

"나는 모서리가 좋아."

"칫, 나도 운 좋아, 훗."

그때 운이 갑자기 내 앞으로 오더니, 쭈그리고 앉아 내 얼굴을 올려 보았다.

"그럼 우리 한 번 진지해 볼까?"

난 입에 머금고 있던 맥주를 뿜을 뻔했다.

"집에 가서 잠을 자고, 아침에 뜬 태양을 바라보면 아마 그 생각은 온 데간데없이 사라질 거다."

난 이런 신중해지는 분위기에 적응을 잘 못한다. 모태 솔로를 벗어나기 위한 경험은 많지 않기 때문에 더 했다. 그저 나만 알고 있던 감정이었을 뿐.

"어제도 이런 생각을 해서, 오늘 아침에 태양을 봤는데, 좋은 느낌은 더 선명해짐."

"뭔 소린지."

나는 빈 맥주 캔을 쓰레기통으로 던져 넣고 치울 것도 없는 테이블을 정리를 했다.

"가자 가자."

바람의 세기가 점점 세어지고 있었다. 나는 괜히 어색했고 눈을 마주치기도 어색했다. 내가 앞서 걷자, 운이 따라오며 말했다.

"데려다줄게."

광과, 모서리를 닮은 여자

"황송함."

나는 조금 긴장된 상태였지만 티 내지 않으려 노력했다. 최대한 운을 보지 않을 것이다. 나의 걸음이 점점 빨라지고 있었다. 운은 걷다가 조금 뛰다가 걷다가 다시 속력을 내며 거의 나의 발 뒤꿈치를 따라오고 있는 중이다. 잘못하다간 나의 뒤꿈치를 밟을 것만 같았다.

"서리, 천천히 가."

나는 그 소리에 앞만 보고 멈춰 섰다. 그리고 운이 옆에 오자 다시 빨리 걷기 시작했다. 집이 이렇게 멀었었던가. 숨이 차기 시작한다. 이 어색함을 어떻게 해야 할지 내 몸의 세포들이 자꾸만 간질거리는 느낌이 들었다. 곧 집 앞에 다다르자 나는 운을 보지도 않고 건물 안으로 들어섰다. 나는 끝까지 뒤돌지 않고 손만 뒤로 흔들어 보이며 말했다.

"잘 가, 난 들어가."

"야, 서리."

운이 불렀지만 난 빠르게 집 안으로 들어왔다. 운이 아직도 그곳에 있는지 확인하고 싶었다. 나는 집 안에 불을 켜지 않고 창문이 있는 쪽으로 네 발로 기어갔다. 그리고 벽을 타고 올라가듯 머리통을 조금씩 올리며 밖을 보았다. 아직 운이 보이지 않는다.

"갔나."

나는 구부린 무릎을 조금 더 펴 보았다.

"인내심도 없는 녀석, 진짜 갔네."

나는 아예 벌떡 일어섰다.

"아아아악."

젠장, 내 비명을 분명 들었을 것이다. 운은 아직 가지 않았다. 아주 선명하게 우리 둘은 눈이 마주쳤다. 이 순간의 창피함을 나는 대체 어찌해야 할까, 소주 세 병을 마셔도 사라지지 않을 쪽팔림이다. 운과 마주치자마자 난 다시 주저 앉았다. 아, 그 순간 잘가, 라고 손을 흔들고 인사를 했어야 했다. 큰일이다. 우린, 나는 점점 더 어색해지고 있었다. 운이 내 이층 방에 대고 외쳤다.

"내일 아침 태양을 보고도 오늘 같은 생각이 또 들면…

내일 또 올 거야. 잘 자, 서리."

나는 그날 밤, 눈을 감아도 찾아 주지 않은 수면 덕에 뻑뻑한 눈을 보호하기 위해 안경을 쓰고 출근했다. 시간이 지날수록 눈의 충혈은 점점 더 심해졌다. 맞지 않은 렌즈를 끼고 밤새 눈을 뜨고 있었으니 결과는 당연하다. 다음 날 재료까지 모두 완벽하게 구비한 후, 그제야 나는 쉴 수 있었다. 내내 흐르는 눈물 때문에 여간 불편한 게 아니다.

나는 김하영이 앉아 있는 자리의 블라인드를 내리려 했다. 갑자기 김하영이 나를 큰 눈으로 뚫어져라 바라보는 것이 아닌가? 나는 고개를 갸우뚱거렸다.

김하영이 손가락으로 자신의 눈을 가리켰다. 갑자기 벌떡 일어나 사무실 안으로 들어와 호들갑을 떤다.

"아니 영양사씨, 눈이요."

난 김하영의 영양사씨, 라는 말에 기가 막혔다. 하지만 못 들은 척, 해본다.

"아아, 괜찮아요. 난 또."

김하영은 나갈 생각이 없는 모양이다.

"아니, 안 괜찮아 보이는데, 거울 좀 봐요, 보기가 좀…

당장 병원에 다녀와요."

나는 그녀의 목소리를 듣고 있는 게 더 귀찮았다. 그리고 거울 속의 나를 보았다. 나는 내가 가장 싫어하는 사마귀를 보았을 때처럼 소리를 질렀다. 난 정말이지 너무 놀랐다.

"으아아아아악."

나의 오른쪽 눈 주변의 살들이 족히 이 센티 정도는 부었고 안 그래도 작은 눈동자는 아예 보이지 않았다. 마치 조개가 입을 앙, 다물고 있는 그런 모양새다. 게다가 눈두덩이 주변의 살들이 아주 발갛게 불에 익은 것처럼 보였다.

"아침부터 좀 안 좋아 보이던데, 하, 영양사씨도 꽤 둔하네요, 쯧."

나는 짜증이 몰려왔다. 못 들은 척, 나를 알면서 또 다시 영양사씨라 나를 부른다.

"그 말 참 도움이 되네요! 주임씨님."

나의 소심한 복수에 김하영은 뭐가 그리 신이 났는지 혼자 연신 키득거린다. 나는 당장 안쓰러운 대머리 과장에게 조기 퇴근을 말하고 어딘가 붙어 있을 안과를 찾았다. 그리고 걸으면서 영양사씨이~, 하면서 발을 툴툴거렸다.

평소에 눈에 곧잘 띄던 곳도 이럴 땐 꼭 보이지 않는다. 이 지경을 하고 돌아다니자 모든 사람들이 나를 좀비 보듯 쳐다보고 있었다. 나는 이글거리는 태양 덕분에 어지러웠던 머리통이 뭔가 잘못됐는지 속이 메슥거렸다. 점점 나의 눈두덩 살들이 이마 위로 밀려 올라가는 느낌이 들었다. 나는 지쳐, 나무 그늘에 등을 기대어 시소에게 전화를 걸었다.

"어 설."

"시소 우리 집 근처에 안과 있어?"

"언니라고 해라."

"안과, 있냐고."

"왜? 너 때문에?"

"있냐고요오."

"얘가 왜 짜증을? 있지 지하철 역 바로 앞에."

"알았어."

"설, 너 어딘데?"

"길바닥."

"야 인터넷으로 검색하면 금방 나오잖아."

"아."

나는 내 잘나고 똑똑한 머리통을 손바닥으로 툭툭, 때렸다. 빠르게 택시를 타고 안과에 도착했다. 병원으로 들어서자 눈 때문에 방문한 사람들도 나를 괴물 보듯 바라본다. 간호사는 나를 보자마자 허둥지둥, 하며 불이라도 난 사람처럼 굴었다.

"어머, 어떻게, 괜찮아요?"

나는 대답했다.

"괜찮아 보이나요?"

간호사가 고개를 절래절래, 하며 말했다.

"저기 잠깐만요."

간호사는 진찰실로 뛰어가더니 몇 초 만에 나와 기다리는 환자에게 확성기를 틀어 놓을 것처럼 나를 가리키며 말했다.

"저기 환자분들 정말 죄송한데, 이 분이 지금 응급상황인 것 같아서요,

광과, 모서리를 닮은 여자

먼저 진료를 할 수 있도록 양해 부탁드립니다."

몇 안 되는 환자는 모두 고개를 끄덕거렸고, 간호사는 고개를 숙여 인사했다. 나는 왠지 나도 그래야 할 것 같은 분위기에 얼떨결에 모르는 사람 앞에서 굽신, 굽신거렸다.

왜 나는 엉뚱하게 그 상황에 웃음이 튀어나왔는지 모르겠다.

"푸하압."

간호사는 나를 정말 환자처럼, 아니 정신이 좋지 못한 환자처럼 대했다.

"지금 웃을 때가… 혹시, 저기 구타는 아니…시, 죠?"

나는 걱정 많은 그녀를 더 걱정시키고 싶었다.

"푸웁."

"얼른 이쪽이에요, 보이긴 하나요?"

나는 또 웃었다.

"크큭, 네 이 지경에 보이긴 하네요."

여 의사는 나를 보자마자 탄식을 했다.

"아휴, 많이 불편하셨겠어요? 언제부터 이런 거죠?"

"오전? 아니다 어제부터인지… 렌즈를 끼고 잤어요."

여 의사는 나를 정말 한심스럽게 본 뒤 렌즈를 장기간 동안 착용하는 것에 대한 부작용과 그로 인해 최악의 상황까지 올 수 있다는 자료들을 내게 보이며 협박을 했다. 전혀 무섭지는 않았지만 나의 증상으로 인한 병명은 정말 무서웠다. 거대 유두 결막염이라니, 결막염은 알레르기가 있는 나는 봄 철에 꼭 달고 다녔지만 거대 유두, 라니, 분명 가슴이 아니라 눈이 불편할 뿐인데, 유두라니. 나는 그 이름을 여 의사 입에서 들을 때마다 핍핍, 거리며 웃었다. 대게 약을 먹는 순간부터 가라앉을 거라며 스물여덟 살이나 먹은 나에게 자꾸만 위생을 운운한다.

"절대적으로, 손을 항상 깨끗하게 유지한 상태에서 렌즈를 끼우고 빼기를 해야 합니다. 잊지 마세요.

그리고 렌즈는 당분간 하드 렌즈를 권합니다.

이게 한번 발병을 하면 꼭 만성으로 될 수 있는 가능성이 크니까! 절대적으로 렌즈를 한 채 잠이 들어도 안 됩니다.

당분간 안경 착용하구요오, 불편하겠지만 이 정도면 이틀 정도는 안대를 하는 게 좋습니다."

여 의사의 절대적인 위생 관념은 대체 어느 정도의 수준일까? 여 의사는 모공도 하나 보이지 않는 피부와 바둑알처럼 깨끗한 흰 자위를 갖고 있었다. 그녀의 눈처럼 나도 매력적인 흰 자위가 갖고 싶다. 그때 갑자기 진찰실 문이 열렸다.

찰커덕, 쿵.

문이 열리자마자 문이 뒷벽에 부딪혔다. 시소다. 시소의 창피함이나 민망함은 내게 다 밀어낸 듯, 나는 그녀를 보자마자 얼굴이 붉어졌고 위생적인 여 의사와 간호사에게 너무 미안했다.

"허억, 너 눈탱이, 이거 누가 그랬어? 맙소사."

시소는 내가 누군가에게 쥐어 터진 줄로만 알았다고 했다. 여 의사는 시소의 눈탱이라는 말을 듣자마자 예의 없음을 지적하려다 매력적인 흰 자위를 굴리며 말했다.

"일주일 정도 치료하면 괜찮습니다."

진료실을 나오면서 시소는 계속 잔소리를 했다.

"그니까 더러워서 생긴 거 아니야? 내가 너 이럴 줄 알았어.

광과, 모서리를 닮은 여자

네가 부모님이랑 함께 살지 않은 게 정말 다행이야.

내가 이렇게 속 터지는데 오죽하시겠냐고오! 그 작은 눈탱이가 눈알도 하나 안 보이네, 설 너 보이기는 하냐?"

나는 일 자로 걷는 모습을 보였다. 시소가 말했다

"눈알은 건강하네."

난 엉덩이에 주사를 맞고 하얀 안대로 눈을 가리고 역사 속의 궁예가 되어 일주일을 보내야 했다. 일주에 한 번 시소의 『오든지』는 휴무다. 시소는 남은 재료들을 집으로 갖고 와서 요리를 했다.

"거기서도 일하는데 집에서도 이걸 하면 안 귀찮아?"

"너! 안 먹을 거야?"

"에이 또또, 말에 마구니가 씌었구나아."

"처음에만 재미있었다! 이제 재미없어."

시소가 가장 잘 하는 건 떡볶이도 그렇지만 채소를 가득 넣은 곱창 전골이다. 곱창을 만지지도 못하는 저 손으로 어떻게 저걸 이렇게 맛있는 요리로 변신 시킬 수 있는지, 대단한 마술이다.

"참, 운 불렀어."

난 혼자 중얼거리며 궁예 놀이를 하다 깜짝 놀랐다.

"뭣? 언제? 왜? 하필 내 눈탱이가 이럴 때?"

"내가 니 눈탱이가 그럴 줄 알았어?"

"아 정말, 내 눈탱이는?"

"너 운이 앞에서 그런 거 신경 쓰는 사이야? 발전한 거임?"

"무슨, 그런 건 아니지만, 남 녀가 유별난데…."

"설, 유별한데…겠지."

나는 후다다다닥 소리가 날 정도로 앞집으로 뛰었다. 아니 내 집으로 뛰었다. 때가 낀 안대를 벗고 새 안대를 착용했다. 망나니처럼 풀어헤친 머리카락은 답이 없었다.

꼭 감아야 했다. 하지만 고개를 숙이면 눈알이 튀어나올 것 같은 압박이 느껴졌다. 머리까지 띵, 해지는 기분에 도저히 감을 수는 없을 것 같다. 나는 유통기한이 얼마나 되었을지도 모를 조, 조, 조선시대부터 있었던 향수를 손바닥에 조금 부어 스킨을 바를 때처럼 문지른 후 머리카락에 발랐다. 알코올 향이 훅, 올라와 코끝이 찡했지만 나름 참아 줄 수 있는 냄새다. 머리카락을 돌돌 말아 올려 묶었다. 그리고 거울에 비친 나를 보고 나름 괜찮아, 라고 중얼거리며 고개를 끄덕거렸다.

"뭐야, 내가 왜 이래야 해? 후, 그래도 추리닝은 아니지."

나는 최대한 편하고 시원하고 그래도 신경 쓴 것처럼 보이는 옷을 찾았다. 나의 얼마 있지도 않은 옷은 정말 흰색, 아니면 검은색이다. 그러다 보면 갈색이 조금씩 눈에 띄기도 한다. 나는 플리츠로 된 상, 하 세트를 입었다. 이것 또한 검은색이지만 그래도 추리닝보다는 낫다. 시소에게 문자가 왔다.

『편의점 가서 마실 것 좀 사와.』

집 밖으로 뛰어나오며 시소의 현관문에 대고 소리쳤다.

"간다이."

나는 검은 쪼리를 질질 끌고 편의점으로 향했다. 오전 주말 알바는 아주 귀여운 대학교 1학년 남자 아이다. 말이 많고 불평이 많긴 했지만 저 어린 나이에 알바를 하는 것을 보면 참, 기특하다. 내게 남동생은 없지만 이런 동생이라면 업어 키웠을 거다.

　　　　　　　광과, 모서리를 닮은 여자

"안녕 성실한 알바."

"누나 오셨어요? 헉 눈, 눈이."

"괜찮아 괜찮아. 쉿."

얘는 꼭 나를 볼 때마다 누나라는 말을 한다. 참 듣기 좋은 말이다. 그렇다고 내가 아직 모태 솔로인 이유가 연하를 좋아해서라고 오해하면 큰 오산이다. 알바가 나를 보자마자 불만을 토로하며 마치 랩을 하듯 줄줄 말했다.

"저 사실 어제 새벽에 나왔어요! 점장이 급한 일이 생겼다고 해서 자고 있다가 나왔다니까요?"

"어쿠 저런."

난 오늘은 시원한 맥주와 소주를 함께 섞어 마셔야겠다, 라고 생각했다.

"퇴근 시간까지 어떻게 버틸지 몰라요, 벌써부터 힘이 빠지고, 마치 이틀을 꼬박 일한 기분이에요.

방학이라 이 시간에 근무하는 게 다행이라 생각했는데 아, 실수 같아요."

시소가 만든 맛있는 음식들도 있지만 나는 또 문어 슬라이스를 그냥 지나칠 수 없었다.

"일초가 가는 게 한 시간같이 느껴진다구요, 새벽에는 이 정도는 아니거든요."

나는 박카스도 함께 카운터 위에 올렸다.

"그래서 우리 성실한 알바가 잠시 불성실한 알바가 되고 싶은 거야?"

"그런 건 아니지만, 점장님은 글쎄, 아니 그 급한 일…

에이 아니에요, 말하지 말라고 했어요."

나는 계속 무관심으로 일관하다가 알바가 입을 닫는 바람에 갑자기 궁금중이 폭발했다.

"자 이 박카스는! 성실한 알바를 위한 거니까 마시고, 내 입은 알바의 눈꺼풀보다 더 무겁다.

자, 뭔 얘기인지 얼른 이어 보라고."

박카스의 뚜껑을 비틀어 알바에게 들이밀었다. 알바는 검지로 잠깐만 기다려 달라는 행동을 취하더니 말을 이었다.

"아 그러니까 급한 일이라는 건… 아니 어떻게 새벽 다섯 시까지 술을 마셔요?"

"잉? 누가?"

"점장 여친요오! 점장님은 왜 늘 그런 여자들만 만나는 건지 몰라요, 하여튼 잔뜩 취해서 편의점에서…

아, 말도 말아요."

"그럼 너도 본 거야?"

"그렇다니까요!

비상사태라는 소리에 전화 받고 씻지도 않고 나왔거든요, 편의점 바닥에는 토한 게 가득, 대체 뭘 먹은 건지. 하…."

"우리 알바 힘들었겠다아!

조금 불성실해도 되겠어, 박카스 하나 더 먹을래?"

"에이 괜찮아요 누나, 카페인 일일 섭취량이 넘어가면 좋지 않다구요. 벌써 커피도 두 잔째에요."

알바는 약대에 다니는 학생 티를 팍팍 내고 있었다.

"점장, 오늘 일찍 나오겠네?"

"네."

"잠깐 포인트 쓸게."

나는 삼천원이나 되는 돈을 할인 받았다. 할인, 이라 말하는 것보다 내가 쓴 금액이 그만큼 많다는 것이지만 뭐, 가끔은 횡재한 기분도 든다. 알바는 봉투 두 개가 담긴 것들을 보고 말했다.

"누나 이거 혼자 먹는 거 아니죠?"

"에이 그러엄."

"그럼 집에 사람들이 모이나 봐요."

"그러엄."

"역시 누나는 사회적으로 성공한 사람들의 본보기에요."

"엇? 어어 하하하.

우리 알바 조금만 버텨라, 점장이 양심은 있는 사람이니까 일찍 나올 거야. 퇴근 잘 하고."

"네 누나 참 박카스 잘 먹었어요. 헤헤.

참, 혹시 누나도 술 많이 마시고 막, 인사불성 되고 막, 그러진 않죠?"

"에이 알잖아! 늘 맥주 두 캔인 거."

나는 표정 하나 바뀌지 않고 새빨간 거짓말을 했다.

"역시 성공한 사람의 좋은 예."

"간다, 수고."

알바가 고개를 연신 끄덕거렸다. 난 잠시 『오든지』에서 망나니가 되어 운에게 온갖 기억나지 않는 음흉하거나 저급하거나, 했던 말들을 들어 놓았다는 시소의 말 때문에 양심에 가책을 느꼈다. 좌, 우로 든 봉투가 꽤 무겁다.

나는 균형을 잃지 않으려 애를 썼다. 이 한여름의 태양은 겨울철 내내 그리워한 내 맘을 읽었는지 이렇게 모질게도 내리쬔다. 땀이 맺히기 시작했고 혈관이 확장되는 느낌이 드는 순간 눈알이 욱신거렸다.

"윤설휘 씨, 참, 음주는 자제하세요, 당연히 알고 있죠?"

매력적인 흰 자위를 가진 여 의사의 말이 떠올랐다.

"이틀째니까 괜찮아."

갑자기 왼쪽 쪼리가 벌어진 보도 블록 사이로 끼었다. 왜 일어날 수도 없는 이런 말도 안 되는 일이 내게는 잘도 일어나는 건지 모르겠다. 일부러 갖다가 끼워도 들어가지 않을 것이다. 나의 맨발이 길바닥에 고스란히 노출이 되고 말았다. 나는 생각도 못하고 맨 발로 두어 걸음 걷다, 발바닥이 익어 버릴 것 같은 느낌에 화들짝 놀랐다. 정말이지 길바닥에 그대로 누워 버릴 뻔했다.

"으엇, 젠장."

나와 두 해를 함께 한 바닥이 닳아 불쌍한 쪼리가 보도 블록 틈 사이에 끼어 하늘을 우러러보고 있었다.

"하… 정말 환장 하겠다."

나는 한쪽 봉투를 내려놓고 끼어 있는 신발을 발로 빼고 다시 신었다. 검은색은 태양과 너무 친밀해서 순식간에서 뜨거워진 상태이다.

"아놔."

발을 밀어 넣은 채 몇 번을 털어 내야 안전하게 신을 수 있었다. 그리고 다시 봉투를 들으려는 그 순간, 영화처럼 드라마처럼, 순정 만화처럼, 누군가 나타나 봉투를 번쩍 들었다.

정말이지 말도 안 되는 순간이다. 자꾸만 우연처럼 그 사람은 내 곁을 맴돈다. 아니다, 내가 그의 곁을 맴도는 건가.

그 사람은 운이다. 허리가 굽어진 채 그를 올려 보았다. 이렇게 태양이 이글거리는 길바닥에서 어떻게 저렇게 땀 한 방울 흐르지 않고 싱그럽고 마치 나풀거리는 린넨 셔츠 같은 모습일까, 궁금하다.

"너 뭐하냐?"

운이 말했다.

"어, 어어, 너 웬일이야?"

나는 바보 같은 말을 했다.

"누나 집 가는 길이지."

내가 운을 너무 빤히 본 모양이다.

"왜? 뭘 봐?"

"거참 린넨 셔츠 닮았네."

"그래 모서리양."

운이 먼저 앞서 걸었다.

나는 어안이 벙벙한 채 그 자리에 박혀 있는 중이다. 운은 내가 든 봉투를 딱 하나만 가져갔다.

"하, 저 공정한 놈."

나는 한 쪽 쪼리를 질질 끌 수밖에 없다는 사실을 뒤늦게 알아챘다. 억지로 빼낸 조리의 끈이 나의 엄지와 검지 발가락 사이를 지나칠 수가 없다. 그대로 끊어져 버린 끈이 대롱거린다. 그렇다고 맨발로 그 뜨거운 바닥을 갈 수는 없는 노릇이었다. 창피함보다 익어 버릴 것 같은 나의 발바닥이 더 걱정이다. 더군다나 린넨 셔츠를 닮은 저 보송보송한 운이 걸어가고 있지 않은가. 운은 뒤도 돌아보지 않고 자기 갈 길을 걸었다.

이럴 때 보면 참, 인색하기 짝이 없는 놈이다. 나쁜 남자는 원래 저렇게 사악한 매력이 넘쳐야 하는 걸까. 이 와중에 저 사악한 매력에 나의 심장이 분탕질하는 중이다. 나의 두 다리는 이미 정상적인 걸음이 아니었다. 정말 다리가 불편한 사람들에게 미안할 정도로 나는 그렇게 걸었다. 아마 질질질, 이라고 소리가 나고 있었던 것 같기도 하다.

질질질.

시소의 집에 가려면 아직 몇 분은 더 걸어야 한다. 나는 침을 꼴깍 삼키고 결심했다.

운을 부르기로.

"저기 커피 전문점을 두 개나 보유하고 있는 성공한 젊은 ceo 니이임, 네? 저기요오, 저 좀 보세요오!"

운이 멈칫, 하는 것 같더니 그냥 다시 걸었다.

"저기요 김운 님, 제발 저 좀 봐 주실래요?"

운이 그때서야 뒤를 돌아보았다. 그리고 나는 망가진 신발을 발등에 걸친 채 덜렁덜렁, 하는 모습을 보여 주었다. 운이 드디어 내게 뚜벅뚜벅 걸어왔다. 운이 망가진 신발을 빼앗아 들더니 두리번거리며 무엇인가 찾았다. 철물점 앞에 종량제 봉투가 놓여 있었고 운은 담배를 피고 있는 아저씨와 몇 마디를 나누더니 나의 신발을 봉투에 던져 버렸다.

운은 아저씨에게 꾸벅 인사를 하며 내게 다가와 말했다.

"자, 업혀."

"뭐? 뭣? 너 저걸 버리면 어떻게."

"안 업혀?"

"아니, 그, 그게."

"흠, 어쩔 수 없지."

운은 조금도 기다려 주지 않고 직진했다. 운이 내게 영화 같은 말을 하긴 했지만, 나의 몸은, 나의 대답은 선뜻 나오지 않았다. 난 또 그렇게 그의 널찍한 등을 느낄 기회를 놓쳐 버렸다. 어차피 신고 가지도 못할 신, 발을 절뚝거렸다.

"나쁜 놈, 인색한 놈."

운은 그 말을 들었는지 나를 기다려 주며 말했다.

"그거 알아? 난 진짜 기부를 많이 해. 나쁜 놈은 몰라도 인색한 놈은 아니야."

나는 기가막혔다.

"아, 네네 그러세요?"

평소 느끼지 못했던 계단의 버거움이다. 길바닥의 뜨거움을 느끼는 것도 잠시 건물 안 계단은 참으로 내게 인정을 베풀었다. 차디찬 이 시멘트 바닥은 소름이 돋을 정도로 기분을 나쁘게 만들었다. 시소가 운을 반갑게 맞았다. 누가 알면 진짜 친동생인지 알 거다. 나는 정말이지 못마땅하다.

"운, 오랜만이야, 어머 둘이 같이 오네?"

안대를 하고 다리를 쩔뚝거리며 걸어온 난, 현관 앞 거울을 마주치자 막 전쟁터에서 온 군인 같았다. 나는 씩씩거렸다.

"설, 왜 그래?"

나는 시커먼 발바닥을 시소를 향해 들어 보여 주었다.

"신발 안 신고 갔냐? 풉."

나는 분명히 보았다. 운의 등이 들썩거리는 것을 보았다. 설마 운 건 아닐 테다.

"설 씻어, 대충 닦고 들어올 생각 말아라."

나는 찬물로 깨끗이 씻어 낸 발이 애처로웠다. 시소가 젖은 나의 한 쪽 발을 보며 말했다.

"야, 너 한쪽만 씻은 거야? 아오."

운이 뒤에서 나를 보며 마치 경멸하는 눈빛으로 고개를 저었다.

시소의 음식은 대단했다. 시소를 알고부터 쭉, 엄마의 반찬을 지원받을 일이 없었다. 그 말은 취직 후 한 번도 시골에 내려 가지 않았다는 거다. 나는 그렇게 시소가 해 주는 음식을 먹고 지내고 있다. 덕분에 볼에 찐 살은 아주 포동포동 놀부의 것과 같다. 운과 시소는 나의 거대 유두 결막염에 대해 이야기를 나누며 키득거렸다. 나는 아주 정확한 비율의 소맥을 또 단번에 마셨다.

시소가 말했다.

"설, 그만 마셔, 염증 가라 앉았는데 또 일 난다."

"이 정도면 다 나은 거야, 우리 아빠는 독감 주사를 맞은 날에도 약주를 하셨거든."

시소가 엄지를 치켜 올렸다.

나는 이 날 술을 마실수록 카페인을 마신 것처럼 정신이 번쩍 들었다. 운을 이해하기 힘들었다. 내게 사귀자, 라는 귀한 단어의 뜻이 가득 담긴 언어들을 내 앞에서 저질로 놓고, 나의 심장을 벌렁거리게 만들어 놓고, 여느 때처럼 나를 대했고 마치 나를 설레게 또는 당황스럽게 만들었던 일이 없었던 것처럼 굴었다. 그렇다면, 운은 선수인가?

나는 기분이 아주 나빠지기 시작했다. 뭐라고 했더라, 내일 아침 태양을 보고도 똑같은 생각이면 매일 오겠다고 한 녀석이다. 그 말 하나도 참

기가 막히게 설레게 하는 놈이다.

솔직히 난 매일 퇴근 후 잠들기 전, 창문 밑을 네 발로 기어 가 창문 모서리에 정수리를 빼꼼, 내밀고 운의 모습이 있기 바라며 확인했다. 정말 생각할수록 자존심이 상했고 모태 솔로인 내가 한심했다. 나름 바빴겠지, 라는 생각을 한 나는 정말 하수구 구멍으로 숨고 싶은 심정이다. 결국, 아침에 태양을 보자마자 소름 돋듯 고개를 흔들며, 아니다, 라고 생각했다는 얘기가 아닌가. 아, 치욕스럽도다.

시소가 운에게 물었다.

"우리 대표님은 휴가 없어? 여름 휴가."

"뭐, 그냥 갈 데가 있으면 그냥 가는 거예요, 굳이 휴가는 뭐."

"칫, 아주 그냥 대표님 나셨네."

운이 내게 말했다.

"부러워?"

"그래 부럽다, 넌 나 부러운 거 없냐?"

난 운이 생각할 겨를 없이 대답을 해 줘 조금 놀라는 중이다.

"많지."

시소가 말했다.

"뭔데?"

내가 시소에게 말했다.

"시소, 너무 생소하다는 듯한 표정은 뭘까?"

"언니라고 해."

"네 쥔님."

나는 시소가 요리한 곱창 전골을 휘휘 저어 가며 곱창을 찾았다. 내가 많이 골라 먹긴 했지만 어딘 가에 또 숨어 있을 테니까 말이다.

운이 말했다.

"저런 거, 저런 거 말이야, 부러워."

나는 안대를 한 눈을 치켜 올렸다.

"뭔데."

"사람들 신경 잘 안 쓰잖아,

같이 먹는데 젓가락을 냄비에 넣고 저렇게 휘휘 젓는 거 말이야."

시소와 운은 동시에 웃음을 터트렸다. 나는 냄비에 넣은 젓가락을 잡고 잠시 움직이지 않다가 아주 조심스럽게 젓가락을 내려놓았다. 시소는 전기레인지에 다시 불을 켠다.

나는 조금 상처를 받았다. 운이 하는 말이 맞는 말, 그리고 당연히 조심해야 하는 습관 중 하나라는 것을 알고 있다. 뭔가 나의 약점을 크게 들켜 버린 것 같아, 내 모습이 점점 작아지고 쭈글 쭈글, 거리지는 않나 싶다.

엄마의 목소리가 메아리 친다.

"지지배야,

밖에서는 이렇게 게걸스럽게 먹고 냄비째 들고 이렇게 막 휘젓고, 너 그러는 건 아니지? 너 그래서 남자가 없는 거야."

나는 어릴 적부터 아빠와 식성과 행동하는 게 너무 같아서 딸 셋 중, 엄마한테 늘 잔소리를 들어야 했다. 엄마가 아빠에게 잔소리를 하면 그게 꼭, 내게 하는 말 같았고 엄마가 내게 잔소리를 하면 아빠는 꼭 그 말이 자신이게 하는 것 같다고 우린 늘 동병상련 상태로서 늘 서로를 위로했다. 내가 성인이 되고 아빠의 존재 가치가 조금씩 줄어들면서 엄마의 잔소리에 대한 위엄은 날로 커져 갔다. 그래서 난 시골에 갈 때마다 엄마를 따돌렸다.

하긴 엄마, 이 여사님은 우리들의 자리에 끼고 싶어 하지도 않았다. 이렇게 아빠와 나는 단 둘이 술 잔을 부딪히는 일들이 종종 있었다. 아들 대신하는 나의 몫이란 꽤 그럴 듯했다.

지금 아빠는 나의 자리가 굉장히 허전할 것이다. 다음 주는 꼭 가겠다고 마음먹었다.

그때 운이 일어섰다. 함께 있을 때, 긴장하게 만드는 운이지만 또 간다고 말하며 일어서니 난 또, 그게 이상하게 아쉽다.

"운, 명이한테 자주 연락해, 정말 보고 싶어 하더라, 그런데 왜 연락을 안 받아?"

"명절 때 들어올 텐데요."

"근데 너희 둘 싸운 거야?"

"에이 그런 거 없어요, 그냥 뭐."

"하긴 명이 잔소리가 심하긴 해, 나도 하루 한 번은 꼭 잔소리를 듣거든."

운이 미소 짓는다. 둘은 명이라는 이름을 말하고 있다.

운의 누나, 그러니까 일본에 살고 있는 그 사람을 말하고 있는 것이다. 시소의 친구 말이다. 운의 표정을 보아하니, 분명 둘은 사이가 좋지 않음이 확실하다. 나의 궁금증이 극에 달한다.

"갈게요, 누나 정말 너무 너무 잘 먹었습니다아.

너는 그 눈알, 조리 잘 해라."

"네, 제 눈알 조리 잘 하겠습니다."

시소는 손수 운이 가는 길까지 배웅했다. 나는 또 네 발로 기어 베란다

쪽으로 갔다. 그리고 몸을 벽에 붙이고 고개를 들이밀었다. 운이 시소를 안아 준다. 시소가 워낙 날씬하긴 하지만 운의 큰 키와 떡 벌어진 어깨는 품에 안긴 시소가 보이지도 않을 정도다. 나는 괜스레 얼굴이 붉어졌다. 그리고 손바닥으로 내 머리통을 쳤다.

앗, 운이 위를 올려 보았다. 나는 재빨리 벽으로 몸을 기대 보았다. 그리고 다시 얼굴을 내밀었다. 운이 이곳을 똑바로 보고 있었다. 숨는 게 더 하찮게 보일 것이다. 나는 베란다에서 두 다리를 쩍 벌리고 서서 어깨를 으쓱하며 손을 크게 흔들었다. 운이 손가락으로 전화기 모양을 가리키며 응수했다.

"어? 전화?"

운이 고개를 끄덕거렸다.

휴대전화가 울렸고 나는 벨 소리가 나기도 전에 운이라는 이름이 뜨자마자 전화를 받았다. 심장이 콩닥거리고 허벅지가 간질거렸다.

"어어, 왜 왜."

"하… 서리야."

"어어 말해."

"내가 말 안 하려 했는데, 말이야, 이건 말해 줘야 할 거 같아서."

"어, 그래, 말해 말하라니까?"

나는 점점 조급증이 일었다. 드디어, 드디어?

내 얼굴은 아마 우체통이 되어 있을 것이다. 시소가 들어왔고 나는 시소에게 손가락으로 조용히 하라는 행동을 했다. 난 그러니까 그 설레는 말을 기다렸던 것이다.

"그러니까, 너 말이야. 하, 머리 좀 감아라, 응?

있는 내내 머리가 너무 아팠다, 알았지? 눈알 조리 잘하고."

"뚝."

운이 내게 손을 흔들며 사라지고 있다. 나는 무엇을 기대한 것일까? 머리를 감았니? 가 아니고 머리 좀 감아라, 라니. 난 바닥에 풀썩 주저 앉았다. 운이 그때 내게 한 행동과 말은 대체 무엇이고 지금의 모습은 대체 무엇이란 말인가. 난 고뇌에 빠졌다.

"설 왜?"

"전화 왔어."

"누구?"

나는 어이없어 웃으며 말했다.

"핫하하 운이 나 보고 머리 좀 감으래."

"뭐?"

시소가 바닥에 주저 앉아 미친듯이 웃었다.

"아이고 배야, 미치겠다 진짜."

나는 큰 잔에 소주의 비율을 무시하고 따른 채 맥주도 함께 따랐다. 그리고 벌컥벌컥 마셨다. 그리고 보란듯이 끓고 있는 냄비에 숟가락을 넣고 휘휘 저어 곱창을 건져 아주 쫀득하게 씹었다. 다시 또 곱창을 건져 씹었다.

"다 치우고 머리 좀 감자."

나는 시소의 말을 듣자마자 숟가락을 식탁 위에 탁, 하는 소리가 나도록 놓았다.

"앗, 깜짝이야 얘가 진짜 왜 이래?"

"사실, 운이 내가 좋다고 했어. 아니 엄연히 말하자면 프로포즈야, 사귀자는 거였다고."

시소는 설거지를 하다가 정지 상태로 나를 보았다. 그러더니 야릇한 미소를 짓고 다시 그릇을 닦았다.

"에이, 곱게 취해라."

"정말이라니까? 하, 나 진짜 미친 걸까?

아니면 운이 미친 건가? 아니면 운이 나를 미치게 하는 걸까?"

시소가 고무 장갑을 벗고 내게 다가와 앉았다.

"말해 봐, 뭔데?"

"내가 말하면 믿을 거야? 내가 이 이야기를 이 여사한테 해도 믿지 않을 텐데? 시소가 믿어 준다고?"

시소는 갑자기 철학적으로 말투를 바꾸며 말하는 나의 머리통에 달콤한 꿀밤을 한 대를 먹였다.

"아 맛있다, 꿀밤."

"썰 말 안 할 거야? 다신 안 들어주고 안 믿는다?"

"손수건 준비해 시소."

"언니."

"그러니까 말이야, 바야흐로 때는 며칠 전이지."

나는 최대한 극적으로 아름답게 서정적으로 이야기를 했다. 아주 짧은 이야기였지만 시소는 꽤나 감동한 모양이다. 시소는 이미 두 손을 깍지를 끼고 모으고 있었으며 나의 열렬한 응원자가 되어 있었다.

"세상에, 낭만적인 운. 내일 아침 태양이 뜨고 지금 감정과 같다면 그대를 다시 찾아오리다."

나는 고개를 끄덕거렸다.

"그런데 운이 이상하단 말이야, 나를 대하는 게."

"흠."

시소가 골똘히 생각하더니 다시 내게 맛있는 꿀밤을 나누어 주었다.

"야, 아씨, 그니까 뭐야? 내일 아침에도 너와 사귀고 싶다, 라는 감정이 들면 다시 그 자리에 오겠다는 거잖아?

설, 바보냐? 그렇다면 다음 날 일어났더니 그 감정이 싹 달아난 거지, 그걸로 끝인 거고."

시소의 말을 들어 보니 정말 내가 바보 같았다. 맞다. 그 감정이 들지 않았으니 나를 찾으러 오지 않은 거다. 이렇게 간단 명료한 일을 나는 왜 고민에 빠졌을까, 왜냐면 나는 다른 상상을 했기 때문에 그런 단순한 이유를 생각해 보지 못한 것이다.

"아, 정말 너무 창피해."

"하, 설, 너 진짜 창피하겠다. 근데 이상하긴 해, 운이 실없이 그런 얘기를 막 던지는 애가 아니거든. 말도 많지 않은 애가 그럴 리 없는데."

"어쨌든 이 결론이 맞긴 한 듯."

"설 너 혹시 운, 좋아해?"

나는 버럭, 하며 긍정이라며 티를 낸다.

"뭣, 아니 뭐 호감은 있지, 어떻게 없어, 저 자식은 너무 완벽하잖아, 근데 나랑 같은 나이에 버젓한 가게가 두 곳이나 있고, 내가 호감이 있다고 해서… 뭐, 아니야, 자신 없음 다 아닌 거지."

시소가 나의 어깨를 툭툭 친다.

"어머어머, 애 좀 봐, 너 얼굴까지 붉어진다?

너 운 좋아하는구나? 그런 것까지 생각을 이미 한 거야?"

"아니 그게 아니라 괜찮은 사람이지만 그게 다 맘대로 되는 것도 아니고."

나의 볼에서 열이 오른다.

"애 좀 봐, 너 얼굴이 돌아오질 않는다?"

나는 남은 소주 병을 아예 입으로 가져가 마셨다.

"우씨, 그래 좋아한다. 그래도 조금만 좋아한다, 좋아해 그래."

"풉 아, 머리 좀 감으라니 으하하하하핫."

"ㅇㅇㅇㅇㅇㅇㅇㅇ."

나는 그날 밤 시소 곁에서 잠이 들었다. 나의 기억은 머리 좀 감아라, 에서 멈췄다. 시소와 운에 대해 아주 중요한 이야기를 나누긴 했지만 모든 이야기의 단락이 끊겼다. 난 눈을 뜨고 아직 해가 뜨지 않음을 감사하며 잠든 시소에게 말했다.

"쉰님 가 보겠습니다, 더 주무십시오오."

나는 네 발로 현관까지 기어 갔다. 나의 신발 한 짝이 없는 것을 잊고 있었다.

"그래 두 발이 더 있지."

나는 그대로 네 발로 기어 앞집으로 향했다. 아니 나의 집으로 향했다.

보름 정도의 시간이 흐른 후, 나의 눈은 완벽한 정상으로 돌아왔다. 의사의 말에 따르면 나의 경우는 보통 사람들보다 더 회복이 느렸다, 라고 말하며 다시 한번 내게 위생을 운운하며 부탁하듯 말했다.

"윤설휘 씨 아시죠? 눈은 위생이 첫 번째에요, 그리고 눈 영양제도 함께 챙겨 주면 도움이 됩니다."

나는 굳이 말하자면 의사 같은 전문직에서 몸을 담고 있는 사람들이 내게 어떤 설득이나 혹, 하는 말을 하면 나의 귀는 완벽하게 커지거나 그쪽으로 몸을 기울이고 있다는 게 약점이다. 물론 나는 완치, 라는 말은 들은 그날 십만 원이 넘는 액수로 눈에 관한 영양 보조제를 구입했다.

시소는 그것을 확인하더니, 왜 같은 성분이 들어 있는 것을 세 개씩이나 샀냐고 또 욕을 먹었다. 왜 난 그것을 몰랐을까? 여의사는 내가 멍청하다는 사실을 알고 말했을 것이 뻔하다. 그 점을 생각하니 약이 오르는 것보다 멍청한 내가 참 한심했다. 왜냐면 이런 면에서는 늘 이렇게 한심했기 때문이다. 변함없이 말이다. 그렇게 영양제는 시소와 내가 각각 나누었고 엄마에게 돌아갈 것을 사실, 운에게? 라는 생각을 하지 않은 것은 아니었다.

난 참, 멍청한 나의 머리통을 또 한번 후려치지 않을 수 없었다. 빠르게 가방 속에 집어넣으며 엄마에게 문자를 보냈다.

『이번 주 갈게요』

역시 빠른 답장이다. 엄만 분명 온라인 고스톱을 치고 있었을 것이다.

『무슨 일인데?』

그렇다, 나의 엄마는 내가 집에 내려간다, 라고 말을 하면 꼭 무슨 일이 있냐고 묻는다. 내가 그렇게 문제가 많았던 아이인가, 라는 생각도 든다. 그래도 난 자매들 중 가장 안전한 성격을 갖고 있다고 생각했지만 엄마에게는 그렇지 않은 모양이다. 난 간단히 답장을 보냈다.

『없음』

며칠 사이 회사에서 생각지도 못한 일이 일어났다. 이 일은 장점보다는 단점이 더 많을 수도 있을 것이다. 난 식당에서 뭔가 새롭게 해 볼 생각은 없었지만 나의 가슴 속에 자리잡은 정의감은 음식을 조리할 때도 같았다. 나는 기본을 넘지 않는 수준에서 좋은 재료를 선택했고 정말 집에서 먹는 밥과 비슷할 정도로 식단을 계획했다. 굉장한 포부를 갖고 시작한 건 아니었지만 반응은 꽤 좋았다.

구내 식당은 백화점 내의 직원들이 거의 대부분이지만 즐비한 푸드 코트처럼 일반 사람들이 식당을 찾아 주고 있었다. 체감상 느끼지는 못했지만 일반 사람들이 늘어나고 일주일 후, 재료가 확연히 부족하다는 것을 보고 그들의 이야기를 믿었다.

또한 잔반이 거의 남지 않았다는 사실이다. 이런 결론은 음식을 다루는 업체에게 반가운 일이 아닐 수 없다. 난 그 덕에 정말 바쁜 한 주를 보냈다. 매출의 오름을 눈으로 확인했을 때 나는 실로 놀라지 않을 수가 없었다. 또한 내가 속한 회사는 백화점과 관련이 깊은 협력 업체이기 때문에 이 점은 굉장히 중요하다, 라고 대머리 과장이 설명했다.

"사실, 식당이 사라지기 일보 직전이었어.

직원들은 잘 모르겠지만 말이야…

이 회사를 매각한다는 얘기도 들렸었지, 그런데 설휘 씨가 오고 몇 배의 매출이 올랐다는 건 실로 놀라운 일이 아닐 수가 없어, 인터넷이 그걸 말해 주지."

과장의 이야기를 듣고 나니 모든 게 딱, 퍼즐처럼 맞춰졌다. 처음 면접을 보러 왔을 때의 느낌이 정말 공중에 붕, 뜬 회사처럼 보였기 때문이다. 나는 갑자기 아찔하다. 만약 정말 이 회사가 사라지는 회사였다면 난, 또 직장을 구걸하러 또 같은 정장을 꺼내 입었어야 했을 것이다.

가장 바쁜 시간을 정리하고 나는 사무실로 돌아왔다. 나는 정말 깜짝 놀랐다. 분명 사무실을 나오기 전 김하영이 보이는 곳에 위치한 블라인드를 내리고 왔다. 그런데 버젓이 김하영이 나를 유리창 너머로 보며 웃고 있는 것이 아닌가, 정말이지 저 여자는 소름 끼치도록 내 모든 것을 알고 있는 듯한 표정을 짓는다. 나는 슬리퍼를 소리가 나도록 끌어 걸으며 다시 블라인드를 내렸다.

나를 보고 고개를 갸우뚱하는 김하영의 표정은 정말 읽어 내릴 수가 없다. 그때 회계 쪽 여직원이 노크를 했다.

똑똑.

"네. 들어와요."

"아, 영양사님. 요청하신 거요."

나는 매출에 맞게 매입 계획을 다시 짜야 했다. 그들이 정해 준 매입 가격은 당연히 대폭 상승했다. 나는 피곤하지만 신이 났다.

"넵, 감사합니다."

여직원은 말했다.

"참, 영양사님, 인터넷 확인해 보셨어요?"

나는 고개를 흔들었고, 여직원은 말을 이었다.

"백화점 맛집 확인해 보세요."

참 둔한 나다. 여직원이 웃으며 구체적으로 말했다.

"그러니까, 그 맛집에 우리 『맛나』 구내 식당이 있어요."

"네?

나는 정말 놀랐다. 과장이 인터넷, 이라는 단어를 썼던 것이 이런 의미였던 모양이다.

"아, 네네 그럴게요, 고마워요."

갑자기 여직원이 내가 가까이 다가오며 속삭였다.

"그리고 직원 감축 소문이 있었는데 그 얘기가 쏙 들어갔다고 해요. 영양사님 덕분이에요. 아니, 그런데 왜 영양사는 승진 같은 게 없어요?"

나는 크게 웃었다. 여직원의 표정이 한껏 들떠 있었다.

"아무튼 이번에는 여름 휴가도 갈 수 있을 거 같아요, 큿."

그럼, 이곳은 여름 휴가도 없을 정도로 그렇게 심각한 상태였다는 말인가, 나는 의심스러웠다. 백화점과 아주 긴밀하게 뻗어 나온 회사도 어려울 수 있다니, 믿기지가 않다. 하긴 성과가 없는 기업은 밀려 날 수밖에 없는 게 이치다. 나는 서류를 펼쳤다.

"휴우… 좋은 일이긴 하지만, 아! 바쁘게 생겼네."

난 저녁 식사 대신 두유를 선택했다. 잠시 블라인드를 올린 후, 퇴근하는 직원들과 인사를 했다. 그때 김하영이 일어나더니 먼 거리에 있는 이준희를 향해 소리쳤다.

"준희 씨, 퇴근 안 해?"

이준희는 김하영과 눈을 마주치지도 못하고 마치 죄를 지은 사람처럼 고개를 숙이고 답했다.

"오늘은 갈 곳이 있어서요."

"준희 씨가 갈 곳은 정해져 있겠지."

나는 귀를 크게 빗어 내며 정신을 집중하며 들었다. 이준희는 말이 없었고 이어 김하영이 말했다.

"급한 일 아니면 같이 가, 지금 차도 정말 많이 막힐 것 같고 술 한잔 하고 가자."

이준희는 술을 못 마신다. 저 말은 분명 또 대리 운전을 하라는 얘기일 것이다. 난 아주 작게 중얼거렸다.

"저런 싸가지이."

난 돌아서 있는 김하영의 뒤통수에 대고 주먹질을 하는 시늉을 했다. 그때 이준희가 고개를 들고 나와 눈이 마주쳤다.

"헉."

이준희가 분명 내가 뒤통수에 주먹질을 하는 것을 본 것이다. 김하영은 놀라 커진 이준희의 눈을 보더니 고개를 획, 하고 돌렸다. 그리고 나와 눈이 마주쳤다. 나는 태연하게 어깨를 으쓱했고, 김하영은 그 큰 눈으로 뭔지 모를 의심을 하는 눈치였다. 나 다시 자리에 앉아 따뜻하게 데운 두유를 마시며 서류에 집중하는 척을 했다.

"준희 씨 어쩔 거야? 따라나서."

나는 이준희가 어떤 행동을 할지 힐끔거렸다. 이준희는 군말 없이 김하영을 따라갔다. 그때 난 고민에 빠졌다. 내일을 위한 준비는 다 끝났지만 저들의 뒤따를지, 다음 일을 미리 할지 말이다. 나의 행동은 정말 빨랐다. 먼저 내려간 엘리베이터를 뒤로 하고 나는 지하 주차장으로 뛰었다. 삼층밖에 안 되는 계단은 내게 난관도 아니었다. 난 김하영의 차를 찾아 눈을 두리번거렸다.

"허억헛, 찾았다."

잠시 후 김하영과 이준희가 나타났다. 그들은 나를 보며 놀란 눈치다.

김하영이 말했다.

"퇴근하는 거예요?"

나는 고개를 끄덕거리고 숨을 골랐다.

"휴우, 같이 가요, 술 마시러, 내가 사요."

김하영의 얼굴이 찌그러졌다. 다시 한번 나는 확고하게 말했다.

"자자 갑시다."

난 조금 뻔뻔하게 김하영의 자동차 뒤 좌석 문을 열고 앉았다. 다시 한번 생각해도 아주 멋지고 뻔뻔한 행동이다. 이준희는 그때에도 말없이 행동했다.

김하영이 말했다.

"영양사씨님, 아무거나 잘 먹어요?"

김하영이 또 장난이다. 나는 모른 척한다.

"뭐 대충, 혐오 대상만 아니면."

"그래요 갑시다! 근데 일행이 있는데 괜찮죠?"

나는 잠시 고민을 했지만 여기까지 와서 이 일을 멈출 수는 없었다.

"뭐 그래요."

삼십 분 정도가 흐르는 동안 우리는 정말 처음 본 사람처럼, 또는 서로를 경멸하는 사람들처럼, 한마디의 대화도 나누지 않았다. 김하영은 좁은 골목으로 방향을 바꾸었고 주차장은 시장 앞, 공영 주차장이었다. 그녀가 드디어 입을 뗐다.

"내려요. 다행히 아직 주차할 곳이 있었네요."

이준희는 이곳을 자주 와 본 사람처럼 자연스러웠다. 나는 이준희에게 물었다.

"여기 맛집 있나 봐요?"

이준희는 고개만 간단히 끄덕였다. 정말 재미없고 무뚝뚝한 사람이

광과, 모서리를 닮은 여자

다. 김하영이 앞장을 섰고 시장 골목으로 들어서자마자 온갖 음식들과 사람들, 난생 처음 본 채소들까지 눈이 돌아갔다. 정말 오랜만에 와 본 재래시장이다. 김하영이 들어간 곳은 정말 낡고 작은 순대국밥 집이었다. 차를 끌고 여기까지 왔다는 건 이곳이 정말 대단한 맛집이어야 한다는 것이다. 안으로 들어서며 김하영이 인사를 한다.

"저 왔어요."

김하영이 식당 직원에게 저렇게 살갑게 인사를 하다니, 처음 보는 광경이다. 김하영은 어디를 가도 절대 인사를 하는 법이 없었고, 상대방이 인사를 해도 함께 인사를 하는 법이 없는 사람이다. 그리고 이준희가 입을 열었다.

"안녕하세요."

키가 작고 깡마른, 표정 속에 고난이 엿보이는 아주머니가 방긋 웃으며 우리를 반겼다.

나도 얼떨결에 고개를 숙이고 인사했다.

"안녕하세요."

"네, 어서 오세요, 못 보던 분이시네?"

김하영이 말했다.

"새로운 영양사."

아주머니는 부담스러울 정도로 나를 반갑게 맞았다.

"아이고 그러시구나, 이쪽으로 앉아요, 너무 누추해서 어쩐다."

상황이 조금 이상하게 돌아가는 느낌에 나는 답했다.

"아닙니다, 별 말씀을요."

김하영이 나를 쏘아보며 말했다.

"메뉴는 한 가지예요, 먹을 거죠?"

나는 고개를 끄덕거렸다. 사실 나는 좋아하진 않지만 순대는 먹을 수는 있다. 하지만 그 국밥 속에 들어가는, 눈으로만 봐도 아주 쫄깃해 보이거나, 어느 부위일까, 라고 상상하게 되는 그것들은 좋아하지 않는다. 아니 먹지 못한다. 먹지 못한다는 것은 단 한번도 시도를 해 보지 않았다는 것이다. 김하영이 무슨 음식을 좋아하냐, 라고 물었던 건 지금 상황이 오는 것을 암시했던 말이었을 것이다.

나는 숨을 깊게 들이마시며, 먹지 못한다, 를 시도한다, 라고 바꾸어 생각해야 했다. 그리고 김하영은 아주 능숙하게 좁은 가게 안을 돌아다니며 김치, 깍두기, 고추, 소주, 소주 잔, 수저를 셀프로 챙겼다. 이준희 또한 마찬가지로 김하영의 자석답게 잘도 챙겨 왔다.

김하영은 자신의 빈 잔에 소주를 따르고 그것을 단번에 마셨다. 그리고 빨간 깍두기를 우적거리며 씹었다. 그녀는 참, 술을 맛있게도 먹는다.

"한 잔 줘요?"

나는 대답없이 술 잔을 들이밀었다. 김하영이 술을 따르자마자 나도 같이 술을 마셨고 나도 같이 깍두기를 씹었다. 시원한 맛이 일품인 깍두기는 정말 예전 할머니가 담가 준 그 맛이다. 참고로, 나는 할머니의 사랑을 받고 자란 사람은 아니지만 그만큼 깍두기의 맛이 시골스럽고 투박하지만 맛있다는 뜻이다. 이것 하나로도 소주 두 병은 거뜬히 해치울 수 있을 것 같았다. 다시 한번 칭찬하지만 깍두기 맛은 정말 최고다.

김하영은 다시 똑같은 방법으로 소주와 깍두기를 들이켰고 나도 곧장 따라 마시고 씹었다.

소주를 이렇게 먹다니, 정말 달콤하지 않은가, 아무래도 난, 이곳의 단골이 될 것 같은 예감이 들었다. 아주머니가 몇 번의 토렴을 거친 국밥을 식탁에 내려 놓으며 말했다.

"하영아!

밥을 먹고 마셔야지, 얘가 원."

아주머니가 소주병을 옆으로 밀어 놓자 김하영은 아주머니의 손을 뿌리치며 소주병을 집었다. 그리고 이번에는 소주를 들이켠 후 국밥에 들어 있는 회색 빛, 또는 하얀 그것들을 씹어 먹었다. 그녀가 먹는 입의 모양만 봐도 정말 쫄깃해 보였다.

갑자기 분위기가 험악해지는 것을 불안하게 느꼈다. 아주머니는 김하영의 이름을 알고 있었고 김하영은 아주머니에게 굉장히 적대적이다. 나는 국밥을 뒤적거렸다. 갑자기 김하영이 크게 웃었다.

"쳇, 못 먹는구나?"

"잉? 나요? 흠, 못 먹지는 않아요, 먹어 보지 않은 거지….

그러니까 먹어 볼려고."

나는 내게 말이 조금씩 짧아지는 김하영을 나는 따라했다. 이준희는 사이다를 홀짝거리며 국밥의 그것들을 잘도 씹어 삼켰다. 그것을 보면 정말 맛있는 모양이다. 나는 드디어 시도에 들어갔다. 우선 소주를 입에 넣었다. 그리고 제일 크기가 작고 곱상하게 생긴 것을 골라 입에 넣었다. 이것은 마치 돼지 껍데기를 씹는 느낌, 아니 그것보다 더 질기거나 고소하거나, 뭐라고 설명할 수 없는 식감을 갖고 있었다. 김하영이 한 쪽 입꼬리만 올리며 나를 비웃고 있었다. 그리고 그녀는 다시 소주를 들이켠다. 다시 아주머니의 말이 이어졌다.

"하영아, 천천히 좀 마셔어…."

김하영은 소리를 높였다. 감정을 조금 참고 있는 느낌이 들었다.

"아 정말, 내가 알아서 해요."

나는 김하영과 아주머니의 얼굴을 번갈아 보았다. 그리고 꼼짝 않는 이준희도 보았다.

김하영이 말했다.

"응, 맞아요, 그쪽이 생각하는 사람."

그러고 보니 이들은 너무나 닮았다. 나는 왜 이렇게 눈치가 느린 걸까. 나는 반사적으로 벌떡 일어나 아주머니에게 다시 인사했다.

"죄송합니다! 몰라 뵈었어요, 다시 인사드릴게요."

"죄송하긴요, 별 말씀을 다 하세요, 얼른 그냥 맛있게 드세요."

이때 내 얼굴은 소주 두 병은 거뜬히 마신 사람처럼 붉어졌을 것이다. 내가 그러는 와중에 이 두 명의 여자들은 정말 꿋꿋하게 국밥을 맛있게 도 먹는다. 김하영이 자신의 그릇에 있는 정체 모를 것을 젓가락으로 들 며 말했다

"이건 이렇게 먹어야 해, 봐요."

김하영은 그것을 분홍 빛이 도는 새우젓에 찍어 썰어 놓은 고추와 함 께 입에 넣으며 씹었다.

"이렇게, 먹으라고요."

나는 김하영이 하는 대로 야무지게 따라했다. 뭐라고 설명할 수 없는 이 감칠맛은 생전 느껴 본 적이 없는 맛이다. 나는 소주 한 병을 비운 김 하영과 그녀의 어머니를 힐긋, 보며 말했다.

"왜 말 안 했어요?"

"뭘요?"

나는 밖에 서 있는 아주머니를 눈으로 가리켰다.

"일행 있다고 말했잖아요."

김하영은 늘 말을 이런 식으로 밖에 못한다. 나는 욱, 하는 것이 올라왔지만 욱을 숨으로 토해냈다.

"후우, 그 소리였군."

그리고 나는 이곳에 따라온 목적을 다시 상기시켰다. 사람은 참 희한하다. 아주 예의 없고 못돼먹은 사람 때문에 화가 났다가 그들의 삶에 조금 가까워졌거나, 그 삶이 조금 고달파 보이기라도 하면 이상한 감정의 소용돌이에 빠진다. 그렇게 빠지고 나면 그 못된 사람에게 우리는 이렇게 말하거나 생각한다.

'그래, 그럴 수도 있지, 이유가 있을 거야.'라고 말이다.

난 김하영의 어머니가 한 앞치마와 퉁퉁 부어 오른 손가락을 보지 않으려 애썼다. 하지만 어딘가 모르게 풍기는 고급스러움과 미모는 얼룩이 남은 앞치마도 가리지 못했다. 그녀의 어머니는 나이에 비해 정말 고운 얼굴을 갖고 있었다. 나는 자신의 어머니에게 퉁명스럽고 예의 없게 말하는 김하영을 보며 이 둘의 사연은 무엇일까, 하고 계속 생각했다.

김하영은 소주를 또 들고 왔다.

"더 마실 거예요?"

"줘요."

우린 별 이야기도 없이 두 시간을 훌쩍 보냈다. 소주 병은 벌써 네 개가 나란히 늘어서 있다. 나는 이준희에게 말했다.

"준희씨는 약속 있다고 했잖아요?

오늘 이 자리, 그리 중요한 자리도 아닌데 왜 안 갔어요?"

김하영이 나를 분명 흘겨보았을 것이다. 나는 꿋꿋하게 이준희만 보았다. 대답을 기다리며 눈도 깜박하지 않으니 눈물이 흘렀다. 몇 분이 흘렀을까, 이준희가 입을 열었다.

"그러게요."

　그녀의 대답은 굉장히 저돌적인 대답이었다. 의외로 김하영은 듣는 척도 하지 않는다. 우리는 정말 건조한 분위기에서 소주를 네 병이나 말끔히 비우고 그곳을 나왔다. 나는 김하영의 어머니에게 공손하게 인사를 건넸고 다시 한번 고운 얼굴에 눈이 가는 것은 어쩔 수가 없었다. 마음 한 켠으로 안타까움, 이라는 감정이 이는 이유는 대체 무엇일까, 김하영의 대한 의문점이 또 하나 생긴 셈이다.

　주차장에 다가왔을 무렵, 김하영은 역시 아무 말도 없이 차 열쇠를 이준희에게 내밀었다. 이준희의 썩 내키지 않은 표정은 보란 듯이 드러났다. 나는 이때를 기다리기 위해 소주를 마셨고 김하영의 어머니에게 인사도 했다. 이젠 나설 차례다.

"김하영 씨, 대리 운전 부르세요."

　김하영은 인상 찌푸리며 나를 빤히 보았다. 그러더니 갑자기 웃어 버린다.

"영양사님, 재밌어요?"

　나는 아주 기분이 언짢았다. 김하영이 대놓고 나를 무시하는 기분이 들었다.

"퍽이나."

　이번에는 김하영이 싫은 내색을 했다.

"시비 거는 거예요?"

"김하영 씨는… 그럼 이준희 씨한테 명령이라도 하는 거예요? 아니, 시비라도 거는 건가?"

김하영은 다시 한번 큰 소리를 내며 웃었다.

"아니, 그러니까, 내가 준희를 부려 먹는 거 같아서 정의감이 불타오르기라도 한 거예요?"

"잘 이해한 것 같네요."

김하영은 한숨을 쉬었다.

"하아아."

나도 그녀를 따라 숨을 크게 뱉었다.

"휴우우우."

이준희는 팔짱을 낀 채, 차 키를 만지작거리더니, 그것을 아무 말없이 김하영에게 내밀었다. 김하영은 이준희를 보았고 그들의 눈싸움은 아주 오랫동안 계속되었다. 이준희가 먼저 입을 열고 말했다.

"두 분 해결할 것 하시고 전 집에 가요."

김하영은 뭔가 의심스럽거나 미심쩍다는 표정을 지으며 열쇠를 낚아 챘다. 이준희는 빠르게 주차장에서 빠져나갔다. 나는 다시 김하영에게 말했다.

"대리 불러요, 나도 가야 하니까."

김하영은 굉장히 어이없다는 표정을 지으며 차의 문을 다시 걸어 잠 갔다.

"잘 모르는 직원까지 챙기는 거 보면, 그쪽은 나쁜 사람은 아닌 거고, 좋은 건지 나쁜 건지 모를 그 오지랖은 늘 그렇게 발이 넓을 것이고…

뭐 처음 봤을 때부터 알아보긴 했지만, 이런 식으로 예의 없이 굴지는 맙시다! 네?"

"아, 그러니까, 김하영 씨도 예의를 아는 사람이군요?

그런데 왜? 직장이 아닌 다른 곳에서도 일의 연장 같은 기분이 들게 하는 거지? 이준희씨가 김하영 씨 기사라도 돼요?

그건 예의 바른 거고?"

김하영은 갑자기 소리를 버럭 질렀다.

"윤설휘 씨. 그만 오지랖 떨어요, 네? 뭘 안다고 그래?

당신 나 잘 모르잖아?"

나는 언제나 그랬듯이 예의, 라는 것이 사라지는 순간 돌변한다. 나도 그만 소리를 지르고 말았다.

"야앗, 지금 반말했냐, 요?"

김하영은 분명 혼잣말로 돌아이, 라는 입 모양을 뻐끔거리는 것을 나는 목격했다. 확실했을 것이다. 하지만 확실히 듣지도 못한 말을 내가 말했다가 나는 또 김하영에게 당할 것이다.

김하영의 어머니가 우리에게 다가오고 있었다. 어머니는 김하영에게 다짜고짜 말했다.

"왜 큰 소리가 나니? 무슨 일이야?"

김하영이 퉁명스럽게 말했다.

"상관할 일 아니에요."

나는 빠르게 고개를 숙이며 말했다.

"아, 죄송합니다, 아주머니."

그때 김하영이 나의 팔목을 잡으며 빠른 걸음으로 나를 끌고 갔다. 나보다 키가 큰 그녀는 엄청난 아구 힘을 갖고 있었다. 나는 끌려 가지 않으려 분명 노력했지만 나의 발은 벌써 저만치 가고 있는 것이 아닌가, 그녀에게 끌려 가면서 나는 뒤를 보며 아주머니에게 인사를 했다. 그것도 아주 공손히.

"죄송합니다."

우린 시장 골목에서 벗어나 큰 길을 걸었다. 김하영이 잡았던 나의 팔목이 붉은 팔찌를 한 것처럼 보였다.

"아니, 어디 가요?"

김하영은 말이 없다. 나는 그녀의 옆에 바짝 다가가 말했다.

"어디 가냐고."

"내가 따라오라 했어요? 놓아 줬으니, 갈 길 가던가, 난 내 갈 길 가는 겁니다아. 거참, 귀찮은 성격이네."

그녀의 말은 틀린 말이 없다. 나는 잠깐 멈춰서 김하영을 보았다. 김하영은 혼자 맥주 집을 들어갔다. 잠시 고민을 하다, 그곳으로 따라 들어갔다. 김하영 앞에는 이미 생맥주가 놓여 있었고, 그 몇 초 사이에 그것을 반이나 들이켰다.

"여기 저도 한 잔 주세요."

"왜 따라옵니까?"

"따라온 걸로 보입니까? 나도 맥주 마시려고 들어왔습니다!
존대를 하니까, 참 듣기 좋습니다."

"다른 자리 앉죠?"

나는 시원한 맥주가 담긴 얼음 잔을 들어 올려 열을 식혔다.

"크아, 난 이 자리가 좋습니다."

김하영은 역시 술에 굉장히 강했다. 발간 얼굴과 그녀의 정신은 정 반대였다. 나는 자꾸만 그녀에게 신경이 쓰였다. 나쁜 사람이다, 라는 인식으로 시작했던 감정이 어느새 호기심과 궁금증으로 대폭 바뀌었다. 한참 후, 나는 물었다.

"이준희 씨와 원래 잘 아는 사이에요?

생각해 보니 김하영 씨 말처럼, 내가 오지랖이 좀 과했던 거 같기도 하고."

김하영이 마치 나를 무시하는 듯한 미소를 날리면서 말했다.

"하, 전 영양사가 왜 그만두었는지 알아요?"

"내가 볼 사람 아닌데 궁금하지도 않아요."

"풍, 기, 문, 란."

나는 입을 쩍, 벌리고 김하영을 보았다. 김하영은 또 생맥주를 시켰다. 나는 도저히 맥주 때문에 부풀어 오를 더 이상의 뱃살들이 모자랐다. 나의 술 배는 여기서 끝인 듯하다.

"왜 그렇게 관심이 많아요? 나한테."

나는 솔직하게 말했다.

"솔직히 김하영 씨가 그렇게 행동을 하잖아요?

그거 알고 있는 거 아니었어요?"

김하영이 피식 웃었다.

"당신, 윤설휘 씨, 그렇게 섬세한 사람이었어요? 몰랐네."

김하영은 내가 예스, 라는 답을 하지도 않았는데 나의 이름을 불렀다.

"섬세하지 않아도, 눈길을 끄는 행동을 하니까 그렇게 보게 되는 거죠, 봐요 내가 김하영 씨를 보는 것처럼, 김하영 씨도 나를 그렇게 보는 거니까."

김하영과 나는 말에 대한 주도권을 서로 뺏기지 않으려 애쓰고 있었다.

광과, 모서리를 닮은 여자

"직장에서 규칙을 만들어 주는 사람은 있어야 해요."

나는 눈을 휘둥그레 뜨고 그게 왜 너이어야 하니, 라는 표정을 지으며 어처구니없다는 듯한 투의 말을 뱉었다.

"네에? 정말 그게 규칙이라고 생각해요? 그 사람의 의견을 무시하고 자기 맘대로 하는 게?"

"무시할 의견? 무시하는 게 아니에요, 마음 같아서는 혼쭐을 내고 싶지만, 그렇게 하지 못하기 때문에 그렇게 보이는 거지."

나는 더욱 놀라 말을 잇지 못했다. 그리고 중얼거렸다.

"에? 혼쭐을 내요?"

"윤설휘 씨, 회사 오래 다녀야죠? 당신이 생각하는 것보다, 이곳은 되게 험악한 곳이에요."

김하영의 독설에 나는 다시 화기가 올라왔다.

"와, 그걸 왜 김하영 씨가 걱정하지? 그 말을 할 위치가 되는 사람들도 그렇게 말하지 않아요, 그렇게 보지 않으려고 했는데, 참 이상한 사람이네."

"왜요? 내 엄마가 순댓국 집 아주머니라서 조금 좋게 보려고 애라도 썼나요?"

나는 기가 찼다.

"네에?"

더 이상 들어갈 곳이 없다고 머릿속에서 외쳤지만 내 손은 이미 맥주 잔을 들어 입은 그것을 받아들이고 있었다. 그리고 벌떡 일어섰다.

"오늘처럼 술을 마시면 대리 기사를 불러요! 그리고 회사에서 괜한 군기 잡지 말고… 따지고 보면 내가 김하영 씨 밑 사람은 아니니까요! 참,

내가 이러고 간다고 나도 풍기문란이다, 라고 넘겨 짚어 말하지 말구요, 먼저 갑니다."

나는 카운터에 꼽혀 있는 대리 기사 명함을 그녀 앞에 놓고 더 한 말을 들을까 빠른 걸음으로 나왔다. 여간 찝찝한 게 아니다. 김하영은 분명 믿을 만한 이유 있는 말들을 늘어 놓는다는 기분이 들었기 때문이다. 나는『오든지』로 발길을 옮겼다. 다섯 팀밖에 되지 않았지만 웅성거리는 소리가 꽤 크다.

시소가 소리쳤다.

"밥은?"

"어."

나는 몇 개 되지 않은 바 의자에 앉았다. 그리고 투덜거렸다.

"이 의자에 엉덩이가 들어가나? 시소 엉덩이나 들어가겠네."

"어디서 뺨 맞고 와서 또 투정이야?"

시소가 주방에서 바깥이 보이는 틈으로 눈을 흘기고 있었다.

"그리고 밥을 먹었냐고 물으면, 먹었다, 안 먹었다, 라고 말해야지, 어는 뭐고?"

"우리 시소 또 잔소리 시작이네."

"언니."

"눼눼눼눼눼눼 언니언니언늬."

나는 오징어를 씹으며 시소가 내민 잔을 의심없이 마셨다. 앗, 달콤함과 쓴맛이 굉장한 비율로 나의 혀를 감탄하게 했다.

"시소 이건 뭐야?"

"언니."

"언니 이건 뭐에요오오?"

"위스키에 진저 엘."

"진저? 엘? 생강?"

시소가 고개를 끄덕인다. 젖은 손을 앞치마에 대충 닦고 그녀는 내 옆자리에 앉았다.

역시 이 작은 의자에는 시소의 엉덩이가 쏙, 들어 갔다. 시소는 탁상용 선풍기를 자신의 얼굴에 갖다 대고 붉은 열기를 가라 앉혔다.

"날씨가 참, 더운 것보다 너무 습하지 않아? 비는 또 왜 이렇게 자주 와?"

"그러게, 어두워지기 전만 해도 해가 쨍쨍 했는데…

시소, 그러지 말고, 주방에 작은 에어컨을 하나 더 놓자.

좁아서 음식을 만들면 더 더운 거라고."

시소는 한숨을 내쉬었다.

"선풍기나 사지 뭐, 이 여름도 찰나다.

아참, 운이 소식 없어?"

"포기함."

시소가 나를 흘긴다.

"뭘 했는데 포기해."

내가 키득거리며 웃었다.

"크크크크크큭, 그렇지? 사람 그렇게 놀려 놓고, 지도 민망한 거지."

"명이 말로는 커피 숍을 처분한다는 얘기가 있더라."

나는 오징어 다리를 어금니에 끼운 채 물었다.

"아니 왜? 그렇게 잘 되는데? 말도 안 돼… 역시 뭔가 많은 사람들은 그런 게 아쉽지 않은 거야? 전생에 나라를 구하시고 세상을 구하신 운 님."

"웃차, 나도 오늘은 한잔 해야겠다."

나는 잔을 올리며 말했다.

"이거 맛있어."

"그래, 그러자."

어느새 손님들이 모두 빠져나가고 정확하게 시계 바늘이 열한 시를 가리켰다. 소나기라는 일기 예보는 역시 틀렸다. 소나기처럼 퍼붓는 비가 두 시간 동안 계속이다. 나는 흰색 반팔 티셔츠의 소매를 어깨까지 돌돌 말아 올렸다. 시소는 그런 나를 보며 인상을 찌푸렸다.

"야, 쫌. 진짜 남자답다 어?"

"우헤헤헤헤헤헤, 한번 해 봐 시원해, 이리 와 봐."

난 멀찌감치 도망가는 시소의 소매 자락을 잡으며 한 쪽을 억지로 말아 올렸다.

"서얼."

역시 시소는 나보다 힘이 약한 진짜 여자 여자다.

"어때? 시원하지?"

시소는 포기한 듯, 한 쪽 팔뚝만 훤히 드러난 채, 술을 마셨다.

"못 말려."

그때 『오든지』의 미닫이 문이 드르륵, 열리며 정말이지 온몸이 흠뻑 젖은 길쭉한 남자가 물을 뚝뚝, 흘리며 서 있었다. 우리는 정지 버튼을 누른 것처럼 멍하니, 그 모습을 한참동안 바라보았다. 남자의 입 꼬리가 귀에 걸쳐지며 방긋거렸다.

"하하하, 영업 끝났나요?"

이때 『오든지』의 간판 불은 꺼져 있는 상태였고 주방의 불도 끈 상태였다.

시소가 말했다.

"아니요 들어오세요."

나는 콧구멍을 벌렁거리며 말했다.

"잉? 끝났잖아?"

시소는 나의 등짝을 스매싱한다.

"쫘악."

"아악."

시소는 갑자기 복화술을 했다.

"비를 저렇게 맞았는데 어떻게 쫓아."

나는 또 콧구멍을 벌렁거렸다.

"으엉?"

"저쪽으로 앉으세요."

"실례합니다."

시소는 벌떡 일어나 수건을 챙겨 길쭉한 남자에게 건넸다.

"자, 이거, 닦으세요."

"실례가 많습니다."

남자가 머리카락을 털어 내자 곱슬기가 가득했다. 마치 방금 미용실이라도 다녀온 사람처럼 보였다. 뚝뚝, 떨어지는 물기가 나무 바닥에 그대로 스며들었다.

"저기, 저도 그것 한 잔 주시겠습니까?"

시소가 진저 캔을 들어 올리며 말했다.

"이것, 섞어 드릴까요?"

"네, 감사합니다."

나는 남자가 휴대전화를 보는 동안 탐색에 들어갔다. 이 시간에 비를 맞았다는 건, 어디서 오랫동안 앉아 있다가 우산도 준비 못하고 나온 것이 분명하다. 나이는 시소보다 많은 것 같았고, 아마도 다섯 살 정도 위일 것 같다. 말하는 음색이나 행동을 보면 꽤, 예의가 바른 사람으로 보인다. 분명 이 동네에서 볼 만한 사람, 아니 보지 못한 사람이다.

『오든지』가 생긴 지 2년이 조금 넘었으니까, 분명 이 동네 사람은 아니다.

남자가 신고 있는 구두는 잘은 모르겠지만 꽤, 값이 나가는 것처럼 보였고, 검은색 셔츠와 슬랙스가 정말 잘 어울렸다. 분명 중년의 나이가 맞는 것 같았지만 배는 나오지 않았다.

자기 관리가 철저한 사람일 것이다. 남자가 어쩔 줄 몰라 하며 젖은 수건을 시소에게 내밀며 말했다.

"이것, 죄송해서 어쩌죠?"

"괜찮아요, 이런 일로 무슨… 땅콩, 더 필요하면 말씀하세요."

나는 시소의 말이 끝나자마자 그들 사이에 끼어들었다.

"한 시간 후 영업 종료예요."

남자가 허허, 거렸다.

"하하, 네. 오래 걸리지 않습니다."

시소가 또 내게 눈을 흘겼다. 남자는 시간이 얼마 안 되어 잔에 담긴 술을 비우고 일어섰다. 그리고 현금 만 원을 바 위에 올려 놓으며 말했다.

"감사합니다."

시소가 주머니를 뒤적이며 잔돈을 꺼내는 모습을 보고 나는 시소의 손을 잡았다. 미닫이 문을 열고 누군가 들어와 남자에게 고개를 숙이며 말했다.

"늦었습니다."

남자가 손을 들어 보이며 괜찮다는 듯, 표현했다. 시소가 인사한다.

"그럼, 들어가세요."

남자가 나가자마자 시소는 미닫이 문을 닫았다. 나는 작은 창문 사이로 남자를 다시 탐색했다. 비는 그쳤고, 물을 머금은 검은 세단 차, 그리고 기사? 아무리 봐도 대리 기사는 분명 아니다. 남자는 뒷좌석에 앉았다. 당연히 자동차 창문에 비추는 건, 아무것도 보이지 않았다. 저 남자는 보통 사람은 아닐 것이다.

"흠, 뭐지 저 사람?"

시소는 별 볼일 없다는 듯, 남자가 남긴 땅콩 껍질과 잔을 치우며 말했다.

"뭐긴 뭐야, 사람이고 남자지."

"흠, 예사롭지 않군 그려 시소 씨."

"시끄럽다."

나는 시소에게 김하영에 대해 말했다. 의외로 시소는 김하영의 행동을 심각하게 생각하지 않았다. 오히려 시소는 이렇게 말했다.

"그래서, 중요한 건, 그 애 때문에 피해 본 사람이 있다는 거야?"

"그건 모두가 대놓고 말하진 않지."

"그럼 뭐, 피해 본 사람이 있는 것 같지는 않고, 그저 그 애 행동이 너 눈에는 불편하단 거야?"

나는 시소의 말을 들어 보니, 그 말도 틀린 말이 아니라는 생각이 들었다. 김하영은 질서, 규칙, 같은 단어를 써 가며 내게 끊임없이 말했다. 정말 그녀가 하는 그 행동들이 이 작은 회사에서 꼭 필요한 것들일까, 가 문제였다. 정말 시소 말처럼 내 눈에만 가시로 보이는 건 아닌지, 그것 또한 생각해 볼 필요가 있었다. 확실한 건, 김하영은 이유 없이 이준희에게 그런 행동을 하는 건, 아닐 것이라는 점이다.

"윤설, 넌 그냥 네가 맡은 것만 열심히 하면 되지.

또 오지랖이야? 그러다 머리카락 하얘진다."

"휴, 그렇지?"

우린 새벽까지 음악을 틀어 놓고『오든지』에서 술을 마시고 이야기를 했다. 운을 보지 못한 금요일은 벌써, 두 번의 날이 지나고 있었다. 나는 손을 꼽았다.

'내가 오늘 운을 몇 번 떠올렸지?'

확실하지 않지만, 꽤 많은 숫자일 것이다. 정말 무슨 일이 있는 건 아닐까?

나의 뇌와 가슴을 흔들어 놓고 갑자기 연락이 없는 이 사람은 정말이지 예의가 없는 사람이다. 하지만 대충 꼽아 보니 예의 없다고 말하는 지금 나는, 운의 생각에 내 하루를 바치고 있었다.

'모태 솔로에게 자존심은 무슨….'

시소가 휴대전화로 아이의 사진을 넘겨보고 있었다. 시소는 또 이러다가 눈물을 흘릴 것이다. 시소에게 눈물은 흔한 것이 아니었지만 꼭 아이의 얼굴을 보면 진짜 흔한 것이 되어 버렸다.

"안나 엄마, 그만 갑시다."

나는 시소의 휴대전화를 가방 안에 넣었다.

"얼마 동안은 못 볼 거야."

나는 먹다 만 땅콩과 오징어를 비닐에 담았다.

바닥에 널린 선풍기 바람에 날리는 땅콩 껍질을 치우는 것도 잊지 않았다.

"다음 주도, 그다음 주도."

나는 시소의 말에 놀랐다.

"왜, 방학이라며."

시소의 눈동자 안에는 벌써 물결이 요동치고 있었다. 가방 속에 넣은 휴대전화를 꺼내 들어 내게 내밀었다. 정말 정이 뚝뚝, 떨어지고 찬바람이 획획, 부는 문자가 눈에 보였다.

『안나는 방학 동안 싱가폴에 있어

연락은 안나가 먼저 할 때까지 기다려.』

"뭐야? 이게 다야?"

시소가 두루마리 휴지로 눈물과 콧물이 범벅이 된 얼굴을 닦았다. 나는 소리를 내지 않고 눈물을 흘리는 시소가 답답했다.

"좋은 일이긴 한데, 휴우. 안나가 원하는 공부하러 가는 거고…

눈물 바람, 꼭 안 해도 되지, 그만 울어, 속상하게, 아님 소리 내며 욕이라도 하면서 울던가."

안나는 시소와 충분히 함께 살 수 있었다. 하지만 시소는 전쟁 같은 싸움 중간에 아이를 두고 씨름하고 싶지 않았다. 또한 안나에게 그곳이 더 좋은 환경이란 것이 그녀의 발목을 잡았다. 시소의 전남편은 꽤 좋은 집안과 꽤 많은 재산, 그리고 이 나라의 일 퍼센트 정도에 포함되는 연봉을 받는 직업을 갖고 있었다. 전남편이 외도를 하는 사건이 발각이 되고 온

식구들에게 알려졌을 때, 그들은 시소에게 이렇게 말했다. 물론 그들은 대식구를 이루고 있는 시댁 쪽을 말하는 것이다.

"얘가 잘못한 건, 입이 열 개라도 할 말은 없다.

하지만 보거라… 환경이 어떻게 얘를 그 누가 그냥 두겠니?

그렇지 않느냐? 내 아들이라서 그런 게 아니다, 이 정도는 네가 이해를 해야 할 거다."

대식구 중 줄줄이 시누이들도 한 몫, 아니 열 몫은 했다.

"올케, 부족한 거 없는 남편이잖아?

남자들 바람 다 피워, 들키지 않는 것, 뿐이라고, 한 번쯤, 그냥 눈 감아. 올케만 불행해져, 어디 이혼이 이 나라에서?

나도 여자지만, 이 나라에서 이혼은 여자에게 불행이야.

한 번만 참으면 사는데 꼭 문제를 만들어야겠어? 안나 위해서도 그게 낫지."

시소는 그들의 말처럼 정말 한쪽 눈을 감고 충분히 살 수 있을 것이다, 라고 생각했다. 그리고 정말 그렇게 하기로 마음을 먹었다. 시소를 위해서 전남편에게 화를 내거나, 옳은 판단은 아니야, 라고 말해 줄 사람이 없었다는 것도, 큰 이유 중 하나였을 것이다. 하지만 그 굳은 결심이 순식간에 무너져 버린 사건이 또 생겼다. 전남편의 여자는 시소와 결혼 전부터 만나 왔던 오래된 사이였다. 그리고 그 여자의 뱃속에 안나의 동생이 있었다. 그 소식을 그 여자에게 직접 들었다. 그 여자는 황당한 말을 할 정도로 자신만만하게 또는 여유를 부리며 말했다.

"안나는 내가 잘 키울게요. 안나에게 이곳이 좋은 환경이라는 것, 그이야기 나올 수 있도록… 내가 잘 키울게요."

광과, 모서리를 닮은 여자

시소는 그 말을 듣고 아무 말을 할 수가 없었다. 그 여자는 그 집에서 아주 귀한 아들을 배 속에 간직하고 있었기 때문이다. 시소가 그렇게 바라던 그 상황을 그 여자가 손 안에 쥐고 있었던 것이다. 그 여자를 마주하고 돌아설 때, 시소는 생각했다.

"이 게임은 내가 이길 수가 없어."

이혼 조정을 위한 시간 동안 시소는 안나와 함께 지금 살고 있는 그 집에서 지냈다. 안나는 그때 여덟 살밖에 되지 않은 어린 아이였고 그 집에서의 생활을 힘들어 했다. 기존에 안나가 지내던 안나의 방보다 더 좁은 곳에서 아이는 매일 눈물을 흘리는 울보가 되고 있었다. 몇 개월 후, 모든 것이 노력의 힘으로, 정상으로 돌아갈 것이라며 시소는 마음을 굳게 먹었고 긍정적인 것만 생각하려 노력했다. 그리고 그 고됨을 이길 수 있을 거라 생각했다. 하지만, 두 모녀의 정신적인 면이 약해져 있을 무렵, 전남편은 시소에게 소송을 걸었다. 안나를 제대로 키울 수 없는 환경을 빌미로 아이를 데려갈 작정이었던 것이다.

시소는 전남편에게 받은 꽤 많은 위자료를 탕진해서라도 안나를 뺏길 수는 없었다. 하지만 수적으로도 밀렸던 시소는 매번 그들에게 짓눌리고 말았다. 어쩌다 마신 술은 상습적인 알코올 중독자가 되어 있었고, 『오든지』에 오는 손님들과 정상적인 관계와 예의 있는 관계는 조금씩 정상적이지 못한 술 파는 여자가 되어 버리고 만 것이다. 이것은 그들이 만들어 놓은 드라마와 같았다. 만신창이가 되고 나서야, 그녀는 아무리 몸부림을 쳐 보고, 긍정적인 생각으로 온 정신을 다듬어도 절대 그 싸움을 이길 수가 없는 것을 알았다.

가장 중요했던 이유 중 하나가, 안나는 자신이 쓰던 침대와 책상이 있고, 자신의 공부를 가르쳐 주는 가정교사가 있는 그 집을 가고 싶어 했다는 것이다. 시소는 자신의 소유물이 아닌 이상, 그런 안나를 잡을 수가 없었다. 그들이 만들어 낸 소설 같은 이야기 속의 소송과 질타, 는 안나와 헤어진 후, 안나를 보낸 후, 마치 일어나지도 않았던 이야기처럼 생판 남이 된 채 홀로 쓸쓸히 남았다. 믿을 수 없던 그 이야기들도 그들처럼 말끔히 사라져 버린 것이다. 그들의 대본은 그렇게 완벽했다.

몇일 후, 시소는 안나를 만났고, 예전처럼 방긋 해 맑게 웃는 건강한 안나의 얼굴을 보자, 길게 끌어왔던 이 잔인한 모든 일들은 아무것도 아닌 일이다, 라는 생각을 들게 했다고 한다. 아이의 환한 미소를 보자마자, 마치 상처를 받지 않은 사람처럼 살 수 있을 것 같았다.

안나는 일주일 한 번 별일이 없는 한, 꼭 시소와 함께 시간을 보냈고 한 번도 그 시간을 거른 적이 없었다. 또한 안나는 매일 시소에게 아침인사와 저녁인사도 잊지 않았다.

안나의 말로는 엄마에게 아침 저녁으로 인사를 하는 것을 잊지 말라며 아빠의 여자가 그렇게 당부했다고 했다. 참고로 안나는 시소에게 새 엄마를 아빠의 여자라고 표현하거나 휘성이 엄마라고 불렀다. 시소는 괜찮은 새 엄마가 안나의 곁에 있는 것 같아 조금은 안심했다.

아들을 가진 엄마였지만 시소 못지않게 그녀는 그들에게 제대로 시집살이 하고 있는 중이라고 한다.

물론 안나가 그런 말을 할 때마다 그런 것들을 보고 자라는 안나가 걱정은 되었지만 때론, 시집살이, 라는 단어를 떠올릴 때마다 마치 참기름을 들이켠 것처럼 아주 고소하다는 생각을 하지 않았던 건 아니다. 하지만 안나에게 쏟는 정성을 생각하면 그 생각도 어느새 수그러들었다. 매주 보던 안나를 석 달이나 보지 못한다고 생각하니 시소의 기분을 전부는 아니지만 어느 정도 감정적으로 이해가 갔다. 감정적으로 이해가 간다는 이야기는 내가 안나를 보고 싶어할 것이다, 라는 생각보다 시소가 아파하는 마음을 나도 조금 아파한다는 뜻이다. 정말 가슴이 아팠다.

시소는 오랫동안 그렇게 나를 보며 입을 악, 하고 벌리며 또 소리 내지 않고 울었다. 나는 빗자루와 쓰레받기를 든 채로 의자에 앉아 어깨가 들썩이고 있는 시소를 보았다. 시소의 눈물이 마를 때까지 나는 그렇게 계속 그녀 곁에서 머물렀다. 시계 바늘이 정확히 세 시를 가리켰다. 눈이 벌개지고 입술이 퉁퉁 부은 시소의 어깨가 더 이상 들썩이지 않았다.

시소가 숨을 크게 들이마시고 심장까지 튀어나올 정도 숨을 뱉었다. 그리고 말했다.

"해장국 먹으러 가자."

나는 시소의 얼굴을 보았다. 시소가 미소 짓고 있었다.

나는 고개를 끄덕이며 가게 안을 정리했다. 나는 뜨거운 콩나물을 입에 넣자마자 씹을 수 없을 정도로 뜨거워서 숟가락에 도로 뱉었다. 그리고 잠시 후 나는 그것을 다시 입 안으로 밀어 넣었다. 시소가 그 모습을 보고 싫은 내색을 하며 뚝배기 받침을 옆으로 훅, 돌리더니 나의 얼굴을 피해 앉았다.

"정말 못 말려."

"쳇, 내가 먹던 거다."

나는 앞에 놓인 새우젓을 보고 반사적으로 김하영을 떠올렸다.

"참, 시소, 순대국밥 좋아해?"

시소가 고개를 끄덕이며 말했다.

"응, 뭐."

나는 젓가락으로 새우 한 마리를 건져 올려 소복한 밥알 위에 얹었다.

"맛있더라, 이렇게 먹으니까."

"왜 이래, 완벽한 서민씨께서."

"크크크크큭, 그렇지?"

"안나는 순대를 좋아해, 떡볶이에 찍어 먹는 순대, 안나 할머니는 길거리에서 음식을 먹으면 뭔가 큰 일이 나는 것처럼 난리였어. 그래서 몰래 먹는 재미 덕분에 더 맛있었는지 몰라, 안나는 순대를 진짜 좋아하거든."

시소의 머릿속이 또 불쑥 안나를 떠올린 모양이다. 내가 불쑥 운을 떠올리는 것처럼 말이다. 내가 말했다.

"운도 순대 좋아할까?"

시소의 눈이 커다래지며 고개를 끄덕거렸다.

"어, 좋아해, 어릴 적 많이 먹었지, 떡볶이랑, 단골 메뉴."

나는 훤한 밖을 보며 우울하게 말했다.

"이 시점이 정말 시르다, 해가 뜨고 있잖아."

나는 나이를 한 살 더 채우면 이렇게 해 뜨는 것을 보고 집에 들어가는 일은 없을 것이라고 생각했다. 하지만 아직 내 나이는 한창 때인가 보다. 시소의 나이에도 해가 뜨는 것을 보고 잠을 자러 집으로 향하고 있지 않은가.

우리는 이날, 해가 질 무렵 어두워지는 석양 속에서 눈을 뜰 수 있었다. 지고 있는 태양을 보며 나는 한 번 더 우울했다.

3

더위의 막바지는 발악이라도 하는 듯, 보기 좋은 파란 하늘을 하곤 뜨거운 열기를 가득 품고 탁한 공기를 뿜어 냈다. 길 위에 몇 초라도 가만히 서 있다 간 구급차 속에서 삶을 마감할 것 같은 느낌이 들었다. 가까운 거리를 그렇다고 대중교통을 이용할 수는 없다.

걷다 보면 처음 제대로 운의 얼굴을 보았던 그곳에 도착한다. 시소의 말이 맞는 모양이다.

그곳에 자리잡은 집기들이 밖으로 나와 있었고 나무 바닥은 무게가 패 나가는 무엇으로 마구마구 도끼질이라도 한 모양이다. 불과 며칠 전 만 해도 빈 자리 없이 사람들이 빼곡하게 들어차 있었던 곳이 이렇게 허무하게 무너져 내리다니, 이 멀쩡한 가게를 이렇게 할 수밖에 없었던 그 일은 대체 무엇일까, 정말 운에게 무슨 일이라도 생긴 걸까.

나는 잊고 있었던 운에 대한 걱정이라는 단어가 머리 틈 사이로 새어 나오기 시작했다. 나는 어떤 주제에 대한 걱정을 하기 시작하면 꼭 그것을 결론을 내야 직성이 풀렸다.

　나는 잠시 나무 그늘에 등을 대고 서서 고민했다. 그리고 휴대전화를 꺼내 들고 왔다 갔다, 하자, 하지 말자, 라는 것들과 대응하며 어떤 감정이 이길지 손가락에 온 힘을 주고 대기했다. 그리고 전화번호부에 광, 이라는 단어를 입력했다. 이제 남은 길은 딱 한 번의 터치이다. 난 통유리가 통째로 떨어져 나가는 것을 보았다.

　"하아."

　끝내 나의 손가락은 그것을 선택했다.

　"뚜우, 뚜우 뚜우."

　길어진 연결 음에 나는 갸우뚱한다.

　"뚜우 뚜우 뚜우, 고객이 전화를 받지 않아…"

　나는 종료 버튼을 신경질적으로 눌렀다. 그리고 광의 목소리 대신 문자라도 받고 싶은 심정으로 문자를 보냈다.

　『무슨 일?

　네가 내 앞에서 지금 무너지고 있는 것을 목격함

　급히 연락바람.』

　나는 광의 그곳이 잘 보이는 편의점 앞에 자리를 잡았다. 그늘을 만들어 주는 파라솔은 이 더위에 눈곱만큼도 도움이 되질 않는다. 시원한 캔 맥주에서는 물이 뚝뚝 떨어졌고 금세 미지근한 것을 막기 위해 나는 단숨에 벌컥거렸다. 휴대전화가 진동한다.

　나는 발신도 확인하지 않은 채, 호들갑을 떨었다.

　"광? 운, 무슨 일이야?"

　"광은 뭐고 운은 왜 찾아?"

시소의 목소리다. 나는 한숨을 쉬었다. 시소가 내 숨소리를 듣고 말했다.

"왜?"

나는 되려 물었다.

"왜에? 어디야? 집에 없어서."

"『오든지』안 갔어?"

"다시 왔지."

나는 보이지 않는 시소의 모습, 그러니까 찌개가 담긴 냄비를 들고 현관 앞에 서 있는 시소의 모습을 상상하고 머리를 긁적이며 일어섰다.

"힘들게 왜."

"놓고 간다."

"나, 지금 걸어간다! 아니 뛴다, 기다려 조금만."

"왜에?"

나는 얼마 전 새로 산 샌들을 신고 뛰었다. 현관문을 열자 시소가 벽에 기대어 쭈그리고 앉아 있다.

"헥헥헥헥."

땀은 대체 어디로부터 오는 건가, 그리고 땀이 나지 않은 곳은 대체 어디일까? 민망하게 젖은 겨드랑이와 목덜미를 수건으로 쓱쓱, 닦았다.

"으이구, 나 간다, 다시 데워 먹어."

시소는 안나와 소식을 나누지 못한 며칠 동안, 부쩍 얼굴이 어둡고 몸은 더 말랐다.

"잠깐만."

나는 신발에 발을 끼워 넣는 시소의 뒷모습을 보자 커다란 파도가 가슴속에서 울컥, 하고 넘실거렸다. 나는 시소를 안았다.

"얘가 왜 이래?"

"스읍, 잠깐만 있어, 내 기를 주고 있는 중이야."

"징그럽다."

시소는 말과 다르게 자신의 몸을 두른 나의 팔을 손바닥으로 토닥거리며 가볍게 후, 하며 소리를 냈다.

"충전 완료, 다녀올게."

그리고 나는 서둘러 그녀의 뒤통수에 대고 소리쳤다.

"마감할 때 나갈게."

시소는 소리 없이 사라졌다. 어느새 식은 온몸이 다시 보송거린다. 역시 더위에 에어컨은 신과 같은 존재다. 나는 시소가 가져온 두부찌개를 보글거리는 소리가 나도록 끓여 상 위에 올려 놓았다. 역시 즉석밥은 갓지은 밥처럼 적당히 찰지고 달다.

두부찌개를 먹는 내내 시소에게 도움이 되지 않는 내가 아쉽고 미안한 생각이 들었다. 난 시소처럼 먹은 것을 깨끗이 치우고 방까지 닦았다. 이렇게 라도 한다면 시소의 마음이 조금은 가벼워지지 않을까, 그리고 웃어 주지 않을까, 머릿속이 복잡했다.

나는 또 버릇처럼 휴대전화의 알림을 확인했다. 역시 운에게 연락은 없었다. 반나절의 시간이 흐르고 난 뒤, 난 또 휴대전화를 확인하고 욕을 했다.

"나쁜 놈."

시간은 또 흘렀다. 운의 그곳은 작은 흔적도 없이 사라졌고 마치 건물을 새로 지은 것처럼 깨끗하고 반짝거리는 안경점이 들어섰다. 안경점의 왼쪽으로는 건물 안으로 들어가는 입구가 있었고 그 옆이 편의점이다. 그리고 안경점 오른쪽에는 원래 있었던 곳인지 기억은 나지 않았지만 꽤 괜찮은 커피 숍이 더 있었다. 운의 가게 때문에 내 눈에 들어오지 않았던 모양이다. 운의 커피 숍이 아니었다면 나는 이곳을 더 자주 왕래했을 것이다.

이 길을 지날 때마다 나는 씁쓸했다. 이 길을 지나지 않아도 나는 얼마든지 내 집을, 또는 회사를 갈 수 있다. 하지만 난 운과 연락이 끊기고 통유리가 잘려 나가는 것을 목격한 이후, 이곳을 쭉, 지나치는 중이다.

내게 별똥별을 심장에 훅, 던져 놓고 사라진 운, 정말이지 잔인하다는 생각까지 들었다. 사람은 원래, 할 수 없는 것, 그리고 이룰 수 없는 것, 에 더 간절해지고 때론 목숨까지 바칠 수 있다, 라고 오해까지 한다. 못하게, 또는 할 수 없게 하면 더 해, 라는 그것, 그게 어른들이 말했던 그것인가 보다.

내 마음은 아주 지극히 이성적인 뇌가, 원하지도 않은 갈망과 갈구를 하고 있었다. 이 욕망은, 이 정상적이지 못한 욕심은 시간이 갈수록 더해 갔다. 정답을 내릴 수가 없다. 운에 대한 이런 감정이 애, 가 들어가는 것인지, 정이 들어가는 것인지, 의, 가 들어가는 것인지 말이다.

사람들이 말하는 그 첫사랑, 이루어지지 않는다는 첫사랑, 그리고 그 첫 사람, 운은 그것을 꽤 오랫동안 유지했다.

그리고 그것은 결론이 없는 무한함일 것이라고 믿어 의심치 않았다. 운의 그 첫 사람은 중학교 때부터 늘 함께 걷고, 먹고, 웃고, 말했다. 운이 군대를 다녀온 후, 에도 그 첫 사람은 그의 곁에 머물렀다. 그리고 이

번에는 그 첫 사람이 운의 곁을 떠나 유학을 가게 되었다. 그때 첫 사람은 운에게 말했다

"이번에는 내가 군대를 가는 거야, 하지만 휴가는 없을 거야, 그래도 시간은 더 짧으니까… 곧 올게."

운은 대학을 가지 않았다. 실력이 없었던 것은 아니다. 하지만 가지 않았다. 이른 군대 생활로 남들보다 사회에 빠르게 나올 수 있었다. 물론 운의 모든 것이 온전히 자신만의 노력으로 이루어진 건 아니지만 남들의 곱지 않은 시선 때문이라도 운은 남들보다 더 부지런했고 성실했다. 시간을 따지면 운의 첫 사람은 운의 나이가 스물넷을 꽉 채울 때 즈음이 되고 나서야 그녀가 말하는 제대를 할 수 있었다. 워낙 바쁜 생활을 하던 운에게 차라리 잘된 일이었다. 운이 제대로 자리를 잡을 때 즘, 운의 첫 사람은 다시 한국으로 돌아왔다. 운은 이제 얼마든지 시간을 쪼갤 수도, 또는 완벽한 휴가를 보낼 수도 있는 환경이 되어 있었다. 그건 그녀에게 온전히 마음과 시간을 쓸 수 있다는 얘기다.

운의 그녀는 안젤라, 또는 앤지라는 이름을 갖고 있다. 앤지의 부는 재미교포이다. 그러니까 앤지는 한국 사람이지만 미국 사람이기도 했다. 운은 앤지가 혼혈일 것이라고 단 한번도 생각해 보지 않았다. 그녀가 혼혈이라는 것도 유학을 가기 전 알게 된 사실이다.

앤지는 유학을 다녀온 후, 소녀의 모습을 완전히 잃어버렸다. 안타까운 일이었기 때문에 잃어버렸다고 표현하는 게 맞을 것이다. 운은 앤지의 순수한 외모, 와 외모와 견주어도 모자랄 순수한 말투, 를 사랑했다. 물론 변한 모습의 앤지를 사랑하지 않은 것은 아니다. 하지만 때론 변한 앤지의 모습은 운을 지치게 만들었고, 또한 그녀를 집착하게 만들었다.

광과, 모서리를 닮은 여자

그들이 이십 대의 반을 넘어갈 무렵, 운이 그녀의 집에서 24시간을 기다리지 않은 이상, 운은 그녀의 자취도 보기가 힘들었다. 앤지는 아주 가끔 그렇게 라도 운과 마주하게 될 때마다 중얼거렸다.

"이 거지 같은 세상, 땅이 바다가 돼 버리든지, 바다가 땅이 되어 버리든지… 내가 사라져 버리든지, 해야 해.

젠장, 거지 같은 세상."

이유도 모른 채 운은 그저 술에 취한 감정에 발악하는 그녀를 진정시킬 수밖에 없었다. 당연히 운은 정상적이고 보통의 일상을 할 수가 없었고 24시간을 온전하지 못한 그녀에게 집착할 수밖에 없었다. 그녀는 이 세상과 그녀 자신을 쓰레기라고 자주 표현했다. 유학을 가기 전, 앤지의 모습을 두고 상상할 수 없는 가시 같은 말이었다.

"앤지, 넌 내게 가장 소중한 존재야… 쓰레기라니, 절대 그렇지 않아."

결국 울음과 이유 모를 분노를 터트리고 난 후가 되야 앤지는 진정이 되었고 잠이 들었다. 운은 이런 그녀의 모습을 반복하며 일년을 버텨 나갔다. 그때는 그들이 스물여섯 살이 되는 첫 날이었고 앤지는 다른 날과 다르게 우울하지 않았다. 예전 앤지를 바라보는 느낌이었다. 앤지는 또 다시 알 수 없는 말을 운에게 꺼냈다.

"아주 좋은 소식을 들었어. 음 그럼 그렇고 말고, 좋은 소식이야. 난 기분이 좋을 수밖에 없어 운….

난 돌아가는 거야."

그리고 몇 달 후, 가을이 찾아올 무렵, 앤지는 이 거지 같다던 세상과 쓰레기 같다던 자신을 버렸다. 그 소식을 접한 운은 그 누구의 말도, 그녀의 부모 말도 믿지 않았다. 스스로 죽음을 선택했다는 건 말이 되지 않았다. 운이 모를 괴로움에서 늘 허덕이던 그녀였지만 요즘 그녀는 예전의 앤지와 같았고 다를 것이 없었기 때문이다.

운은 앤지의 장례식에 갈 수 없었다. 그녀의 죽음을 믿지 않았기 때문이다. 운은 그 짧은 시간 동안 한 끼의 음식도 입에 넣지 않았다. 늘 곁에 있었던 사람은 자신이었기 때문에 이유를 알지 못한다면 자신이 원인이 된다고 생각했기 때문이다. 꼭, 운은 앤지가 죽음을 선택한 이유를 알아야 했다. 하지만 그들의 부모는 완벽하게 모든 것을 차단했고 거부했으며 단절하기로 마음먹었다. 가족처럼 지낸 운에게 마저도 그들은 아주 매정했고 차가웠다.

운은 정말 아무 의미 없이 하루 보내고 또 흘러 보냈다. 일은 기계처럼 했으며 말은 이미 쓰여진 각진 책처럼 말했다.

크리스마스는 행복한 사람들의 날이다. 행복하지 않은 사람들의 크리스마스는 그냥 행복하지 않은 보통의 날일 뿐이다. 뜻하지 않은 크리스마스 카드가 커피 숍에 도착했다. 운은 그것을 지나치다, 멈칫하고 자세히 들여다보았다.

그것은 그의 안젤라, 그의 앤지가 좋아했던, 저녁 샛별의 사진이 들어간 카드였다. 금성, 그러니까 샛별은 날씨가 좋은 저녁 무렵 서쪽 하늘에 떴을 때 가장 아름답다고 앤지는 늘 말했다. 우스갯소리로 와, 달 떴다, 라고 그녀가 소리친다면 그녀가 보고 있는 하늘에 샛별이 보인다는 이야기다. 운은 카드를 유심히 보다 뒷걸음 쳤다. 겁이 났다.

정말 앤지가 죽었다는 것을 이제는 인정해야 할 것 같은 예감이 들었다. 운은 손님이 없는 틈을 타 직원들을 퇴근시킨 후, 가게 문을 굳게 걸어 잠갔다. 그리고 한참 후, 저녁 샛별이 그려져 있는 카드를 열어 보았다. 운의 손이 심하게 떨리고 있었고 눈동자는 모래가 들어간 것처럼 뻑뻑했다.

『운에게

나이기도 한, 나의 운
나의 저녁 샛별 운
네가 아프게 나를 생각하지 마
난 정말 지금 가장 편안할 테니까

난 너에게 못할 짓을 했어
난 없어져야 하는 게 맞아

난 보이지 않는 달의 뒷면에 있을 거야
그러니 나를 떠올리지 마
절대 볼 수 없으니까
나를 위한 것이 널 위한 것이라면
제발 나를 위해
까맣게, 아주 까맣게
잊어

그리고 너만은 아프지 않기를

나의 운

사랑하는 나의 운

이제 사랑하지 않은 너

그저 금성일 뿐

비싼 지우개가 지나간 것처럼

완벽하게 안녕.』

운은 몇 시간이 지나도 그 자리를 떠나지 않았다. 저녁 샛별이 뜨고 달이 진 후, 해가 인사할 때까지도. 눈이 쌓일 때 즘, 그는 자리에서 일어나 중얼거렸다.

"거기서도 넌 네 마음대로."

운은 다음 날 앤지의 나무를 찾았다. 운은 나무의 뿌리가 있는 곳의 흙을 손으로 톡톡, 한참을 다듬었다.

"여기가 달의 뒷면인가? 치사해, 넌 금성을 볼 수 있으니까."

운은 코를 달싹거렸다. 갑자기 불어오는 찬 바람에 앤지의 향기가 났다. 앤지에 대한 눈물은 이미 모두 말라 버렸다고 생각했다. 코 끝이 시큰거렸지만 여전히 눈동자는 뻑뻑했다. 운은 일어나 앤지의 나무를 쓰다듬으며 말했다.

"비싼 지우개가 지난 것처럼, 완벽하게 안녕."

운은 이후 앤지의 죽음에 대해서 그 어떤 것도 궁금해하지 않았다. 그녀는 자신의 말처럼 편할 테니까 말이다. 그리고 다시는 앤지의 나무를 찾지 않았다. 찬란하고 대단했던 운의 사랑은 남들이 말하는 첫사랑, 그래서 당연히 이루지 못한 운의 그 흔한 첫사랑이었다.

설휘를 처음 본 날, 운은 정말 놀랐다. 그렇게 대담하고 예의 없고 남성스럽기도 하고 때론 여성스럽기도 한, 탁자 끝의 모서리를 닮은 설휘가 신기했다. 그녀에게 생긴 호기심을 풀고 싶은 생각이었다. 쭉, 찢어지고 가느다란 눈매가 세상에서 가장 악한 얼굴로 보이기도 했지만 거꾸로 보면 세상에서 가장 우울하고 선한 얼굴로 보이기도 했다.

그런 그녀의 얼굴은 정말 신기했다. 술에 취해 말이 어눌하고 거칠어졌지만 그녀의 그 마음 속에는 무언가 있었다. 운은 자연스럽게 설휘와 만나고 걷고 웃고 이야기를 나누었다.

운은 미스터리하고 끔찍한 앤지의 죽음을 잊은 사람처럼 완벽하게 일상으로 돌아왔다. 그것은 아무것도 모르는 설휘의 등장이 큰 도움이 되었을 것이다. 운은 아주 빠르게 마치 자석이 반대의 극에 달라붙기를 원하는 성질처럼 설휘에게 이끌렸다. 설휘의 꾸밈없음과 엉뚱함과 오지랖이 자꾸만 운을 그렇게 만들었다. 그렇게 설휘가 눈앞에서 사라지질 않았다.

운의 누나 명이 걱정스러운 마음에 시소에게 말했다.

"운이 이상해, 다른 사람 같아."

시소가 한참 동안 명의 이야기에 대해 생각한 후 말했다.

"어쨌든 좋은 거 아니야?

앤지의 관한 모든 일을 당연히 시소도 모르지 않았다.

"그 애 말이야, 설휘라고 했나? 어떤 사람이야?"

시소는 입가에 미소를 머금고 말했다.

"보지 않고는 종잡을 수 없는 사람."

"으응?"

"섣부른 걱정 마 성인이야."

"하지만, 앤지를 그렇게….'"

시소가 말을 잘랐다.

"쉬잇, 운은 잘 견뎌냈고 잘 지내고 있어, 굳이 그 말은 운에게 필요 없을 거야."

"흐음, 응, 그래, 그렇지."

"가을에 나올 거야?"

"응."

시소는 명에게 걱정을 할 필요 없다, 라는 식의 말을 꺼내긴 했지만 내심 운이 설휘에게 빠르게 다가가고 있는 눈치를 알고 있었던 터라, 솔직히 불안하기는 했다. 그러다 갑자기 연락이 뚝, 끊긴 상황을 보면 더 그랬다. 사실 시소는 운이 설휘를 좋아하고 있다는 것은 그에게 묻지 않아도 알았다. 운이 설휘를 바라보는 눈빛만 보아도 알 수 있었다.

명은 예정된 시간보다 더 일찍 한국에 들어왔다. 한국의 여름은 아직 끝낼 기미가 보이지 않은 듯하다. 갑자기 운의 가게를 정리했다는 이야기를 들은 명은 그 자리에서 그리 반갑지 않은 소식을 듣기만 할 수는 없었다. 부모님은 운의 선택에 맡기겠다는 말만 할 뿐, 명에게 그 어떤 이야기도 속 시원하게 해 주지 않았다. 명은 공항에 도착하자마자 부모님의 집으로 향했다. 당연한 결과, 운은 그곳에 없었다.

광과, 모서리를 닮은 여자

해가 바뀌고 봄꽃을 맞이하고 여름의 녹색들이 연한 연두색을 띠며 뜨거운 공기를 맞이하려고 할 때 즈음이다. 운은 그때 처음 정신을 잃었다. 집에서 휴일을 보내고 있던 운은 갑자기 열이 올랐고 오한에 떨었다. 결국 밖을 나와 약국을 향하는 길에서 정신을 잃고 말았다. 어떻게 쓰러진 건지 기억조차 나지 않았다. 눈을 떴을 때 운은 약국 안의 기다란 의자에 누워 있었고 이미 119 대원들의 눈에 띄는 주황색 옷이 정신없이 왔다 갔다 하고 있었다. 덩치가 커다랗고 눈이 놀란 것처럼 동그란 남자가 이마에서 땀을 떨구며 말했다.

"정신이 들어요? 이름이 뭐예요? 여기가 어딘지 기억이 나십니까?

운은 무엇을 먼저 대답을 해야 하는지 헷갈렸다. 운이 상체를 세워 일어나려 하자 약사가 한마디 거들었다.

"이 동네에 사는 사람이에요, 집이 근처일 거예요."

다시 그 남자가 말했다.

"일어서지 말고 그냥 계세요, 이름이 뭐예요?"

운은 이름을 또박 또박 말했고, 또한 자신이 왜 쓰러진 건지 왜 약국에 오려고 했는지에 대해서 말하는 중이다.

"지금 불편하신 곳은 없습니까?"

운은 고개를 끄덕이며 말했다.

"전, 전 괜찮습니다."

"그래도 지금 바로 병원에 가셔야 합니다. 저희와 함께 가시면 됩니다."

운은 갑자기 벌떡 일어나 말했다.

"아니 아니에요, 저 정말 괜찮습니다."

"선생님, 이미 구급차가 와 있고, 저희도 선생님을 그냥 보낼 수는 없습니다."

운은 어쩔 수 없이 난생처음 구급차를 타고 응급실로 향했다. 운은 의사들의 혹시, 라는 말에 알 수 없는 종이에 적힌 대로 몇 가지 검사들을 했다. 운의 얼굴은 아직도 밀가루를 뒤집어쓴 사람처럼 창백했다. 자신도 눈치 채지 못한 것들을 간호사는 놀란 얼굴을 하며 그의 몸을 이리저리 훑어보았다. 그리곤 마치 자신의 몸인 양 운에게 운의 옷 소매를 올리며, 자세히 살피며 말했다.

"이건 언제 그런 거죠? 기억하세요?"

운은 붉은 빛의 반점이 팔에 퍼져 있는 것을 보고 놀라며 말했다.

"아, 그게 아마 넘어졌는지… 기억은."

간호사가 고개를 저었다.

"넘어져서 생긴 건 아닌 것 같은데…."

간호사는 잠깐 기다리라는 말을 남기며 응급실에 있으면 안 될 것 같은 나이가 많은 의사를 데려왔다. 의사는 간호사처럼 몇 가지를 물어보며 운의 온몸을 훑어 내려갔다. 의사는 커튼으로 직각의 공간을 만들며 운에게 하의를 탈의할 것을 부탁했다. 운도 처음 보는 붉은색의 것들이 허벅지에 물들어 있었다. 자신도 놀란 눈치다.

중년의 의사가 숨을 짧게 뱉으며 간호사를 보며 운이 알아듣지 못할 말을 길게 늘어 놓았다. 중년의 의사는 운의 하의를 벗게 해 놓고 아무 말없이 그 자리를 떠나 버렸다. 운은 어이가 없었고 한편으로는 겁이 났다. 복잡한 검사들을 마치고 정말 멀쩡하게 운은 병원을 걸어 나왔다. 의사는 이틀 동안 아무것도 하지 말 것을 권유했고 이틀 후 약속된 진료 때 보자는 말만 남겨 놓고 냉정하게 또, 사라졌다. 운은 우선 처방 약을 먹고 숨소리도 들리지 않을 만큼 고요한 잠 속으로 빠졌다.

일주일 후, 운의 모든 것이 바뀌었다. 그의 부모님도 그를 설득할 수 없을 정도로 운의 의지는 완강했다. 운은 앤지처럼 되어 가고 있는 중이다. 이제야 그녀를 이해할 수 있다.

왜 죽음을 선택해서까지 자신에게 이유를 설명하지 않았는지 운은 이제 그녀를 이해했다. 운은 의사의 입에서 HIV, 인간면역결핍 바이러스, 라는 소리를 접하자마자, 아, 하는 탄식과 함께 아주 빠르게 그것을 인정했다. 답은 앤지에게 있었다. 미로처럼 복잡했던 것들이 순식간에 풀리는 순간이었다. 찰나에는 영원히 나아지지 않을 것 같던 체증이 내려가는 쾌감에 약간의 미소를 지었던 것 같기도 하다.

왜, 운을 구급차로 갔던 병원이 아닌 다른 병원에서 전화 연락이 왔는지, 처음부터 의심을 하긴 했지만 정말 자신이 이런 결론에 이르다니 꿈만 같은 소리이지 않은가.

앤지가 운의 포옹을 피하기 시작할 무렵이 떠올랐다. 하지만 그 때는 이미 운도 앤지와 같은 운명이었다. 운이 중얼거렸다.

"이럴 줄 알았다면, 더 많이 안아 주었을 거야…

바보 안젤라."

하지만 운은 절망하지 않았다.

"누구나 시한부지."

운은 앤지가 부정했던 모든 것을 빠르게 습득하며 인정했다. 인정하지 않는다고 달라질 것은 아무것도 없다는 것을 누구보다 더 잘 알았다. 운은 최대한 적은 짐을 싣고 사방을 둘러보면 산으로 둘러 쌓인 곳으로 이사를 했다. 이곳은 아버지가 아주 어릴 적, 살았던 집이다. 이곳을 팔

수도 없었던 터라, 그 넓은 집은 텅, 비어 있는 채 방치되어 있었다.

넓은 마당 앞은 알 수 없는 긴 잡초들과 들꽃이 가로막고 있었다. 짙은 풀색의 대문은 녹이 슬어 마치 흉가인 것처럼 공포를 일으킬 만했다. 그래서인지 이곳 오르막길을 걸어 이곳까지 사람의 인기척은 운의 자취뿐이다.

운은 이곳에 도착하자마자, 하루를 꼬박 몸을 쉴 새 없이 움직였다. 아버지가 할머니를 위해 주방을 현대식처럼 만들어 주지 않았다면 운은 아마 라면 하나도 손수 끓여 먹을 수 없었을 것이다. 시간이 갈수록 무채색 같던 집에 화려한 색이 감돌고 있었다.

잘 말아 올라 간 기와, 보기만 해도 시원해 보이는 나무로 된 마루 바닥, 그리고 어울리지 않은 현대식 문, 대체 어느 시대에 생긴 집이라고, 딱 꼬집어 말할 수 없을 만큼, 모든 세월들이 뒤죽박죽 섞여 있는 곳이다. 긴 잡초들은 어느새 잔디처럼 짧아져 길을 내고 있었고 낡은 대문에는 거주지를 옮긴 것에 대한 보건소 알림장이 꽂혀 있다. 이것은 사람이 살고 있다, 또는 특별한 누군가가 살고 있다, 는 본보기다.

운은 집 뒤, 낮은 언덕에 올라 마을을 내려 보았다. 모든 집들이 촘촘히 가깝게 박혀 있었고 그곳에서 한참을 올라와야 운의 집을 찾을 수 있다. 아마 마을 사람들은 이곳에 지금 사람이 살고 있다는 소식은 알고 있을 것이다. 오토바이를 타고 우체부가 이곳까지 올라갈 일은 없을 거라 생각할 테니 말이다.

이곳은 지대가 높아 날씨가 좋은 초 저녁에는 샛별을 가까이서 볼 수 있다. 밤의 달은 물론이고 자세히 보면 색이 다른 별들도 관찰할 수 있다. 제법 심심하지 않은 하루를 다 보내고 나면 그야말로 걱정 하나 없는 사람처럼 꿀 잠에 들기도 했다.

잊을 만하면 툭, 하고 생각하게 만드는 설휘의 가끔 오는 문자는 이제 매일, 이다. 그녀의 특유, 홋, 하며 입으로 내는 소리처럼 문자 알림 소리도 꼭 그렇게 들렸다. 운은 설휘를 생각하다 보면 아찔할 때가 있다. 정말 설휘가 자신의 마음을 알아줄 때를 기다려 그녀의 집 앞에서 있기를 계속 했다면, 운은 고개를 세차게 흔들며 등줄기 솟아난 소름을 거두려 애를 쓴다. 이 장면은 하루에도 몇 번씩 그를 찾아와 괴롭혔다.

누나 명이 한국에 들어왔고, 당연히 시소도 이 사실을 알게 될 것이다. 그렇다면 설휘도 알게 된다. 운은 자연스러울 때를 기다릴 수밖에 없다. 그리고 설휘에 대한 호기심, 또는 설렘의 감정을 마르게 할 것이다. 연인 관계에 있어서 인간면역결핍 바이러스라는 존재는 절망을 안기겠지만 친구의 관계에 있어서는 좀 덜 절망적이지는 않을까.

운이 심어 놓은 방울 토마토가 거친 땅과 바람에도 참 발갛고 윤기가 난다. 아직 초록빛이 조금 돌긴 했지만 하나씩 따 먹는 재미가 일품이다. 작은 알갱이를 한 입 베어 물면 신맛의 고통이 혀를 통해 저릿하게 느껴지다, 이내 달콤함과 고소함이 올라온다. 토마토를 굉장히 좋아한 앤지가 떠올랐다.

미소를 머금다 그도 모를 억눌린 감정이 튀어나왔다. 그것은 아마도 배신감이었던 것 같다. 앤지는 누구를 또 사랑했을까, 란 생각에 이마 위로 피가 쏠리는 느낌이 들었다. 그렇게 운을 배신하고 그 배신을 자신의 몸 속에 남겼다고 생각하니 졸도할 것만 같다. 그렇게 하루에도 몇 번씩 흑과 백을 왔다 갔다, 하며 웃었다 울었다, 그리고 또 하하거렸다.

며칠 후, 명이 짐을 가득 싣고 언덕을 올라왔다. 운은 계속 명의 전화를 받지 않았고, 부모님에게 하루 한 번 문자로 연락을 하는 게 고작이다. 운은 누룽지 냄새가 가득한 시원한 미숫가루를 명에게 내밀었다. 파란 하늘은 구름 한 점 없이 점점 높아만 간다. 끝이 없을 것 같은 하늘과 끝이 선명하게 드러나 있는 자신과 비교를 해 본다.

나이에 맞지 않게 늘어진 티셔츠와 통바지를 입고 수염을 덥수룩하게 기른 운을 보며 명은 한숨만 깊이 내쉬었다.

"자연인 나셨네."

운이 웃으며 반박했다.

"무서운 바이러스를 품고 있는 동생에게 할 말이야?"

"너 농담이 나와?"

운이 어깨를 으쓱하며 고개도 갸우뚱한다.

"난 최선을 다해서 살 거야, 걱정하지 마, 사람들은 이게 참 무서운 병이라고 하지, 맞기도 하지만 아니기도 해.

그저 외로운 거지… 하긴, 외로움이 세상에서 가장 하지."

"운아! 굳이 이렇게 살지 않아도 돼, 응?

같이 올라 가자, 올라 가서."

운이 명의 말을 잘랐다.

"쉬잇, 누난 내 가족이지만 이건 내 인생이야."

명은 할 말을 찾지 못하고 이제껏 참았던 분노를 터트리기 직전이었다.

"그 나쁜 것 같으니, 어쩐지 한국에 들어왔을 때, 그 애 얼굴을 보면 기분이 좋지 않았어. 늘 약에 찌들어서는…."

"누나, 그만."

"하지만 네 인생은?"

"앤지로 인해 받은 기쁨이 더 많아… 그건 누나가 더 잘 알잖아."

"웅."

"쉿, 운명처럼 정해진 것 같다가 우리 말싸움하지 말자. 응?"

운의 고집은 아무도 꺾을 수 없다는 것을 명도 부모님도 너무 잘 안다. 명은 차 안의 짐을 내리기 위해 중얼거리며 걸었다.

"너 잘났다! 하긴 엄마도 네 고집을 잘 아니까, 이것들을 싸주었겠지. 조금이라도 네가 같이 올라갈 희망이라도 있었다면 이렇게 싸주지 않으셨을 거야, 역시 엄마다."

운은 미소를 지으며 플라스틱 통에 담긴 갖은 반찬들과 면역력에 좋다는 이름 모를 것들을 꺼내어 옮겼다.

"추석은 올 거야?"

"미안합니다아."

"아니 왜에? 애들 안 보고 싶어?"

"웅, 그렇습니다."

"칫, 삼촌 보고 싶다고 난리구만."

"누나 봐 주라."

"매형한테 전화나 한 통 해."

"응 그렇게."

"나 이틀만 있다 가도 되지?"

"네네."

"먹고 싶은 거 말해, 다 해 주고 갈 테니까."

"누나 음식 솜씨는 대단하지."

명은 아이스박스를 들고 빠른 걸음을 걷는 운의 엉덩이를 발로 걷어차는 흉내를 냈다. 운의 형체가 잠시 흐릿하게 보였지만 명은 그새 고개를 뒤로 한 채, 빠르게 떨어지는 눈물 방울을 손으로 훔쳤다.

꽤 잘 꾸며 놓은 집을 둘러보며 운의 솜씨는 알아줘야 한다며 칭찬도 일색이다. 역시 이곳의 해는 안 그래도 짧아진 해의 길이보다 더 빠른 시간에 감쪽같이 사라졌다. 오늘도 운은 저녁 샛별을 보고 인사한다. 그들은 어릴 적 넓게 자리를 차지하며 앉았던 들마루에 앉아 이야기를 나누었다. 운이 말했다.

"어릴 적에는 그 많은 식구들이 모두 여기에 다 앉았던 것 같은데 말이야, 지금 생각해 보면 어떻게 모두 앉았을까 싶어."

"그땐 가까이 붙어 있어도 어색함을 몰랐던 나이지."

"글쎄, 얘도 나이 먹었다고, 줄어든 건 아니고?"

명이 피, 하는 소리를 낸다.

한참 동안 침묵이 흘렀고 명은 빈 막걸리를 흔들어 보이며 말했다.

"다 마셨다, 무슨 술이 이렇게 달아? 왜 먹을수록 정신이 번쩍 들고 말이야."

운이 달을 보며 미소 지었다.

"그 아이는? 어떻게 되는 거야?"

"응?"

"네 입으로 그랬잖아? 궁금하다고."

운의 표정은 명이 처음 얼굴을 마주했을 때보다 더 외롭고 쓴 약을 먹은 것처럼 미소 지었다.

"아무것도 시작한 게 없는 걸, 아주 다행스럽게."

운은 말의 끝에 두 손을 살포시 모아 잡았다. 명은 그 모습이 운이 말하는 것의 반대의 감정을 간절히 표현한 것 같아, 가슴이 저린다.

"시소 말은 그게 아닌 것 같았는데."

"아닌 것 같아도, 맞는 것 같아도, 난 아무것도 아니어야 해.
누나도 알잖아."

명이 갑자기 소리를 질렀다.

"불공평해."

"아 깜짝이야, 신이 생각할 땐 공평할 수도 있을 거야.
그렇게 생각해야 되거든."

운이 바닥에 남은 새 막걸리를 흔들며 다시 말했다.

"조심해, 튈 거야, 막걸리 샴페인."

운은 일부러 뚜껑을 한 번에 열며 입구로 밀려 나오는 거품을 명에게
들이댔다.

"으아아아악."

"크크크큿."

운은 명에게 자신의 소식을 시소에게 전하지 말라며 신신당부했다.
비밀이 없는 그들에게 적용이 될지는 모르겠지만 말이다. 명은 이틀을
운과 함께 보낸 후, 건강에 대한 염려와 부모님의 안부를 다시 한번 상기
시키며 가족이 늘 곁에 있다는 말을 몇 번이나 곱씹었다.

"전보다 얼굴이 좋아 보여서, 이번에는 그냥 가는 거다?
알았지? 아니다, 차라리 일본은 어때? 농담 아니야. 운."

"얼굴이 좋아 보인다며? 나 정말 여기가 좋아, 걱정하는 마음 잘 알지
만 조금만 줄여도 돼, 응?"

"마음이 놓이질 않아."

"나 실망시킨 적 없잖아."

명은 떼어지지 않은 발을 조금씩, 아주 조금씩 움직여 보았다.

"얼른 타세요. 네?"

명은 어렵게 운전석에 올랐다. 아직 운의 손을 잡고 있는 중이다.

"연락 자주 해, 나 화병 걸리는 거 알지?"

운이 미소를 지으며 고개를 끄덕이며 운전석 문을 탁, 하고 닫았다. 느리기만 하던 발걸음과 다르게 순식간에 악셀을 세게 밟으며 먼지를 일으키며 떠났다. 아마도 홀로 남은 그의 모습을 보기 싫었던 모양이다.

그때 들마루에 둔 휴대전화에서 진동 소리가 울렸다.

"즈르르르르륵

즈르르르르륵."

액정에는 모서리, 라는 글자가 보인다.

설휘가 또 전화를 한 모양이다. 벌써 몇 번째인지 셀 수도 없다. 운이 가까이 있을 때, 그리고 설휘의 집 앞에 있을 때는 본체만체더니, 수증기처럼 증발을 하고 나서야 설휘는 자꾸만 연락을 한다.

"하아."

운의 입에서 탄식과 한숨이 동시에 흘러나왔다. 걱정, 이라는 것을 남에게 절대 끼치고 싶지 않다. 하지만 방법이 없다. 운은 한참을 들마루에 누워 눈을 감고 생각했다. 답이 없는 답을 찾아보려 애를 써 보지만 헛물켜는 꼴이다. 다시 또 휴대전화의 진동이 울렸다.

이번에는 짧은 소리의 문자 알림이다.

『이쯤 되면 피하는 거라 이거지

나 바보 아니라 이거지

살아 있다는 답만 보내

그럼 되잖아, 썩을』

운은 설휘의 마지막 문장을 보고 피식거렸다. 그렇다, 운은 자신의 위치가 엄청난 것임을 알고 있음에도 웃었다.

"푸흣."

또 다시 진동이 울렸다. 이번에도 짧은 진동이다. 이렇게 갑자기 연거푸 여러 문자가 오다니 놀랍기도 하다. 이번에는 시소의 문자다.

『명이 만나 거야?

별일 아니었으면 좋겠어

연락해 운.』

운은 다시 들마루에 벌러덩 누워 시소의 문자에 답을 눌렀다. 진심으로 걱정을 끼치고 싶진 않았지만 원치 않아도 이미 자신은 걱정을 끼칠수밖에 없는 상태가 되었다.

『운이에요

명이 누나 만났어요, 걱정 말기!^^』

전송 버튼을 누른 후, 운은 아차, 싶다. 이 문자는 분명 설휘의 눈 안에 들어갈 것이 뻔한데, 괜한 짓을 한 것이다. 운은 색색들이 여러 알약을 집어삼켰다. 죽기 전까지 먹어야 할 약들이다. 아주 고마운 것들이다. 그리고 홍삼액을 집어 들었다. 아마도 살기 위한 발버둥을 치고 있는 것이 아닌가, 갑자기 든 치사스러움에 마치 설휘처럼 말해 보았다.

"썩을."

상자 안에 빼곡하게 들어 있는 건강 식품들이 참 볼썽사납다. 금세 저녁 샛별이 또 뿌연 색을 하고 운을 내려 보고 있다.

명절이 코앞으로 다가왔다. 주말까지 겹친 긴 휴일에 나는 진저리가 났다. 그렇다고 일을 명절 내내 하고 싶지는 않았지만 본가에 내려간다는 것과 편의점에서 맥주를 마시는 날이 많아진다는 것, 더 괴로운 것은 안나를 보지 못하는 시소의 우울한 모습을 보아야 한다는 것이다. 내가 선뜻 이용할 수 있는 아주 희망적인 선택은 어디에도 없어 보였다.

사무실 창문으로 김하영이 노크를 하는 시늉을 한다. 김하영은 꼭 나의 머리가 복잡할 때 더 나를 복잡하게 만드는 사람이다. 나는 고개를 끄덕하며 들어오라는 시늉을 했다.

'커튼이 왜 또 올라가 있는 거지?'

"이거요."

김하영은 긴 연휴 동안 식당에 필요한 식품 구매 비용을 대략 맞춘 서류를 들이 밀었다. 나는 이것을 또 금액에 맞게 딱, 들어 맞추어야 한다. 이렇게 많은 양의 숫자들을 보고 있으면 머리가 지끈거린다. 나는 정말 숫자가 싫다.

"저도 이렇게 긴 연휴는 처음이에요, 하지만 작년에도 짧지 않은 연휴를 보낸 적이 있어서… 그쪽은 처음인 것 같으니, 내가 먼저 어느 정도 맞추어 봤어요, 이 정도면 충분할 거예요."

"네, 다섯 시까지 검토하고 리스트 작정해 줄게요.

아 근데, 주방 쪽 직원분들은 언제 쉬어요?"

"저기 공지 확인하세요."

김하영은 나에게서 멀리 떨어져 있는 곳을 가리켰다.

"김하영 씨는 확인했어요?"

김하영이 고개를 끄덕거린다.

그렇다면 그냥 말해 줄 수는 없을까? 나는 또 쓸데없는 오기를 부렸다.

"그냥 말해 줄 수 있어요?"

"뭘요?"

김하영은 모른 척, 하는 거다.

"공지요."

김하영은 마치 하늘이 꺼지고 땅이 솟아오른 것처럼 한숨을 푸욱, 내쉬었다.

"하아아아앗, 월요일 그리고 명절 당일."

말이 짧아진 김하영이지만 오기를 부려 답을 얻은 큰 수확이 있으니 참을 만했다.

"참 고맙네요."

김하영이 찬 바람을 쌩, 하고 일으키며 돌아설 때 나는 다시 물었다.

"참, 어머니 가게는 쉬어요?"

김하영의 반짝이는 에나멜 구두가 멈추었다.

"나도 모르죠."

"에?"

"왜요?"

나는 갑자기 마음에도 없는 말이 툭, 튀어나왔다.

"김하영 씨는 고달프게 몇 시간이나 되는 곳을 차를 끌고 가지 않아도 되니까, 진짜 부럽네요."

"무슨 뜬금없는 말이에요?"

"맛있는 거 먹고 싶어서 그렇죠."

"순대국밥 말하는 거예요?"

나는 고개를 끄덕거렸다.

김하영은 사무실을 나가며 말했다.

"오면 문자해요! 소주 한 병은 같이 먹어 줄게요."

나의 대답은 듣지도 않고 김하영은 벌써 저만치 가 버렸다. 나는 정작 할 말을 하지 못했다. 주방 쪽 직원들도 쉴 수 있는 방법을 물어보려던 참이었으나, 내가 관여할 일이 아니라는 생각이 들었다. 그래서 나의 헛, 말들이 뿜어져 나온 것이다. 나는 꼭 이렇게 당황스러운 순간에는 헛 말이 자꾸 튀어나온다.

"이런, 갑자기 순대국밥이라니, 멍청하긴."

다시 한번 생각해 보아도 아주 멍청한 말을 꺼냈다. 마치 정말 가게에 들를 것처럼 말을 했으니 안 갈 수는 없는 노릇이다. 그렇게 나의 긴 연휴 동안의 계획이 저절로 짜여지고 있었다.

명절 당일은 본가를 피하는 것이 좋다. 많은 식구들이 모이는 자리는 더더욱 그렇다. 나는 명절 전에 본가를 들르기로 했다. 그 후 시소를 곁에서 지켜보며 우울함을 달래기로 했다.

그리고 편의점 대신 순대국밥을 먹으러 가는 것이다. 물론 만약, 그 모든 것들을 하는 와중에 운에게 연락이 온다면 난 운이 있는 그곳을, 아마도 버선발로 뛰어갈 지도 모른다. 이 정도까지 왔다면 이건 자존심의 문제가 아니라는 생각을 했다. 운에게 분명 좋지 않은 일이 생겼다는 것을 직감적으로 느끼고 있었기 때문이다. 휴대전화를 들어 운의 번호를 누른 후, 당연히 받지 않을 것을 알고 책상 위에 올려 놓았다.

"뚜우우우우 뚜우우우우 뚜우우우우."

역시 받지 않았다.

광과, 모서리를 닮은 여자

시소는 오늘 일찍 문을 닫고 여덟 시 뉴스가 시작되는 시간에 들어왔다. 현관문을 여는 소리를 들어 보니 시소가 맞다. 왠지 발자국 소리까지도 우울하게 들렸다. 평소라면 소리가 들리자마자 현관문을 뚫고 갔을 거다. 하지만 혼자 있고 싶어 할 수도 있다는 생각에 시소에게 연락이 올 때까지 기다려 보기로 했다. 나는 상식적으로 아무리 생각을 해 봐도 이해할 수가 없다.

안나는 분명 엄마가 보고 싶을 텐데, 나라면 친부에게 때를 써서라도 전화를 하게 해 달라고 울고불고 난리를 쳤을 것이다. 시소에게는 정말 미안한 말이지만 안나는 아마도 냉혹하기까지 한 그 녀석을 닮은 게 아닌가, 라는 생각도 들었다. 시소는 전남편을 냉혹한 인간, 이라고 자주 표현했다.

자신의 방이 없는 것, 좁은 집, 이 싫다고 울며 친부에게 보내 달라고 한 안나라고 했다. 물론 어린 그 마음을 이해 못하는 건 아니지만 누구에게나 정말 소중한 엄마가 아닌가. 시소의 딸이지만 시소를 아프게 하는 그 딸이 그리고 그 냉혹한 인간이 밉다. 그리고 그 냉혹한 인간이 안나에게 한 말을 듣고 나는 한 번 더 소름 끼쳤다.

그 사람은 안나에게 안나의 동생을 임신한 여자를 시소와 결혼하기 전부터 만났고, 그 사이를 비집고 들어와 오히려 파탄 낸 사람이 시소라는 식의 어이없는 설명을 했다고 한다. 사실과 정 반대의 이야기를 딸에게 떠들어 댄 것이다. 오히려 그때 시소가 결혼을 약속한 사람과 교제하는 중이었고 그 사이를 그 인간이 비집고 들어와 시소를 임신시켰다는 게 정확한 사실이다. 하지만 시소는 안나를 선택했고 그 인간이 사는 악의 구렁텅이에 발을 들일 수밖에 없었다.

휴대폰의 짧은 알림 음이 드디어 울렸다.

『고민하지 말고 넘어와

맥주 알지?』

나는 마치 내 앞에 시소가 있는 것처럼 고개를 끄덕이며 빛의 속도로 냉장고 속 맥주를 털었다. 여자 친구와 헤어진 편의점장이 서비스라고 내민 커피 맥주만 빼고 말이다. 커피는 커피여야 하고 맥주는 맥주여야 하지 않은가.

나는 시소에게 운의 소식을 들었다. 아니, 소식이라고 말하기보다 잘 있다는 안부의 문자다. 나는 정말 화가 났다.

"아니, 뭐야? 잘 있다는 거야? 아니 왜 나한테는 답장이 없는 거야?"

시소가 오징어를 씹으려 리모콘을 돌리며 말했다.

"네게 정말 관심이 있는 건가."

"아니, 관심이고 뭐고, 난 진심으로 운을 걱정했단 말이야."

"운이 이놈 진짜 이상하긴 하네."

"나쁜 놈."

시소가 나를 흘긋거렸다.

"왜? 뭘?"

"뭘?"

할 말이 있는 듯해 보이는 시소를 나는 잠시 기다렸다. 나는 맥주를 들이켜고 오징어 다리를 찾았다. 시소의 입에는 마지막 남은 오징어 다리가 매달려 있었다. 시소와 나는 오징어 다리를 좋아한다. 한 팩에 오징어 몸통만 골라 넣은 비정상적인 제품을 우리는 취급하지 않는다. 우리는 오징어 다리에 대한 사랑이 대단하다.

"아 시소 다리!"

"미안."

"오징어는 몸통이 왜 이렇게 커?

다리가 너무 비정상적으로 작아, 이것 좀 봐, 정말 안쓰럽게 생겼어."

시소가 큰 소리로 웃었다. 아주 오랜만에 듣는 소리다.

"시소, 나 내일 시골에 가, 이틀씩이나 자고 올게."

"큿, 응."

나는 혼자 있을 시소가 걱정이었다.

"참, 명이 만나기로 했어."

듣던 중 반가운 소리다. 우울함 속에 시소는 종일 혼자 있지 않아도 된다는 말이다.

"잘 됐네."

"자고 갈 거야."

"우와 진짜 잘 됐다, 휴우."

시소는 나를 아이 다루듯, 나의 볼을 꼬집었다.

"으이구, 걱정 마."

나는 명이라는 운의 누나가 온다는 소식에 운과 그들의 만남에 대해서 궁금증이 폭발했지만, 참기로 했다. 아니, 참기보다 운의 이런 행동은 정말 나와의 연락이 부담스럽다는 뜻일 수도 있다고 이해하기로 했다. 그리고 난 별일이 없는 것 같은 운이 정말 다행이라고 생각했다. 조금은 꽤 씸하지만 말이다.

그리고 남과 여 사이는 모두가 다 애매모호하지 않은가. 역시 나는 이런 생각으로 운과 나 사이에 점 하나를 찍으며 나의 뒤통수를 쓰다듬어 주고 싶었다. 어쩌면 이런 면이 모태 솔로가 될 수밖에 없는 단점 일수도 있지만 이 상태가 정말 죽을 때까지 가진 않을 것이다, 라는 조금의 기대도 가져 본다. 그래, 맞다. 설마 죽을 때까지 내가 모태 솔로로 남겠는가.

하, 그럴 수도 있다는 엄마의 목소리가 귓속을 파고 들었다.

"그리고 오면 우리 순댓국 먹으러 가자."

시소가 정말 이상하다, 라는 표정으로 나를 보았다. 나는 함께 눈을 동그랗게 뜨고 맛없는 오징어 몸통을 씹었다.

그나마 나는 아주 잘 하는 게 있다. 운전은 잘 한다, 라는 의미가 좀 맞지 않긴 하다. 사고란, 내가 운전을 안전하게 하든 그 반대이든 일어나기 마련이다. 난 자동차를 빌렸다.

엄마가 알면 또 고음의 잔소리를 늘어 놓겠지만 아빠는 나에게 멋지다, 라는 이야기를 할지도 모른다. 전 직장을 그만두면서 춤기 시작할 무렵부터 지금까지, 본가에 오랫동안 내려가지 못했다. 아빠는 매주 전화를 걸어왔다.

"이번주도 못 와?"

"아빠가 오실래요?"

늘 똑같은 대화로 부녀 지간 섭섭함과 그리움을 가슴에 담고 전화를 끊을 수밖에 없었다.

사실 직장일로 바쁘기도 했지만 운을 염탐하느라, 허비한 시간 때문이라고 나는 아빠에게 속죄를 할 수는 없다. 절대, 나는 절대로 운의 이야기를 아빠에게 하지 않을 것이다.

광과, 모서리를 닮은 여자

그러기 위해서는 이번 명절만은 본가에서 금주를 하기로 했다. 퉁명스럽게 툭툭, 내뱉는 말이 매력적인 나의 엄마, 이 여사님은 내려오지 않아도 돼, 라는 말을 하긴 했지만, 그건 아마도 나를 위함이 정확하다. 분명 집 안에 몰려드는 식구들 틈에 내가 쭈글쭈글, 해지는 것을 보고 싶지 않은 여사님의 마음이다. 운전대를 잡고 내려가는 내내, 나의 여사님은 계속 문자를 보냈다. 여사님의 급한 성격과 불 같은 성격은 메시지 대화만 봐도 누구나 알 수 있을 정도다.

『어디야』

여사님은 그 흔한 물음표, 하나도 달아주지 않으신다. 내가 답할 겨를도 없이 여사님의 성격은 채팅창에 폭주를 한다.

『반은 왔어요』

『저녁은 집에서 먹을 거지? 고모 도착했다

빨리 와 전화해』

참고로 나의 엄마의 이름은 이 여사, 님이다. 참으로 여사님 다운 이름이지 않은가.

여사님은 답 없는 휴대전화를 들고 아마 복장이 터진다며 가슴을 여러 번 치고 있거나 애꿎은 그릇들을 소리가 나도록 겹쳐 놓거나, 애꿎은 아빠에게 눈치를 줄 것이다. 나는 엄마에게 전화를 했다. 역시 연결음이 나오자마자 목소리가 튀어나왔다.

"어디야?"

"삼십 분 정도면 도착."

"넌 왜 답이 없어?"

"아이고 출발하기 전에 운전한다고 했잖아요오."

"빨리 와."

"엄마, 나 운전한다니까?

빨리 가다가 귀한 딸 사고라도 나면 어쩌려고 자꾸 빨리 오래?"

"야 설, 넌 사고도 피한다, 끊어."

기가 막히고 코가 막힌 여사님의 유머는 오늘도 빛이 났다. 끊긴 블루투스에 대고 나는 말을 이었다.

"그렇지, 난 행운아니까 우후."

나의 고모부는 일찍 돌아가셨다. 고모는 그 후, 명절이 되면 꼭, 명절이 주는 그 휴일 그대로를 우리 집에서 꼬박 보내고 간다. 올해도 고모는 그것을 어기지 않을 모양이다. 고모는 성격이 굉장히 거칠다. 무모하다고 생각될 정도로 억지도 꽤 부린다. 옳지 않았음을 들켜도 고모의 억지는 꼭, 자신이 말한 것이 옳다, 라고 될 때까지 버틴다. 여사님과 고모의 중간에서 지금도 머리카락이 빠지고 있는 중인 나의 아빠가 늘 안쓰럽다. 아마도 내가 머물 이틀 중, 하루는 큰 소리가 오고 갈 것이 뻔한데, 나는 머리를 굴려야 했다.

본가는 원래 시골이지만 조금 더 시골 같고 좁은 길로 들어서야 한다. 버스가 다니는 시간은 새벽부터 오후 여섯 시까지 딱 한 시간에 한 번 꼴이다. 어릴 적 버스를 한 번 놓치면 한 여름에는 아지랑이가 피어 나는 그 길을 끊임없이 걸어 집에 도착하곤 했다. 그때를 생각하면 집에 가는 내내 검지와 엄지로 움켜 쥔 아이스크림 작대기가 그렇게 귀할 수가 없었다. 뜨거운 태양 덕에 주르륵 흘러내리는 과일 향 나는 아이스크림은 손가락에 묻은 것을 핥아도 그리 맛있을 수가 없었다. 집에 도착하면 온 몸에 풀을 바른 것처럼 끈적거렸던 그 느낌이 아직도 생생하다.

좁은 길로 들어서자 오 분 만에 커다란 밀짚 모자를 쓴 덩치 큰 나의 아빠가 나를 향해 손을 흔들고 있었다. 이글거리는 태양 아래 나의 아빠는 대체 얼마나 오래 나를 기다렸을까, 나는 코끝이 갑자기 맵고, 목 안에서 커다랗게 울컥하는 감정이 치솟았다.

"아빠…."

언니가 벌써 도착한 모양이다. 또 바꾼 외제차를 보니 엄마의 어깨가 천정까지 올라갔을 것이다.

"아빠!"

아빠의 얼굴을 그 어느 때보다 더 새까맣게 그을려 있었다. 평생 동사무소에서 공무원 생활을 하신 분이 감자에 고구마, 고추, 상추, 배추, 대파, 농사라니, 그래도 이젠 제법 농사꾼처럼 보이기도 하다. 이건 참, 건강해 보이신다는 의미다.

"이렇게 더운데 왜 나와 있어요?"

"오랜만에 우리 둘째 딸이 오는데 공손하게 기다려야지, 하하

어서 오거라."

아빠는 나의 얼굴과 이곳 저곳을 훑어보셨다. 어디 상한 곳이 없는지 매의 눈으로 확인하고 있는 중이다.

"에이 아빠 그만 봐."

"왜 이렇게 또 살이 빠졌어?

니 엄마 보면 또 한 소리 하겠다, 아주 그냥 뾰족 뾰족해."

"그래도 이 통 뼈가 어디가요? 들어 가요 아빠."

"그래 그래 그러자, 들어 가자."

나는 집 앞에 흰색 세단을 훑었다.

"오호 설진 차 또 바꿨네? 언니 차 맞죠?"

아빠는 말없이 고개만 끄덕였다. 집에 들어서자 고모와 엄마가 감자를 갈고 있었다.

"저 왔어요."

"왔니? 둘째."

고모의 목소리는 아직도 이렇게 크다. 좁은 집 안의 벽에 닿은 고모의 목소리가 쩌렁쩌렁 울렸다. 고모가 말을 할 때는 대답을 정성스럽게 한 다음 그 자리를 피하는 것이 상책이다.

그렇지 않는다면 하루 해가 저물어도 붙들려 있을 테니 말이다. 엄마는 이유 없이 나를 올려보며 흘기며, 를 반복했다. 그러더니 주방으로 나를 끌고 갔다. 냉장고 속에서 옅은 갈색의 음료를 꺼내 들어 내게 쥐어 준다.

"오구오구 우리 여사님, 나 주려고 냉장고에 넣어 놨네? 으헤헤헤헤헤헤."

"으이구 요것아, 또 뼈만 발라 갖고 왔네."

"푸하하합, 아 엄마 뼈만 발라 갖고 왔다니이."

"얼른 마셔, 짐 풀고 천천히 나와."

"네이."

역시 나의 아빠는 무겁지도 않은 나의 짐을 벌써 이층으로 옮겨 놓으신 모양이다. 난 조용한 언니의 방문을 빼꼼 열어 보았다. 설진은 침대에 누워 뭐가 그리 좋은지 휴대전화를 귀에 대고 연신 떠들고 있다. 분명 또 언니 진에게 목숨을 걸거나 재산을 걸고 있는 남자일 것이다. 진은 나를 보더니 인사는커녕, 문을 닫으라는 시늉이다.

광과, 모서리를 닮은 여자

"인사 좀 하자, 혹시 또 아빠에게도 이런 건 아니지?

응? 언니니임."

설진은 벌떡 일어나더니 손수 문을 쾅, 하고 닫으신다. 얼굴을 보자마자 으르렁 댈 수는 없는 노릇이다. 언니 설진은 유난히 아빠에게 굉장히 인색하다. 아빠가 정년을 채우지 않고 일을 그만 둔 후부터다. 이유는 알 수 없지만 난 설진이 아빠를 그렇게 대하는 것을 마주할 때마다 그냥 있지 않았다. 머리를 쥐어 뜯으며 싸우지만 않았을 뿐이다.

우린 그렇게 그때부터 서로를 보면 으르렁거리기 일쑤다.

"내가 참자."

막내 동생과 나는 함께 방을 썼다. 수도 없이 싸우기도 했지만 우린 편을 먹고 도도하고 자기밖에 모르는 저 윤설진을 자주 골탕 먹이기도 했다. 얼마 만에 누워 보는 나의 침대인지, 여사님은 참 부지런하기도 하다. 매번 눈을 흘기며 쏘는 말투로 말을 하긴 하지만 세상의 모든 사랑을 가슴에 품고 있는 분이다. 침대부터 책상까지, 내가 어릴 적 쓰던 그대로를 유지하기란, 여사님의 사랑이 아니면 안 될 일이다.

나는 우유가 들어간 미숫가루를 벌컥거리며 얼음까지 야무지게 씹어 삼켰다. 열린 창문으로 바깥을 내려 보았다. 아빠는 그새 또 밭일이다. 농사꾼은 명절도 없다, 라는 말이 맞는 건가. 나는 아빠를 불렀다.

"아빠."

큰 키의 변함없는 저 밀짚 모자, 곧은 등이 어쩐지 조금 휘어져 보이는 것 같기도 하다. 나는 언제 어디서 저 모습을 본다 해도 아빠의 미소를 나는 알아볼 수 있다. 보이지 않아도 아빠의 저 따뜻한 미소를 알아볼 수 있다. 아빠가 손을 흔들며 말했다.

"좀 쉬어."

쉴 사람은 아빠 같은데, 내가 집에 올 때마다 늘 쉬라는 말뿐이다.

"네 아빠."

해가 지자 고모의 막내 딸과 우리 집의 막내 딸이 도착했다. 이른 저녁을 먹은 터라, 엄마는 다시 또 술상을 차렸다. 이번에는 고모와 굉장히 막역한 동네 친구 부부도 함께 자리했다. 엄마는 밤이 깊어 가지만 수그러들지 않는 목소리들과 마시고 먹는 게 썩, 마음에 들지 않을 것이다. 내일은 명절 음식을 본격적으로 해야 할 텐데, 엄마의 몸이 하나라는 것이 참, 쓸쓸했다. 물론 딸 셋이 엄마를 돕긴 하지만 시키는 것도 완벽하게 잘 하지 못하는 우리들이다. 나는 주방에서 엄마를 대신해서 들마루까지 들리도록 소리를 질렀다.

"아빠, 아빠 이것 좀 들어 주세요."

고모는 나의 목소리를 듣자마자 소리치듯 말했다.

"술상이 뭐가 무겁다고 난리법석이야?"

엄마가 아빠를 불렀다면 더 큰 소리를 들었을 것이다. 아빠는 빛의 속도로 엄마의 곁에 오더니 엄마의 등을 토닥거렸다.

"당신이 늘 고생이네."

"얼른 갖고 가기나 해, 그리고 내일도 바쁜데 형님 부부는 일찍 좀 보내고요. 응?"

"응, 그럼 그럼 그래야지."

마음 약한 나의 아빠가 그렇게 할 수 있을지, 의문이지만 아빠는 엄마의 말에는 늘 예스, 예스맨이다.

"엄마 설거지 내가 할게, 엄마도 아빠 따라가요, 응?"

152　　　　　　　　　　　　　　광과, 모서리를 닮은 여자

"그래 당신도 같이 가."

엄마는 못 이기는 척 아빠가 집어 든 상의 가장자리를 두 손으로 힘을 풀어 잡았다. 고모는 왜 엄마만 보면 못마땅한 표정을 짓는지 모르겠다. 할머니, 즉 아빠의 엄마가 살아 있었을 때, 할머니가 고모에게 했던 말이 아직도 내 뇌 속에 선명하게 박혀 있다.

"여자가 아들을 못 낳으면 남자가 바람을 피워도 할 말이 없는 법이다."

"엄마, 듣겠어."

"맞는 말인 것을 들으면 어때서."

그때가 막내 동생, 설연이 태어났을 때다. 그때 나는 겨우 네 살이었지만 바람 피운다, 는 말의 뜻을 정확하게 이해했다. 왜냐면 고모부가 늘 바람이라는 것을 피웠기 때문에 어른들이 하는 그 말, 그리고 고모가 할머니에게 달려와서 엉엉 울며 불며 말했던 그 말, 을 나는 수도 없이 들었다. 생각해 보면 할머니가 생각하는, 남자가 피우는 바람이란, 친딸의 일은 부정이고 며느리의 일은 부정이 아닌 일이 되는 건지, 솔직히 난 할머니가 미웠고 싫었다.

엄마가 그 자리에 있지 않았기 때문에 나는 천만다행이라는 생각을 했었다. 하지만 딸 셋이 성장할수록, 내가 여자가 되어 갈수록 엄마가 그것들을 모르지 않았을 거라는 생각에 가끔 먼 산을 보는 듯한 엄마의 표정을 보면 심장이 덜컹, 내려 앉았다.

어쩔 때는 입으로 하는 말보다 눈치 섞인 무언이 더 무서운 법이지 않은가. 하긴, 할머니의 논리대로 한다면 고모는 아들을 낳았다. 그래서 고모부가 피는 바람은 정당하지 않다. 하지만 고모부는 죽기 전까지도 바람을 피웠다. 그리고 그 귀한 아들은 정말 말할 수 없을 정도의 문제가 많은 사람이다. 나보다 나이 많은 오빠이긴 하지만 캥거루가 따로 없다.

귀해서 귀하게 키운 만큼 보람이 없는 것이다. 고모와 지금 마주 앉아 있는 동네의 형님 부부가 사촌 오빠에게 직장을 소개했다. 아마 직장을 옮기거나, 알아본 게 백 번은 넘지 않을까, 란 생각도 들었다. 하지만 늘 시작이 반이었고 일주일을 버티지 못했다. 그렇게 귀한 아들은 사십이 되어 가는 나이에 고모의 그늘에서 쌀이나 축내고 있는 골칫덩이가 되어 버렸다. 그런 소식을 접할 때마다 여사님은 딸 셋을 보며 말했다.

"하늘은 공평하지, 난 아들 안 부럽다."

그리고 호탕하게 오랫동안 웃었다. 고모는 아직도 귀한 아들에게 희망을 갖고 있다. 뭐 자식이니까 당연한 일이다. 형님 부부에게 고모는 또 귀한 아들 이야기를 시작했다. 당연히 미간이 찌푸려지는 일이지만 형님 부부도 참 대단한 분들이 틀림없다. 형님 부부 중 여자가 말했다.

"고모! 저기 꼭대기에 빈집 있잖아요? 글쎄 며칠 전 이사왔슈."

고모의 눈이 커졌다.

"동네서 제일 큰 집 말하는 겨? 그 뭐야? 예전 제일 큰 부잣집 아니었어?"

"네, 그렇쥬, 엄청 넓어유!

근데 본 적 없는 젊은 청년이 있더라고, 글쎄 여자도 왔다 가더라니까? 결혼은 안 한 것 같던데, 그 사이 집을 팔았나…."

역시 이 동네에서는 비밀을 유지하기가 힘들다.

"그럼, 그 큰 집서 혼자 사는 겨?"

"모르쥬, 그런 거 같긴 한디, 이상한 소문도 있고."

그때 아빠가 아주머니를 보며 인상을 찌푸리며 말했다.

"살려고 온 사람을 동네 사람들이 내쫓게 생겼군. 아니 온 지 얼마 됐

광과, 모서리를 닮은 여자

다고 소문을 만듭니까?"

"아니, 동사무소 직원이 한 말이라 거짓말은 아니겠쥬?

사실이라던데유? 아니 그 사람이 직접 말한거라니까유?"

아주머니의 남편이 이상한 의성어를 소리 내며 아주머니를 다그쳤다.

"스으으읍, 그만 하래도 이 사람아."

"아니 몸 아픈 게 뭐 죄유? 들은 게 그렇다는 거지 뭐."

고모가 말했다.

"도시 사람인가 벼, 요양하러 왔구만."

"그러니까 그게 글쎄에."

"어허, 이 사람아 그만하래도."

아주머니가 아저씨의 눈을 흘기며 말했다.

"아니 조심해서 나쁠 건 없잖아유? 조심 안 하다가 우리까지 큰일 나면 어째유?"

"거참, 시끄러워, 그만 가야겠구먼."

아빠가 말했다.

"네 형님, 오늘은 그렇게 하시죠."

형님 부부는 다행히 자정을 넘기지 않고 자리를 떴다. 고모는 술이 목까지 차고 나서야 잠이 들었다. 아직 자정이 넘지 않은 시간, 아주 오랜만에 온전히 우리 가족들만 남았다.

언니 설진은 아빠와 엄마의 이야기를 듣고 있는 건지, 온통 신경이 휴대전화에만 가 있었다. 막내 설연은 이미 들마루에 누워 엄마의 무릎을 베고 있었다. 아빠는 시원한 막걸리를 넘길 때마다, 마치 소주를 마시듯, 크으, 하는 소리를 내며 작년에 담근 묵은 김치를 씹었다. 나도 따라 막걸리를 마신 후 묵은 김치를 씹으며 말했다.

"음, 엄마 김치는 역시 예술이야."

설연이 말했다.

"난 엄마가 금방 담은 거, 그게 맛있어."

엄마가 설연의 통통한 볼을 퉁기며 말했다.

"어련하시겠어요? 그러게 왜 저녁을 안 먹어? 지금이라도 먹지?"

"안 돼 안 돼, 내일 먹을게 살 빼는 중이라니까."

나는 설연에게 말했다.

"야, 그 살이 볼에 딱, 하고 붙어 있을 때가 좋은 거야."

내내 휴대전화만 손가락으로 누르고 있던 언니가 말했다.

"넌 보톡스 좀 맞아야겠더라."

언니 설진이 처음 내게 꺼낸 말이다.

"와, 언니 너는 어쩜 말을 그렇게 이쁘게 하냐? 오늘 나한테 처음 한 말인 거 알아?"

"야 또 너야?"

"언니 니한테 언니라고 불렀잖아, 귀가 벌써 잘 안 들리냐?"

설진이 상체를 일으키며 책상 다리를 하고 앉아 있는 나의 허벅지를 긴 다리로 밀었다. 꽤 가벼운 나는, 엄마 말처럼 뼈만 발라 놓은 나는 보기 좋게 들마루 가장자리로 밀려 났다.

설연이 웃으며 말했다.

"푸핫, 몸 개그 했냐? 언니?"

나는 바닥으로 떨어질 것 같아 급히 아빠의 팔뚝을 잡았다. 역시 아빠는 아직도 순발력이 뛰어나다. 엄마가 말했다.

"그만들 해라, 형제라고 딱 셋이서 왜 얼굴만 보면 으르렁이야? 응? 특히 니들 둘, 고모 갈 때까지 큰 소리 나오기만 해."

설진이 말했다.

"쟤가 까불잖아."

내가 받아 친다.

"야, 언니님, 너나 엄마한테 말 좀 예쁘게 해. 나이는 먹어서 반말은, 어우."

이번에는 설진이 벌떡 일어나 아래에 있는 나를 내려보았다.

"이게 진짜."

나는 아빠에게 딱 붙었다.

"아빠 쟤 미쳤나 봐."

엄마가 나의 등을 스매싱 했다.

"아아악, 아파아, 왜 나한테만 그래?"

아빠가 쯧, 하며 말했다.

"그만들 해."

설진은 맨발로 집 안으로 들어가며 내가 찰싹 달라붙어 있는 아빠를 보며 말했다.

"아무튼 아무 도움이 안돼."

나는 분명 보았다. 아빠의 얼굴을 보며 그 입을 놀리는 것을 말이다. 난 정말 참을 수가 없다. 도대체 왜 설진은 아빠에게 적대감을 갖고 있는 건지 모를 노릇이다. 나는 설진의 뒤통수에 대고 소리를 질렀다.

"야 차만 번지르르하면 뭐 해? 인간이 돼야지."

"윤설휘."

설진의 인내심이 폭발한 듯해 보였다.

"왜? 틀린 말이야? 왜 그렇게 아빠한테 눈을 붉히는 건데?

제일 신경 많이 쓰고 제일 많이 받았잖아? 대체 왜 그래?"

아빠가 나의 팔목을 잡아 끌었다.

"윤설, 그만해, 그게 무슨 말 버릇이야?"

"아니, 아빠 그렇잖아요, 왜 아빠한테 저렇게 서늘하게 구는 거냐고? 뭐?

첫째는 그래도 되는 거야?"

엄마가 나의 말을 끊었다.

"또 명절이 왔지? 응? 그만들 해, 마지막 경고야."

설진은 어깨에 분노를 가득 담고 씩씩거리더니, 이층으로 올라가 캐리

어를 들고 번쩍거리는 차에 올랐다. 아빠와 엄마가 말릴 새도 없이 설진

은 바퀴 굴러가는 소리를 내며 쌩, 하고 사라졌다. 아주 순식간에 일어난

일이다. 누가 말릴 새도 없었다.

설연이 말했다.

"에혀 내가 또 이럴 줄 알았어."

엄마는 나에게 눈을 흘기며 말했다.

"속이 시원해?

누구라도 먼저 참는 법이 없지 아니 당신이라도 좀 잡지…."

엄마도 설진처럼 또 아빠를 구박한다. 집 안에서 소리치는 고모의 목

소리가 들렸다.

"또 또 시작이지, 으이구 저 놈에 승질머리, 시집이나 갈지, 으이구 쯧쯧."

그 순간 이 여사의 얼굴이 붉어지며 눈꼬리가 하늘로 치솟았다. 화살

이 아빠에게 꽂히기 직전이다. 나는 빠르게 막아섰다.

광과, 모서리를 닮은 여자

"걔가 그냥 간 건데 왜 또 엄마는 아빠한테 구박이야?"

엄마는 휴대전화를 들고 집 안으로 들어갔다. 분명 설진에게 전화를 걸었을 것이다. 매번 언니와 나의 다툼에 관한 결론은 아빠의 잘못, 비슷한 것으로 끝이 났다. 아빠는 오랫동안 아무 말없이 막걸리만 들이켰다. 명절에 걸맞게 달이 아주 밝았다. 등불을 밝히지 않아도 될 만큼 밝았다. 달빛에 비친 그림자도 선명하게 밝았다. 아주 주책스럽게 홀로 아름다웠다.

"아빠 죄송해요, 못 참았어."

"괜찮다."

아빠는 설진이 가 버린 길을 씁쓸하게 보았다.

"내 잘못이 크구나."

"아빠….”

나는 결심했다. 이번 명절이 끝나면 꼭 설진을 찾아가서 이유를 물어볼 것이다. 원래 언니 설진은 대학 생활을 마칠 때까지도 아빠만 졸졸, 따라다니거나 아빠가 부르면 자다 가도 벌떡 일어날 정도로 아빠를 따랐다. 그렇게 설진을 엄마가 표현하기를, 너는 엄마 딸이 아니라, 아빠 딸이지, 라고 말했다. 그런데 어떻게 순식간에 저렇게 변할 수가 있을까.

화가 나는 것보다, 그것 때문에 아빠의 보이지 않는 심장과 보이는 살갗에도 상처가 나는 것 같아 나는 너무 절망스러웠다. 벌써 몇 년째 반복인지 모를 일이다.

"멀리 가진 않았을 거다, 다시 오겠지."

엄마의 꿋꿋한 인내심은 무언가를 꼭, 해야 한다면 하고 마는 성격이다. 끝내 설진은 전화를 받았고, 가던 길을 되돌려 돌아왔다. 이 여사의 설득력은 거의 협박과도 같았을 게 뻔하다. 나는 어차피 하루만 더 버티면 된다. 나는 설진과 있는 내내 유치하고 치사하지만 비위를 맞춰 주기로 했다. 아빠의 바람이기도 하다. 설진의 찬 바람은 대단하다. 아직 더위가 사그라들지 않은 날이 계속되었지만 설진만 나타나면 등골이 오싹하다.

다음날 우리는 본격적으로 명절 음식을 만들었다. 역시, 송편을 빚거나 전을 부칠 때나 설진은 방에 콕, 박혀 나오지 않았다. 나는 중얼거렸다.

"쳇, 손 하나 까딱 안 하려면 왜 온 거래?"

설연이 끊임없이 완성된 전을 집어먹으며 말했다.

"원래 그랬잖아, 언니도 이제 좀 그렇네, 라고 넘어갈 때도 됐어."

엄마가 말했다.

"동생만도 못하네, 쉿해."

"쳇, 이층까지 안 들리거든? 이젠 엄마까지 쟤 눈치를 보는 거야?"

"그만 좀 해라, 내가 너한테 이렇게 말하는 건 너는 말이 통해서 그러는 거 아니니? 응? 니들이라도 좀 그만해, 엄마 머리 아파."

"쳇, 야 윤설연! 그만 집어먹어, 밤새도록 부칠래?"

"낮에는 좀 먹어 둬야 해, 크크크."

눈치 빠른 고모는 설진의 이야기를 엄마 앞에서 또는 아빠 앞에서 대놓고 버릇없이 키웠다는 둥, 지 위에 사람 없다는 둥, 의 이야기를 끊임없이 했다. 우리 이 여사님은 분명 귀를 닫고 있을 것이다. 저렇게 성인 군자 같으니 말이다. 아니면 사십이 넘어 취직도 못하고 게임이나 하고 있는 귀한 조카님을 생각하며 만족을 느끼며 고모를 안타깝게 또는 고소하게 생각하며 있는 게 분명하다.

광과, 모서리를 닮은 여자

"엄마 삼촌은 이번에도 안 와?"

엄마가 대답했다.

"오면 살아남지 못하지."

"응?"

나는 어안이 벙벙하다.

"어쭈 눈이 제법 커진다?"

"엄마아."

엄마는 나의 손목을 잡으며 뒤뜰로 나를 데려갔다. 그리고 연신 쉿, 쉿, 하는 소리를 냈다.

뒤뜰은 아직 그늘이 지지 않았다. 어릴 적 아빠가 만들어 놓은 그네의 나무 색깔이 완전 잿빛으로 변해 있었다. 엄마가 뒷문 계단에 나를 앉혔다.

"아니 왜에?"

"니들 싸우는 거 보니 도저히 안 되겠어 얘길 해야지."

나는 잠자코 긴 엄마의 이야기를 들었다. 원래 설진은 대학 생활 중 유학을 가기로 정해져 있었다. 이건 약속, 정해진 설진의 길이었고 우린 모두가 그렇게 생각했다.

그런데 갑자기 설진은 유학을 가지 않았고, 갑자기 아르바이트를 시작했다. 다시 자신의 다른 미래를 정해 놓은 채 그것에 매진했다. 그래서 지금의 속기사가 되었고 몇 번의 시험을 거치고 거쳐서 국회까지 가게 된 것이다. 설진은 그렇게 도도하게 굴어도 모두가 다 인정할 수밖에 없는 실력을 갖고 있었다. 그만큼 자신의 일을 완벽하게 하는 사람이다.

간단히 말하자면 사건은 이랬다. 설진의 유학비를 잠깐만 쓰고 돌려

준다는 삼촌, 즉 작은 아빠의 말에 천사 같은 나의 아빠는 한 번의 거절 없이 그 돈을 빌려 주었다. 그 돈을 받지 못하는 것까지는 엄마의 말로는 괜찮다고 했다.

"어? 그럼 또 무슨 일이 있었어?"

"휴우, 아빠가 보증을 섰더라."

이 사건을 듣고 난 정말 놀라지 않을 수가 없었다. 어떻게 우리에게 감쪽같이 이 일을 숨겼을까? 단 한번도 우리는, 아니 나는, 금전적으로 아빠와 엄마가 힘들어 한다는 것을 전혀 눈치채지 못했다. 한마디로 말하면 나의 부모님은 내게 정말 완벽한 존재라 해도 과언이 아니라는 것이다.

"아빠 퇴직금까지 뺄 수밖에 없었어.

진이는 유학 대신할 공부도 제대로 못했고, 그렇게 지 힘으로 벌어서… 지 성에 안 찼지, 공부가."

엄마는 말을 잇지 못했다.

"엄마."

"그러니까, 설진이 그냥 둬, 진이 입장에서는 그럴 만해."

설진은 대학을 졸업할 무렵, 아빠와 엄마 단둘이 하는 대화를 듣고 이 사실을 알게 되었다고 했다. 그렇게 비밀에 부치려고 노력을 했지만 설진은 그것을 알아 버렸고 모든 것이 아빠 때문이라며 그 자리를 박차고 나갔을 때, 그때부터 아빠와의 사이는 차가운 쇳덩이처럼 냉정함이 뚝 뚝, 흐르게 된 것이다.

"얼마나 큰 돈이길래."

"뭐, 재산이라고 있었니, 그냥 다 탈탈털렸다."

"아, 맙소사."

나는 날이 갈수록 새카맣고 살이 빠지고 머리카락이 빠지는 밀짚 모자를 쓴 아빠의 얼굴을 떠올렸다. 가슴이 정말 아팠다.

"그럼, 우리 빚 있어?"

엄마가 고개를 끄덕거렸다.

"하지만 너희들이 신경 쓸 만한 금액도 아니고 절대 신경 쓰게 하지 않아."

"아니 엄마, 그 얘기가 아니라."

"아빠가 많이 힘드셨어, 돈이 문제가 아니라 자기 동생이 배신한 거잖니? 그 다친 마음은 아직도 회복이 안돼, 왜 아니겠어."

나는 작은 눈에서 눈물이 뿜어져 나왔다.

"그러니까 윤설, 니가 진이 조금만 이해해."

설진을 조금은 이해할 수 있을 것 같았지만 정말 피해자는 아빠가 아닌가, 자신이 하고 싶은 걸 못하게 되었다고 어떻게 아빠를 저렇게 부정할 수가 있을까, 끊임없이 이기적인 설진이 더 미워졌다.

"어, 그래 볼게."

나는 엄마가 듣고 싶어하는 대답을 하긴 했지만 아빠의 입장을 조금도 생각하고 있지 않은 설진을 생각하니 화가 불길처럼 끓어올랐다. 부모라면 자식의 앞 길에 대한 모든 지원을 다 해야 한다는 그런 법이 있는 것도 아니지 않은가, 나는 괜히 아빠 대신 억울한 마음이 들었다. 그렇다고, 아빠의 어깨가 자꾸만 굽어지는 건 용납할 수 없는 일이다. 나는 아빠가 보이는 곳에서 일부러 설진에게 잘 대하려고 노력했다. 하지만 그럴수록 설진은 마치 메뚜기처럼 튕겨 나갔다.

명절 음식 준비는 해가 질 때쯤 끝이 났다. 몇 시간을 바닥에 앉아 음식을 하기 위해 노동하는 것은 진짜 힘든 일이다. 엄마가 딸 셋을 낳은 건, 정말 잘한 일이다. 정작 일은 딸 둘만 거들지만.

몇 년 동안 삼촌의 빈 자리는 아빠를 더욱 위축시켰다. 한 번의 싸움도 없이 우애 좋고 서로 의지를 했던 터라 더할 나위 없이 그랬다. 나는 착한 삼촌이 하나뿐인 형을 배신했다는 것을 믿을 수가 없었다. 엄마 말처럼 돈이 죄인 게 맞는 것 같다. 세상에 돈만큼, 존재만으로도 죄질이 무거운 것은 없을 것이다.

시소에게 문자를 보냈다. 명은 벌써 아침 일찍 도착했다고 한다. 두 손 무겁게 먹을 것을 잔뜩 싸왔으니, 나는 꼭 빈손으로 오라고 당부를 했다. 운의 집안은 차례를 지내지 않는다고 한다. 아마도 개신교를 믿는 모양이다. 시소의 명절도 그리 외롭지는 않은 모양이니 정말 다행이었다. 나는 창문에 매달려 계속 달만 바라보았다. 이렇게 크고 완전히 동그란 달을 본 건 정말 오랜만이다. 마치 영화처럼 누군가 나를 위해 달에 줄을 걸어 가까이 걸어 놓은 것 같았다. 그때 멀리 언덕에서 불이 피 오르고 있는 게 보였다.

"뭐지?"

높은 곳에서 모닥불이라도 피워 놓고 사람들이 모여 시끄러운 명절을 보내고 있는 모양이다. 생각해 보니 형님 부부가 했던 말이 떠올랐다. 젊은 청년 혼자, 병을 치료하기 위해 요양을 왔다는 이야기 말이다. 나는 중얼거렸다.

"에효, 외롭겠다."

저 언덕 위의 집은 이 마을에서 가장 부자라는 말을 들은 적이 있다.

광과, 모서리를 닮은 여자

내 어렴풋한 기억속에는 할머니와 할아버지가 살았던 것 같기도 하다. 하지만 저 집은 아주 오래 전부터 빈 집으로 머물렀다. 나는 약간 오싹한 생각도 들었다. 자정이 넘어 가자 창문을 열어 놓고 자기엔 새벽 바람이 조금 찼다. 나는 내일을 위해 일찍 잠에 들었다.

　　이른 아침, 우리는 일 년 중에 가장 바쁜 시간을 보낸다. 오늘만큼, 설진도 얼굴을 내밀었다. 그래도 양심은 있는 사람이다. 우린 늘 그랬듯이 말하지 않아도 일에 있어서 파트가 정해져 있다. 물론 나는 설거지 담당이다. 손이 여물지 못하다는 이유로 그렇다.

　　설진은 차례상에 올린 음식을 제기에 예쁘게 담았고 과일도 예쁘게 담았다. 설연은 역시 하늘이 어둡지 않은 이상 입에는 늘 먹을 것을 오물거리고 있었다. 엄마가 전을 주워 먹는 설연의 손등을 스매싱한다.

　　"아얏."

　　"차례 지내기 전이야, 너가 다 먹어 치울래?"

　　고모의 집은 여기서 가깝다. 한 시간 정도의 거리이다. 잠이라도 자신의 집에서 자고 온다면 엄마가 참 편할 텐데, 고모는 오늘 아침도 늦잠을 자고 일어나 분주하게 움직이는 우리들에게 쓸데없는 잔소리를 하기 시작했다. 우리 집의 불청객, 귀한 아들, 그러니까 사촌 오빠는 굳이 오지 않아도 되는 발걸음을 해서 우리의 일을 더 만들었다. 커피를 내려 받치고 속이 쓰리다는 말 한마디에 나는 간단히 먹을 것을 갖다 바칠 수밖에 없었다.

　　정말이지 저 놈은 사촌 오빠지만 사람 캥거루가 따로 없다. 음식을 먹고 있는 저 볼따구니를 찰싹, 소리가 나도록 쥐어 박고 싶었다. 그 모습을 고모는 또 얼마나 흐뭇하게 바라보는지, 이 여사님의 속이 어떨지는 알만 했다. 갑자기 설진이 사촌 오빠 준수에게 말을 걸었다.

"오빠 다 마셨으면 이것 좀 상 위에 올려 줘."

준수는 자신의 의견은 없는지 고모의 얼굴을 빤히 보았다. 고모가 소리쳤다.

"아니, 그걸 왜 오빠한테 시켜? 남자가 부엌에 들어가?"

설진은 눈 하나 깜짝하지 않았다.

"장가 안 보낼 거예요?

요즘 이런 거 안 하면 결혼 문턱에도 못 가, 고모."

"뭐?"

"그리고 우리 집 제사는 남자 여자 따로 없어요, 알면서 그래?

삼촌 있을 때는 삼촌이 다 거들었잖아요? 삼촌은 되고 사촌은 안 돼?"

설진은 제기 위에 올린 과일을 준수의 손에 쥐어 주었다.

"자, 이거라도 옮겨, 할 일이 있어야지?"

고모의 얼굴은 색까지 변하며 할 말을 잃은 표정이다. 고모는 내내 앉아 있다가 설진의 말에 일어나더니 괜히 엄마의 옆을 왔다 갔다 했다. 탕국의 냄비 뚜껑도 열어 보고 잘되고 있는 압력 밥솥을 보기도 한다. 엄마의 표정은 없었지만 나는 분명 보았다. 오른쪽 입꼬리가 살짝 올라가는 것을 말이다. 그래도 맏이는 맏이인가 보다.

역시 아빠는 양복이 참 잘 어울린다. 오랫동안 입었던 양복이 어색할리 없지 않은가, 마음 한 구석이 저릿하다. 드디어 이틀에 걸친 차례상을 위한 준비가 모두 끝났다. 엄마는 기가 다 빠졌는지 식탁 의자에 앉아 시원한 커피를 연거푸 마셨다. 이제 음식들을 적당한 통에 담고 제기를 씻고 밥상만 준비하면 된다. 나는 명절 음식의 대미를 장식했던 기름기를 거품을 내어 몇 번씩 반복하며 닦았다. 매번 하는 일이지만 나의 종아리가 너무 고되다. 내 뒤에 앉아 있는 엄마에게 말했다.

"엄마, 비타민."

"어?"

"비타민 드시라고."

"후우, 그래야겠다."

식사 내내 고모는 귀한 아드님을 자랑할 만한 것도 없을 텐데, 입을 닫지 않고 준수 이야기만 했다. 고모의 딸은 또 시작이라는 듯, 아예 입을 앙 다물고 밥을 입으로 밀어 넣었다. 아마도 이 여사보다 고모의 목소리가 듣기 싫은 사람은 고모의 딸일 것이다. 나는 밥이 어디로 들어가는 건지 정신이 하나도 없다. 설진은 고모의 기에 눌리지 않은 모양이다.

어릴 적 고모 손을 타고 자란 설진은 유일하게 고모의 말 상대가 되는 사람이다. 설진은 고모의 말이 끝날 때마다 준수에 대한 칭찬의 반대말을 요목조목 따지며 말했다. 고모의 심기가 점점 불편해지고 있는 눈치다. 엄마가 설진에게 그만하라는 눈치를 주었지만 설진은 멈추지 않았다.

"그러니까, 오빠 정신차리라고 언제까지 이렇게 캥거루처럼 살 거야? 캥거루에서 벗어나기 위해 도움이 필요하면 말해, 도와줄 테니까… 저렇게 고모가 말하는 세상이 다가 아니라구."

말수가 적은 준수는 이런 말에도 이력이 났는지 눈앞의 음식만 탐욕스럽게 먹어 치웠다.

"으이고, 다이어트 좀 하고."

마음 좋은 준수는 그저 웃기만 한다. 그때 고모가 벌떡 일어났다. 그 육중한 몸에 바닥을 박차고 일어나자 지진이 난 것처럼 당황스러웠다.

"아무리 쟤가 그렇게 못 났어도 너 그러는 거 아니다?

니가 그렇게 잘났어? 그래 참 잘나긴 잘 났지, 못 났어도 못 난 거 내가 고쳐, 네가 무슨 상관이야?

말 싸가지 없게 하는 거 보면, 누굴 닮아서 저러는지 원…

아주 젊었을 때 지 엄마랑 똑같아 똑같아."

나는 침을 꿀꺽 삼켰다. 다시 불행의 씨앗이 시작될 조짐이다. 설진은 참지 않았다.

"고모! 준수 오빠 위해서 하는 말이에요.

그리고 엄마랑 내가 그렇게 닮았으면 옳은 말만 했겠네, 오빠 너무 감 싸지 말아요, 그거 오빠한테 독이라고."

설진은 아주 냉담하게 음식까지 씹으며 안정된 모습이다.

"뭐어어? 기가막혀서 원, 준수 일어나 가자.

내가 여길 다시 오면 사람이 아니지."

아빠의 굵고 나지막한 목소리가 들렸다.

"진이 그만하지 못해? 고모께 죄송하다고 말씀드려."

아빠가 어떤 일에 나섰다는 건 정말이지 큰 일이 났다는 거다. 나는 조용히 고모에게 다가가 고모를 토닥이려 애를 썼다.

"에이 고모, 식사 다 하고 가세요. 응?"

설진은 한참을 침묵하다가 말했다.

"고모 죄송하다는 말은 못해요, 맞는 말이라서.

식사 중에 이런 말 한 건 죄송합니다, 내가 먼저 일어날 테니까 식사하고 가세요."

"참, 아주 간단하다 간단해, 잘났어 아주 잘났어."

설진은 그렇게 이층으로 향했고, 고모가 갈 때까지 일층으로 얼굴을 보이지 않았다. 나는 그때 보았다. 고모 딸의 입가에서 미소가 일렁이는 것을 말이다. 덕분인지는 모르겠지만 더 이상 고모의 쩌렁쩌렁한 목소리는 듣지 않아도 됐다. 우리 집은 고모 식구들이 떠나고 형님 부부와 동네 분들과 인사를 마친 후가 되니 평화를 찾았다.

이번 명절에는 유난히 그릇을 많이 씻은 것 같다. 손목이 쑤시고 척추 사이 사이에 기름을 칠해야 할 정도로 뻑뻑했다. 아빠와 엄마는 가까운 곳에 위치한 외삼촌 집에 갈 예정이었다. 나는 빠르게 짐을 차에 실었다. 아빠는 외갓집에 빨리 다녀올 테니 기다리라며 하루 더 묵고 갈 것을 말했지만 나는 거짓말 같은 진심을 말했다.

"아빠, 안 돼요, 출근하는 직원들이 있어서 얼굴이라도 비춰야 하거든."

하지만 이 말은 진심에서 우러난 마음이다. 이 말은 아주 순수했고, 거짓말이 아니길 바랄 뿐이다. 엄마가 싸 준 음식들을 보니 두 손 가볍게 가기는 그른 일이다. 아마도 한 달은 거뜬히 먹을 수 있는 양이다. 은근히 나는 운의 누나 명이 아직 시소의 집에 머물기를 바라고 있는 것 같다. 나는 더욱더 서둘렀다. 설연이 갑자기 나의 팔짱을 끼며 통통한 볼로 말했다.

"언니이, 용돈 좀 주라."

졸업을 앞두고 있는 설연은 당연히 돈이 궁할 것이다. 그렇지 않아도 난 늘 설연에게 용돈을 주곤 했다. 나는 일부러 찾아 놓은 현금을 꺼내어 설연에게 내밀었다.

"끼야악, 역시 둘째 언니야!

고마워 언니, 그럼 조심해서 가."

설연은 돈을 받자마자 이층으로 후다닥 내달렸다. 이제 남은 건 엄마 아빠와의 이별이다. 익숙해질 만도 하지만 참, 맞닥뜨릴 때마다 어색하고 아련하다. 어제 아빠의 보증 사건에 대한 이야기를 듣고 나는 나의 한 달 생활비 중 반을 더 털어 봉투에 담았다. 어차피 모태 솔로인 나는 돈을 쓸 곳이 편의점, 말고는 거의 없다.

"아빠, 이거 얼마 안 돼요."

아빠는 정색을 하며 나를 밀어 냈다.

"이 녀석이… 됐다 취직한 지 얼마 됐다고, 됐어."

"에이 아빠 나 회사에서 잘나가, 그리고 명절이라고 회사에서 보너스도 나왔는 걸? 받아요, 응? 아빠아아, 그래야 편하게 안전하게 올라가요."

엄마가 옆에서 아빠를 쿡, 쿡, 찔렀다.

"받아요, 그냥, 연애하기 전에 받아 둬요, 연애라도 하면 이런 용돈도 없어."

"으이구 이 여사님, 여기 여사님 것도 챙겼습니다."

"얏 됐어 이거 야 말로 됐어, 갖고 가, 아빠 주면 됐지 얼른 얼른 가 가."

엄마는 나를 떠밀며 운전석에 앉혔다. 그리고 터프하게 흰 봉투를 뒤 좌석으로 휙, 하고 던져 버렸다.

"아, 증말 엄마아."

"또 깜박하지 말고, 내릴 때 챙겨."

"아, 이 여사님 정말…."

나는 후진 기어를 넣고 차를 빼고 달릴 준비를 했다. 그때 설진의 목소리가 들렸다. 두리번거려 보니 위층 창문을 활짝 열어 놓고 나를 보고 있었다.

"정신 똑바로 차리고 운전해, 서울에서 봐."

"녜녜녜녜, 언니님."

이제 진짜 엑셀을 밟아야겠다. 아빠는 아마 차가 보이지 않을 때까지 내가 간 길을 보고 있을 것이다. 삼촌과 아빠의 일이 다시 떠올랐다. 자신의 반쪽 같았던 사람이 배신을 했다니, 너무 가슴이 아프다. 아빠의 적적하고 쓸쓸한 마음이 내 눈에 자꾸만 들어온다.

"젠장."

나의 찢어진 눈에서 눈물이 나오다니, 입술에 떨어진 이것은 꽤 짭짤하다. 장마가 길었던 터라 포장되지 않은 길이 아직 마르지 않았고 웅덩이도 보인다. 포장되지 않은 길이 끝날 때 즘, 반대편에서 차가 올라오고 있었다. 길이 굉장히 좁은 터라 나는 오른쪽으로 차를 바싹 붙여 핸들을 꽉, 잡았다. 혹시나 도랑으로 떨어질 것 같은 불안감에 쥐가 날 정도로 손가락에 힘이 잔뜩 들어갔다. 나는 큰 차의 덩치를 보고 인상이 찌푸려졌다.

왜 이런 작은 동네에서 저런 옵티머스 프라임 같은 차를 끌고 다니는 걸까.

"아 정말, 나를 먼저 보내던가, 미치겠네."

나의 운전 실력으로 더 길을 내주기가 힘들 것 같았다. 상대방 차의 바퀴 쪽을 보니 길이 여유가 있었다. 나는 다시 차를 앞으로 조심스럽게 뺀 후 도랑 쪽과 좀 더 가까워졌다.

"으아아, 어우 무서워."

큰 차의 운전석을 보았다. 겨울이 오려면 아직 멀었는데 모자를 뒤집어쓰고 선글라스까지 쓴 젊은 남자다. 모자 덕에 잘 보이지는 않았지만 아마 형님 부부가 말하던 그 아픈 청년인가 보다.

"젠장."

차가 빠져나가지 못하고 있다. 어쩔 수 없이 나는 차에서 내렸다. 내 능력 밖인 것이다.

도움을 요청하거나 차를 빼 달라고 말하거나 또는 내가 다시 집까지 후진하는 방법을 선택해야 했다. 이 사람은 차에서 내린 나를 보고도 창문만 빼꼼 열었다. 검은 선글라스 알이 나를 째려본다.

"저기요, 미안하지만 큰 길로 차를 빼 주시면 제가 얼른 차를 뺄게요, 불행히도 제가 초보운전이라서요, 하하."

나는 멋쩍게 웃음까지 흘렸지만 이 사람은 요지부동이다. 남자가 한숨을 길게 쉬었다.

"후우우우우우우."

나의 좋았던 기분이 살짝 나빠지려고 하는 중이다. 나는 그렇게 뜨거운 태양을 받으며 서 있었다. 남자는 미동도 하지 않았다.

"흠, 하하하, 그럼, 음… 네네 그럼 제가 빠지요."

결국 나는 후진으로 집까지 가야 할 것이다. 내가 차에 막 올라타려던 순간 남자가 차에서 내렸다. 그리곤 내게 반말로 말을 하는 것이 아닌가.

"뭐야? 스토커야?"

나는 정말 무섭게 눈을 치켜 뜨고 남자에게 가까이 다가갔다. 그리고 양손을 허리에 두고 모양을 잡았다. 이 행동은 싸울 수 있다, 라는 뜻이다.

"저기요 아저씨, 나 알아요?"

남자가 모자를 벗고 선글라스를 벗었다. 순간 나는 정말 얼음이 되었다. 쨍쨍거리는 태양이 비춰도 절대 녹지 않을 얼음 덩어리다. 내가 운의 목소리를 잊었다는 건가.

요양을 위해 머물고 있다는 청년이 운이라니, 나는 정말 입도 발도 손도 떼어지지 않았다. 나는 나무처럼 그 자리에 뿌리를 내린 것만 같았다. 어떻게 이런 일이 내 앞에서 벌어지고 있는 건지 제발 꿈이라고 누군가 나를 흔들어 깨워 주기만을 바랐다.

"으어억, 운?"

운도 놀랐는지 머리를 긁적거렸다. 형님 부부가 말한 키가 훤칠하고 얼굴이 백옥 같다고 한 말은 정확하다. 어찌 이런 사람을 보고 그 어떤 소문이든 나지 않을 수가 있을까?

"스토커야?"

운은 다시 한번 웃으며 말했다. 나는 어이없게 웃었고, 할 말을 한동안 잃어버렸다.

"우연 치고 너무 영화 같잖아? 답장 없는 남자와 이렇게 우연히 만나?"

난 요양, 건강 악화, 라는 단어가 떠올랐다.

"운, 너 여기 사는? 아니 여기 살 거야?"

난 멍청하게 말을 했다. 분명 멍청한 말이다. 운은 자꾸만 엉뚱한 소리로 슬금슬금 이 상황을 넘어가려 한다.

"이것 봐, 스토커네? 설마 언덕 위까지 다녀온 거야?"

"장난할 기분 아니야."

운은 고개를 들고 올려 보고 있는 나의 머리통을 두어 번 흐트러 놓았다.

"장난은 나도 아니야, 이렇게 보니 짜릿한데?"

"저, 저기 나 여기 살아, 아, 아니 지금은 아니고, 하. 말도 안 나온다. 여긴 우리 집이야."

운은 목에 감은 손수건으로 구레나룻 위로 흐르는 땀을 닦았다. 그는 정말 당황했고, 그렇지 않아도 하얀 얼굴에 냉기가 돌 정도로 더욱 하얘졌다.

"어어엇? 정말? 하하하하하하하 말도 안 돼."

"그래 진짜 말도 안 돼."

운은 휴대전화로 카페 이름을 알려 주며 그곳에서 15분 후 만나자고 말했다. 나는 반사적으로 고개를 끄덕거렸고, 정말 아무 생각 없이 지도를 보며 카페로 향했다. 나는 정말 넋이 나간 상태였다. 기다리는 내내 차가운 커피를 두 잔째 마시고 있는 중이다.

얼마 지나지 않아, 운은 다시 또 흰 셔츠, 그리고 목에 두른 다른 손수건, 조리를 질질 끌고 걸어왔다. 진짜 운이 내 앞에 앉았다. 나의 심장은 꼭, 운을 마주할 때마다 방망이질을 한다. 숨이 찰 정도로 방망이질을 했다. 아, 청심환이 필요한 시점이다. 나는 다시 커피를 주문했고 단 오 초만에 반을 마셔 버렸다.

운은 얼음을 씹고 말했다.

"그러니까 그 집이란 거지"

"흐음, 어."

"모서리랑 나 악연이야?"

"장난하지마, 쓸데없이 나쁜 놈."

운이 웃었다.

"혹시, 죽을 병이라도 걸린 거야?"

"어."

나는 나의 방정맞은 입술을 손 끝으로 쳤다.

"아, 아씨."

운이 다시 웃었다.

"괜찮아, 동네가 작으니까 소문도 빠르고…

그리고 나같이 멋진 사람이 이곳에 머무니까 관심이 안 갈 수도 없는

거고…."

"칫, 언제부터 있었어? 혼자 지내는 거야?

너 아픈 거 숨기려고 그랬구나? 그지? 그래 맞아, 그랬어.

정말, 심각한 거야? 아니지?"

나는 반 남은 커피를 다시 벌컥거렸고, 남은 얼음도 야무지게 씹었다.

그리고 약간 감정이 울컥하기도 했다.

"질문은 하나씩만. 너 지금 딱, 거꾸로 모서리다 너 얼굴…

하나씩 답할까? 한꺼번에 답할까? 하아… 뭐라고 물었더라."

운이 잠시 말이 없다. 그의 표정은 조금 시간을 달라, 라고 하는 눈치

다. 나는 조용히 기다렸다. 그런데 심장 박동이 참 문제다. 얼마나 벌떡,

되는지 아마 운의 귀에도 들릴 수 있을 것 같기도 했다. 나는 스스로 호

흡을 조절해야 했다. 한참 후 운이 입을 열었다.

"단어로 말하면 충격적일 테니… 음…

난, 면역력이 제로야, 정말 제로."

난 이해되지 않았다. 하지만 그의 말을 듣고 더 이상 질문하지 않았다.

어쨌든 그는 지금 정상이 아니라는 거고 나의 호들갑은 아무 도움이 되

지 않을 테니 말이다. 난 그저 고개를 끄덕거렸다.

"서리, 넌? 어때? 눈이 멀쩡한 거 보니, 괜찮지?"

"음, 그러엄."

우린 또 그렇게 한동안 서로 말이 없었다. 나는 마치 운의 보호자라도 된 것처럼 앞날을 생각하고 있었다. 이놈의 오지랖이 또 시작인 것이다. 나는 도저히 얼마나 심각하길래 연락도 없고, 이곳까지 와야 했냐고 물을 수는 없었다.

"서울 가야지?"

"어, 어, 그래야지."

난 운전을 어떻게 하고 왔는지 모르겠다. 휴게소도 한 번 들리지 않고 악셀을 밟았다.

운은 당분간 또는 아주 오랫동안 그곳에 머물게 될 것이라고 했다. 내가 운전대를 잡았을 때 운이 한 말이 자꾸 걸렸다.

"연락, 하지 마, 그냥 내가 할게."

이 말은 어떤 부탁의 느낌이었다. 그리고 운의 말은 나는 너를 좋아하지 않아, 가 아니다, 라는 뜻이 내포되어 있었다. 그건 정확하다. 나의 기분대로 이 뜻을 해석한 건 아니라고 생각한다. 난 자꾸 그것만 기억했다. 내게 연락 없이 숨었던 건, 너를 좋아하지 않아, 서가 아니야, 라고 말이다. 지금의 말도 난 곧이곧대로 들리지 않았다.

나는 얼른 짐을 풀고 냉동실에 넣어야 할 것, 냉장실에 넣어야 할 것, 구분 없이 모두 냉장실로 비닐 채, 넣어 버렸다. 카페인 과다 섭취로 식은 땀이 줄줄 흘렀지만 우유 두 잔으로 진정시켜 보고 있는 중이다. 당장 시소의 집 문을 박차고 달려가 묻고 싶었지만 운의 누나가 아직도 있을

지 모르는 일이다.

"그래 예의 예의 예의."

난 좁은 방 안을 계속 왔다 갔다 했다. 정말 안절부절이다. 휴대전화가 울렸다.

"네 아빠."

"어디야? 도착한 거야?"

"으응, 방금."

"그래 그럼 됐다, 쉬고, 연락하자."

"네 아빠."

나의 목소리가 이상하다고 느꼈을 것이다.

"윤설, 별일 없지?"

"무슨 일은, 방금 도착해서 그래요, 피곤해."

"그래, 알았다. 전화하고."

"네."

나는 그날 밤, 시소의 연락을 기다리다 지쳐서 바닥에서 잠을 잤다. 일어나 보니 옷도 그대로, 얼굴은 선크림이 얼룩덜룩, 밖은 아직 새벽인 모양이다. 나는 샤워를 하고 휴대전화를 먼저 찾았다. 연락 온 곳은 없었다. 시소가 당연히 문자를 보냈을 법한데, 왜 연락이 없는지 그것도 의문이다. 나는 현관문 앞에 기대어 앉아 시소의 집에서 나는 소리에 귀를 기울였다.

"아, 스토커 맞네."

시간을 확인했다. 해가 짧아지고 있는 요즘, 아직 해가 뜨지 않았다. 여섯 시도 안 된 시간이지만 분명 인기척이 있길 바라며 나는 또 그렇게 졸았다. 눈을 떠 보니 해가 쨍쨍하다.

새벽에 시소에게 보낸 문자 아래에는 답이 없었다. 그리고 시소는 그 문자를 확인했다.

『나 왔어, 도착』

뭔가 불안한 일이 이미 시작되고 있음을 직감적으로 감지했다. 나는 시소의 현관문을 두드렸다. 인기척이 없어 몇 번을 두드렸다.

"시소, 나 들어 간다."

나는 비밀번호를 누르고 헐레벌떡 그녀를 찾았다. 방에도 화장실에도 없다.

"이런 멍청이."

이미 신발장에는 운동화와 샌들이 사라져 있었다. 시소에게 전화를 걸었지만 역시 받지 않았다. 내가 지금 이 상황에서 할 수 있는 것을 생각해야 했다. 빌어먹을, 내가 할 수 있는 건 아무것도 없었다. 나는 혹시 올지 모를 시소에게 쪽지를 남겼다.

『순댓국밥 먹으러 가자

집에 없으면 거기 있을 거야

위치는 문자.』

정말 나는 순댓국밥 집으로 걸어가고 있었다. 이제 겨우 정오의 시간 이다. 시간이 참 더디다. 명절 당일에도 역시 문을 활짝 열어 놓았다. 김 하영의 말이 맞았다. 나는 아주머니에게 인사를 했다. 명절에 무슨 일이 냐, 라는 질문에 명절에 무슨 일로 가게 문을 열고 계시냐며 되물었다. 아주머니는 나를 보며 방긋 웃는다.

"아니, 할 일이 있어야지, 놀면 뭐 해, 이렇게 나와 있는 게 속이 젤 편해요오."

오늘은 처음 먹었던 그 양보다 더 많은 양을 주셨다. 이것을 다 먹을 수 있을지는 모르겠지만 김하영이 알려 준 대로 천천히 먹어 볼 생각이다. 아주머니는 소주를 내려 놓으며 성에 낀 맥주를 뻥, 하는 소리가 나도록 열었다.

"자, 이건 서비스, 시원하게 한 잔씩."

아주머니는 아예 내 앞 자리에 앉았다. 참으로 수심이 가득해 보이는 얼굴이다. 김하영과 함께 있을 때의 아주머니 모습은 왠지 주눅들은 모습이었지만 오늘은 정말 장사 한 번 꽤 오래 한 분 티가 났다. 자세히 보니 얼굴에 고집스러움이 가득 배어 있었다.

앞 치마를 두르고 순대를 자르고 국밥을 토렴하는 모습이 꽤 장사꾼 같아 보였지만 처음 본 것처럼 미모는 그것에 절대 가려지지 않았다. 어울리지 않게, 라고 말하면 나의 고정관념이겠지만, 정말 순대국밥과 어울리지 않게 호리호리하고 백옥 같은 얼굴이다. 얼핏 보이는 옆 모습이 김하영과 똑 닮아 있었다. 이곳은 시장 골목에 있어도 꽤 손님이 많다.

단점은 나이가 들어 보이는 남자들이 대부분이라는 것, 그리고 난 아직 순대국밥의 입문자이기 때문에 내가 지금 먹는 이 맛이 정말 맛있는 맛, 이라는 것을 설명하기가 부족하다.

어느새 홀짝이며 맥주 한 병을 다 마셔 버렸다. 아, 드디어 시소에게 문자가 왔다.

『가는 중』

나는 백 가지가 넘는 감정의 탄식을 뱉으며 씩씩 대고 있었지만 삼십 분 후 시소가 들어오자 벌떡 일어나 그녀를 안았다. 삼 일이 삼 년과 같았고 이십사 시간이 이십사 일 같았다고 나는 중얼거리며 시소를 정신 없게 만들었다.

"집 앞 두고, 무슨 시장 골목이야?"

나는 시소의 퉁퉁 부은 눈과 충혈된 눈동자를 보고 놀랐다.

"뭐야? 응? 얼굴이."

"호들갑 그만, 배고프다."

아주머니가 끼어들었다.

"국밥 하나 줄까요?"

"네 고맙습니다."

이 와중에 예의까지 바른 시소다. 나는 시소가 밥을 모두 먹어 치울 때까지 기다렸다. 시소는 새우젓에 고기를 찍어 야무지게도 먹었다. 충혈된 눈동자와 행동은 너무 어울리지 않는다. 나는 청양 고추를 베어 물었다. 눈물 나도록 매운 맛은 정말 울고 싶은 내 심정에 딱 어울리는 맛이었다. 콧물이 절로 나왔고 훌찌럭, 하는 소리도 절로 나왔다.

"스으읍."

시소가 나의 눈을 흘겼다.

"그만 먹어."

나는 시소의 국밥 그릇을 확인하고 말했다.

"무슨 일이야? 안나 왔어?"

시소는 말이 없다. 나는 정말 답답해 죽을 지경이다.

"아니 왜 사람들은 나만 보면 말을 안 해? 운도 그러더니, 시소까지, 아오 답답해."

"뭐? 운? 설, 너 운 만났어?"

"이제야 입이 트이네, 시소 먼저 말해, 무슨 일이야?"

시소가 소주를 한 잔 마시더니 다시 입을 닫을 작정인가 보다.

"설, 먼저 말해, 운은 어디서 만났어?"

나는 시골 집에서 운을 우연히 만난 이야기부터 쓸데없는 시골 카페의 수치 높은 카페인에 대해서도 주절주절 떠들었다. 물론 시소도 나만큼 정말 놀란 눈치다. 시골 길에서 운을 봤다, 라는 이야기를 처음 했을 땐 시소가 나의 눈을 다시 흘기며 장난하지마, 란 소리로 시작했다. 나도 이 모든 사실이 장난이길 바라는 사람 중 하나다. 운이 요양을 한다니, 이게 대체 무슨 일인가, 시소의 부은 눈과 충혈된 눈동자도 나의 것과 비슷한 것이었다.

운의 누나 명이 시소의 집에 방문했고 이틀째 되는 날 함께 운의 부모님 집에 방문했다. 거기서 정말 듣고 싶지 않은 청천벽력과도 같은 운의 상태에 대한 소식을 접하고 명과 함께 그의 부모님과 함께 울다가 웃다가, 를 반복하고 왔다.

당연히 안나의 이야기도 운의 이야기와 접해서 감정은 삽 시간에 우울함으로 번졌다. 명은 말끝마다 죽은 앤지를 나쁜 년이라고 욕하며 죽기 전까지도 어떻게 아무 말도 없을 수가 있냐며 허공에 대고 소리를 질렀다. 물론 운 앞에서 할 수 없는 행동들이다.

운의 부모님은 명의 감정을 이미 겪은 날들이 있었고 그런 명을 다독일 수밖에 없었다. 운의 아버지는 굉장히 침착한 분이다.

"잔인한 병명이라 감정적으로 더 힘든 게야, 운은 괜찮을 거다, 우리 모두가 시한부인 것을…

괜찮을 거야."

결국 나는 운의 병명, 그 잔인한 병명을 귀속에 넣고 말았다. 정말 이 병명은 잔인하다. 운의 아버지 말씀처럼 병명 자체가 사람의 감정을 더 힘들게 하는 게 맞다.

"어떻게 거기서 그렇게 만날 수가 있지? 믿을 수가 없어."

나는 지금 이제 우연한 만남 따위가 중요하지 않았다. 모든 생각은 운에게 집중되어 있었고 이상한 건 시소처럼, 명처럼, 나는 눈물이 흐르지 않는다는 것이다. 물론 믿을 수 없을 정도로 가슴이 아팠다. 이건 정말 사람들이 흔히 겪을 수 없는 일이 아닌가, 나는 처음 겪는 일에 정신이 산산조각이 날 것만 같았다.

"그래서 운이 나를 멀리한 거야."

운이 한 말이 떠올랐다. 내일까지도 나에게 감정이 변하지 않고 그대로라면 내 집 앞, 그 자리에 서 있겠다고 답을 달라고 했던 그 말. 나의 뇌에 긴 바늘을 콕, 박아 넣고 있는 통증이다. 정말 뇌가 두 개로 갈라지고 있는 것 같다. 그리고 시소의 집에서 본 것이 마지막이었다. 정말 우리에게 아무 일도 일어나지 않았던 것처럼, 내게 그 설레는 말을 하지 않았던 사람처럼 굴지 않았던가. 정말 운은 나를 좋아했을지 모르는 일이다. 그게 맞다는 게 확실해지기 시작하자, 난 운이 겪고 있는 그 병이 원망스럽다. 어쩌면 정말 우린 아주 잘 어울렸을지도 모른다. 같은 슬리퍼를 질질 끌고 편의점 앞에 앉아 맥주를 마시며 웃고 있을지도 모르는 일이다.

참, 잘 어울리지 않은가. 모든 것이 맞아 떨어졌다.

난 그제야 눈물이 조금 맺히고 있는 것을 느꼈다. 하지만 이 눈물이 운에게 무슨 의미가 있을까. 나는 빈 소주 병을 보고 맥주를 시켰다. 우리는 말없이 그것을 계속, 끊임없이 들이켰다. 약속한 건 아니지만 김하영이 왔다. 내가 이곳에 들를 것이라고 했던 말을 그냥 지나치지 않았다. 김하영은 아닌 척해도 모든 말을 귀 기울여 듣는 편인 듯하다.

내가 시소의 충혈된 눈을 보았을 때처럼 김하영은 나의 얼굴을 보고 분위기를 감지했다. 마치 김하영의 어머니가 맥주를 권할 때처럼, 김하영은 맥주를 들고 와 자연스럽게 내 옆에 앉았다. 김하영은 먼저 시소를 보고 고개를 끄덕이며 인사를 했고 시소도 자연스럽게 김하영이 내민 맥주를 잔에 받았다.

우리 셋은 오후 세 시를 넘은 시간이 되어 순대국집을 나왔고 또 자연스럽게 시소의 집으로 향했다. 우린 술이 잔뜩 취했다. 우린 술로 슬픔이 가득해지는 것만큼 무엇인가 계속 입으로 집어넣고 씹어 먹었다. 누군가 이야기를 하면 그에 대한 답을 하지 않고 자신의 이야기만 또 늘어놓았다. 그렇게 또 누군가 자신의 이야기로 대답을 했다. 말로 하는 수건 돌리기쯤, 되는 것이다.

시소는 꼬인 말을 하면서도 술이 취하지 않는다고 말했다. 우린 중국 음식을 배달시켰다. 그중, 가장 인기 메뉴는 나는 처음 마셔보는 고량주, 즉 배갈이다. 술이 입 안에 들어가자마자 마치 접착제를 마시는 듯한 맛이 나면서 일초 후, 목이 뜨거워진다. 배갈이 위에 도달할 때 즘, 자장면을 먹어야 한다. 참 잘 어울리는 조합이다.

내가 생각했던, 그리고 상상했던 꿈에서 보았던 운과 내가 손을 잡고 있는 모습처럼 말이다. 그렇게 난 머리 위에 동동 떠 있는 운을 상상하고 있을 때 일이 터졌다. 시소가 운에 대해서 여러 말을 하고 있을 때 김하영은 다른 말을 하는 것처럼 행동했지만 역시 귀를 기울이고 있었던 거다. 툭, 뱉은 말에 나는 화가 머리 끝까지 났다. 분노가 치밀었다.

"에이즈라니 맙소사, 생각할수록 골치 아픈 단어군."

지금까지 우리 중 그 누구도 그 병명을 가볍게 입에서 뱉은 적이 없다. 에, 이, 즈. 라는 단어를 말할 때는 숨을 몇 번을 뱉어 내고 아주 천천히, 휴우, 하고 에, 라고 말하고 한숨을 쉬고 또 이, 즈, 라고 말을 했다. 그런데 김하영은 그 말을 아주 가볍게 연결하여 뱉고 있었던 거다.

"아, 에이즈라니 이런이런.

망할 에이즈, 이름도 염병할 징그럽네."

김하영은 벌써 그 말을 세 번이나 하고 있었다. 나는 운이 말하는 아주 못돼먹은 모서리의 눈을 하고 김하영에게 소리쳤다.

"야, 이 미친 그만 말해라!

그마아아아아아아아아아아아아아안, 그마안."

시소는 내가 지른 소리에 한 손은 귀를 막고 한 손은 내 입을 막았다.

"놔, 놔, 야 김하영 그만 해라."

김하영은 정말 차분했다.

"왜? 실컷 다 얘기해 놓고 말하지 말라니? 아니, 그럼 에이즈가 아니라는 거야? 아니 에이즈라며어?"

"얏, 우씨 저게 진짜."

"이 영양사씨 알고 보니, 진짜 공격수네."

나는 손과 발을 마구잡이로 뻗으며 김하영을 낚아채려 했다. 힘이 약한 시소는 나를 뜯어 말리려 온갖 애를 쓰는 중이다. 나중에 이야기를 들어 보니, 난 이때 김하영을 멋지게 휘둘렀던 게 아니라고 했다. 술에 잔뜩 취한 나는 아기처럼 누워 발과 손을 천정으로 들어 김하영에게 마치 보채 듯이 동동거렸다고 한다. 정말 창피한 일이 아닐 수가 없다.

만약 시소가 말리지 않았다면 어떤 모양새인지 안 봐도 뻔하다. 시소는 나를 겨우 진정시켰고, 김하영은 그제서 미안하다는 말을 했다. 우리 그렇게 자정이 될 때까지 아마도 술을 마셨을 것이다. 다음 날 우리들의 몰골과 걸음걸이와 항문의 생산적인 활동은 이루 말할 수 없이 짐승과도 같았다.

김하영과 나는 언제 얼굴을 맞대고 술을 먹고 에이즈에 관해 이야기를 나누었냐는 듯, 다시 존대를 하며 쓸데없는 예의를 부렸다.

눈앞의 화장실을 두고 어색한 예의를 차리며 먼저 쓰라는 행동으로 서로를 표현했고 차마, 시소와 김하영을 두고 홀로 집으로 돌아갈 수 없는 처지에 화장실만 쓰고 오겠다고 보이지 않는 발을 동동 구르며 맨발로 내 집을 향해 돌진했다. 우리들의 생산적인 활동은 입과 항문이 번갈아가며 모든 액체들을 뽑아 냈다. 나는 끝내 네 발로 다시 시소의 집으로 향했다.

시소는 전보다 한결 가벼워진 얼굴이다. 언제 그랬냐는 듯, 맑은 콩나물 해장국을 끓이고 있었고 김하영은 마치 자기 집인 것처럼, 소파에 널부러져 있었다. 네 발로 기고 있는 나를 보며 김하영이 말했다.

"앞발에 맞는 신발 사야겠네요?"

나는 바닥에 기대어 반은 누워 있는 김하영을 보았다. 김하영의 진한 쌍꺼풀이 반은 풀려 있었다. 저렇게 흐트러진 모습은 처음이다. 그리고 참 잘 어울린다. 순간 우리는 눈이 마주쳤다. 내가 먼저 말을 꺼냈다.

"안 가요?"

김하영은 뻔뻔하게 해장국을 끓이고 있는 시소를 가리키며 말했다.

"만드는 사람 성의가 있죠."

"풉."

"웃었어요?"

나는 고개를 끄덕였다.

김하영이 김 빠지는 소리를 냈다.

"피이."

"참, 어제 어머니한테 연락은 했어요?"

순간 김하영의 미간이 짜증이 가득하다.

"하, 영양사씨, 왜 자꾸 제 집안을 그렇게 신경을 써요?"

나는 아닌 척, 다른 곳을 보았다.

"난 엄마랑 안 살아요! 그리고 영양사씨 인생이나 잘 좀 설계해 볼 생각을 해요. 나 신경 쓸 일이 아닌 거 같은데."

나는 또 소리를 버럭 지를 뻔했지만 시소가 내 말을 가로 막았다.

"에휴, 진짜 걱정이 이만 저만…"

시소는 정말 노인 같은 말만 골라서 한다. 하긴 김하영의 말이 맞긴 하다. 지금 누구의 걱정을 할 때인가. 김하영은 시소가 만든 아침 상을 속이 안 좋다고 말하는 사람 답지 않게 한 그릇을 비우고 설거지까지 마치고 돌아갔다. 속을 알 수 없고, 또한 얄밉기도 한 타입이지만 자꾸만 눈길이 가고 관심이 가는 사람인 건 확실하다.

나는 김하영의 행동이나 말이, 이치에 맞지 않은 일을 행했을 때는 이유가 있기 때문에 꼭, 그렇게 할 수밖에 없었을 것이다, 라는 생각이 들기 시작했다. 뭐 이런 생각을 한 지, 조금 오래 되긴 했지만 이 생각들이 확신을 하기 시작한 건 얼마 안 되었다.

나는 생각했던 대로 점심 시간을 틈타 회사로 들어 갔다. 명절 당일 만 쉬고 오늘 출근하는 직원들이 있다. 그 직원들은 소속이 달랐고 아마도 명절 보너스도 받지 못했을 거다. 나의 오지랖이 이렇다. 나는 약국에서 산 숙취 알약 물약, 을 모두 털어 넣었다. 거기다 박카스도 잊지 않았다. 직원들이 간식으로 먹을 것들을 사무실 탕비실에 올려 놓았다.

식당은 어제 오늘 쉬는 날이다. 그런데 왜 직원들을 출근을 하라는 건 지 이해할 수가 없다.

나는 월요일 출근 준비를 미리 했다. 그리고 인터넷으로 에이즈, 라는 것에 대해 이것 저것에 대한 정보를 머리속에 집어넣었다. 알 수 없는 언 어들이 많았지만 이 병은 건강하게 잘 지내다가 아주 약한 감기 바이러 스에 노출에 되어도 치명적이라고 한다. 그래서 운은 자신의 면역력이 제로, 라고 말했던 것이다. 그야말로 정말 무서운 병이 맞다. 난 전염성 에 관해서는 한 번도 생각해 보지 않았다. 하지만 이 병명을 인터넷에 치 면 자동으로 전염성에 관한 설명이 되어 있다. 그리고 왜 시골에서 운의 병에 대해서 동사무소 직원이 잘 알고 있었는지에 관해서도 이제 이해 가 되었다. 이 병은 나라의 관리하에 있다. 참 잔인한 병이 맞다. 나는 모 니터에 얼굴을 들이밀고 있었다. 그때 뭔가 둔탁한 소리가 들렸다.

"엇?"

벌떡 일어나 유리문 쪽을 바라보았다. 헉, 김하영이다.

"아니 또 언제 나온 거야? 와."

김하영이 이준희 책상에 뭔가를 집어 던졌다. 이준희는 역시 고개를 숙이고 김하영의 나직한 말을 듣고 있었다. 분위기는 아주 심각했다. 대 체 저 둘의 심상치 않은 관계는 어떤 것인지 알다 가도 모르겠다. 순간

이준희가 소리를 질렀다.

"아씨, 다 까발리던가, 네? 진짜 못해 먹겠네, 내 인생에 왜 그렇게 관심이 많은 건데요?"

나의 눈알이 휘둥그레지는 순간이다. 이준희가 김하영에게 저런 말을 하다니, 지금 이 장면이 현실인가 싶다. 이 상태로 사무실 안에 숨어 있어야 하는 건가, 나가서 이 사태를 말려야 하는 건가. 나는 천천히 문을 열고 걸어 나갔다. 그리고 모른 척, 을 먼저 하기로 했다.

어쨌든 나의 등장에 저들의 싸움은 멈출 테니 말이다.

"엇? 진짜 나왔어요? 어? 준희 씨도 있네요?"

이준희는 정말 놀란 눈치이고 김하영은 또 나의 존재를 알고 있었다, 라는 눈빛이다. 이준희는 김하영이 던진 물건을 도로 집더니 밖으로 뛰어나갔다. 그리고 이준희의 뒤통수에 대고 말했다.

"네네, 격한 인사 고마워요."

김하영은 나를 투명인간 취급하며 자신의 자리에 털썩 주저 앉아 한숨을 쉬었다. 얼굴을 보니 십 년은 더 늙어 보였다. 나도 더 이상은 말을 걸지 않았다. 점심 시간이 지나고 직원들이 한두 명씩 사무실로 들어왔다. 모두들 나를 보고 의아한 얼굴이었지만 왜, 라는 질문은 하지 않았다.

명절이 끝난 후, 월요일부터 정말 한가한 시간이 될 거라고 모두들 말한다. 여름 휴가를 쓰지 않은 직원들이 절반이다. 이 사람들은 회사가 한가한 틈을 타 휴가 계획을 짜고 있다며 서로 정보를 교환했다. 김하영은 한참을 아무것도 하지 않고 앉아 있다가 이준희가 들어오지 않자, 가방을 들고 일어났다. 나는 일부러 김하영을 따라 나선 건 아니지만 시간이 맞아 떨어졌다. 『오든지』도 명절을 맞아 내일까지 휴무이다.

오늘은 그곳을 대청소하기로 한 날이다. 김하영이 탄 엘리베이터를 나도 따라 탔다. 당연히 김하영이 한마디 한다.

"왜 자꾸 따라다녀요?"

"가까운 엘리베이터가 이거 하나잖아요? 전세 냈어요?"

김하영은 답 없이 앞만 보았다.

"이건 딴 이야기인데, 김하영 씨가 그러지는 않겠지만 어제 내가 한 말은…."

갑자기 김하영이 말을 끊으며 신경질적으로 말했다.

"설마 영양사씨가 좋아하는 남자가 에이즈라고 내가 말하고 다니겠어요? 참나."

내가 무어라고 대꾸할 시간도 주지 않고 김하영은 빠르게 건물 안을 빠져나갔다.

"아오 저."

가까이 있다면 정수리를 주먹으로 콱, 박아 버렸을 거다. 나는 설마, 라는 생각에 주위를 두리번거렸다. 이상하다. 우리는 어제 후로 그 병에 대해서 별 대수롭지 않게 생각하고 있는 것 같다. 하루가 지났다고 해서 이렇게 듣기 편해질 수 있을까?

『오든지』에 도착하자마자 놀랐다. 간판이 바뀌었다. 너무 작아서 보이지도 않던 글씨가 나무로 된 바탕에 오든지, 라고 정확하게 크게 붙어 있었다.

"오오. 시소, 저건 언제 했데?"

시소는 벌써 가게 바닥을 번쩍거릴 정도로 기름칠을 한 모양이다.

"같이 하자니까."

안나의 일로 부쩍 말이 없어진 시소를 나는 점점 대하기가 어려워지고 있는 중이다. 게다가 운의 일까지, 시소의 얼굴 색은 더욱 파리해지고 있었다.

"탁자는 내가 칠할게. 어디 보자, 앞치마가 어디 있더라."

주방 구석에 있는 앞치마를 찾아 둘렀다. 보지 않아도 꽤 잘 어울릴 것이다. 위생 장갑까지 끼고 나니 청소 전문가라고 해도 믿을 만하다. 나는 시소가 하는 대로 붓으로 식탁에 오일을 먹였다. 아주 섬세하게 칠을 했다. 탁자의 가장자리를 칠할 때마다 자꾸 서리서리, 하며 나를 보고 웃던 운이 생각났다.

"젠장."

그릇을 닦던 시소가 나를 본다.

"아냐 혼잣말, 자꾸 운이 생각나."

"후, 나도 그래."

"시소 이제 입이 터졌네."

"하, 좀 쉬었다 하자."

우리는 이른 저녁으로 라면을 삶았다. 시소는 라면도 정말 맛있게 끓였다. 물이 끓어오를 때 작은 게 딱지와 말린 홍합을 넣는다. 그리고 스프를 넣고 몇 분 후 라면을 넣어 준 후, 완성되기 전 라면 위에 삶은 콩나물을 올린다. 이건『오든지』에서 일등 안주로도 손꼽히는 메뉴이다. 시소는 나를 위해 계란 대신 김치를 고명으로 올리는 것도 잊지 않았다. 시소의 고명용 김치는 특별한 소스로 볶아 놓은 것이라 맛이 일품이다. 역시 나 같은 사람에게만 주는 선물이다.

"우와, 진짜 황제 라면이다, 우힛, 잘 먹겠습니다."

라면 그릇이 바닥을 보일 때 즘 시소가 말했다.

"그 인간, 싱가폴로 이민 간대."

나는 그만 젓가락을 놓쳤다. 그리고 할 말도 잃었다. 김치를 입에 넣은 채 침만 꼴깍, 거리고 있을 뿐이다. 『오든지』에 오자마자 봤을 때의 시소의 얼굴보다 더 창백하다.

"헛, 미친 도라이, 아니 갑자기?"

"뭐 이민 가는 게 나쁜 건 아니지, 지들 삶이니까 하지만, 부모로서 딸로서 기본적인 건 누리고 살아야지.

자식 얼굴 보는 거, 엄마 얼굴 보는 거, 그거 말이야.

내가 준비할 수 있는 시간이 있었다면 내가 지금 이러지 않아, 분명, 일부러 지금 말했을 거야, 나를 정신적으로 너무 괴롭혀."

"그 자식, 그 인간, 진짜 잔인하다."

안나의 새 엄마에게 전화가 왔다고 한다. 다행인 건 안나의 새 엄마는 괜찮은 사람이라는 거다. 사람이 기본적으로 갖추어야 할 감정과 예의는 갖추고 있었다. 그 냉혈인을 오히려 설득을 한 모양이다. 하지만 싱가폴에 간다는 건 그의 일과 연관이 있었기 때문에 가정이 두 조각이 나길 원하지 않는 이상, 함께 갈 수밖에 없다는 것이다.

안나의 새엄마는 그를 설득해서 이민을 가는 날짜가 확정이 되면 일주일 정도를 시소와 함께 보낼 수 있도록 하자고 말했다. 물론 냉혈인이 동의할 리 없는 일이다. 또한 그의 가족들도 마찬가지다. 하지만 안나의 새 엄마는 시소에게 이렇게 말했다.

"꼭 그렇게 할 수 있을 거예요, 다시 연락할 때는…

그 소식으로 연락하겠습니다. 언제나 말하지만 안나 걱정은 조금만 덜어요, 친딸은 아니지만 나, 그 아이 많이 좋아해요. 사랑스러운 아이에요, 그래서 안나 엄마 마음, 잘 알아요.

자식을 나눌 수는 없지만 마음은 나눌 수 있잖아요?

그리고 안나가 성인이 되면 당신에게 갈 거예요, 기다림이 필요한 일이지만요. 어쨌든 안나 엄마에게 나는 잘못이 있는 사람이니까, 난 최선을 다해 볼게요."

안나의 새 엄마는 그 냉혈인보다는 더 나은 사람임이 틀림없다.

"그 여자 말 한마디 한마디, 틀린 구석이 없지 않니?"

"그러네."

"싱가폴이 그렇게 살기 좋대, 공부하기도 좋고, 치안도 완벽하고, 안나에게 좋은 기회일 거야. 안나 성격에 그 인간이 한국에 머물게 해 준다고 해도 내게 오지는 않을 거야.

좁은 침대에서 방 하나 없이, 늘 비슷한 옷을 입고 지내기는 무리일 테니까."

시소는 자신의 딸을 정확하게 알고 있다. 안나는 정말 그랬다. 나는 시소에게 미안하지만 조금이라도 그 냉혈인을 닮아서 일지도 모른다는 생각을 한 적이 있다. 그리고 어쩌면 그 점이 시소 없이 자라는 안나에게 도움이 될 지도 모른다는 생각도 했다. 안나는 시소에게도 조금 냉정한 아이다. 시소와 헤어질 때도 따뜻한 포옹 한 번 먼저 해 준 적이 없다.

시소의 마음이 쓰릴 수밖에 없다.

"시소, 좋게 생각 해! 어렵지만 그 여자 말이 맞아, 시소를 찾아올 거야. 비유가 진짜 이상하긴 하지만, 술을 잔뜩 먹고 정신이 나가도 귀신에 홀린 듯 집을 찾는 거처럼."

시소가 웃었다.

"으이구, 아 못살아 정말."

"웃은 거야? 얼마만이야. 이씨."

나는 웃는 시소의 얼굴을 보고 며칠 동안 숨겨 온 슬픔의 감정이 솟구쳐 코끝이 발개졌다.

"안나가 오면 우리 여행가자, 멋진 곳으로."

시소가 고개를 끄덕거렸다. 나는 다 식은 라면 국물을 한 번에 마셔 버렸다. 냄비에는 양념 자국 뿐, 건더기 하나 남지 않았다. 가게 안은 향긋한 피톤치드 오일 냄새가 진동했다. 전문적인 곳에 맡긴 것까지는 아니지만 꽤 맘에 든다. 마치 리모델링 한 것처럼 모든 나무의 색깔이 새 것처럼 반짝거렸다. 시소는 이번에 식기 세척기도 들여 놨다.

정말이지 신세계다. 알아서 그릇을 씻어 주다니, 나는 그 모양이 신기해서 돌아가는 기계를 빤히 들여 보곤 했다. 시소가 할 일이 조금 줄어든 것 같아 마음이 편했다.

해가 넘어갈 무렵, 한두 방울씩 내리던 비가 마치 장마 때 오는 것처럼 추적거렸다. 지독한 가뭄에 정말 반가운 비다.

"시소 간판 좀 켜 봐, 한 번 보게."

우린 불이 들어온 모습을 보고 동시에 소리쳤다.

"우와 예쁘다."

두 사람이 쓰긴 작은 우산 속에서 우린『오든지』를 한참 동안 바라보고 있었다. 그때 키 큰 남자가 손 우산을 쓰며『오든지』안으로 들어갔다. 우린 두 번째 마주하는 이 이방인을 멍하게, 바라만 보고 있었다.

"시소 뭐야? 손님?"

"헉, 간판."

시소가 헐레벌떡『오든지』안으로 들어가 간판 스위치를 내리며 급하게 손님에게 다가갔다.

"어엇."

그때 그 사람이다. 그때도 비가 왔었다. 나는 시소 대신 말했다.

"저기 죄송한데 오늘은 휴무에요, 내일까지요."

이상하다. 필름을 거꾸로 돌리고 있는 것처럼 그때와 꼭 같았다. 남자는 시소가 건넨 수건으로 젖은 곳을 닦아 내며 말했다.

"아, 그렇군요, 불이 켜져 있어서, 실례가 많았습니다."

시소가 일어서는 남자에게 말을 걸었다.

"저기, 생맥주는 없어요, 안주는 라면만 돼요."

나는 시소를 흘긋거렸다.

"아, 그럼 괜찮으시다면 저번에 주셨던 것, 한 잔 부탁합니다."

"라면도 하나 드려요?"

"하하, 비 내리는 날 라면 좋죠, 감사합니다."

나는 왠지 둘의 대화에서 오가는 따뜻한 기운에 등이 오글거렸다. 처음에 봤을 때도 그랬지만, 저 남자는 보통 사람은 아닐 것이다. 첫 인상도 그랬고 지금도 그렇다.

그런데 무슨 각본이라도 짜 놓은 것처럼 또 휴일에, 또 비가 내리는 날, 아무도 없는 가게에 또 이렇게 나타났다. 누가 그랬더라? 비 오는 날 이렇게 돌아다니면 변태라고 하던데.

광과, 모서리를 닮은 여자

'혹시 시소에게?'

맞다. 그럴지도 모를 일이다. 시소는 내가 봐도 정말 예쁘고 여성스럽고 단아하기까지 하다.

나이에 맞게 아름다운 사람이라고 해야 할까, 얼굴에 비춰지는 성격은 말할 것도 없이 더욱 아름답다. 남자는 하루 종일 굶은 사람처럼 시소가 끓여 준 특제 라면을 후루룩, 거리며 잘도 먹었다. 그는 진저 엘을 넣은 위스키를 한 잔 더 주문했다. 시소는 테이블 매트를 손수 짜고 있었다. 가게 구석 구석 그녀의 손이 안 간 곳이 없다. 가만히 이곳 저곳을 들여다보고 있으면 모든 곳에서 시소가 보인다. 이 가게를 월세를 내야 하는 곳이라 생각하니 참으로 씁쓸하다. 그래도 시소의 말에 의하면 건물 소유주 얼굴은 한 번도 보지 못했지만 정말 좋은 사람이라고 말했다.

"느낌이란 게 있어."

비는 여전히 그칠 줄을 몰랐다.

그때 문을 열고 그 때와 똑같은 그 사람이 들어왔다. 남자의 운전 기사? 또는 너무 영화 같지만, 보디가드? 즘으로 되어 보이는 사람이다. 그 사람은, 남자에게 고개를 꾸벅, 하더니 다시 밖으로 나가 우산을 펼쳐 들고 있다.

"휴무에 실례가 많았습니다! 라면이 정말 맛있습니다."

남자는 테이블 위에 두 장의 지폐를 올려 두고 인사를 했다. 전과 같이 남자는 뒷좌석에 올라탔고 우산을 들고 있던 남자는 운전대를 잡았다. 나는 저 남자의 행동 속 정체가 궁금한데 시소는 별 관심이 없는 듯하다.

"시소 저 사람 말이야."

난 창문 사이로 밖을 보며 골똘히 생각했다.

"뭐?"

"흠, 시소 좋아하는 거 확실해."

갑자기 정적이 흘렀고 내 등이 짝, 하는 소리를 냈다. 시소의 손바닥이 이렇게 매서울 줄은 몰랐다.

"으아악, 아, 뭐야 아프잖아."

"아프라고 때리지."

"아아, 아니 그렇잖아, 저번에도 그러더니 또 저러고 가?

알면서 모른 척, 하는 거 같다고."

"정리하고 얼른 들어가자, 피곤해."

"에이 재미없어."

솔직히 아무리 근사한 남자가 시소 앞에 나타나도 시소는 눈 한번 돌리지 않을 것이다. 지금 그럴 겨를은 없다. 우리는 정말 아슬아슬하고 등줄기에 땀이 흐르고 볼따구에 눈물이 흐르는 명절을 보냈다. 그 시간을 보내고 나니 또 삶은 이어진다. 낯설게 찾아온 것들에 익숙해지고 있다는 것이다. 시소가 안나를 보지 못한 시간이 오래 될수록 그 그리움이 늘 있었던 것처럼. 처음은 누구나 힘들고 낯선 법이다. 그게 사랑이든 이별이든 죽음이든 생명이든 말이다.

에이즈, 라는 생소한 글자도.

4

길가에 핀 가지각색의 코스모스와 파랗고 높은 하늘이 정말 잘 어울리는 계절이다. 나는 요즘 걸어서 퇴근한다. 계절에 맞게 바람도, 공기도, 눈에 보이는 모든 색깔도 예뻐 보였다.

근래 나는 운을 두 번 더 만났다. 다시는 만날 일이 없을 사람처럼 굴더니 운은 자꾸만 자신의 행적을 나에게 들켰다. 시소의 가게를 들른 다면 당연히 나를 볼 수 있을 거란 생각을 못한다는 말인가, 말이 되지 않는다.

그렇게 나는 억지를 쓰며 내심 운이 나를 보고 싶어 했다 거나, 또는 궁금해하지는 않았을까, 라는 생각도 했다. 운은 정기적으로 병원을 가야 하는 상황이었고, 꼭 한 달에 두 번은 서울을 방문했다. 시소는 미리 그 사실을 알고 있었고 장모가 사위에게 줄 법한 보약을 운에게 전했다. 뭐, 그게 사실이라고 하지만 어쨌든 운과 나는 또 그렇게 마주친 것이다.

나는 운을 보자마자 웃으며 말했다.

"늘 운명의 장난."

운은 나의 우스꽝스러운 목소리에 당연히 어이없는 표정을 지으며 웃었다. 다행히 운은 전보다 더 건강해 보였다. 이것은 정말 아이러니한 사실이다. 의사들은 완벽한 치료제는 없지만 병원을 자주 왕래한다면 일반 사람들보다 더 건강한 삶을 살 수 있다고 말하기도 한다.

정말 그게 사실이길 바랬고 사실처럼 보였다. 운의 백옥 같았던 얼굴이 시골의 삶을 미리 짐작하게 하듯 구릿빛으로 그을려 있었다. 운은 자신이 직접 기른 거라며 가방을 뒤적이며 이것 저것을 꺼내며 말했다.

"이건 상추, 고추, 호박도 있어, 본가에 드리고 남은 거야."

시소가 말했다.

"우와 우리 운, 이제 별걸 다하네? 이것들 때문에 그 귀한 얼굴이 이렇게 되셨군."

내가 끼어들었다.

"더 보기 좋구먼."

"누나, 보약 고마워요, 이런 걸 다 먹어 보네."

"그으래, 고맙게 열심히 먹어, 알았지?"

운이 고개를 끄덕거렸다.

"해 지기 전에 그럼 갑니다."

나는 솔직히 그를 보내기가 너무 아쉬웠다. 나도 모르게 말이 툭, 하고 나왔다.

"어 저기, 나 좀 데리고 가지?"

시소는 정말 놀랐다는 듯 나를 돌아보았다.

"어엇? 설? 너 시골 가?"

광과, 보서리를 닮은 여자

계획에도 없고 명절을 보내고 온 지도 얼마 안 되었음을, 나는 이렇게 나의 교묘한 마음을 들켜 버렸다.

"아, 좀 그런가? 하긴 갔다 왔지? 참…."

나는 말을 해 놓고도 이 상스럽고 멍청한 말에 혀를 깨물고 싶은 심정이었다. 시소가 먼저 웃음을 터트렸고 다음 운이 웃었다.

"아직도 좋아하는 거야? 좀 접어라."

운이 말을 툭, 뱉으며 차에 올라탔다.

"너 웃긴다? 먼저…."

내 말을 당연히 운이 잘라먹었다.

"누나 갈게요, 서리 잘 지내라."

운은 나의 말도 들어 보지 않고 정말 쌩, 하는 소리가 날 것처럼 빠르게, 그렇게 가 버렸다. 나는 정말 서운했다. 아니면 정말 운의 말처럼 난 운을 좋아하고 있는 게 맞을 것이다. 이상했다. 운의 상황이 정상이 아니라는 사실을 알고 난 후부터 난 자꾸만 운에게 더 마음이 갔다. 완벽해 보이는 그에게 멀기만 한 감정을 느끼곤 했지만 지금 나의 감정은 정말 그때와 다르다. 그러고 보면 사람이 참 간사하다. 그의 모자람을 조금씩 보고 나니 좋아할 수 있을 것 같은 용기가 생기다니 말이다. 시소가 채소들을 정리하며 말했다.

"설, 너 왜 그래?

자꾸 말이 이상하게 나온다? 긴장함?"

나는 생각도 하지 않고, 운도 가 버렸겠다, 빠르게 대답했다.

"좋아하니까."

"응?"

"좋아한다고."

"얘 좀 봐, 눈 한번 깜박이지 않고 말하네?"

나는 의자에 다리를 쫙 펴고 눕는 것처럼 풀썩 앉았다.

"이상한 거 나도 알아,

정상일 때보다 정상이 아닌 지금 왜, 대체 감정의 용기가 솟아나는 건지 나도 몰라, 나도 쓰레기의 일부분인가."

"사람이 정상이 아닐 때 감정 갖고 장난하면 다친다."

나는 정색을 하며 물었다.

"내가 그럴 사람이야? 내가 장난같아?"

나는 벌떡 일어나 『오든지』를 나왔다.

"설."

시소의 목소리가 몇 번 들렸지만 나는 모른 척, 계속 걸었다. 그리고 운의 얼굴을 처음 제대로 본 날, 의 그 거리로 향했다. 카페는 지금은 사라졌지만 그 거리는 그대로다.

해를 등지고 서 있던 운의 얼굴, 사실 그때부터 운을 보면 설 다. 그래, 이렇게 말하는 게 맞을 것이다. 하지만 그 설렘은 모태 솔로들이 홀로 시작하고 끝내는 그런 것들에 지나지 않았다. 완벽해 보이는 자에게 작아지는 나의 감정, 은 늘 그렇게 홀로 시작하고 끝이 났다. 결론은, 내 감정에는 조금은 양아치스러운 점이 있었다는 것이다. 빈 틈이 생긴 이 틈을 타 비집고 들어가려는 내 간사하고, 이기적인 감정 말이다. 아주 새까맣다.

며칠 후, 시소가 대단한 소식을 갖고 왔다.

"우리 시골에 가."

"어디?"

"운."

관심 없던 나의 귀가 커다랗게 변하는 순간이다.

"명이 일본 들어가기 전에, 운이 같이 오라고…

아마 2박 머물 예정이야, 날씨도 너무 좋고 밖에서 지내기 딱 좋은 때지."

"내게 말하는 이유인즉슨, 운께서 나도 초대를 한 것이군."

시소가 나의 코를 비틀었다.

"저기요, 아니거든요?"

"네? 지금 아니라고 했나요? 그럴 리 없잖아요, 주인님."

"어 진짜 아니야."

나는 실망감보다도 화가 났다.

시소와 한시도 떨어지지 않고 지내는 걸 알고 있으면서 나는 운운하지 않았다고? 웃기는 소리다.

"쳇, 이실직고 하시오."

사실 시소는 나를 데리고 가겠다고 말했고, 운은 그것에 대한 별 말은 없었다고 했다. 하지만 다른 복병은 그의 누나에게 있었다. 명은 나를 데리고 가는 것에 대해 굉장한 반감을 사고 있다고 한다.

'나를 한 번도 보지 못한 사람이 내가 양아치라는 것을 알고 있는 걸까…'

내심 나의 감정을 운의 누나에게 들킨 기분이 들어서 나의 몸이 쭈글거리는 느낌이 들었다.

"에혀, 누님이 오지 말라면 가지 말아야지."

"왜 이렇게 순순히?"

그리고 나는 음흉하게 시소를 보며 웃었다.

"으ㅎㅎㅎㅎㅎㅎ."

"뭐지? 그 비열한 웃음은."

"본가에 갈 거야."

"뭣? 풉."

"누님이란 분은 운의 집 밑이 제가 사는 집이라는 것을 모르고 있던 모양이요오."

시소는 생각치도 못한 일이라며 배를 잡고 웃었다. 사실 나는 명이 걱정하고 있는 것을 너무 깊게 이해한다. 하지만 나는 이미 운을 에이즈 감염자, 라고 결론 지었다. 그리고 그것이 좀 특별한 뿐, 그리고 특별해지면 된다, 라고 생각한다. 진심으로 난, 그렇게 생각한다.

운의 누나는 아마도 운이 혹시라도 상처를 받을 일은 차단하는 것이 낫다고 생각하고 있을지도 모르는 일이다. 아니면 그냥 내가 마음에 들지 않는 것일지도.

시소와 명은 먼저 아침 일찍 운이 있는 곳으로 향했다. 금요일인 오늘, 가장 바쁜 날이기도 하다. 일을 모두 마치고 나니, 일곱 시가 넘었다. 나는 서둘러 차를 빌린 장소로 향했고, 미리 갖고 온 안경을 썼다. 밤 운전이 불안하기는 했지만 운을 보러 간다는 생각에 조금 설레기도 했다. 나는 엄마에게 문자를 했다.

『나 지금 내려가요.』

『왜? 너 잘렸냐?』

『안타깝지만 아직

이따 봬요.』

난 안경을 눈과 눈 사이에 바싹 올려 끼고, 샷 추가를 두 번씩이나 한 커피를 옆에 끼고 두 손으로 공손하게 운전대를 잡았다. 오늘은 휴게소도 들르지 않고 엑셀을 밟을 것이다.

나의 머리 속에서는 이미 운의 집 앞에서 검게 그을린 얼굴의 운에게 반갑다며 손을 흔들고 있었다. 길게 깔린 어둠은 시골의 밤 냄새를 풍기며 조금씩 나를 기분 좋게 만들었다.

이 계절에 내가 이곳을 찾아온 게 그렇게 오래 되었나, 이렇게 또 반가울 수가, 라는 생각이 들었다.

정말 오랜만에 보는 노란빛, 붉은 빛, 또는 조금 이른 갈색 빛이 참, 예쁘다. 나는 도착하자마자 나의 작은 다락방에서 이른 잠에 들었다. 역시 어두울 때 운전은 사람을 굉장히 피곤하게 만든다.

꼭 필요한 긴장감 때문일 것이다. 이른 잠은 이른 아침의 풍경을 맛보게 한다. 그러고 보니 이런 풍경을 감상할 수 있는 나는 참 행운아다, 라는 생각이 들었다. 창문을 개방하는 소리가 들렸다. 엄마는 들마루에 누워 있는 나를 보며 도둑 쯤으로 생각한 모양이다.

"으헛?"

엄마와 내가 이렇게 이른 아침에 눈이 마주치는 건 십 년도 더 넘은 일일 것이다. 우린 서로 놀라 신음을 토했다.

"야, 이씨 깜짝 놀랐잖아?"

"에혀, 딸을 보고 놀라다니…."

"너 뭐야? 이상하네 이 시간에, 설마 안 잔 거야?"

"여사님, 푹 자고 일어났습니다요."

"참나 살다 살다, 희한한 일 다 보네."

"아빠는?"

"사기꾼 잡으러 갔다고 했잖아?"

"응? 그럼 안 들어오신 거야?"

"휴우."

아빠는 어제 삼촌과 연락이 닿았고 삼촌은 더 이상의 사기꾼 생활은 못해 먹겠다며 전화기에 대고 신세 한탄과 함께 울고 불고 난리를 친 모양이다. 이래서 돈을 빌려준 사람이 역으로 죄인이 되거나 발을 뻗고 잠들지 못하는 것이다. 아빠는 돈, 이라는 단순한 존재보다 형제라는 복잡한 존재를 확인하러 갔을 것이라 믿는다. 그게 나의 아빠다.

나는 세일이 한창인 백화점에서 지금부터 쭉, 할 수 있는 그래도 명품인 스카프를 엄마에게 내밀었다.

"저 고구마 다 캐내면 그때부터 예쁘게 화장하고 목에 두르고 다녀요."

엄마는 스카프를 이리 저리 살피더니, 읽을 줄만 아는 영어를 천천히 말했다.

"쿠, 코 씨? 쿠씨, 아 구찌! 야, 너 돈 썼다?

회사에서 잘 나가는 거야?"

"세일해서 샀어. 그리고 우리 회사 나 때문에 직원도 충원했어, 나 이런 사람이야."

엄마는 나를 흘겨보긴 했지만 그 흔한 인터넷 기사 거리 한 번 읽어 본 눈치다. 백화점 구내식당이 맛집이라니, 기사거리가 될 만하지 않은가. 나는 스카프를 엄마의 목에 예쁘게 매듭지어 보았다.

"잘 보세요 여사님, 한 쪽을 이렇게 말아서 요렇게 구멍에 넣고, 요렇

광과, 모서리를 닮은 여자

게 묶는 거야, 오 이쁘다 우리 이 여사님."

　손재주 없는 엄마, 를 닮은 나는 백화점 직원에게 열 번이나 넘는 배움으로 익힌 기술이다. 다행히 나는 완벽히 해냈다. 하지만 일주일만 지나면 또 잊을 게 뻔하다. 그땐 엄마에게 다시 배우면 된다.

"둘째 딸 고오맙습니다."

"우리 여사님은 좋겠수다, 잘 나가는 딸들이 셋이나 있어서."

"으이구, 예예 감사합니다."

　환하게 웃고 있는 엄마의 얼굴이지만 걱정이 가득하다. 아마도 사기꾼을 잡으러 간 아빠 때문일 것이다. 사실 운을 보러 온 나의 음침한 마음에 양심의 가책을 느끼긴 했지만 이 때를 잘 골라 온 것 같아 다행이라는 생각을 했다.

"나 잠깐 걷고 들어올게."

　엄마는 나를 수상하게 바라보았다.

"뭐? 걷는다고? 얘가 진짜 왜 이래?

고추 좀 따오라고 해도 안 나가는 귀한 분께서?"

　나는 엄마의 말이 끝나지도 않았을 때 이미 대문을 걸어 나왔다.

"다녀올게요."

　나는 어릴 적 기억을 떠올리며 언덕을 올랐다. 집에서 올려 보면 꽤 가까울 것 같은 거리지만 언덕, 이라는 단어가 그냥 언덕의 개념이 아니다. 어릴 적 학교 운동장이 굉장히 커 보였다가 성인이 되어 다시 보면 작듯, 지금 이 언덕도 그럴 줄 알았다. 하지만 무시할 게 안 되는 가파른 언덕이었다. 그리고 나의 희미한 기억 속에는 아주 무시무시한, 긴 머리카락을 길게 늘어뜨린 할머니의 모습이 있다. 그 할머니가 아마도 운의 할머니였던 모양이다. 할머니는 꽤 오랫동안 하얀 한복을 입고, 머리를 늘 풀어헤치고 다녔다.

어른들의 얘기로는 상중이라 예법을 따르는 거라고 했지만 나는 밤마다 할머니의 모습을 생각하면서 후텁지근한 여름에도 이불을 뒤집어쓰고 잠든 기억이 있다. 하지만 그것도 아주 잠시 할머니의 모습은 어느 순간 보이지 않았고, 아주 많은 사람들이 이곳을 오가더니, 갑자기 아무도 살지 않은 집이 되어 버렸다. 아마도 그 많은 사람들이 오가는 중, 나와 운이 운명처럼 마주쳤던 것은 아닐까, 라는 생각에 겨드랑이가 간질거렸다.

일 년에 몇 번 즈음, 누군가 들러 주던 발길도 끊기고 삭막해진 이곳을 아예 마을 이장님이 관리를 해 준다고 들었다.

그런 이 언덕 위 집에 운이 머물고 있다니, 이 상황을 그 누가 운명이 아니라고 말할 수 있을까, 정말 소설 같은 이야기, 또는 드라마 같은 느낌에 내 심장이 또 다시 방망이질을 했다.

앗, 아니다, 알고 보니, 숨이 찼던 것이다. 역시 나의 저질 체력이 드러나는 순간이다. 이 언덕을 오르는 길은 절벽처럼 느껴진다. 각도를 잴 수 있다면 모두들 그렇게 말할 것이다. 운이 왜 그렇게 바퀴가 커다란 차를 끌고 다니는지 이해가 갔다.

나는 조금 두꺼운 하얀 셔츠를 걸치고 손수건을 목에 둘렀다. 그리고 바람이 슬렁슬렁 들어오는 통 바지에 밑창이 거의 없는 스니커즈를 신고 있었다. 미끄러움은 두 배가 되고 미끄러지지 않으려 하는 나의 몸에서는 땀이 났다.

아빠가 내리막길, 또는 오르막길을 오를 때는 게처럼 옆으로 걸으면 된다, 라고 했던 말이 생각났다. 나는 게처럼 옆으로 조금씩 걸음을 옮겼다. 가을이 그만 계절을 접으려 한 때가 맞는지 의문이다. 해는 보이지 않고 구름만 잔뜩 낀, 이 날씨가 이렇게 나를 괴롭히다니, 숨이 턱 밑까지 차오른다. 드디어 언덕을 모두 오르자 평탄한 길이 나왔다. 이 길도 흙길이다.

좌, 우로 뭔지 모를 풀들이 가득했고 아직 푸른 색의 나무를 보아하니 계절을 타지 않는 나무인 듯하다. 나는 입이 쩍, 하고 벌어졌다.

낮은 벽돌을 쌓아 울타리를 삼은 이 집은 삼 대, 오 대가 함께 살아도 될 법해 보이는 크기다. 어릴 적 나의 기억과 조금 거리가 멀어지고 있었다. 언덕 밑에서 바라본 크기와 달랐고 보이지 않았던 곳이 더 많았다.

"여기서 어떻게 혼자."

이른 시간이라 아직 집 앞은 굉장히 고요하다. 곧 비가 쏟아질 것처럼 구름의 높이는 더욱 낮아졌다. 딱히 대문이라 할 곳이 없다. 낮은 벽돌 중간 즈음, 마치 이곳으로 들어오세요, 라고 말하는 듯, 넓게 자리한 문이 있었고, 그 문은 활짝 열려 있는 상태다. 가까이 다가가 보니, 운의 차와 아마도 명의 차로 보이는 차가 서 있었다. 셋은 아직 잠에 빠져 있는 모양이다. 나는 조금 뻔뻔하기로 했다. 나보다 먼저 뻔뻔함을 보였던 운이지만 자신이 특별한 상황에 놓이자 그 뻔뻔함과 거만함이 사라졌으니 이젠 내가 보여줄 차례라 생각했다. 중요한 건 운은 나를 싫어하지 않는다는 것이니까.

나는 주변을 살폈다. 혹시 고양이나 강아지가 있다면 내가 불청객이 될 게 뻔하기 때문이다.

"후우, 다행이다."

나는 최대한 발소리를 내지 않으려 들마루에 앉았다. 역시 시골 마을의 매력은 들마루다.

들마루의 크기도 그야말로 압권이다. 그리고 내가 가장 잘 하는 드러눕기를 했다. 조금 강한 바람이 불어 나의 축축한 겨드랑이를 말려 주고 있는 중이다. 낮은 구름도 바람을 따라 아주 빠르게 움직였다. 갑자기 바로 보이는 뒷산에서 곰이 우렁차게 비명을 지르는 듯한 천둥이 쳤다.

"우르르르르르광광광."

정말이지 천하가 뒤틀릴 만한 소리다. 난 소스라치게 놀랐다.

"으어어억, 하 증말."

나는 운도 지지리도 없는 모양이다. 하필 이런 날, 천둥이 치다니, 곧 비가 떨어질 것이다. 어쩐지 습함이 머리카락 사이 사이를 메우고 있는 것 같다 했다. 연락이 없는 시소에게 다시 문자를 했다.

『비 맞게 둘 거야?』

몇 분 후, 머리카락이 위로 뻗고 옆으로 뻗은 삐삐 마른 여자가 네 발로 기어 나왔다. 갈색의 곱슬 머리카락은 정말 만화 속에 있는 삐삐와 같았다. 펌을 하지 않아도 펌을 해야만 나올 법한 저 곱슬기는 대단하다. 나는 시소의 얼굴을 보고 웃었다.

"푸하하하하하하하, 뭐야?

어제가 어땠을지 상상이 가는 군."

"너 누가 꼭두새벽에 사람을 깨워?"

"눈 뜨고 말해."

시소는 들마루에 앉아 가디건을 졸라 매고 눈동자 사이 사이에 낀 눈곱을 떼어 냈다.

광과, 모서리를 닮은 여자

"더 자야 하는데."

"저기 좀 봐 해는 없지만, 일어나야 할 시간."

나는 말을 잇다가 뒤 길에서 내려오는 사람을 보았다.

"엇, 곰인가?"

"얘가 또 아침부터 헛소리야."

운이다. 역시 운은 나를 보고도 놀라지 않는다. 아니, 반가운 기색도 없다.

"스토커 왔네?

시소가 말했다.

"운동했어?"

"응, 매일 아침 하는 중."

운은 수도가로 가더니 물을 틀고 어푸, 하는 거친 소리를 내며 씻었다. 나는 입을 헤, 벌리고 아마도 넋이 나가서 그를 보고 있었을 것이다. 흰 운동복이 젖어 회색 같아 보여도 나는 그게 멋져 보였다. 운은 아예 수도 꼭지에 끼워 놓은 호수를 들어 입으로 가져갔다.

그리고 물을 꿀꺽거릴 때마다 목 울대가 움직였다. 나도 모르게 침을 꿀꺽 삼켰다. 운의 얼굴이 왠지 어딘가 불편해 보인다. 나는 내심 이곳에 있는 나를 맘에 들지 않아서 일까, 라는 생각을 잠시 해 봤다. 그리고 어떻게 해야 할까 고민했다.

운이 나를 싫어하지 않는다, 라는 것이 정말 착각일까, 라는 무서운 생각도 들었다. 그때 운의 누나가 젖은 머리카락을 수건으로 말리며 밖으로 나왔다. 명은 나를 보고 운과 다르게 놀란 눈치다. 시소는 역시 나의 이야기를 하지 않은 모양이다. 나는 당연한 인사를 했다.

"안녕하세요."

명은 시소와 나를 번갈아 보았다.

"아, 네."

시소가 설명했다.

"저기 밑에, 저 집, 설이 본가."

그 말에 명은 나를 본 것보다 더 놀랐을 것이다. 명이 운을 보고 말했다.

"운? 너 그럼 알고 여기 머문다고 한 거야? 얘들 좀 봐."

"누나, 넘겨 짚지 말고, 이상한 말도 하지 말기."

명은 나와 제대로 인사도 나누지 않았지만 내게 반말을 했다. 예의를 중요시하는 일본에서 살고 있는 사람 같지 않다.

"설휘? 맞지? 이게 우연이야?

아니, 말 안 되는 거 너희 둘 잘 알고 있지?"

명은 정말 운과 나 사이를 의심했다. 나는 그 의심이 내심 좋았다. 운과 내가 뭔가 엮일 수 있다는 희망과도 같은 소리다. 그리고 나는 부정의 대답을 하지 않았고 침묵을 지켰다. 시소는 나서지 않아도 됨을 알고도 이야기를 아주 솔직하게 담백하게 명에게 설명했다.

명은 고개를 끄덕이고 있긴 했지만 의심의 눈초리를 거두지 않았다. 운은 나를 거의 원망하는 듯한 눈빛으로, 정말 스토커를 대하듯 흘겨보고 있었다.

"그럼, 설휘는 일부러 내려온 거야?"

"네, 부모님도 뵙고 친구도 보고 시소도 보고."

"시소?"

"아, 네네."

광괴, 모서리를 닮은 여자

난 순간, 시소를 언니라고 불러야 한다는 생각이 들었다. 실수를 한 것이다. 운이 쓸데없는 말을 거들었다.

"서리는 늘 시소라고 불러."

나의 한쪽 눈썹이 운을 향해 꿈틀거렸을 것이다. 운이 입을 삐죽거리는 것을 나는 분명 봤다.

"뭐? 열 살이나 차이나는 거 몰라?"

아, 명은 그야말로 아주 센 언니 즘인 것이다. 시소와는 아주 달랐다. 하긴 시소는 학창 시절을 이야기하며 자신을 지켜 준 사람이 명이라는 이야기를 자주 했다. 나는 명의 분위기를 완벽하게 읽어 냈다.

"아, 알죠 알죠, 전 예의가 바르답니다."

시소는 잘 걸려 들었다는 식의 팔짱을 끼는 포즈를 취했다. 정말 나를 도와주지 않을 모양이다.

"흠, 뭐 잘 됐네, 오후에 우리 아들 셋이 오거든?

전담해, 애들이 좀 거칠게 놀긴 하지만 예의는 바르지."

나는 등골이 오싹했다.

"아들이 셋이요?"

"응."

"아 네, 네 뭐 전 아이들도 좋아하고 잘 놀아 주기도 하고… 근데 당신들은 왜 웃는 거지?"

시소와 운이 말없이 웃기만 한다. 나의 전쟁 같은 하루가 이렇게 시작된 것이다. 나는 우선 여사님에게 설명해야 하는 것을 미루고 늦는다는 문자만 간단히 보냈다. 우리들은 본격적으로 휴일을 즐기기 위한 준비를 했다. 명은 운과 나에게 심부름을 시켰다. 우선 논다는 의미는 먹을 것을 잔뜩 사와야 한다는 의미와 같았다.

하지만 나는 그것보다 운의 운전석 옆 자리에 앉아 운이 운전하는 차를 타고 간다는 것에 설레는 중이다. 이 정도면 나의 계획은 거의 완벽하게 잘 진행되고 있는 것이다. 차에 올라타는 운과 나에게 명이 소리를 쳤다.

"너희 둘, 오래 붙어 있지 말고 한 시간 내로 와."

나는 대답하지 않았고, 운이 답했다.

"눼눼눼눼눼눼."

운의 이런 점은 정말 나와 비슷하다. 나는 뒤따라 웃었다.

"푸읍."

운은 절벽과 같은 그 길을 아주 쉽게 안전하게 운전했다. 나의 얼굴은 정면을 응시하고 있었고 나의 가느다란 눈 속의 검은 눈동자는 왼쪽으로 향했다. 장시간 하고 있기 정말 힘든 자세였지만 나의 의지는 꺾이지 않았다. 다만 앞이 약간 흐릿하게 보일 뿐이다.

운은 마트에 도착하기 전까지 아무 말도 하지 않았다. 덕분에 난 운의 옆 모습을 아주 오랫동안 감상했다. 우린 마치 부부처럼 내가 물건을 찾아 집어 들면 운은 그것을 카트 속에 넣었다. 서로 어색한 분위기에 우린 여전히 말이 없었다. 아주 빠르게 명이 적어 준 것들을 차에 실었다.

"차에서 잠깐 기다려."

"어."

자동차 유리로 비가 조금씩 내려 앉았다.

"흠, 이런 이런."

순식간에 회색빛 하늘은 정말 시커멓게 변했다. 어느 쪽에서 나는 소리인지 구분하기도 힘들 만큼 천둥소리가 요란하다. 운은 내게 종이컵

광과, 모서리를 닮은 여자

을 내밀었다.

"자."

"엣?"

"마트 옆 자동 판매기 커피가 진짜 맛있어, 마셔 봐."

자동 판매기 커피라니, 정말 오랜만에 듣는 소리, 오랜만에 마셔 보는 맛, 이었다.

"고마워."

"이런 날에는 믹스 커피가 맛있더라."

운은 열려 있는 창문을 모조리 닫았다. 창문 사이로 들어온 비가 의자까지 들이쳤다. 하늘에서 갑자기 하늘이 쪼개지는 듯한 소리가 들렸다.

당연히 짧은 비명이 새어 나왔다.

"으엇, 깜짝이야, 무슨 장마도 아니고, 요란하다 요란해."

비의 굵기와 세기가 점점 커지고 있었다. 꼭 닫친 창문에는 둘만의 숨이 하얗게 색칠을 하고 있었다. 내 머릿속은 정말 똥으로 가득찬 모양이다. 나는 왜 시점에 영화 타이타닉 속, 남자 주인공과 여자 주인공의 긴박한 사랑 나눔의 장면이 떠오른 걸까.

그때 운이 와이퍼를 밑으로 당기자 열심히 유리를 닦아 내기 시작했다. 나의 정신이 번쩍 들며 얼굴이 뜨거워지는 것을 느꼈다. 저 커다란 와이퍼도 쏟아지는 빗줄기를 이겨 내지 못하는 것 같았다. 무용지물이다.

"운 천천히 가자."

"응, 그래야지."

"오랜만에 마셔 봐, 맛있다, 고마워."

운은 대답없이 입가에 일초의 미소를 지었다.

"벨트 했지?"

"그럼."

운은 조심스럽게 악셀을 밟았다. 속도를 최대한 줄였지만 무용지물인 와이퍼 덕에 긴장감이 들었다. 나는 조금 그것을 즐기고 있던 것 같기도 했지만 운은 조금 불안해 보였다.

도로는 금세 물이 고여 이 커다란 바퀴가 지나가도 충격이 있었다. 시골길은 정말 구멍 난 아스팔트가 많다. 마을 초입에 다다랐을 때, 짧은 시간에 내린 비의 얼만큼의 양일지, 가늠이 될 정도로 개울 물이 길가로 찰랑찰랑 넘쳤다. 운은 아스팔트를 운전한 속도보다 더 속도를 줄이며 좁은 길을 빠져나갔다. 나는 내가 과연 생각을 하고 말을 했을까, 싶을 정도로, 나도 놀랄 말이 툭 튀어나왔다.

"아직도 말이야, 아직도, 그거 유효해?"

운은 앞만 보며 답했다.

"뭘."

고민할 겨를이 없었다. 언제 또 둘만의 시간이 올지, 또는 운을 만날 수 있을지 모르는 일이기 때문이다. 머릿속으로 나는 자존심 따위 없다, 라고 되뇌이며 말했다.

"나를 좋아하는 마음."

운이 브레이크를 밟았다. 차가 조금 출렁거렸지만 다시 부드럽게 엑셀을 밟았다. 운은 웃음을 흘릴지, 어떤 대답을 해야 할지 고민하는 것처럼 보였다.

"내가 대신 말할까?"

역시 운은 대답하지 않았다.

"나, 싫어하지 않는다는 거 그건 정확해.

음, 그리고 나도 그래, 그러니까 시작해 보고 싶어, 우리가 그러니까 아주 특별한 남자 여자로서 말이야."

어디서 나온 용기였을까, 내가 정말 이 정도로 운을 좋아하는 걸까, 아니면 실연을 당해도, 마치 잠깐의 연애라도 한 것처럼 모태 솔로에서 벗어나고 싶었던 걸까, 이럴 땐 운이 확실한 답을 주면 좋을텐데, 난 운의 눈치를 보고 있었다. 이제 오르막 한 길만 남았다.

나는 마음이 급하다. 흙탕물이 오르막 길에서 마구 쏟아졌다. 운의 자동차 큰 바퀴는 그것 즘이야 거뜬히 넘어서길 바라며 운의 목소리를 기다렸다. 운은 엑셀을 세게 밟았다. 차가 헛바퀴를 도는 것 같았지만 빠르게 언덕을 넘어 올랐다. 그리고 넘어서자마자 운이 말했다.

"그럴 수 없어."

운의 그 한마디로 나의 심장이 차갑게 얼어붙었다. 나는 또 말장난을 하기 시작했다. 나의 이상하고 교묘한 믿음은 어디에서 나왔는지, 나는 또 다시 그런 이상하거나, 느끼하거나, 뻔뻔한 말들을 퍼 부었다. 비처럼.

"왜? 나 싫어하지 않잖아?"

잠시 침묵을 지키며 다시 자신 있게 말했다.

"나 좋아하는 거, 난 다 알아… 너가, 내가 너 좋아하는 거 아는 것처럼 나도 알아."

이때, 운은 아주 잠깐, 앤지를 떠올렸다. 앤지의 말과 그녀의 말은 아주 비슷했다. 이제 언덕 위의 집이 바로 코 앞이다. 운은 차를 멈추고 나를 바라보았다. 운의 긴 한숨이 나의 입술에 내려앉아 심장이 아프다. 운은 눈도 한 번 깜박이지 않고 나를 보았다. 이 순간 모든 것이 멈추었을 거다. 나의 심장도 멈추었던 것 같다. 나의 눈도 귀도 입술도 모두 멈추었다.

우린 환장할 정도로 어색했다. 아니 나는 그랬다. 그리고 떨려서 얼굴을 마주할 수도 없을 것 같았다. 맙소사, 그 순간, 우린 좁은 공간 속에서 우린 시선을 떼지 않고, 그 순간 서로의 감정을 읽었다. 나는 분명 보았다. 나에 대한 운의 감정을 절대적으로 믿을 수 있을 만큼, 나는 그것을 확인했다.

"쉿."

운은 다시 운전대를 잡았고 엑셀을 밟았다. 나는 말했다.

"운명 같아."

운은 나보다 먼저 차에서 내렸다. 명이 다가와 눈치 없게 맑은 나의 기분을 건드린다.

"왜 이렇게 오래 걸려?"

운이 말했다.

"비가 갑자기 퍼붓길래."

명과 시소는 도움 없이 푸른 색의 천막을 지붕과 연결하여 단단하게 고정시켰다. 비를 피할 수 있는 공간이 아주 넓어졌다. 나는 조용히 물건들을 날랐다. 운의 어깨가 축 쳐져 보인다. 나의 신경은 온전히 그에게 다다랐다.

얼마 후, 명의 아들 셋이 도착했다. 아들 셋은 남편을 포함한 이야기라는 것을 나는 뒤늦게 알았다. 명의 남편은 재일 교포 2세라고 한다. 어머니가 일본 사람이라고 했다. 그리고 시소의 전남편 친구이기도 했다. 나는 그 말을 듣자, 명의 남편 한수영을 있는 그대로 봐 줄 수가 없었다. 친구들은 비슷한 사람들끼리 모아 놓은 집단이지 않은가.

시소가 내게 조용히 말했다.

"그 사람과 대학 친구야, 대학만 같이 다녔을 뿐, 수영 씨는 좋은 사람이야."

명의 아들들은 정말 못 말리는 진짜 남자 아이들이다. 한시도 가만 있지 않았다. 물총을 들고 아닌 척, 내게 쏘아 대는 녀석들을 나는 정말이지 머리통을 쥐어박고 싶은 심정이었다.

비는 여전히 내리고 있었지만 요란하지는 않았다. 천막을 치고 그 안에서 보는 풍경이 참, 예쁘다. 풍경 속에는 운이 들어왔다, 나갔다, 를 반복했다. 그들은 이른 저녁을 준비하느라 바빴다. 한수영은 능숙능란한 솜씨로 불을 피웠고, 운은 밭에 있는 채소들을 씻어 날랐다.

당연히 시소의 김치찌개를 빼놓을 수가 없었고, 명은 일본에서 가져온 특제 소스를 나란히 볼에 담는다.

나는 몇 시간째, 아들 산이 강이와 함께 흙탕물을 튀어 가며 뛰거나, 앉거나 징징거리거나 간혹 형제 간의 다툼을 말리거나, 를 하는 중이다. 아이들이 다투는 소리가 나면 명은 군인처럼 씩씩하게 걸어와 아이들 사이에서 매서운 눈을 하고 훈육을 한다. 그 소리는 짧고 간결했으며 힘이 있다. 아이들은 엄마의 소리와 동시에 더 이상 그 작은 주먹을 휘날리지는 않았다. 그야말로 나는 녹초가 되었다.

해가 점점 기울자 붉은 빛과 주황빛이 하얀 구름과 섞여 노을을 만들어 냈다. 그친 비가 만든 이 광경은 정말 장관이다. 마치 아주 유명한 일본 애니메이션 속에 나와 운과 그들이 서 있는 기분이 들었다.

운이 말했다.

"아름다워."

나는 고개를 끄덕이며 생각했다. 그것을 보는 운이 더 아름답다는 생각 말이다. 그리고 아름답다고, 말하는 저 감성은 그야말로 반짝이는 다이아몬드 같았다.

잘 구운 고기는 구수한 냄새를 풍겼다. 명은 끊임없이 내게 질문을 한다. 그 질문에 답을 하면 성격 좋은 남편 수영은 내게 맞장구를 쳐 준다. 시간이 더해 가자 운은 장작을 갖고 와, 모닥불을 만들었다. 비가 그친 후, 제법 막바지로 치달은 가을 다운 공기가 흘렀다.

그리고 나는 늦은 오후가 되자 아이들에게서 벗어날 수 있었다. 명이 다시 밖으로 나왔다.

수영은 그녀의 팔을 잡아당기며 의자에 앉혔다.

"애들은?"

"잠들었어."

참 보기 좋은 부부다. 결혼에 대해 비 상식적일 정도로 반감을 사고 있는 나였지만 이들 부부를 보니 생각을 조금은 바꿔도 되지 않을까, 라는 생각이 들었다. 그리고 나는 다시 한번 놀랐다. 명은 운의 에이즈라는 병에 대해서 아무렇지 않게 그 단어를 말하며 서로 의견을 주고받고 있는 것이다. 마치 김하영이 그랬던 것처럼. 그러니까 죽음에 관해 슬픔을 배제시킨 생명 유지에 관한 이야기를 말이다. 이들은 그것을 예사롭게 생각하지 않은 것처럼 보였다. 건강할 수 있는 모든 것에 대해 열어 놓고 그들은 대화를 했다.

운도 그것을 기분 나쁘지도 불편하지도 않게 생각했다.

"그러니까, 이건 꾸준히 면역력 관리를 하면 되는 거야."

그렇다면, 일반 사람들보다 더 건강할 수 있고."

수영도 맞장구 친다.

"일본도 에이즈 환자가 많아!

일반인과 다름없어, 생활 속 제재는 일반인들에게도 있는 법, 그 정도 즘이야, 문제가 안 된다고 봐.

생각하기 나름이겠지, 생활 속에 제재가 없이 사는 사람은 없으니까."

명이 다시 말했다.

"그러니까, 굳이 이곳에 이렇게 있어야 해? 누나 말은…."

"처음엔 그것 때문에 왔지, 하하 그런데 그게 아니야.

정말 여기가 좋아, 정말 좋아."

시소가 말했다.

"무엇인지 알 거 같아, 여기 정말 좋다."

운이 시소에게 윙크를 해 보이며 엄지를 들어 보였다. 시소가 나를 보며 말했다

"설이가 잘 알지, 여기서 컸으니까."

"응 좋아요."

명이 말했다.

"그게 다야?"

명은 왜 자꾸 내게 이렇게 적대적인지 모르겠다. 나는 운이 있는 쪽으로 고개를 돌리며 말했다.

"아니, 뭐, 자세하게 말하자면 그림이 좋아요!

답답하지도 않고, 한 여름의 후텁지근 함도 금세 사라지고, 한 겨울의 매서운 추위도 이런 불에 구운 고구마 하나면 문제 없으니까요."

시소가 붙여 말했다.

"오, 말만으로도 매력적이다."

나는 급히 휴대전화를 찾았다. 시간이 이렇게 되고 나니 엄마가 떠올랐다. 마루 위에 던져 놓은 휴대전화에는 마치 엄마의 호통처럼 보이는 엄청난 양의 문자가 눈에 들어왔다. 휴대전화가 내게 소리를 지르고 있는 것처럼 보였다.

"아, 이런."

나는 문자를 확인할 겨를도 없이 서둘렀다.

"아 죄송해요, 늦어서 그만."

시소는 빠르게 눈치를 채며 말했다.

"큰일났네 우리 서리."

나는 오늘처럼 시소가 이렇게 얄미운 적은 없었다.

"갑자기 일어나서 죄송해요."

한수영이 말했다.

"내일 늦은 아침 먹으러 와요, 내일은 일본식입니다!
하하하하."

이 남자는 정말 유쾌하기까지 하다. 명은 무엇이 못마땅한지 나를 보지도 않고 인사도 하지 않았다. 나는 어정쩡한 자세로 고개를 까닥, 해보이며 언덕 위 집의 대문을 나섰다. 운이 바스락거리며 일어서는 모습을 보고 나는 모른 척, 하며 아주 천천히 걸었다.

명이 또 한마디 거들었다.

"바로 밑인데 뭐?"

"그러니까, 바래다주고 올게. 어두워."

나의 걸음은 분명 더 천천히 걷고 있었을 것이다. 운이 드디어 내 옆에서 걸었다. 할 수만 있다면 나의 다리가 거북이 다리가 되길.

"서리, 걸음 느리다?"

"크으읍 들켰다."

운은 또 다시 싫지 않은 내색을 했다. 내게 그 미소를 들켜 버린 게 도대체 몇 번째인가.

"어머니께 말씀 안 드렸구나?"

"가서."

"놀라시겠다."

나는 다른 내용의 말은 귀에 들어오지 않았다.

"안 되는 이유, 세 가지만 말해 봐."

운이 웅덩이에 그대로 발이 젖은 채, 꼿꼿하게 서서 말했다.

"흠, 다칠 텐데."

나는 어깨를 으쓱한다.

"내가 알고 있는 거라면 괜찮아."

"흠…

첫째, 나는 외모지상주의

둘째, 외모지상주의 카테고리

셋째, 또 그 안의 카테고리."

"하아, 반박할 수가 없네, 그래도 몸매는 좀 됨."

운이 나의 코를 잡아당겼다.

"에잇, 이런 짓 하지마, 이런 거, 틈 주는 거 아니야?

너 은근 나빠, 이거 매력을 발포하는 것과 같다는 거 몰라?

너 나쁜 남자 오래하면 역효과 나."

"푸웁, 그래 알았다."

큰일이다. 순간 나는 엄마와 눈이 마주쳤다. 들마루에서 이른 새벽 눈이 마주쳤던 것처럼 우린 정말 어색했다. 정적은 아주 짧았고 엄마는 소리쳤다.

"야앗, 너어."

나는 눈짓으로 운을 가리키며 속으로 제발, 이라고 말하며 간절히 애원했다. 더 이상 아무 말도 하지 말아 달라며 간절히 애원했다.

"아하하하, 엄마? 하하."

분명 엄마는 나를 보자마자 뒤통수를 후렸겠지만 나의 엄마도 분명 잘생긴 남자를 보는 눈이 있을 것이다. 엄마의 악은 목구멍 속으로 쏙, 들어가 버렸다.

"늦었지? 하하."

운이 엄마에게 정수리가 젖은 흙에 닿을 때까지 고개를 숙이며 인사했다.

"안녕하세요."

"으흠, 또 보네요 청년?"

"으헉, 어 엄마 알아? 운 알아?"

"네 또 뵈었습니다."

엄마의 표정과 내 표정은 아마 같은 모습이 아닐까 싶다.

"윤설, 너 지금까지? 지금 저기서 내려오는 거야?

하루 종일?"

"어어, 그게 아니고, 얘는 내 친구고, 그리고 시소도 있고."

광과, 모시리를 닮은 여자

"애가 지금 무슨 말을 하는 거야?"

운은 한숨을 내쉬더니, 나 대신 차근차근 말을 이었다.

"어머니, 저는 설휘 친구 김운이라고 합니다.

너무 늦게 말씀드려서 죄송합니다, 그리고 지인들과 조촐한 모임에 설휘도 함께 있었습니다."

엄마는 자꾸만 애꿎은 목에게 헛기침을 요구한다.

"흐흠 음, 그래요? 참 신기하네, 아니 넌 그래도 그렇지…

문자를 몇 번이나 보냈는지 알아?"

드디어 엄마의 손바닥 스매싱이 나의 등을 지나쳤다, 쫘악, 하고 홍해를 가르듯 등이 갈라졌다.

"아악, 엄마아 아 아파."

나는 닿지도 않은 등을 팔을 뻗어 비비고 또 비볐다. 이번 스매싱은 정말 눈물 나도록 아팠다. 그때 운이 눈을 질끈 감는 것을 나는 보았다. 순간 나의 입꼬리가 실룩거렸을 것이다.

"아 정말, 엄마는 나이가 먹어 가는데 힘은 더 세지고. 아, 아파."

운은 어쩔 줄 몰라 하면서도 자꾸만 방긋거렸다. 그때 아빠가 현관문을 열고 나왔다. 벌써 사기꾼을 잡아 일을 처리했을 리는 없다. 아빠의 얼굴이 나와 운을 본 순간 일그러졌다.

태어나서 지금까지, 아빠의 이런 표정은 처음이다. 남에게 늘 관대한 나의 아빠가 이런 표정을 짓다니, 나의 심장이 쿵, 하고 내려앉았다. 그리고 나는 그 표정을 보고 공포 또는 위압감, 또는 가장의 권력을 느꼈다. 사기꾼 삼촌과의 일이 아무리 틀어졌다 해도 나의 아빠가, 가장 죽이 잘 맞는 둘째 딸을 저렇게 볼 수는 없는 일이다.

아빠가 소리를 쳤다. 이 소리는 아빠가 민주항쟁을 외칠 때를 비유했던 그 목소리와 같았다.

"설휘 너 이 녀석, 당장 이리 와."

아빠가 내게 성큼 성큼 다가오더니, 그 크고 까만 손으로 나의 팔뚝을 움켜쥐며 끌었다.

"아아아아, 아빠 아파아."

운은 고개를 숙이며 인사했다.

"안녕하세요."

그리고 천사 같던 나의 아빠는 운을 벌레 보듯 바라보며 상처 깊은 말을 내뱉었다.

"지금 이게 안녕할 일입니까? 내 말을 않으려 했건만, 이런 이런… 젊은 양반이 처한 상황을 더 잘 알고 있지 않소? 내 딸이 우스워 보입니까? 혹여 내 딸에게…

하, 다시는 보고 싶지 않으니 얼른 돌아가시오."

운은 아빠의 얼굴을 마주 보지도 못한 채 고개를 숙이며 말했다.

"정말 죄송합니다, 실례가 많았습니다, 죄송합니다."

운은 계속 죄송하다, 는 말을 하며 엄마를 보며 다시 고개를 숙였다. 나는 참을 수가 없었다. 평소 눈치 없기로 소문난 나이지만 이 상황은 아빠가 운의 상황을 아주 잘 알고 있다는 것으로 해석이 된다. 그렇지 않아도 운은 나를 계속 피하려고만 하는 상황이다. 나는 무언가를 해야만 했다. 뒤돌아 가는 운의 저 쓸쓸한 모습을 보기가 힘들었다.

나의 뇌가 바르게 돌아가지 않았던 것이 분명하다. 나는 소리쳤다.

"아악, 이게 무슨 그런 전염병이야? 좀비도 아니고, 숨만 쉬어도 같이

광과, 모서리를 닮은 여자

있어도 죽는 거냐고? 아빠, 너무해요, 내가 좋아하는 사람인데 어떻게 이래요?"

나는 정말 멍청한 말을 떠들어 댔다. 지금 생각해 봐도 앞 뒤 구분이 없다. 나의 처량한 가슴처럼 말이다. 사람이 이렇게 멍청할 수도 있는 것인가. 운의 뒤통수와 발이 공기 중에 멈추었다가, 아주 빠른 속도로 소리를 내며 뛰어갔다. 나는 그 자리에 풀썩 주저 앉았다.

그때 나는 뛰어 가는 모습도 빛나는 운의 모습을 그토록 오랫동안 보지 못할 줄은 꿈에도 생각해 보지 못했다. 난 그 모습을 볼 수가 없었다. 아빠는 시커멓게 그을린 얼굴로 나를 내려 보며 말했다.

"들어가자."

엄마는 꽤 놀란 눈치다. 엄마의 눈치, 를 내가 닮은 게 분명하다. 고모와 동네 사람들이 그렇게 수군거리며 언덕 위의 청년을 혀 위에 놓고 떠들어 댈 때에도 나의 엄마는 운이 그 새치 혀들 위에 농락당한 사람이라고 생각해 본 적이 없던 것이다.

오늘이 되고 나서야, 운이 에이즈 환자라는 것을 알게 된 것이다. 엄마는 멍한 얼굴을 털어 내며 내게 소리치며 등을 쳤다.

"미쳤어 미쳤어, 정말, 얘가 제 정신이 아니지, 응?

들어가 얼른, 들어가서 손부터 씻어."

나의 엄마는 내게 손을 씻으라고 말한다. 나의 그 어떤 객관적인 설명에도 이 두 사람은 믿지 않을 것이라는 불길한 예감이 들었다. 손을 씻으라니, 심장에 돌이 박힌 느낌이었다.

엄마는 거실에 다시 주저 앉은 나를 보며 손을 씻지 않으면 가만 두지 않을 거다, 라는 무언의 압박을 가하고 있었다. 나는 움직이지 않았다.

그저 아빠를 바라볼 뿐이다.

"그냥 둬."

엄마는 아빠의 말이 이해되지 않은 모양이다. 엄마는 나를 대신해 개수대에서 일명 퐁퐁, 으로 손을 바락바락 씻어 댔다.

"미쳤어 미쳤어. 정말."

나의 두 눈은 깜박이지 않았고 원망스럽게 아빠를 보았다.

"아빠, 그거 아니잖아요? 아빤 공무원이니까 더 잘 알잖아요?"

나의 볼에 원하지 않은 눈물이 계속 흘러내렸다. 생전 모태 솔로의 짝사랑 치고, 이렇게 심장에 돌이 박힌 듯, 아픈 일은 없었다.

"언제부터 만났어?"

나는 입을 꾹, 다 물었다.

"물론 일상 생활에서 전염되지 않는다는 건 나도 알아, 하지만."

딸과 아빠 사이에서 이야기하기 힘든 부분이다. 아빠는 머뭇거렸다.

"하지만 네 나이가 결혼할 나이고, 만나다 보면 아이도 낳아야 하고⋯ 그런데 그럴 수 없잖니, 이건 말이 되지 않는 거야.

설아⋯ 네가 아빠를 이해 못하는 게 이상한 거야."

아빠는 자꾸만 이 상황을 더욱 확대해서 해석하고 있는 중이다. 그리고 나는 오늘 꾸준히 멍청한 말만 해대고 있다.

"지금이 무슨 조선 시대예요? 내 인생이잖아요? 그리고 내가 결혼이라도 한데? 아니잖아."

나는 마치 방금 운과 결혼이라도 한 사람처럼 굴었다. 엄마가 불쑥 끼어들었다.

"네 인생이기 전에 네 인생을 세상에 내놓은 건 우리야."

"엄마 아빠는 지금 엄청난 실수를 했어. 운은 나 안 좋아해, 내가 스토커처럼 따라붙는 거라고… 내가 따라다니는 거라니까?

아무 관심도 없는 애 한테, 그런 말을… 갠 나한테 관심 없다구욧."

"윤설휘, 다른 설명 필요 없다, 그냥 안 돼."

나는 벌떡 일어나 말했다.

"내 인생이에요."

나는 운처럼 이층으로 내달렸다. 아빠는 쫓아오려는 엄마의 손을 붙들며 말했다.

"그냥 둬요, 그냥 둬, 저 녀석 진짜인 거 같아."

"하, 저것이 미쳤어 정말, 생전 남자 한 번 만나 본 적도 없는 애가 골라도, 이게 무슨…."

"그냥 둬."

나는 방에 들어오자마자 창문을 열었다. 있을 리 없지만 운이 뛰어간 그 언덕 길을 확인했다.

"정말 있을 리 없네."

수명이 다해 가는 가로등 하나를 보며 다시 중얼거렸다.

"이놈의 촌구석은 가로등도 저 모양이야."

나는 운에게 전화를 걸었다. 받지 않을 거라고 인정하며 걸었다. 기대도 하지 않았다. 운의 목소리에 화들짝 놀라 말이 잠시 멈추었다.

"서리."

"어, 어 안 받을 줄 알았어."

"괜찮다는 말, 해야 할 것 같아서."

나는 괜찮다는 운의 목소리가 그렇게 슬프게 들릴 수가 없었다. 목이 매여서 말을 할 수가 없다.

"아빠는…."

"쉿, 그거… 이해 못할 사람 아니란 거 알지? 당연한 거잖아."

"흐읍, 미안해, 너무 미안해."

"뭐가? 에이즈 환자가 친구라는 게?"

운은 스스로 에이즈, 라는 말을 했다.

"그거, 그게 왜? 내가 정상이라서…."

나는 또박거리며 말했다. 운은 조금 놀란 눈치다. 절벽과도 같은 저 언덕 위의 집이 밤 하늘에 반짝거린다.

"그 상황에 좋아한다는 고백이라니, 너 좀, 웃긴다? 풉.

설, 그냥 잊고 쉬어, 잊어."

"왜 자꾸 잊으라 해?"

"흠, 잊어야 잃지 않으니까."

"잊지도 않을 거고, 잃지도 않을 거야, 난 시작에 이르렀어, 자꾸만 밀지 마, 내 앞은 절벽이란 말이야."

"모…

서…

리."

나는 목이 메어서 나오는 어떤 울분의 감정으로 인해 이상한 소리가 새어 나와 입을 틀어 막았다.

"……."

"끊을게."

"운, 김운."

운은 그렇게 전화를 끊어 버렸다. 나는 한참을 언덕 위의 반짝이는 집을 보며 입으로 새어 나오는 이상한 소리를 내며 걱걱거렸다. 운에 대한 나의 감정이 이렇게 서러움이 북받칠 정도였던가, 나는 나의 모습에 스스로 놀라고 있는 중이다.

나는 거의 뜬 눈으로 밤을 새웠다. 아빠가 활동하기 전, 일어나야 한다는 생각뿐이다. 나의 다리는 이미 현관문을 나온 상태다. 짐을 미리 차에 싣고 내리막길이 아닌, 언덕을 향해 갔다.

이른 시간이지만 이 방법으로 운을 확인한 후, 일찍 서울로 향할 수밖에 없다. 운이 어제와 같다면 산에서 내려오는 길일 것이다. 나는 들마루에 앉아 그가 오는 길을 하염없이 바라보았다.

해가 떠오르고 있었다. 시간을 확인한 후, 다시 그 길을 보았다. 역시 나의 예감은 적중, 숨을 헐떡거리는 운이 보였다. 운이 입을 헤, 벌리며 나를 확인한 후, 한숨과 함께 고개를 젓는 것도 잊지 않았다. 역시 말없이 수돗물을 마시며 얼굴을 씻었다. 젖은 머리카락에서 물이 뚝뚝 떨어졌다. 우뚝 서 있는 운의 키가 더욱 커 보였다.

우린 한동안 말하지 않았다. 해가 오르고 있는 쪽을 함께 바라보았다. 드디어 운의 목소리가 터졌다.

"이렇게 일찍 일어나다니."

"나도 직장인이야."

"핍, 너, 너 맘 편해지고 싶은 거지?"

운이 머리카락을 털어 내며 모진 말을 뱉었다. 나는 고개를 세차게 흔들었다.

"좋아해, 많이."

231

"거 봐, 너 맘대로 하고 싶은 거야, 너⋯."

"너도 사실 그렇잖아, 내가 모를 거 같아? 그거 바보 같은 말이야, 억지로 떼어 놓을 생각 마. 나 모태 솔로인 거 알지?

날, 감정, 이라는 것도 모른 채 이대로 늙어 버리게 만들지 마. 우리 시간 버리지 말자, 응?"

"핍."

"또 핍이야? 난 이제야 동등해졌어, 그거 알아? 그래서 난 자신이 생겼고, 덤빌 자신, 너한테 말이야. 전에는 솔직히 너 보면 연예인 좋아하는 비슷한 감정 따위였어, 뭐 너무 잘났으니까.

내가 속물 같다는 생각도 들었는데, 모르겠어. 이상하게 용기와 감정이 동시에 생겨 버린 거야, 덤빌 자신이, 그리고 진짜 감정이."

운이 또박또박 단어를 강조하며 말했다.

"에이즈 전과 후, 라고 말하면 되겠네?"

운이 자꾸만 에이즈라는 단어를 쓰는 바람에 나는 어딘지 모르겠지만 자꾸만 움찔움찔했다.

"나 속물이야?"

운이 고개를 끄덕거렸다. 이번에는 내가 먼저 핍, 하는 소리를 냈다. 그리고 나의 어깨는 축 처져서 바람 빠지는 소리가 날 정도로 흐물거렸다. 나는 벌떡 일어나 앉아 있는 운 앞에 섰다.

이제서 키가 같아졌다. 올려 보던 운의 얼굴이 나의 얼굴과 정면으로 맞닥뜨려졌다.

"참 잘생겼다."

"잘 알아."

대체 나의 용기와 부글거리는 이 욕망은 어디서 나오는 것일까? 분명 뇌가 시키는 일이긴 하지만 나는 나의 뇌에 대해 감탄하지 않을 수가 없다. 운과 얼굴을 마주한 그 순간 난 운의 입술에 나의 입술을 갖다 댔다. 아무리 반복해서 생각해 보아도 아주 절묘한 타이밍이다. 이것은 나의 첫 뽀뽀, 그러니까 누구나 기억에 남는 짜릿한 첫 입맞춤이었다.

입술이 마주한 순간 운의 동그란 눈과 나의 찢어진 눈이 마주쳤다. 그러고 보니 운의 눈동자까지 잘생겨 보이는 것이 아닌가, 우린 서로 흠칫, 하며 다시 떨어져서 얼굴을 마주했다.

운의 얼굴에서 머스크 향이 났다. 이 정도의 간격이 운이 가장 잘 보이는 간격이라는 것을 깨닫는 순간이다. 운이 손가락으로 나의 쇄골에 손을 대며 거리를 지키는 자세를 취했다.

"너, 이거."

내가 어깨를 으쓱했다.

"나 처음이야, 뽀뽀."

"누가 믿어? 처음인데 이렇게 들끓는 거야?"

운의 말이 나는 너무 웃겼다.

"웃하하하하, 좋아하니까."

나는 좀 더 운의 얼굴을 관찰하고 싶었다. 목을 운의 얼굴 쪽으로 더 밀고 들어가려 했지만 운의 긴 손가락의 힘은 아주 완강했다.

"쓰으읍, 오지 마."

드르륵, 하는 소리와 함께 창문 속에서 명의 얼굴이 튀어나왔다. 산발한 그녀의 펌 머리카락은 산 속에 사는 도사 즈음 되어 보이는 모습이다.

"야아, 니들 뭘 하는 짓이야?"

명은 그 순간 좁은 창문 틈으로 튀어나올 기세다. 나는 운에게 윙크를 보내며 빠르게 차에 올랐다. 이 순간 필요한 건 속도다. 명이 나를 잡아 먹을지도 모르는 일이다. 나는 있는 힘껏 브레이크에 발을 떼고 내리막 길을 달렸다. 나는 보았다.

백 미러로 운이 내가 간 길을 보고 있었다. 운의 이런 행동은 나를 자극시키기에 충분하다.

금세 나를 그리워하는 건 아닐까, 그래 싫어하는 게 아니다, 라고 또 그렇게 해석하기로 했다. 운이 보이지 않을 때까지 내가 보이지 않을 때까지 우리는 그 거리를 오랫동안 힐끔거렸다. 서울로 올라오는 내내 나는 나의 입술을 몇 번이나 만지작거렸다. 내 생애 첫 뽀뽀를 나의 용기로, 먼저 쟁취하다니, 나는 나를 칭찬했다.

나는 조금 두꺼운 재킷을 꺼내 입었다. 제법 쌀쌀하지만 해가 중천일 때는 다시 여름의 땀이 흘러내리는 날씨다. 월요일부터 커피 한 잔 마실 시간도 없이 바쁜 하루를 보냈다.

첫 출근을 했을 때보다 거의 세 배나 늘어난 식권 구매는 직원을 충원 하게 만들었지만 그 정도의 충원으로 일이 가벼워지진 않았다. 나는 인 사권이 있는 대머리 과장에게 직원을 더 충원해야 한다며 건의를 하긴 했지만 그 건의는 그들 귀에 들어가지 않은 모양이다. 힘 없는 과장에게 불만을 이야기해 봤자, 과장의 남아 있는 머리털만 더 빠질 것이다.

구내 식당이 사라질 위기일 때 와 지금은 상황이 달라도 너무 달랐다. 매출은 늘었지만 하청 업체 소속의 직원들에게 절대 이익은 돌아가지 않았다. 물론 회사를 떠나지 않아도 된다는 불안감을 없애 주긴 했지만 하나의 안정은 또 하나의 안정을 원하기 마련이다.

늘 고정된 월급, 오히려 늘어난 업무는 그들의 얼굴을 더욱 어둡게 만들고 있었다. 솔직히 나는 그들의 눈치를 볼 수밖에 없었다. 메뉴 개발과 반응이 좋은 식단을 만든 건 나였고, 백화점 고객들까지 구내 식당을 이용하게 만든 건 나였기 때문이다. 열심히 일한 결과가 이렇게 부조리한 결과를 이끌어 낼 줄은 나는 상상도 하지 못했다. 결과적으로 회사만 이익이 남는 꼴이 되어 버렸다고 모두들 수근거렸다.

물론, 나의 직업이 실적을 말하는 직업은 아니지만 나는 보너스도 챙겼다. 고개가 절로 숙여지지 않을 수가 없었다. 회사 식구들은 이제 나와 점심도 같이 먹지 않는다.

김하영과 대머리 과장은 예외였지만 대머리 과장과 밥을 함께 먹는 날은 꼭 속이 좋지 않았다. 굽은 등과 가장으로서 매우 처절해 보이는 위축된 어깨를 보고 있으면 숟가락이 입에 들어가자마자 밥 알이 튀어나올 정도로 한숨이 나왔다. 물론 김하영도 마찬가지다.

눈에 독기를 품은 채 이리저리 살피는 것을 보고 있으면 절로 밥맛이 뚝, 떨어지는 게 아닌가.

그렇게 나는 올해 다이어트를 하지 않아도 충분했다. 또한 박카스를 옆에 끼고 먹는 것처럼 소화제를 끼고 먹어야 했다. 뚜껑을 따는 따라락, 하는 소리마저 정겨울 지경이다.

오늘 따라 나의 소화 기능은 조금 더 떨어진 모양이다. 알약을 먹어야 내려갈 것이다. 나는 남은 머리털을 빗고 있는 처량한 가장에게, 아니 처량한 과장에게 말했다.

"과장님, 저 몸이 좋지 않아서, 반차 좀…."

과장은 시계를 보며 미간을 찌푸린다. 당연한 모습이다.

"퇴근 시간 한 시간 남았습니다."

"네, 알고 있어요."

김하영이 옆에서 거들었다. 역시 김하영의 귀는 그 어떤 작은 소리도 회사 안에서는 모두 듣고 있는 중일 것이다.

"급체는 병원에서 주사 맞으면 금방 내려가요. 요 앞에 내과 있죠? 거기 가 봐요."

과장에게 내가 설명하지 않아도 되는 기회를 열어 주긴 했지만 난 왜, 어느 곳에나 귀가 있는 김하영이 못마땅한지 모르겠다. 과장은 마치 내게 이야기를 들은 것처럼 고개를 끄덕이며 말했다.

"으흠, 얼른 가 봐요."

나는 고개를 숙이고 이미 매고 있는 가방을 다른 어깨에 고쳐 매고 고개를 숙이며 인사했다. 김하영이 나의 꼬리를 다시 잡았다.

"약만 사 먹고 말면 내일 출근 못 할걸요?"

"뉘에에에."

내 목소리를 확인하더니 김하영이 뾰족한 눈으로 나를 흘겼다. 나는 백화점 입구에서 나와 한참을 멍하니 서서 고민했다. 김하영의 말처럼 약만 사 먹으려던 나다. 의지인지는 모르겠지만 나는 김하영의 말을 참 잘 듣고 사는 것 같다. 희한한 일이다.

나, 라는 몸은 왜, 병원만 가면 간호사가 내 얼굴을 보고 화들짝, 거리는 건지 모르겠다.

"어머 괜찮아요?"

내가 괜찮지 않다는 것을 알다니, 간호사들은 참 눈치가 빠른 건가? 간호사의 얼굴을 보는 순간 아무런 느낌도 없이 미리 몸에서 오는 신호도 없이 나는 구역질을 했다. 아, 간호사의 괜찮아요? 라는 말이 이제 이해가 간다. 나는 입을 틀어 막고 눈으로 간호사에게 말했다. 눈치 빠른 간호사 오른쪽을 가리키며 마치 이곳에서는 안 돼요, 라고 말하는 듯 나의 등을 살짝 밀었다.

"저기 저기요, 얼른."

내가 정한 식단에 내가 정한 재료들이지만 정말 진저리가 났다. 하필 이렇게 급체한 날 비빔밥이란 메뉴라니, 난 정말 되는 게 없는 아무도 반기지 않는 정의로 똘똘 뭉친 모태 솔로 진상이다. 화장실 문을 열자마자 나는 창자까지 쏟아 부을 기세로 모든 것을 토해 냈다. 나도 모르게 터져 나오는 이 괴이한 소리는 참으로 처절하다.

"우에에에에에엑, 우이이이이익.

하 하 하 하 우이이이이익."

아 기억났다. 이 소리는 말이 앞다리를 들고 달리기 직전 내는 소리와 같다.

"우에에에에에엑."

숨을 고를 수 있는 찰나가 다가왔을 때, 심장이 저릿하다. 힘을 너무 많이 쥔 까닭이다. 오래된 건물의 화장실은 역시 누구나 상상할 정도의 모양과 불결함을 갖고 있다. 나는 낡고 찌든 때가 가득한 변기를 잡고 쭈그리고 앉았다.

'세상에 내가 이 불결함을 안고 있다니.'

드디어 비빔밥에서 해방됨을 느낀 후 입을 닦았다. 시뻘겋게 충혈된 눈알과 쭉 찢어진 나의 눈 매무새는 참, 공포스럽고 내가 봐도 못난 얼굴이다. 내 피부가 나의 얼굴이 이렇게 백옥같이 하   었나, 꼭 운의 하얗고 맑은 얼굴을 보는 것 같았다.

착하고 친절한 간호사가 나를 빼꼼 바라보았다.

"괜찮아요?"

간호사는 내게 벌써 괜찮냐는 물음을 두 번이나 했다. 이제는 대답을 해 줘야 한다.

"아니요."

"이런, 도와줄까요?"

나는 분명 혼자 걸을 수 있을 거라 생각했지만 나의 무릎이 자꾸만 굽어진다. 이 모습을 나는 나중에 상상해 보았는데, 혼자 밤새 얼마나 웃었는지 모른다. 의지대로 내 다리가 쭉, 펴지질 않는 것이다. 쪼그라든 거미처럼 나는 그렇게 거북이가 되었다. 화장실을 벗어나는 그 순간 마지막으로 거울에 비친 내 얼굴은 웃고 있었다. 기가 막힌 그림이었다. 분명 만취한 얼굴이었다.

그 후 눈앞이 흐려졌고 간호사의 목소리가 들리는 듯했지만 나는 정신을 잃었다. 내가 눈을 떴을 땐, 시소의 집 창문이 제일 먼저 보였다. 누운 채 두리번거리니 시소의 집이었다.

"뭐지."

젠장, 기억의 필름이 조각나 있었다. 꿈이었나, 분명 나는 운의 얼굴도 보았던 것 같다.

아, 나의 사랑스러운 그이의 얼굴은 대체 나의 어느 부분까지 파고 들고 있는 것인가. 시소가 소리쳤다.

광과, 모시리를 닮은 여사

"야앗, 윤설."

아주 당연히 나는 미안함에 눈을 뜨지 못했다. 끊긴 기억 속에는 시소가 눈물을 흘렸던 것, 소리를 치던 것, 간호사가 나의 뺨을 때린 것, 마취합니다, 라는 소리를 들은 것, 대충 맞추어 보면 시소는 천국과 지옥을 다녀왔을 것이다.

나는 괜한 신음을 냈다.

"으어어어."

"정말 진상, 하, 너 정말."

나는 한쪽 눈만 실눈을 뜨고 시소를 보았다. 입안이 얼얼하고 목도 따끔거린다. 시소가 컵을 내밀었다.

"마셔."

나는 몸을 반틈 일으켜 기대앉았다.

"고마워."

나는 비빔밥을 화장실에서 확인한 후 정신을 잃었다. 모든 것을 게워낸 후, 그때 내게 찾아온 통증은 이루 말할 수 없을 정도다. 어떻게 표현이 안 되는 그런 통증이었다. 누군가 나의 위장을 비틀어 바싹 말리기 위해 짜내는 것 같았다. 나는 그 쇼크로 정신을 잃었고 오래된 나의 휴대전화는 친절하게도 시소의 번호를 알려 줬을 것이다.

시소는 나의 보호자가 되어 내 희미한 의견으로 위 내시경을 동의했다고 한다. 그 잘린 기억이 아마 내시경 하기 전의 마취한다는 그 목소리였던 것이다. 아 그렇다면 운을 본 건 꿈이 아닐 수도 있겠다. 나는 마취에서 깨어나 부축을 받아 운에게 업혔다.

맞다. 그랬을 것이다. 그리고 나는 다시 잠이 들었다. 어떻게 된 일인지 꿈이 아니길.

나의 위는 염증이 있는 상태, 그리고 내게 찾아온 그 통증은 위통, 위경련이라고 한다. 난 얼마동안 멀겋고 심심한 식단을 위에게 전해 줘야 한다. 시소의 잔소리가 시작되었다. 시소의 잔소리는 한 번 시작하면 띄어쓰기 없이 숨을 고를 새 없이 이어진다. 조금만 더 젊었다면 여성 랩퍼를 해도 될 만했다. 당연히 정처 없이 계속되는 그 소리에 나는 집중하지 않았다. 어쨌든 시소의 랩이 끝날 무렵 나는 운의 정체를 묻기 위해 입술이 계속 달싹거리는 중이다. 그 시점을 파고 들기 위해 시소의 입술을 바라보는 나의 눈은 매의 눈이 되었다. 시소가 말을 멈추며 나를 빤히 보았다.

"뭘 봐?"

시소는 눈치를 챘다.

"음흉하긴."

나는 입을 손으로 가리고 퀭한 눈을 하고 키득거렸다.

"맞지? 운이지?"

시소가 나의 말이 떨어지자마자 베개를 집어 던졌다.

"으이구, 증말, 그래 맞다 아주 때도 참 잘, 맞춰요, 네?

이 진상 아가씨야, 이제 좀 살만 해? 너, 의사말로는 며칠 동안 꽤 아팠을 거라던데… 왜 말 안 했어?"

나는 두 손을 모아 가슴에 갖다 대며 말했다.

"제가 어떻게 시소를 신경 쓰이게 하나요?

체한 줄로만 알았지요."

편의점 알바가 챙겨준 초록색 소화제가 떠오른다. 그리고 그것을 건네며 내게 위경련인 것, 같다, 라는 말과 함께 꼭 병원을 가요, 라고 했던

광과, 모서리를 닮은 여자

것 같다. 알고 보니 그놈 참, 똑똑하다.

역시 약대생답다.

"당분간 술 고춧가루 밀가루 먹을 생각 마."

"아, 이렇게 불행할 수가."

"위염 오래 가는 건 알지? 음식 조절만 잘 하면 돼!
약 꾸준히 먹고."

"응, 미안."

일상에서도 내가 좋아하는 시소의 들기름 흰 죽, 보글거리는 소리와 들기름과 쌀이 만나 구수한 냄새가 집 안에 퍼졌다. 운은 한 달에 두 번 이곳 병원에 들른다. 그날이 어제였던 모양이다.

늘 그랬던 것처럼, 시소와 연락을 했던 그때가 내가 하필, 아니 때마침 난 기절했던 거다. 시소는 놀라 운에게 전화를 걸었고 나는 운의 향기롭고 넓은 등에 업혀 집까지 올 수 있었다고 한다. 코가 기억하는 건, 운의 하얀 얼굴에서 맡은 머스크 향을 맡은 것 같기도 하다. 시소는 운과 잠든 나를 번갈아 보며 운에게 말했다.

"흐음, 뭐야 정말 운명 같은 거 그런 거 있는 거야?"

운은 말없이 또 그렇게 키다리 아저씨 흉내를 내고 가 버렸다. 시소는 늦었지만 예약 손님이 있다며 서둘러 『오든지』로 출근했다.

"의사가 위는 먹는 것과 스트레스래, 약 먹고 바로 자, 기다리지 말고. 나 늦어."

나는 시소가 만들어 놓은 들기름 죽을 호호 불어 먹고 약까지 살뜰하게 챙겨 먹었다. 마치 내 몸은 졸음이 쏟아지는 항히스타민제가 된 것처럼 굴었다. 정신을 차리기 힘들었다.

몽롱한 정신과 몸이 자꾸만 이불 속으로 미끄러졌다.

"연락을, 해야 하는데에."

나는 베개 속 또는 이불 속, 어딘가 있을 휴대전화를 발가락으로 손가락으로 더듬거렸다. 어느 틈에 외워 버린 운의 번호 뒷자리, 2202, 숫자를 가만히 보고 있으면 꼭 나를 보고 웃는 것처럼 느껴진다. 2202라는 숫자는 정말 웃고 있는 모양이다. 약이 내 정신까지 파먹고 있는 중인가. 그저 운의 전화번호일 뿐인데, 웃고 있다니. 갑자기 휴대전화의 진동이 울렸다.

"아 깜짝이야."

정확하게 광, 이라는 글자가 떠올랐다. 운이었다. 아, 우린 정말 운명이다. 흔한 드라마에서 나오는 줄다리기, 나는 조금 늦게 받기를 해 본다. 그리고 얼굴과 같이 부시시하거나 약간은 아프게 들릴 목소리를 뱉었다. 최대한 아픈 척, 아니 나는 정말 지금 아프다.

"으응, 여보, 세요."

"자는 중?"

나는 고개를 대답과 다르게 아니라며 마구 젓고 있는 중이다.

"응."

"그럼, 나중에 연락할게."

"아니,"

갑자기 나의 목소리는 당당하고 우렁찬 생 목소리로 변했다.

"아니야, 일어났어. 저기 운… 고마워."

운은 다른 소리를 한다.

"시소 누나 말로는 흰 죽 한 사발 다 해치우는 중이라던데?"

"억?"

난 운에게 얼굴을 보이는 것도 아니면서 볼이 새빨갛게 달아올랐다.

"어, 뭐 약을 먹어야 돼서."

"그럼, 잘 먹어야지, 약도, 푸훕."

"놀리는 거임?"

"아냐 아냐, 안부 전화."

"걱정했네?"

"걱정은 시소 누나가 다 했지."

"핍."

"금주라며? 지켜라."

"핍."

"왜 자꾸 핍이야?"

"네 등에서 내가 왜 잠들었을까, 라고 후회되서."

"핍, 쉬어라."

"어디야? 여보세요? 운? 얏?"

운은 전화를 대차게 끊어 버렸다.

"우씨 나쁜 남자 코스프레."

나는 휴대전화를 잡은 채, 잠이 들었다. 시소는 또 잊지 않고 내게 흰 죽을 들이 밀었다.

"늦게 들어와서 뭘 이것까지 해, 그냥 내가 하면 돼."

산발한 머리카락을 손가락으로 빗어 내리며 말했다.

"먹어, 난 더 자면 돼, 약 먹는 거 잊지 말고."

"고마워 시소, 매일매일."

"간다."

"푹 자."

시소의 정성이 나를 무럭무럭 자라게 하는 기분이 들었다. 나는 집 안 정리까지 마치고 나섰다. 시소 덕분에 부지런하거나 깔끔한 생활이 나쁘지 않았다. 요즘 바깥 공기는 후텁지근한 며칠 전 여름 공기와는 참 다르게 달큰하고 신선하다. 마치 지금 막 딴 청포도를 입에 머금은 기분이 들었다. 살짝 안개까지 낀 모양이 예쁘다.

오랜만에 출근 길이 참, 상쾌하다. 나는 입을 크게 벌리고 공기를 씹어 먹듯이 삼켰다.

누군가 내 뒤통수에 대고 소리를 쳤다.

"미세먼지 맛있냐? 모서리?"

헉, 안개? 그럼 미세먼지? 나는 휙, 하고 뒤를 돌아보았다. 작은 눈으로 그 목소리가 나올 법한 곳을 훑었다. 운은 차에 시동을 걸어 놓은 채, 그곳에 떡하니 서 있었다. 나는 먼저 대충 씻은 나의 얼굴을 매만졌다. 혹시 하얀 침이나, 노란 눈곱이 자리하고 있을지도 모르는 일이다. 나는 골룸처럼 목을 빼고 어깨를 움츠린 채 운을 보았다. 최대한 불쌍한 척, 여린 척을 떨어야 했다.

"얼른 타."

그리고 나는 천천히 최대한 느릿느릿 걸었다. 나는 운이 웃고 있는 것을 보았다.

"벨트."

"응, 근데 왜?"

"시골 가는 길에 모서리 백화점에 놓고 가려고."

"흐흥."

"흰 죽, 대접에 담은 그릇 다 비웠다며?"

나는 세세하게도 설명을 다한 시소를 생각하며 입을 비죽거렸다. 그리고 아주 작은 소리로 중얼거렸다. 최대한 여성스럽게.

"죽이라… 양은 얼마 안 되더라."

운이 창문 쪽으로 고개를 돌리며 입꼬리를 올렸다.

"분명해졌어."

"뭐?"

"우리 관계."

"또 그 얘기야? 안 지치니? 그러니까 위경련이….""

"다 알아, 운도 즐기고 있잖아?"

운은 그때부터 아무 말이 없었다.

"위 챙겨."

나는 운의 높은 차에서 멀리 뛰듯, 씩씩하게 뛰어내렸다. 그때 운은 놀라 운전석에서 내려 내 쪽으로 한 달음에 뛰어왔다.

"얏, 모서리 너."

"이거 이거 이것 봐라, 티 난다 나 좋아하는 거."

"너 장난치다 진짜 다친다."

운은 인사할 시간도 주지 않고 차에 다시 올라탔다.

"운, 가는 거야?"

"같이 출근할 순 없잖아, 간다."

운은 정말 쌩, 소리가 날 정도로 내 눈에서 사라졌다. 다시 온몸에 힘이 빠졌고 몇 시간을 이 건물에서 버틸 것을 생각하니 위가 다시 아프기 시작하려고 움찔거리는 것 같다.

이런, 왜 이런 순간을 나는 김하영에게 들키는 것일까, 김하영이 쓰윽, 하는 소리를 낼 것처럼 미소를 머금고 내게 다가왔다. 나는 종종 걸음으로 어떤 방법을 써서라도 엘리베이터를 따로 타야 했다. 정말 김하영은 쓰윽, 하며 어느새 나의 옆 자리를 차지했다.

김하영의 이런 음흉한 웃음이란, 나의 여러 가지 설명을 들을 자세가 되어 있다, 라는 뜻일 것이다. 하긴 말하지 않으면 되는 거다. 하지만 난 김하영만 대하면 그렇게 되질 않았다.

사무실에 들어서자, 김하영이 내 뒤통수에 대고 말했다.

"그 서리서리서리?"

약을 먹었지만 위통이 다시 시작되는 것 같았다.

"뭐에요? 그 바이러스의 난관을 함께 헤쳐 나가기로 함? 응원합니다아."

김하영이 작은 박수를 세 번 치며 눈까지 찡긋거렸다. 나는 말했다.

"여기까지, 나 위통 도집니다."

"나 진심입니다."

김하영에 가슴에 손을 얹고 고개까지 숙여 가며 말했다.

"그러고 보니 안색이 진짜 안 좋네."

나는 하루 종일 멍한 정신을 어떻게 부여잡고 근무를 했는지 모르겠다. 운의 얼굴을 보면 힘이 솟아서 하늘로 날아오를 것 같았는데, 그를 생각할수록, 욕심을 채우고 싶어질수록 다른 영향을 끼치고 있는 것이 아닌가. 이제 그를 보지 않거나 생각만으로도 나는 병든 자가 될 것이라고 미리 짐작을 한다.

회사에서 나만 몰랐던 것처럼, 나만 놀랄 사실을 맞닥뜨렸다. 사실, 모든 직원들이 알고 있었던 게 분명했다. 그러고 보니, 이준희가 보이지 않았다. 아마 이틀 정도? 나의 무관심은 사회 전체의 무관심과 계약직에 있는 사람들에 대한 무관심, 내가 그것을 하고 있었다.

맙소사, 그녀는 마주칠 때마다 늘 위태로워 보였다. 그런 그녀가 퇴직을 했다고 한다. 좋은 단어를 쓰자면 퇴직이고 이준희는 말 그대로 쫓겨나거나 잘린 것이다. 이해할 수가 없었다. 이준희가 하는 일은 복잡하지 않은 단순한 일이었고 그것을 잘못 해내지도 않았으니 말이다. 나는 과장에게 왜, 라는 의문을 갖고 질문을 했지만 과장의 답은 아주 짧았다.

"그걸 왜 내게 물어? 그럴 만하니까 위에서 그렇게 한 거겠지."

이준희는 악, 소리 한 번 내지 않고 유령처럼 그렇게 사라졌다. 대체 뭐가 문제였을까?

김하영이라면 알 것이다. 마치 이준희를 감시하는 사람처럼 굴던 김하영이 아닌가. 나는 계약직 중에서 가장 나이가 많은 김현주에게 그녀를 물었다.

"대체 어떻게 된 거예요?"

김현주는 눈에 보이게 속된 말로 잘 나가는 곳에 붙어 기생하는 그런 류의 사람이다. 이런 사람은 절대 잔인한 사회 속에서 손해를 보지 않는다.

"떠나고 없는데 지금 알면 뭐 해요?

없어도 있는 거 모르고 있어도 없는 거 몰랐던 사람."

다른 사람도 아니고 이런 말을 김현주에게 듣게 되니 무척, 그리고 아주 세게 기분이 나빠, 어퍼컷을 올리고 싶은 심정이었다. 하지만 나의 양심 속 무관심, 이라는 단어가 가책을 느끼게 하고 있었다. 난 김현주와 싸우고 싶지 않다. 위가 다시 쓰리기 시작했다.

"말하기 싫으면 안 해도 돼요, 근데 굳이 그렇게 말을 해야 하나요?

김현주가 눈알을 이리저리 굴리며 입을 열었다.

"그게 아니라, 이게 참, 말하기가 좀 뭐한 일이라서요."

김현주는 자기 성격대로 아마 내게 술술 풀어 놓을 것이다. 나는 가만히 앞만 바라봤고 귀를 열어 두면 될 일이다.

"소문은 뭐 돌긴 한 일이었는데, 그게 아니 뗀 굴뚝에 연기가 납디까요? 글쎄, 저기 찌어기 사람이랑 만나다가, 거기 사모한테 들켰다고…."

김현주의 검지 손가락이 천정을 향했다. 나는 정말 놀라 자빠질 뻔했다.

"네에에?"

나의 목소리가 화장실 안에서 우렁차게 울려 퍼졌다. 김현주가 손가락으로 자신의 입을 막으며 연신 쉿, 쉿, 하는 소리를 냈다. 나는 빠르게 내 입을 막았다. 이제서야 모든 그림들이 맞춰진다.

이준희가 들고 있던 그 비싼 가방, 그리고 액세서리, 그리고 고가의 휴대폰, 그것을 감시했던 김하영, 나는 소름이 돋았다. 이건 정말 드라마에나 흔히 있을 법한 일이 아닌가. 그것도 일일 드라마에서 보여 줘야 하는 매 회마다 있어야 하는 클라이맥스 부분 말이다.

나는 숨이 탁 막혔다. 이준희가 이상해 보였던 것이 이해가 갔다. 나는 이준희보다 김현주가 손가락으로 가리킨 천장, 그 윗사람이 정말 싫었다. 실컷 욕이라도 퍼부어 주고 싶은 심정이었다.

젊은 한 여자의 인생이 이렇게 망가지다니, 김현주가 내 귀에 대고 속삭이며 덧붙였다.

"먼저 꼬리를 쳤다고… 그러니 이렇게 될 수밖에."

나는 정색하며 김현주에게서 뒷걸음 치며 말했다.

"김현주 씨가 봤어요? 먼저 그랬는지?

남 일, 다 아는 듯 말하는 거, 그거 진짜 무서운 말인 거 모르세요? 말이란 거 책임과 같은 거예요. 왜 이런 일만 생기면 여자는 피의자가 되는 건지 몰라."

"아무렴 그럼 여자가 가만있는데 남자가 그럴까…."

"세상 참, 팍팍하게 돌아가네, 김현주 씨도 딸 키우면서 그런 말 말아요 네? 아, 위통이야."

며칠 동안 이상한 회사 분위기를 이제 알 만도 했다. 그리고 보니 몽롱함은 사라지고 정신이 번쩍 드는 것을 보니, 점심 약을 잊은 게 생각났다. 시소의 문자가 도착했다.

『약 먹어.』

아, 나의 작은 천사 시소.

나는 며칠 동안 회사에서 일어나는 일들을 듣고 보고 겪으며 김하영을 다른 눈으로 보기로 했다.

한마디로 말하자면 김하영은 조금 비틀린 성격이긴 하지만 좋은 사람이다, 란 것이다. 예를 들어 이준희를 그렇게 만든 저기 꼭대기, 사람과 이준희가 그렇게 되지 않기를 바랐던 사람, 두 분류로 나눌 수 있다. 후자가 김하영이다. 김하영이 그렇게 당당할 수 있었던 건 정말 당당했기 때문이다. 꼭대기 사람은, 우리가 흔히 부르는 박 이사라는 사람인데 김하영은 그 어려운 고백을 내게 털어 놓기 시작했다. 나는 그녀의 이야기를 모두 듣고 난 후, 벌떡 일어나 그녀에게 경의를 표했다.

　김하영은 대학을 가지 않았다. 물론 집안 형편이 좋지 않았고 집 안을 이끌어야 되는 상황에 한두 푼도 아닌 대학을 간다는 것은 당연히 그녀의 머릿속에는 있을 수도 없는 이야깃거리였다. 다행히 빠르게 취업을 할 수 있었고, 그곳이 지금 바로 이 직장이다. 누구보다 성실한 그녀였고, 그때는 직원도 많지 않기 때문에 계약직이라는 단어는 의미도 없었다고 한다.

　점점 회사의 직원들이 늘어나기 시작하면서 직원들의 소속이 달라지기 시작했고 월급은 물론, 능력과 비례하지 않는 일의 갈래를 누군가가 나누었고 직원들은 그것을 따를 수밖에 없었다고 한다. 비합리적이란 생각을 모두 갖고 있었지만 그것을 말하거나 표현하는 사람은 없었다. 회사의 인사가 바뀌면서 사건은 시작되었다.

　박 이사라는 사람은 백화점 가장 꼭대기에 있는 사람의 막내 동생이다. 엄연히 따지자면 부모의 모, 라는 자리가 다르다는 것이다. 인사 이동이 시작되고 박 이사가 음식점 전체를 맡기 시작한 후 일주일이 지나서다. 계약직은 참가가 가능하지 않는 회식 자리였다.

　김하영은 그중에 가장 나이가 어렸고, 누가 봐도 특별한 외모를 갖고 있었다. 또한 능력면에서도 뛰어났다. 백화점 내에 있는 음식점들을 섬세하게 관리하는 일은 그녀가 아니라면 불가능할 정도로 윗사람들은 만족했다. 간혹 매출이 떨어진 곳을 대외적으로 말이 나오기 전에 수습할 수 있는 능력말이다.

　박 이사 같은 사람이 그런 그녀를 그냥 두고 볼 일이 있었을까, 박 이사는 끊임없이 김하영에게 구애를 했다. 당연히 박 이사는 자식을 둘이

250　　　　　　　　　　　　　　광과, 모서리를 닮은 여사

나 둔 가장이다.

소문은 빠르게 나기 시작했고, 김하영은 아무것도 하지 않았지만 이미 아무거나 한 사람이 되어 있었다. 무서울 것 없는 박 이사는 굽히지 않는 김하영에게 더욱 도전 정신을 느꼈으며 그것을 꺾고 싶어 안달이 났던 것이다. 박 이사가 김하영을 대하는 수위는 점점 높아져 갔고, 회사 안에서 그녀를 대하는 박 이사의 행동은 흔하게 볼 수 있을 정도였다. 김하영은 도저히 이대로 회사를 다닐 수 없다는 생각을 했고 결론이 필요했다.

그날도 역시 박 이사는 김하영에게 만나 달라는 이야기를 했고 김하영은 굳은 결심을 하고 그 자리에 나갔다. 김하영은 박 이사를 이렇게 표현했다.

"그놈 얼굴을 정면으로 봐야 하는 게 가장 끔찍했어, 정말 소름이 돋고 구역질이 날 것 같았어. 그거 알아요? 인간이길 포기한 사람에게는 특유의 냄새가 나는 거, 짐승 냄새."

김하영은 그날 박 이사를 협박했다.

"다시 한번 내 엉덩이를 꼬집는다면 가만있지 않을 거예요, 경고하려고 나왔으니까, 똑똑히 들어요."

그녀의 말에 박 이사는 호텔 커피숍이 쩌렁쩌렁 울려 퍼지도록 웃었다. 당찬 김하영의 모습은 박 이사의 세포를 다시 한번 깨워냈다.

"나는 분명히 경고했어요 이건 정말 경고에요, 가만있지 않을 거예요."

박 이사는 한바탕 큰 웃음을 뱉어 낸 후, 김하영이 바라는 대로 아주 예의 있게 행동했다. 다시는 그런 일이 없을 거라고 자신의 실수라며 한 번만 덮어 달라는 말까지 했다. 김하영은 순순히 그 제안을 받아들였고, 집으로 데려다 준다는 박 이사의 차를 탔다.

"그렇게 멍청한 행동이 어디 있을까, 난 그때 정말 멍청했어, 그건 내 실수인 거야."

점점 시간이 흐르자 박 이사의 기사는 김하영이 알 수 없는 곳으로 운전을 했다. 운전 기사는 김하영의 어떤 말에도 답을 하지 않았고 어두운 밤 선글라스를 쓴 채 가로등 하나 없는 곳에 박 이사와 김하영을 두고 사라졌다. 운전기사가 사라지자마자 김하영의 옷은 사정없이 찢겨 나갔다. 비명은 그놈을 더욱 흥분하게 만든 조미료다.

"어차피 아무도 듣지 않는 소리, 실컷 지르라고 어디 더 해 봐, 더 해 보라고."

그놈의 커다란 손이 김하영의 허벅지를 타고 올라왔고, 이미 젖가슴은 가릴 수 있는 것이 없는 상태가 되었다. 김하영이 말했다.

"난 그때 포기하려 했어, 그 새끼가 이미 그 더러운 것을 내게 들이대는 순간이었으니까."

그때 차의 문이 열렸고, 선글라스를 쓰고 도망갔던 그 남자가 박 이사의 이마를 돌로 찍어 버렸다. 그리고 김하영에게 소리쳤다.

"도망가, 얼른, 얼른 가라고."

김하영은 신발을 신을 새도 없이 젖가슴을 가릴 것도 없이 무조건 뛰었다.

"난 그렇게 살아 남았어, 가로등 하나 없는 곳에서 마주친 허리 고부라진 할머니가 얼마나 반갑던지… 다른 때라면, 그 백발 할머니는 정말 무서웠을 거야."

라고 말하며 김하영은 슬프게 웃었다. 김하영은 백발의 할머니를 따라 흉가 같은 집에서 이틀을 머물렀다. 백발의 할머니는 치매를 앓고 있었고 할머니는 자꾸만 김하영을 순희라고 불렀다.

"순희야 밥 먹어야지, 밥을 먹어야 다 나아. 얼른 아, 하고 먹어야지."

아마도 순희는 백발 할머니가 잃은 딸의 이름일 것이다. 사진 속의 어린 소녀도 아마 순희일 것이다. 다행히 비쩍 마른 김하영은 어린 딸 순희가 입던 옷이 딱 맞았다. 약간 어눌해 보일 정도로 어울리지 않았지만 그녀에게 선택권은 없다.

"할머니, 저기 정말 죄송하지만, 제가 돈이 필요해요, 죄송해요."

백발의 할머니는 말없이 김하영에게 이만 원의 지폐를 꺼내어 내밀었다. 김하영의 눈물과 콧물이 범벅이 되어 뜯어진 장판 바닥에 흘러내렸다.

"할머니 꼭, 갚을게요, 꼭 다시 올게요."

"순아, 어디를 가려고."

김하영은 울먹이며 대답했다.

"집 집이요."

"집에? 그래 그래 가야지 그럼, 그렇고 말고."

그렇게 김하영은 집으로 돌아올 수 있었다. 정말 영화 같은 이야기가 아닌가. 나는 그녀의 이야기를 귀에 넣으며 1리터의 물을 순식간에 비웠던 것 같다. 김하영의 부모님은 그녀가 초등학생일 때 이혼을 했다.

"내 엄마는 그때 눈이 돌았었어. 나를 똑바로 쳐다보지도 못했어, 그 남자 생각 때문에."

김하영의 부친은 한번의 화도 내지 않고 순순히 아내를 다른 남자에게 보내줬다고 한다.

"아버지도 엄마의 돌은 눈을 보았던 거지."

4

그렇게 김하영과 동생들은 성장했고 지병이 있던 아버지는 아주 오랫동안 요양원 생활을 하는 중이다. 아주 기가 막힌 타이밍에 엄마라는 사람이 김하영 앞에 나타났다. 박 이사는 정말 소름 끼치도록 집요했고 김하영의 숨통을 조일 줄 아는 사람이었다. 김하영의 모친은 이혼 후 삶이 호락호락하지 않았다. 가난에 허덕였으며 한때 눈이 돌아갈 정도로 사랑했던 남자는 그녀에게 많은 빚을 남기고 흔적도 없이 사라졌다. 땅이라도 파서 몸을 뉘고 스스로 생을 마감하고 싶었던 그때, 박 이사가 모친 앞에 나타났다.

김하영은 박 이사를 고소하기 위한 준비를 하고 있었던 상태였고, 준비는 모두 끝났다고 생각했을 무렵이다. 물론 이때에도 김하영은 소문 속의 아무거나 먼저 시작한 사람, 으로서 회사를 다니면 안 되는 사람, 으로서 온갖 눈치를 보아야 하는 상황이었다.

빚에 허덕이며 땅을 파려는 생각만 하고 있던 모친은 박 이사가 내민 손을 덥석, 잡아 버린 것이다. 돈만 준다면 박 이사를 위해 무슨 짓이든 할 수 있는 사람들은 박 이사 곁에 아주 많았다. 그 사람들은 말 솜씨, 또는 사람의 감정을 뒤흔드는 사기꾼의 습성을 가진 사람들이다.

김하영의 모친은, 그 사기꾼의 말에 넘어갔다.

"따님이, 어머니 걱정을 많이 합니다.

직접 자신이 어머니를 돕고 싶다고 했지만 나설 수가 없다며 괴로워하더군요, 이사님은 하영 씨 사정을 듣고 이것을…."

사기꾼은 거액이 담긴 봉투를 내밀었고, 받지 않으려 애를 쓰던 모친은 사기꾼의 혀에 속아 봉투에 손을 대고 말았다. 그것은 김하영과 박 이사 사이의 합의금 같은 것이었다. 그때만 해도 김하영은 모친의 전화를

광과, 모서리를 닮은 여자

절대 받지 않았다. 아버지에 대한 안타까움과 자신의 삶의 대한 안타까움은 그녀로 인한 것이다, 라는 생각을 떨칠 수가 없었다.

"내 엄마는 죽었었지, 그렇게 생각하고 살았으니까."

모친은 딸과 연락을 꼭 해야만 했다. 하지만 그녀와의 연락은 늘 부재 중이다. 모친은 급하게 빚을 청산할 수밖에 없었다. 그리고 지금의 순댓국 집을 인수할 수 있었다. 사기꾼은 김하영의 앞에서도 그 교활한 혀를 날름거렸다.

검은 봉투와 엄마와의 관계를 알게 된 순간, 눈앞에 있는 그 사기꾼 마저도 보이지 않았다. 정말 눈앞이 캄캄했고 자신을 위한 세상의 그 어떤 공기도 남아 있지 않을 것이라며 죽음을 흔쾌히 수락하고 싶었다. 김하영은 알고 있었다. 자신의 어떤 몸부림에도 박 이사를 이길 수 없다, 라는 것을 말이다. 하지만 그녀는 척이라도, 몸짓이라도 해야만 살 수 있을 것 같았다. 그날의 그 공포는 아직도 밤마다 그녀를 괴롭히고 있는 중이다.

김하영은 누구라도 그 어떤 위로를 받지 못 한다 해도, 회사에서 만큼, 소문 속의 지저분한 사람이 되는 걸 원하지 않았다. 조금이라도 이 모든 거짓된 이야기를 하얗게 만들어 놓고 싶었다. 죽음의 어둠과 삶의 밝음 이 그녀를 옭아매고 갉아먹었다.

김하영은 깨닫는다. 바닥을 쳤다, 라는 것을 말이다. 사기꾼의 말을 끝까지 듣지 않은 채, 순댓국 집을 찾아 나섰다. 모친을 찾아 나섰다 해도 해결될 것은 아무것도 없다. 자신이 무엇을 위해 모친을 찾아 나서는 중인지 진짜 이유를 설명하기가 어렵다. 초등학생 때 마지막으로 본, 돌아 버린 그 눈동자, 김하영은 그 눈을 생각하며 순댓국 집에 들어섰다. 모친은 그녀를 한 눈에 알아보았다. 말이 나오지 않았다. 그저 두 손을 들어 김하영에게 다가갈 뿐이다.

그 순간 김하영은 사람에게 나오는 소리가 아닌 괴이한 비명을 지르며 가게 안의 모든 것들을 집어 던지기 시작했다.

"으어어억, 용서할 수 없어 용서할 수 없어… 으아아아아악, 용서할 수 없어."

김하영은 술병에 들어 있는 액체들을 모두 확인하고 나서야, 유리를 깔고 주저 앉았다. 그때 흘린 눈물은 아마 피눈물이었을 것이다. 모친은 액체들과 유리에 긁힌 김하영의 손을 바라보며 딸에게 기어갔다.

"으윽 윽윽, 하영아, 하영아… 으으으으윽 엄마가 잘못했어."

"어디서 눈물을 보여? 그 돌은 눈으로 어디서 눈물을 보여?"

"으으으으, 하영, 아아…."

김하영은 잊고 있었던 것이 있었다. 끔찍한 박 이사에게 달아날 수 있었던 것은 선글라스를 낀 덩치 큰 운전기사라는 것을 말이다.

"그땐 그 사람을 생각하지 못했어 경황이 없었던 거지.

그 새끼 성격에 그 운전기사를 살려 뒀을 리 없잖아?"

김하영은 당당하게 공기부터 다른 박 이사가 있는 곳으로 찾아갔다. 엉덩이를 수십 번, 수백 번 꼬집혀 봤을 법한 대범한 얼굴의 여자가 그녀를 막아서 미리 선약을 하지 않았다면 면접이 안 된다는 것이다. 김하영은 박 이사가 방금 이곳을 들어간 것을 눈으로 확인했다.

"지금 만날 수 없다면 무슨 일이 일어날지, 아마 가늠도 안 될 거예요."

여자는 급한 불을 꺼야겠다, 라는 의지를 보이며 사무실 안으로 후다닥 들어갔다. 김하영은 여자가 박 이사에게 말을 꺼내기도 전에 이미 악마 자식을 노려보았다. 역시 박 이사는 김하영의 등장에도 놀라지 않았고 오히려 여유 있는 악마의 미소를 보이고 있었다.

"아, 김하영 씨? 오랜만이군, 흐음, 커피 마실 텐가?

나는 커피 한 잔 갖다 줘."

여자는 짧은 스커트를 입고 잘도 후다닥, 거리며 다닌다. 이날 김하영
은 박 이사와 거래를 했다고 한다. 모든 것을 포기하고 박 이사를 고소해
서 백화점 이미지까지 추락시킬 수 있다는 것은 박 이사가 더 잘 알고 있
었을 것이다. 더군다나, 자신의 위치가 떳떳하지 못한 위치라는 것을 누
구보다 더 잘 알았기에 더한 문제를 일으킨다면 이곳에 발도 들이지 못
할 것이 뻔했다.

김하영은 모친이 돈을 받아 챙겼지만 그건 또 다른 문제라고 생각했
다. 어차피 엎질러진 물을 다시 담을 수는 없는 노릇이다. 김하영은 우
선 운전기사의 소식을 들어야 했다.

다행히 박 이사 놈도 자신의 치부를 들켜 버렸으니, 찢어진 이마를 볼
때마다 분노가 치밀어 올라 참을 수가 없었지만, 적당한 합의가 운전기
사의 입을 틀어 막을 수단임을 잘 알았다.

김하영은 다시 한번 운전기사의 안전을 약속 받았으며 다시는 자신의
눈에 띄지 말라는 약속도 받아 냈다. 또한 회사에서 자신의 명예를 더럽
힌 만큼 다시 위치에 오를 수 있도록 수단과 방법을 가리지 말라는 약속
과, 자신의 명예 회복을 위해 목숨을 다하라는 말과 함께. 이 말을 뱉을
때마다 박 이사의 찢긴 이마는 더욱 일그러져 보였다. 김하영은 뒤돌아
그곳을 나오는 동안, 이렇게 끝맺음을 해도 되는 걸까, 라는 의심을 했다.

자신이 뭔가 잘못하고 있는 건 아닌지, 끊임없이 의심을 했다.

그 후 대학교를 나오지 않은 채, 승진을 한다는 건 쉬운 일이 아니었지

만 모두가 김하영의 일 머리를 잘 아는 결과, 그녀의 승진에 그 누구도 토를 달 수는 없었다. 그녀의 승진과 동시에 식당 직원들의 인사 문제 또한 손 안에 쥘 수 있었다. 그 후 단 한 번도 김하영이란 이름과 박 이사라는 이름을 동시에 말하며 소문이 도는 일은 일어나지 않았다. 지금까지도.

신기할 정도로 아니면 어처구니가 없을 정도로 아니면 인간의 양면성이 뚜렷하게 드러날 정도로 경우에 맞게 살아가고 있다는 것이다.

나는 김하영이 정말 대단한 사람이라고 생각했다. 어떻게 이곳에 이렇게 남아 정말 죄 없는 사람 답게 떳떳하게 지낼 수 있는지 말이다. 지금의 사회는 약자라면, 또는 내부고발자라면 죄가 없어도 죄가 있는 듯, 행동하거나, 절대적으로 타의에 의해 회사를 그만두어야 하는 게 아닌가, 김하영은 멋진 사람이었다. 김하영이 말했다.

"어쩌면, 난 그동안 들었던 끔찍한 소문들의 입을 하나 하나 찾아내서, 괴롭히고 싶었던 걸지도 몰라. 아니 사실 그랬지, 그 독함이 내 얼굴에 나와 나도 놀랄 지경이었으니까."

나는 그건 김하영의 잘못이 아니라고 말했지만 그녀는 고개를 저었다.

"어쨌든 나도 똑같아졌으니까, 내 잘못도 아니라고 할 수는 없지."

우리가 잊고 있었던 이준희, 김하영이 그렇게 집요하게 감시하던 그녀, 내가 상상하던 그대로였다. 박 이사는 사냥감을 다시 찾은 것이다. 기댈 곳 없고, 갈 곳은 차가운 방 바닥뿐인 이준희를 선택한 것이다.

돈, 돈, 돈이 과연 사람의 본성까지 바꿀 수도 있는 물건일까. 이준희는 김하영이 뽑은 사람이었다. 이준희가 들고 온, 김하영이 집어 던진 그 명품 가방도 박 이사의 미끼였다. 김하영의 갖은 노력에도 불구하고 이준희는 덫에서 벗어날 수 있었던 기회도 모른 척, 그 덫에 스스로 갇히길

원했다. 이준희는 김하영과 달랐다.

어쩌면 김하영 같은 사람은 소수에 불과할지도 모르는 일, 이준희가 평범했다, 라고 생각하는 나는 대체 어떤 관념을, 또는 인식을 갖고 사회를 바라보고 있었을까, 난 그런 나를 반성하고 또 반성했다. 이준희는 스스로 자신을 그 덫에 가두었지만 허우적대지 않았다.

오히려 돈이란 것은 이준희를 웃게 했다. 과연 그랬다. 이준희는 시간이 흐를수록 하면 안 되는 짓까지 벌였다. 김하영은 더 이상 이준희를 막을 수 없었고, 오히려 박 이사가 내민 덫은 박 이사 자신을 옭아매는 덫이 되었고 이준희는 돈, 이라는 것에 더욱 핏대를 올렸다.

"손이 닿아야 막지, 닿질 않았어."

시간이 흐른 후, 오히려 박 이사는 이준희를 떼어 내려 고군분투했다. 회사를 그만두게 했고 지역까지 옮겼지만 이준희는 이미 아주 단단한 바퀴벌레가 되어 있었다고 한다.

박 이사, 이준희 그들은 바닥 끝까지 파고 들어가 스스로 피폐해졌고 스스로가 선택한 길에 스스로가 갇힌 셈이 되어 버렸다. 그런 그들의 싸움은 오래가지 않았다. 그들의 싸움은 그들 손으로 끝이 맺어질 수 없었다. 이 모든 사실은 어쩌다 백화점에 들른 사람들까지도 모르는 이가 없었다. 결국 박 이사는 이사 자리에서 내려왔다. 빠른 대응 덕분에 백화점이 피해를 보는 일은 없었다. 당연히 박 이사 개인의 일로 치부되었고 결국, 이준희는 돈 앞이라면 당당했고, 숨지 않았다.

박 이사와 그의 가족들은 이준희가 꼭꼭, 숨어 주길 바랐지만 이준희는 그러지 않았다.

여성단체들은 강제적인 합의로 끝난 이 일을 덮을 수 없다고 시위했고 정말 이준희가 하고 싶어하는 것이 무엇인지 알지도 못한 채 이준희를 약자로 만들거나 성폭행을 당한 사람으로 만들어 버렸다. 이 단체는 과연 누구를 위해 존재하는 건지, 대체 정의를 위해 존재를 하는 게 맞는 건지, 의심이 들었다. 적어도 피의자와 피해자, 는 완벽하게 구분해야 되는 건 아닐까, 물론 박 이사가 피해자라는 것은 아니다. 하지만 이 일은 적어도 형평성과 정당성에 어긋나는 결론으로 다다르고 있었다.

중요한 것은 이준희는 약자가 아니라는 점, 그리고 김하영이 겪은 일과 절대 다르다는 점이다.

그렇다면 피해자도 아닌 피의자도 아닌 자를 위해 정의를 운운하는 이 단체에게 이익이란 것이 생기는 것일까? 무엇 때문에 소리를 내는 건지 이해할 수가 없었다. 이준희는 피해자가 아닌데 말이다. 김하영과 나는 드라마 같은 이야기를 자정을 넘어 1박 2일을 건너 함께 했지만 결국 결론에 도달하지 못했다.

그나마 얻은 건, 그들은 정의를 위해서 일하는 것이 아니었다는 것, 결국 정의는 실현되기 힘든 것, 정의는 오로지 옳은 길을 가는 자신의 내면에 있을 법한 일이라는 것, 말이다. 이준희도 자신이 생각하는 정의, 가 내면에 있을 것이다. 남이 이해를 하든 하지 못하든 말이다. 누구나 맞다고 이야기할 김하영의 정의, 에 나는 또 박수를 치며 고개를 끄덕거렸다.

박 이사는 그 후, 두문불출, 이야기 거리에도 나오지 않는 사람이 되어 버렸다. 간혹 들리는 이야기는 악화된 건강으로 휠체어를 타는 신세가 되었다는 소식, 또는 박 이사의 가족들이 그를 요양원에 가두었다는 무서운 소식이었다. 나는 궁금했다.

자신만의 정의, 또는 단체가 만들어 낸 정의로 똘똘 뭉쳐진 이준희는 과연 잘 살고 있을까, 라고 말이다. 듣고 싶지 않았던 소문으로는 그녀가 약자의 편, 그러니까 여성 피해자들을 위한 모 단체의 일원이 되었다는 것이다. 난 그 말을 김현주에게 듣고, 자꾸만 헛기침이 나와 헛, 하는 소리를 연발했다. 과연, 이준희의 내면에는 자신만의 정의도 없었던 것인가, 씁쓸했다.

복잡할 수도, 아주 간단할 수도 있는 문제들이 우리들을 훑고 간 계절은 다름 아닌 본능적으로 휘파람을 불 만큼 가장 좋은 계절 가을이었다. 이 시기를 나는 책 한 권, 등산 한 번, 하지 않았다. 나의 눈과 코와 귀가 운에게 향해 있었기 때문이다.

어떤 하루는 내가 오늘 화장실을 다녀왔을까, 라는 생각을 하다 잠이 든 적도 있다. 당연히 운의 소식이 매일 매일, 1초마다 궁금했던 나지만 그를 그리워하거나 무작정 엑셀을 밟고 달려갈 수도 없었다. 그만큼 가을 동안 나의 시간은 25시간도 부족했다. 한 가지 내 인생에 가장 극적인 경험과 김하영이라는 사람을 얻었다는 것, 다행히도 그것으로 부족함을 달랠 수 있었다. 김하영은 이번에 아주 완벽한 승진을 한 번 더 이뤄 냈다.

대머리 과장의 발 등이 아니라, 코 밑까지 바싹 따라온 그녀다. 나는 일부러 그녀를 자꾸만 김 대리, 대리대리 김, 이라고 불렀다. 그녀의 자리 방향도 완전히 바뀌었다.

내 사무실에서 보면 우리의 대리대리 김의 머리통을 직면하곤 했지만 이번에는 멀찌감치 떨어진 위치에서 대리대리 김은 나를 한 눈에 감시할 수 있는 위치다.

간혹 일을 하다 고개를 들고 하품을 하면 그녀가 나를 빤히 보고 있는 것을 눈치 챈다. 나는 그럴 때마다 호랑이처럼 으르렁 하는 자세와 표정을 취했다. 김 대리는 나를 보자마자 고개를 젓고 긴 검지 손가락을 머리통 옆에서 칭칭 감으며 커다란 원을 몇 바퀴 돌린다. 돌았다는 거다, 내가.

격정적인 막장 드라마를 한 편 찍고 온 김하영을 존경하는 의미를 담아 표현하는 내 마음을 너무 잘 알지만 모른 척 떠는 우리의 김 대리다.

나는 김 대리 덕분에 일을 많이 만들어 버린 내가 회사에서 눈치 보는 것도 사라졌다. 내가 김 대리와 친목을 도모할수록, 주변의 강한 자에 붙어 삶을 영위하는 자들은 나를 강한 자와 같은 자로 칭하려 했다. 씁쓸한 기분이 들지 않은 건 아니었지만 더 이상 위염에 시달리며 복통에 시달리며 약을 먹지 않아도 되니 그건 다행이지 않은가. 어쩌면 이곳이 돌아가는 방식에 내가 묻힌 것일 수도 있다, 고 가끔 자학하기는 한다.

10월 끝자락이다. 잡을 수 있다면 정말 이 끝자락을 물고 늘어지고 싶다. 청춘이 끝나가는 건가, 아니면 나의 청춘은 이제 시작인 걸까, 아니다, 청춘은 이미 지나간 건가, 나의 사랑은 이제 시작인데 나의 나이는 점점 키가 줄어드는 만큼 고꾸라지고 있다.

겨울 방학이 시작되기 전이다. 약속대로 시소는 안나를 만났다. 이민을 가기 전, 엄마와 한 달 함께 살기, 프로젝트는 역시 실패다. 아니, 실패보다 시소는 매일 보기로 타이틀을 바꾼 거라고 했다. 이유는 알만 했다. 안나는 분명 좁은 집에서 또는 엄마의 좁은 가게에서 24시간, 그리고 한 달을 꼬박 보내기는 자신이 없었을 것이다. 똑똑하고, 눈치 빠른 안나가 시소에게 직접 말하지는 않았지만 시소는 알고 있었다. 나는 시소를 위해 할 수 있는 건 이번에도 아무것도 없다는 것에 망연자실했지만 시소는 눈으로 내게 말했다. 설휘가, 있으니까 힘이나, 라고 말이다.

안나는 매일 시소를 만나지 않았다. 그래도 주말에는 온전히 안나와 시소는 함께 할 수 있었다.

시간이 갈수록 기쁨보다, 슬픔이 시소의 눈 안에 가득했다. 그것이 언젠가 완벽한 그리움으로 가끔 튀어나올 것을 생각하니 마음이 아팠다. 내가 회사 일로, 또는 운의 그리움으로 정신을 팔고 있는 사이, 비 오는 날마다 시소의 술과 라면을 먹고 가던 그 남자, 는 안나의 빈 자리를 메워 줄, 천사인 양, 그들의 영화는 시작되고 있었다.

아주 눈 깜짝할 사이, 그들은 그렇게 아름다운 그림이 되어 있었다. 하긴 내가 봐도 시소는 아름다움과 순수함이 겉면에 달라붙어 티 내지 않아도 솔솔 피어났다. 그 모습을 보고 누가 반하지 않을 수 있을까. 한 가지, 마음에 걸리는 건, 시소의 전남편, 그러니까 그 뱀 같은 놈의 친구라는 것이다. 더 정확하게 말하자면 한수영의 친구다. 그 냉혈인과 학교를 함께 나왔다는 것, 그리고 결혼식이나 으레 하는 모임에서 시소를 보았다는 것이다.

시소의 이혼 소식을 우연히 들었고『오든지』가 시소의 가게, 라는 건 근래에 알았다. 그 남자는 비 오는 날, 그날의 끌림 때문에 잠을 이룰 수가 없었다고 말했다. 또한 다시 찾아온 사춘기 같다는 말도 했다.

나는 평소보다 한 시간 일찍 퇴근했다. 벌써 해가 보이지 않았다. 나는 그 그림을 보기 위해 빠르게『오든지』로 걸음을 옮겼다.

"시이소, 시소시소시소."

시소는 오늘의 샐러드를 소분하는 중이다.

"요란하게도 들어온다."

"우와 오늘의 샐러드야? 올, 베이컨 바삭 바삭이도 들었네?"

"초딩이냐?"

"우히히히히히히히."

나는 가장 구석진 자리에 가방을 놓고 탁자들을 마른 걸레로 닦았다. 오늘의 샐러드를 여섯 통으로 구분해 놓은 것을 보니 오늘은 여섯 팀, 이라고 직감했다. 시소는 그날 준비한 메뉴만큼만 손님을 받는다. 아주 현명한 장사꾼이다. 나는 오늘의 메뉴를 적는 칠판을 깨끗이 닦았다. 글씨 좀 쓰는 나의 실력을 발휘할 것이다.

"시소 오늘 메뉴?"

"채소 스틱. 컵 계란 찜, 새우 푸실리 고기 공."

"으잉? 고기 공은 뭐야?"

"미트 볼."

"푸핫, 꼭 고기 공이라고 해야 해? 등이 오그라들어."

시소가 나를 흘겨본다.

"알았음다 주인님."

나는 채소를 길게 그려 넣고 그리고 길고 작은 컵 속을 노랗게 칠한다. 고불고불하게 꽈배기 그림을 그리고 통밀이란 것을 강조하기 위해 점을 박아 넣는다. 못난이 새우도 하나 끼워 주었다. 고기 공을 그리는 건, 가장 쉽다. 흠, 내가 봐도 참 잘 그려 넣었다. 나는 혼자 박수를 치며 나를 칭찬했다.

"시소 봐 봐."

광과, 모서리를 닮은 여자

작은 토마토가 그려진, 앞치마를 맨 시소는 어느 때보다 더 예뻐 보인다. 시소가 엄지를 들어 나를 칭찬했다. 역시 금요일 저녁 좁은『오든지』는 북적거렸다. 두 팀의 손님이 한꺼번에 들이닥치면 마치 좁은 시장골목처럼 웅성웅성 소리와 함께 시소의 손과 발은 정신없이 빠르게 움직였다. 하지만 시소는 절대 당황하는 법이 없다. 난 밀린 생맥주 주문에 얼굴이 발갛게 달아올랐는데 말이다.

"설, 살면서 당황하는 일이 생길 때마다, 자꾸 발갛게 대응할 거야? 우체통이냐?"

바쁜 상황을 감지한 나의 발간 얼굴을 시소에게 들킬 때 그녀는 이렇게 할머니 같은, 엄마 같은 말을 한다. 자정을 한 시간 앞두고 있는 시간이다. 마지막 샐러드까지 나간 후 나는 그제야 나의 자연스러운 노란 얼굴색으로 돌아오기 시작했다.

나는 자리를 잡고 시원한 맥주를 들이켜고『오든지』의 인기 메뉴, 컵계란찜을 티스푼으로 호록 호로록, 꿀꺽 삼켰다. 가쓰오부시의 감칠 맛은 달걀과 참, 잘도 어울린다. 남은 한 팀의 계란 찜까지 나가고 나서야 시소도 자리에 앉았다. 시소는 맥주를 물처럼 벌컥거렸다.

"크하, 큰일이야 이 눔의 맥주 덕에 배가 앞으로 불룩, 이야."

"풉, 어디 어디가 나왔다고 불룩이래?"

나는 나의 툭 튀어나온 아랫배를 고이 접어 손으로 꽉 집으며 시소에게 말했다.

"조금 떼어 줄까?"

미닫이 문을 열고 김하영이 들어왔다. 김하영은 배를 잡고 있는 나를 보며 다시 검지 손가락을 귀에 대고 돌렸다. 그렇다, 그녀는 언제나 내가 돌았다고 말한다. 더 정확한 말로는 에이즈 환자를 쫓아다니는 나를 표현하는 행동의 언어다. 그리고 그녀는 그런 나를 참, 대견하게 멋지게 생각해 주었다.

참 우린, 이제 에이즈에 관해, 너무 자연스러워졌다. 늘 에이즈에 관한 농담이 오고 간다. 그렇게 나는 오늘도 참 많이 돌았던 모양이다. 나는 그녀의 머리카락을 보고 화들짝 놀랐다

"어헛, 뭐에요? 얘기도 없이?

김하영은 샤워 후, 머리카락을 말리지도 않고 온 모양이다. 바람에 날린 머리카락이 꼭, 망나니 같았다.

"어우 무서워 귀신 같잖아, 이 밤에, 머리카락은 왜 그렇게 풀어 헤치고 다녀요?"

김하영이 말했다.

"돌았다고 말하는 귀신도 있어요?

시소 방가요."

참, 김하영은 나를 따라 자꾸만 시소를 시소, 또는 주인장, 이라고 부른다. 내가 단추를 잘못 뀐 것인가, 김하영은 여하튼 언니, 라는 소리는 진짜 언니가 있어도 언니라고 하지 않았을 것이다, 라는 말을 했다. 정말 그녀 다운 이야기다. 하긴 아무리 미운 엄마라지만 엄마에게 사장님이라고 부르는 그녀이니까. 하지만 우리는 이것을 슬프게 생각하지 않았다. 언젠가는 용서가 되겠지, 라는 희망 가득한 말을 이제 막 하기 시작했으니까.

"웅 오랜만, 뭐 먹을래?"

"아뇨 그냥 그거 주세요, 위, 톡, 이요."

김하영은 또 위스키에 토닉 워터를 섞은 것을 위, 톡이라고 불렀다.

"아, 정말, 위스키 토닉입니다, 위 톡이 뭡니까?

앱니까? 아니면 깨톡?"

"쉿, 시소가 이해했음요."

"그래, 위 톡 갖다 줄게, 진하게지?"

"네이."

나는 이렇게 우리가 마주 앉아 웃을 수 있는 시간이 올 거라고 상상해보지 못했다. 이들 덕에 내가 꽤, 괜찮은 사람 같아 보였다. 가끔씩 나는 잠시 거울에 비친 나를 보면 놀랄 때도 있다. 왜냐면 이 사람들과 함께 있는 내게도 빛이 도는 것처럼 보였다. 이들 덕에 나는 빛이 나고 있었다.

반짝 반짝.

시소의 남자, 아니다. 아직 시소의 그럴 듯한 남자는 아니었지만 꽤 믿음직스러운 옆 사람은 되었다.

나는 이 남자의 이름을 듣고 그 자리에서 폭소했다. 당연히 남자도 시소도 나의 폭소에 당황했지만 웃긴 이름인데 이걸 어쩐다 말인가. 남자의 이름은 김일복이다.

김일복이 말했다.

"웃긴 이름이죠, 하지만 설휘 씨처럼 대놓고 웃은 사람은 처음이에요. 다들 내 이름을 들으면 잠깐 말과 행동이 멈추거든요, 그러다 다시 자연스러워져요, 애써, 사람들은 그게 이름이 웃긴 사람들의 대한 배려라고 생각하지만, 전혀 그렇지 않거든요?

그 멈춘 시간 동안 우리들은 꽤, 모욕적인 감정을 느끼니까요. 속으로 웃는, 음… 그러니까 귓속말을 하는 것을 직접 보는 것처럼요, 그 음흉한 그 웃음 때문에요.

뭐, 그래서, 유쾌하게 웃는 설휘 씨가 맘에 듭니다."

김일복은 참, 말도 잘했다. 이렇게 뇌도 몸도 모두 섹시한 남자가 솔로라니, 믿어지지 않는 일이다. 김일복은 늘 『오든지』를 마무리하는 시간에 방문했다. 이로써, 내가 시소와 마주보는 시간은 조금 줄어들었지만 시소의 눈 밑의 검은 우울함이 조금씩 펴지는 것 같아, 어떻게 좋지 않을 수가 있을까, 난 티 내지 않고 두 손 모아, 믿지 않는 신에게 기도했다.

'시소의 우울함을 거둬 가 주세요.'

라고 말이다. 이 날도 김일복은 멋진 체구를 미닫이 문을 열고 들이 밀었다. 김하영은 고개를 아예 까닥, 하지도 않고 그를 빤히 보았다.

"앗, 오셨어요? 일복이 아저씨."

시소가 나를 흘겼지만 김일복은 그 소리가 좋은 모양이다.

"네, 일복이 왔습니다."

남자라면 선한 얼굴을 갖고 있든, 돈이 뚝뚝, 떨어지는 얼굴을 갖고 있든, 경계를 풀지 않고 머리부터 발 끝까지 훑어 내리는 김하영의 시선은 내가 봐도 참, 꺼림직했다. 아주 으스스하기까지 하다. 바람에 젖은 머리카락이 그대로 말려진 바람에 산발한 모양을 하고, 긴 다리를 꼬고, 아주 동그란 눈으로, 특이할 정도로 새카만 눈썹을 하고 등을 기댄 채 김일복을 쏘아본다.

김일복은 고개 짓을 하며 인사했다.

"안녕하십니까아."

광과, 모서리를 닮은 여자

김하영이 말했다.

"누구신가."

위 톡, 을 가지러 간 시소의 어깨가 한숨으로 크게 내려앉았다. 내가 김일복에게 웃으며 말했다.

"일복이 아저씨는 정상인이니까 걱정 마시요."

김하영은 들은 체 만 체 위 톡만 홀짝거렸다. 여전히 김일복을 뚫어져라 훑어 내리면서.

나는 김하영을 김일복에게 소개했다.

"저 미친 사람 같아 보이는 사람은 직장 동료에요. 대리대리 김, 이라고 불러요."

"아 대리대리 김님, 반갑습니다.

저는 김일복이고 시소의 친구입니다."

김하영은 예의 없고 팽, 하는 소리가 나는 콧방귀를 날렸다. 시소가 나와 김하영의 어깨를 번갈아 가며 두드렸다.

"자자, 집에 가시죠들, 그만 일어나세요."

김일복이 김일복, 스러운 따뜻한 미소를 시소에게 날렸다.

"나는 괜찮아요, 시소."

"휴우, 내가 안 괜찮아요, 얘들은 좀 정신이 없는 애들이라…

자 일어나 얼른, 집에 가서 자라아."

나는 김하영을 일으키며 시소를 흘기며 말했다.

"눼눼눼눼눼눼."

김하영은 끝까지 문을 나서는 순간까지 김일복을 훑으며 말했다. 그리고 발음은 위 톡으로 조금씩 꼬이고 있었다.

"이 아저씨, 쓔쌍하지 않라요? 자꾸만 시소 보고 웃뤠?"

나는 머리카락을 산발한 김하영의 팔을 잡으며 말했다.

"네가 제일 수상해, 대체 어디서 전작을 하고 온 거야."

김하영과 나는 오랜만에 편의점을 찾았다. 집에 들어가자는 고집에도 김하영은 계속 고집을 부리며 술에 취하지 않았다며 검은 눈동자를 가운데로 모아 보이며 단어를 또박또박, 말했다. 정말 이 여자는 개그 프로그램에나 나올 법한 사람이다. 웃지 않을 수가 없는 상황이다.

본격적으로 추운 날씨가 되기 전 편의점 앞은 천국이다. 알바생은 김하영을 보고 분명 놀랐을 것이다. 나를 최고의 성공한 사회인으로 우러러보는 알바생은 의심쩍은 눈으로 말했다.

"설마 성공한 사회인님 친구예요?"

나는 고개를 세차게 흔들었다.

"에이 아니아니 아니지이, 사정이 있어."

"그렇죠? 난 또, 놀랐잖아요? 와, 그런데 머리는 원래 저래요?"

나는 맥주를 담으며 고개를 끄덕거렸다. 말랑한 오징어는 꼭 두 봉지를 사야 한다. 한 봉지로 손가락 대결을 할 수는 없는 노릇이니까. 그리고 난 거금을 주고 그 비싼 편의점 머리끈을 샀다. 천 원 마켓을 가면 오백 원에 몇 개는 살 수 있을 물건이었지만, 나를 위해서라도 김하영의 머리카락은 위험했다. 알바생이 머리 끈을 보며 말했다.

"이건…."

나는 김하영의 머리카락을 손가락으로 가리켰다.

"아."

알바생은 내게 엄지를 보이며 맑은 눈으로 나를 우러러보았다.

"역시, 성공한 사회인은, 주변의 안타까움을 그냥 지나치지 않습니다."

나는 알바생이 잔돈을 내게 건네지 않고 자신의 손으로 꼭 쥐고 있는 것을 보았다. 씁쓸한 순간이다. 이 알바생 놈이 바보인지, 내가 바보인지, 아니면 바보 같은 천재에게 내가 늘 당하는 건지, 헷갈린다. 이 알바생은 점점 자본주의의 노예가 되어 가고 있었다.

"흐음, 넣어 둬, 그럼 그러엄. 도시락 먹을 때 컵 라면이라도 함께 해야지."

알바생 놈은 잔 돈을 허리 춤에 넣으며 내게 다시 엄지를 들어 보였다. 나는 곰곰이 생각했다. 편의점을 조만간 갈아타야겠다, 는 생각 말이다. 김하영은 계속 김일복 이야기를 계속 했다.

설명을 해 줘도 못 알아먹고 있는 중이다. 우린 말랑한 오징어를 먹기 위한 사투를 벌인 후, 집에 돌아왔다. 김하영은 술만 취하면 귀소본능이 사라지는 사람이다. 나는 내일 안나를 만나는 시소를 번거롭게 할 수는 없었다. 나는 김하영을 나의 집 현관문을 열자마자 떠밀었다. 아니 집어 던졌다.

"웃차, 아오 진짜 몸무게 백 킬로냐?"

김하영은 네 다리로 엉금엉금 바닥을 집으며 하얀 이불 속으로 들어 갔다.

"으흐웅, 물 좀."

"눼눼 그러죠, 어련하시겠습니까, 산발씨."

나는 아예 작은 생수통을 그녀에게 내밀었다. 쉴 틈 없이 물을 벌컥거리더니, 나를 빤히 본다.

"왜?"

김하영이 숨을 크게 내쉬었다.

"에효오오."

"왜요? 대리대리 김님."

"우리 영양사씨, 아직도 에이즈 님과 연애 시작 못 한 거지?"

"우씨, 어찌 잠잠 하다 했다, 됐어요 됐고요 자라."

"생명은 단축되고 있고, 당신의 나이는 먹어 가고… 당신의 젊음도 갉아먹어 가고… 하루라도 빨리, 사랑을 먹고 살아야…."

나는 김하영의 입을 틀어 막았다. 그리고 빠르게 이어폰을 귀에 끼우고 내게 아주 잘 어울리는 쇼팽의 즉흥 환상곡 4번 올림 다단조 66번을 들었다. 시소는 내가 쇼팽의 음악을 들을 때마다 말했다.

"너 그거 모르지? 쇼팽 피아노 소리가 너와 정말 잘 어울린다는 거."

나는 시소가 말하자마자 풉, 하는 소리를 내며 크게 웃었다. 시소가 정색했다.

"정말이야, 왜 그러지? 음악도 뭐, 직업이나 그런 것처럼 사람 가리는 거야? 음악은 진짜 차별 없어."

나는 심각한 목소리의 시소의 발언에 고개를 끄덕거렸다.

"자꾸 음악을, 숨어서 들으니까 하는 소리야."

사실 그랬다. 나는 클래식을 좋아한다, 라는 소리만 해도 내 곁에 사람들은 나를 비웃으며 에이, 라는 말부터 꺼냈으니까.

시소는 정말 있는 그대로의 나를 인정한다. 그리고 말하지 않아도 있는 그대로의 나를 아주 잘 알았다. 나는 음악을 스피커로 바꾸어 버렸다. 추위가 시작된 밤 하늘의 달은 참, 따뜻해 보이기도 한다. 그 곳에 살고 있는 토끼 부부는 과연 춥지 않을까, 너무 오랫동안 부부인 그들은 아직도 사랑을 하고 있을까.

형광등을 끄자마자 달빛이 그대로 창문 사이로 새어 들어왔다. 김하영의 수명 단축, 이라는 말이 자꾸만 머릿속을 지저분하게 만들었다.

'내일은 꼭 하루를 벌어 보겠어.'

아직 해는 뜨지 않았다. 이른 새벽인 것 같다. 현관문의 비밀 번호를 누르는 소리가 났다. 시소가 살금살금, 거리며 들어왔다. 나는 모른 척 눈을 감았다. 시소의 발자국 소리만 들려도 그녀의 동선을 읽을 수가 있다. 이런, 시소는 또 냄비를 전기레인지 위에 올려 놓는다. 시소는 정말 부지런하다. 아니 병적으로 잠이 없는 사람이다. 나는 조용히 말했다.

"시소, 더 자."

"해가 짧아진 거야."

"칫."

"지금 일어나지 않을 거라면, 뭐… 안나랑 둘이서만 다녀올게, 운이 만나러."

"에?"

나는 침대의 매트리스를 박차고 허리가 꺾일 듯한 반동으로 일어섰다. 정말 꼿꼿한 자세로 나는 바닥에 섰다. 약간의 허리 통증이 온 것 같기도 하다.

"애 좀 봐?"

"가야지, 가, 당연히."

안나는 운을 좋아한다. 나와 경쟁자라고도 할 수 있다. 내가 운 이야기를 할 때면 안나는 내게 눈을 흘겼다.

"운이 삼촌은, 얼굴이 하얀 여자와 잘 어울려.

이모는, 그래서 어울리지 않지."

"안나, 넌 얼굴 하얘, 그럼 넌 잘 어울린다는 거야?"

"뭐, 굳이 말하자면, 예를 들자면 그렇다는 거지."

시소는 가끔 내가 안나를 경쟁자로 인식하는 것에 대해 굉장히 한심스러운 눈초리를 보낸다. 유치하고 초, 초, 초, 초등학생스럽다, 는 거다. 나는 아마 갓난 아이를 사랑스러운 눈빛으로 바라보는 운의 모습을 본다면 갓난 아이에게도 질투를 했을 거다. 안나는 곧 싱가폴로 이민을 갈 것이고, 시소의 소중한 딸이니까, 경쟁자로서 인정해 주기로 했다. 아주 잠깐일 테니까.

"운이 서울로 온다고 했어.

운의 집으로 갔다가 놀이공원으로 갈 거야, 두 시간 남았다."

"으응, 뉘에에, 앗싸."

"하영이는 갔어?"

나는 납작하게 이불 속에 묻힌 김하영을 가리켰다. 나는 우선 퉁퉁 부은 얼굴과 몸을 가라앉혀야 했다. 그리고 좀 더 운에게 어울릴 만한 얼굴색을 가진 여자로 변신해야 한다. 제조일자를 확인할 겨를은 없다. 미백, 이라고 쓰여진 팩을 들어 얼굴에 붙였다. 그리고 뜨거운 물 속에 몸을 담근다.

"으어어엇."

사우나를 사용하는 아저씨들의 목소리가 내게 튀어나오는 순간이다. 나는 머릿속으로 몽실거리는 하얀 구름을 만들어 그 속에 운의 얼굴을 집어넣었다. 그 속에 나의 얼굴도 얹어 놓는다. 아니, 야릇하게 포개어

광과, 모서리를 닮은 여자

본다.

안나의 말대로 나의 피부 색을 밝게 색칠했다. 와, 아이들은 거짓말을 하지 못하는 게 맞는 듯하다. 운과 하얀 피부의 나를 비교해 보니 정말 잘 어울렸다. 마치 몇 년을 함께 한 부부처럼 닮은 구석도 있는 듯하다. 토끼 부부처럼 말이다. 안나가 지금 내 생각을 듣고 있다면 분명 두 손을 허리에 올리고 고개를 젓고 쯧, 아니야, 라고 말했을 것이다. 나의 입에서 피식, 하는 바람 빠지는 소리가 나왔다.

마치 이렇게 하늘이 높고 시원하고 보송한 바람이 날리는 게 마지막 날 일 것처럼, 너무 아름다워 눈이 부셨다. 어디선가 풀을 베는 웅, 잉, 하는 소리와 함께 날아온 냄새, 싱그러운 잡풀의 냄새, 잡풀을 왜 잡풀이라고 했을까, 란 의문이 들 정도로 머리를 맑게 해 주는, 이 냄새는 정말이지 탄산음료를 마실 필요가 없는 기분이 들게 했다. 나는 조수석에 탄 김하영의 머리통을 마주친 후 다시 바람 빠지는 소리를 냈다.

"에효오."

싱그러웠다가 껄끄러워졌다는 뜻이다. 김하영에게 나는 억지스럽게 낮잠을 강요했다. 직장인들은 알다시피, 휴일에도 그 시간에 눈이 떠진다. 눈을 똑바로 뜨고 천장을 바라보고 있는 그녀에게 난 말했다.

"대리대리 김, 더 자요, 네?

나 없다고 생각하고, 아니 없을 테니까, 푹, 푹.

그리고 시소가 해장국도 갖다 놨으니까, 이 집은 지금부터 천국이 되는 거지, 그러니까 절대, 절대 네버, 놉놉!

어허, 눈알 그렇게 뜨는 거 아니야아! 제발 일어나지 마."

나는 나의 나긋나긋한 말투를 김하영의 귀가 자장가 즘으로 들어 주길 바랬다. 나는 옷을 주섬주섬 입으며 같은 톤으로 계속 주절거렸다. 휴대폰을 찾아 침대로 향했다. 김하영은 아직도 눈 하나 깜박이지 않고 천장을 바라보며 어제의 일을 회상하는 듯한 표정을 짓고 있었다. 나는 그녀의 커다란 눈을 손으로 살며시 감기도록 쓸었다. 나의 이런 반복된 행동에 김하영은 반복적으로 다시 눈을 떴다. 나는 겉옷을 팽개치며 바닥에 앉았다.

"아이씨, 자라고요."

드디어 김하영의 입이 떨어졌다.

"같이 갑시다."

그리고 벌떡 일어나 비디오 테이프의 빨리 감기를 한 것 마냥, 아주 빠르게, 12배속 속도로 모든 것을 준비한 뒤, 신발을 신었다. 나는 김하영을 말 한마디 없이 지켜 보기만 했다. 정말이지 온몸에 힘이 빠졌고 눈 밑에 다크 서클이 한 무더기는 내려앉은 것 같았다.

"안 가요? 난 갈 건데? 뭐, 그럼 집에 있어요, 난 갑니다."

나는 중얼거리며 일어섰다.

"아니 어디를 간다는 거야, 진짜?

아, 정말 집에 가요 집에 그냥, 응? 집에 가라고, 아니면 자든가, 피곤하잖아요? 응? 내가 무슨 유부남을 만나고 다니는 것도 아니고 말이야."

김하영은 그 새벽에 시소가 한 말을 모두 듣고 있었다. 교묘하고 집요하고 아주 귀찮은 녀석이다. 그래도 부시시한 머리를 질끈 묶어 올린 모습이 어제보다는 단정해 보인다. 뒷좌석에 나란히 앉은 안나와 나는 무엇인지 모를 냉기 가득한 공기를 마시고 있었다. 안나는 처음 본 김하영의 뒷모습을 계속 관찰하는 듯하다. 새로운 다른 누군가, 그 사람이 여자, 또는 이모, 라고 불러야 하는 사실에 심기가 불편한 게 분명했다. 백미러를 보며 안나를 살피던 시소가 말했다.

"안나, 인사했지?"

나는 안나의 눈치를 살피는 시소의 기어 들어가는 목소리를 들으면 가슴이 아린다. 그리고 저 자그마한 안나의 볼을 꼬집어 주고 싶다.

"차 안에서 제대로 인사할 수는 없잖아."

나는 헛, 하고 기가 막혔다. 이런 대화 법은 시소에게 유독 많이 쓰는 대화법이라고 들었다.

"아 그런가?"

김하영이 안나를 돌아보며 빠르게 말했다.

"나는 김하영이야, 넌 안나지? 너 얘기 많이 들었어.

그리고 나는 이모라고 부르지 마, 그냥 하영 언니라고 불러 줘!

아니면 뭐 아줌마도 괜찮고."

안나도 쉼 없이 머뭇거림 없이 대답했다.

"네 아줌마."

나는 또 한 번 헛, 하는 소리가 나왔다. 이러면 안 되는 거지만 나는 안나를 놀려 주고 싶었다.

"안나, 하영 아줌마 말이야, 얼굴 진짜 하얗지?"

"뭐, 조금."

"크크큿, 어쿠."

시소와 안나가 나를 마음껏 눈으로 흘겼다. 우리는 삼십 분을 달려 드디어 운의 서울 집에 도착했다. 운을 만나러 이렇게 우르르 몰려오다니, 조금 우스꽝스럽고 너무 창피했다. 하지만 살아가는 동안 가장 젊을 때의 지금 나의 모습을 그에게 보여 줄 권리가 있다. 한시라도 빨리 운의 발목을 아주 꽉, 붙잡아야 할 것이다. 김하영이 말했던 것처럼 말이다.

운의 서울 집은 아파트다. 나는 왜 줄곧 개인 주택일 것이다, 라고 생각했는지 모르겠다. 하긴 운은 개인 주택의 초록빛 나무가 잘 어울리긴 한다. 우리는 운을 기다리는 동안 공원에 앉아서 그가 걸어올 길만 하염없이 바라보았다. 드디어 문이 열렸다.

'아, 운이다.'

운은 집 안으로 우리를 맞이하려 했지만 시소가 극구 거부했다. 시소는 내가 아닌 김하영과 함께, 인 우리를 민폐라고 생각했을 것이다. 운은 그 누구보다 흰 티셔츠가 잘 어울리는 남자다.

오늘은 바지도 흰색이다. 티셔츠에 걸친 가을 향기가 나는 짙은 낙엽색의 카디건은 정말이지 기가 막히게 잘 어울렸다. 나는 운에게 눈을 떼지 못하는 김하영의 발을 툭, 하고 건드렸다.

"어이, 그만 좀 보죠?"

"오, 그럴듯하네."

"쉿."

안나가 빠르게 그를 향해 달렸다. 운은 당연히 두 팔을 벌렸고 안나의 키에 맞춰 다리를 굽혔다.

"삼촌온."

키 작고, 가볍고 언제나 안길 수 있는 안나가 이렇게 부러울 수가 없다. 나의 비죽거리는 입술을 시소가 목격하며 말했다.

"으이그, 쯧쯧 못 살아."

"쳇."

운은 안나를 정말 다정하게 대했다. 운은 내가 올 수도 있다는 생각을 당연히 했을 것이다. 아니 오기를 바랐을 것이다. 그래서 이렇게 완벽하게, 멋지게, 싱그럽게 하고 나온 것이 아닐까?

그런 그가 김하영을 보고도 어색한 얼굴은커녕, 환하게 그녀의 얼굴을 마주하며 인사했다.

"누나에게 말씀 들었습니다, 함께 오신다고…

저는 김운이라고 합니다."

나는 속으로 말했다.

'아 저 배운 남자 김운! 예의가 정말 정수리 위에 있구나.'

김하영은 저 멋진 남자 김운의 손을, 잡았다. 세상에 악수라니, 나는 기가 막혔다. 나는 또 입에서 쳇, 하는 소리가 나왔다. 김하영은 다른 남자들과는 다르게 그를 대했다. 완벽하게 보호막을 없애지는 못했지만 운에게는 굉장한 친절함 또는 상냥함을 비춘 것이다. 김하영도 사람 보는 눈은 정확하다.

"저는 김하영이에요, 그냥 김 씨라고 불러요!

뭐 부를 일은 없겠지만."

김하영의 말에 시소가 웃었다. 운은 조금 멋쩍은 표정을 지었고, 약간의 웃음을 참는 듯, 안나의 손을 잡았다. 그리고 그제야 나를 보았다. 나는 마치 이 중에서 내가 널 제일 잘 알아, 라는 표정을 지으며 말했다.

"얼굴 좋아 보여."

운도 나를 따라 어깨를 으쓱, 한다. 오늘은 시소를 위한 특별한 날이라는 것을 난 잘 알기 때문에 나의 개인적인 일탈은 하지 않을 것이라고 굳게 다짐했다. 난 시소를 기쁘게 해 주고 싶었다.

안나는 중국 요리를 좋아한다. 이상한 건 시소는 중국 요리를 좋아하지 않는다. 더 정확하게 말하자면 시소의 전남편이 중국 요리를 좋아한다. 안나는 정말 시소의 전남편과 닮지 않은 구석이 없는 듯하다. 시소를 임신했을 때 자장면 냄새만 맡아도 위에 남아 있는 소화 액까지 모두 토했다고 한다. 하지만 시소의 전남편은 아랑곳하지 않고 자신의 입이 욕구를 채울 수 있도록 시소를 데리고 중국집을 가거나 그것도 여의치 않을 때는 배달음식을 시켜 먹었다.

시소는 임신부 같지 않게 점점 야위어 갔지만 그는 그 모습이 눈에 들어오지도 않았던 모양이다. 그가 시소에게 꺼낸 말은 더 가관이다.

"누구나 다 임신하는데, 당신 참, 유별나… 좀 참아 봐, 아이를 위해서."

나는 이 이야기를 듣고 처음으로 사람을 다치게 하고 싶다는 생각을 했다. 정말이지 그 사람은 사람이 아닌 듯하다. 어떻게 그런 사람이 사랑, 이라는 것을 말할 수 있을까?

따지고 보면 지금 안나의 법적인 엄마를 사랑했다는 게 되는데, 나는 사실 그것도 의심스럽다.

아님 안나의 법적인 엄마도 시소와 같은 고민과 수렁에 빠져 헤어 나오고 싶어 할지도 모를 일이다. 자장면을 오물거리는 안나는 시소가 자장면을 싫어 한다는 것을 모르는 눈치다.

운은 자장면을 안나의 입에 넣을 때마다 안나의 입 주위를 닦아 주었다. 안나가 어떻게 그를 좋아하지 않을 수 있을까, 솔직히 나는 자장면을 좋아한다.

광과, 모서리를 닮은 여자

안나가 후루룩, 하는 모습을 보며 난 침을 꿀꺽 삼켰다. 내 앞에 놓인 짬뽕보다 남의 떡이 더 크고 맛있는 법이 맞는 것 같다.

"안나, 너 거 조금 먹어도 돼?"

안나의 표정이 심상치 않다.

"내가 먹던 걸?

운이 고개를 돌려 웃었다.

"뭐 어때?"

시소가 그만 하라는 신호를 내게 보냈지만 나는 질주했다.

"이모는 식사 예절이 없는 것 같아, 건강에도 좋지 않아."

"한국 사람들은 다 그렇게 먹어."

나는 꿋꿋하게 안나의 자장면을 젓가락으로 말아 올려 입으로 집어넣었다. 일그러진 안나의 얼굴을 보고 시소가 말했다.

"으이구, 정말 애들과 똑같다, 서리."

"삼촌은 설휘 이모 같은 여자와 결혼하지 마.

뭐, 좋아하지도 않겠지만. 설휘 이모, 아니 설휘 아줌마는 정말 심술 덩어리야."

"글쎄, 그건 모를 일이지?

그리고 안나 너 심술도 만만치 않아, 봐, 너 그만 먹을 거 아니었어? 그럴 거면서 왜 안 준다 해?"

나는 혀를 내밀고 물을 벌컥거리며 다른 곳으로 시선을 옮겼다. 분명 안나는 나를 째려보고 있을 것이다. 나의 옆 얼굴이 따끔거린다. 안나가 중얼거린다.

"아빠한테 혼내 주라고 할 거야."

시소는 안나의 말에 당황했지만 애써 모르는 척, 아니 우리는 모두 그 말을 모르는 척, 했다. 김하영은 나를 보며 한심하다는 듯, 시소가 짓는 표정과 같은 표정을 지으며 해장을 제대로 하고 있다.

우리는 운의 차를 탔다. 내가 운의 옆자리를 맡는 건 어렵지 않았다. 당연히 어린이는 안전한 뒷자리에 앉는 것이 맞는 법이니까. 나는 통쾌함에 안나에게 다시 메롱, 하며 혀를 내밀었다. 놀이 공원으로 가는 내내 안나는 차라리 보지 않겠다는 듯, 눈을 감고 팔짱을 끼고 어른처럼 등을 기대고 있었다. 나는 놀이 공원을 좋아하는 편은 아니다. 구경만 한다면 좋아한다, 라고 말할 수 있고 무언가를 함께 타야 한다면 좋아하지 않는다, 라고 말할 수 있다. 솔직히 말하자면 난 놀이공원을 무서워했다. 흔히 나오는 삐에로 분장을 한 사람도 무섭고 소풍 때 즐겼던 귀신의 집, 같은 건 말할 것도 없다.

또한 기차처럼 줄줄이 이어진 저 하늘을 날 것 같은 놀이 기구는 보기만 해도 아찔했고 심장이 바닥에 떨어진 기분이 들었다. 유일하게 내가 귀신보다 무서워하는 게 이런 놀이기구다. 안나는 입구에 들어서자마자 입이 귀에 걸렸고 그것을 보는 시소의 얼굴도 그랬다. 나는 괜히 따라왔다, 라는 생각이 들 때마다 운의 옆모습, 뒷모습, 그리고 눈앞에 비친 그의 눈을 바라보았다.

희한한 일이 일어났다. 운은 나처럼 놀이 기구를 타지 않았다.

신이 난 안나와 시소를 보았다. 저 긴 열차가 허공을 뒤집고 다닐 생각을 하니 아찔했다.

"운? 혹시, 너 무섭구나? 픕."

의외로 운은 고개를 끄덕인다.

"나도 무서워, 정말, 너무 너무."

운이 나를 보며 말했다.

"서리, 입에서, 술 떨어진다."

나는 순간 입 먼저 틀어막았다. 운이 웃었다.

"작작 좀 마시고 다녀라."

"티 남?"

"아, 주 많이, 그리고 얼굴에는 왜 그 하얀 걸 바르고 다녀?

강시냐?"

"야, 아무리 그래도 말을 꼭."

"흐음, 그냥, 이 더 낫다는 소리야."

안나가 높은 곳으로 올라갈 때 즘 운에게 손을 흔들었다. 운은 아예 벌떡 일어나 두 팔을 크게 흔들었다. 나의 얼굴은 분명 붉어졌을 거다. 더 낫다는 건 맨 얼굴이 더 예쁘다는 뜻일까, 에이 그럴 리 없다. 나의 부모님 입에서도 내가 예쁘다는 소리를 들어 본 적이 없으니까.

"언제 가? 시골."

"내일."

"우리 좀 만나, 이따."

운이 아무 말이 없다. 분명 또 피하려는 거다.

"저녁이나 먹자고."

운이 회전하는 기차를 보며 말했다.

"너 자꾸 에이즈 사람 따라다니면, 나라에서 너도 관리 들어갈 거다."

"핍."

"어? 왜? 거짓말 같아? 진짜다."

"뭐 어쩔 수 없지, 난 좀 관리가 필요해 좀 무분별하니까."

"너 그 말 잘못하면 꼬이게 들을 말이야."

"핍."

"핍."

"배웠네, 핍."

나는 김하영을 보고 깜짝 놀랐다. 운도 놀란 눈치다. 다리가 풀렸는지 다리는 팔자 모양으로 굽히며 걸었고 질끈 묶었던 머리카락은 어느새 어제처럼 산발이 되었다.

"김 씨, 특이한 친구네, 서리 못지않아."

"그러니까, 이따 만나는 거지?"

"아, 모서리 너 진짜 다친다."

"오 협박이야? 진짜 다쳤으면 좋겠네⋯ 내가 이 기회를 놓칠 것 같아? 으흐흐 절대 놉, 집 앞에 있을 거야, 예전처럼 너도 나 맘에 들면 나와, 어차피 계속 기다릴 테니까⋯

저들 좀 봐. 너와 나, 보면 정말 답답할 거야, 시소도 저 산발머리 김 씨도, 나를 싫어하는 명이 님도, 그럴 걸?"

안나가 뛰어온다.

"삼촌, 나 봤어?"

"그럼."

"우와 진짜 근사해."

안나가 엄지를 치켜세웠다. 이 모습이야말로 진짜 천진난만한 어린 소녀 같다. 시소와 김하영은 넋이 나갔다. 안나는 흥분을 이어 숨쉴 틈 없이 놀이 기구를 향해 몸을 던졌다. 시소의 웃는 모습을 보니 아이의 행

　　　　　　　광과, 모서리를 닮은 여자

복이 가슴에 닿은 모양이다.

안나는 집으로 돌아오는 길에 잠이 들었다. 하얀 피부에 태양의 그늘이 진 것을 보니 나는 웃음이 나왔다. 나는 안나를 흔들어 깨워, 검게 그을린 피부를 거울에 비춰 주며 놀려 주고 싶었지만 역시 아이들이 곤히 잠든 모습은 가장 예쁘다. 안나가 사는 동네에 다다르자 모두 다 약속한 듯, 높은 벽 위로 나무가 푸르르다. 어디까지가 한 집인지, 나는 도통 구별할 수가 없다.

운은 안나의 집도 잘 아는 모양이다. 시소의 얼굴이 점점 어두워지고 있었다. 시소가 안나의 손을 부드럽게 잡았다.

"안나, 내 새끼, 다 왔어."

이 순간만큼, 나는 시소의 감정이 전해져, 무언가 울컥, 쏟아져 내렸다. 잠이 덜 깬 안나는 시소의 어깨에 몸을 기대며 목덜미를 팔로 감았다. 이 녀석도 시소의 소중함을 분명히 알 거라는 믿음이 생기는 순간이다. 김하영은 아예 고개를 돌린 채, 다른 배경만 눈에 속속 집어넣고 있는 중이다. 운의 차가 멈추는 순간, 나는 직감으로 알았다. 시소의 전남편, 그 몹쓸 인간이 나와 있었다. 그 나쁜 놈은 시간을 확인했다. 마치 보란듯이 몇 번을 확인한다.

그 모습은 마치 시간을 맞추었는지 확인한 후, 시소에게 한마디 건넬 건수를 찾고 있는 것 같았다.

운이 먼저 운전석에서 내려 나쁜 놈과 악수를 했다.

"김운, 오랜만이네? 아주 그냥 총출동이군 그래."

운은 고개를 까딱, 하고 말없이 손인사만 주고받는다.

"안나, 엄마한테 문자하고."

"응, 엄마."

"오늘 엄만 너무 행복했어, 우리 딸 덕분에."

안나가 시무룩한 표정을 지으며 고개를 끄덕거렸다. 나쁜 놈이 차 안에 있는 우리를 살폈다. 아주 기분 나쁘게 생긴 녀석이다. 시소에게 나쁜 놈에 관한 이야기를 듣지 않았다 해도 나는 분명 이 녀석의 얼굴을 보고 기분 나빠 했을 거다. 정말 희한하게 기분 나쁜 눈빛을 지니고 있는 녀석이다. 김하영이 통쾌한 한마디를 던졌다. 그리고 갑자기 창문을 내린 후, 그놈을 보란듯이 쳐다보았다. 이마에 뭘 봐? 라고 써 있는 듯, 김하영은 굉장히 강렬하고 대단했다. 놈은 시선을 어떻게 할지 몰라 약간 뒤로 주춤하며 시소를 못마땅하게 바라보았다. 김하영의 입술이 복화술을 시작했다.

"얼굴에 써 있네, 미친 녀석이라고."

"어 진짜 그래."

안나는 그 녀석의 손아귀에 들어갔다. 안나를 데리고 오고 싶은 충동이 일었다. 차에 오르려는 시소에게 나쁜 놈이 말했다.

"할 말이 있는데, 나중에 따로 연락할게."

시소는 나쁜 놈을 돌아보지 않고 차에 올라탔다. 나쁜 놈과 안나는 일초도 기다리지 않고 그 커다란 집으로 사라져 버렸다. 우리는 오는 내내 아무 말도 하지 않았다.

시소는 집에 오자마자 일을 벌인다. 꼭 안나를 만난 후에는 아주 바빠지는 그녀다. 이번에는 세탁한 지 얼마 안 된 이불을 꺼내 들고 욕조에

광과, 모서리를 닮은 여자

밀어 넣었다. 나는 묵묵히 그녀를 따랐다. 내가 곁에 있어 주는 게 힘이 될지, 사라져 주는 게 힘이 될지, 나는 이럴 때마다 늘 같은 고민을 하며 곁을 맴돌았다. 운과 약속한 시간은 다가왔고, 시소의 표정은 어둠 속에서 나오려는 생각이 없는 듯해, 나는 조금 눈치를 보고 있는 중이다.

우린 바구니에 담긴 물을 잔뜩 머금고 있는 이불을 옥상까지 질질 끌었다. 끙, 하는 소리를 참으려는 내 붉어진 얼굴, 그리고 공기를 가득 머금고 입을 앙다문 내 얼굴, 결국 엉덩이를 낮추자마자 굉장한 힘의 압력이 나의 장을 자극시켰다.

"부우욱."

나의 창피함은 문제가 아니다. 시소가 웃는다. 시소가 웃었으니까 됐다. 그렇지 않아도 뽀얗던 이불이 지는 햇빛을 받아 더욱 뽀얗게 반짝거렸다. 가을 햇살과 가을 바람에 물을 잔뜩 머금고 있던 이불이 천천히 날렸다. 그 사이 보이는 시소의 얼굴이 조금 더 환해 보인다.

하늘을 정면으로 올려보며 시소가 말했다.

"일복 씨와 저녁이나 먹어야겠어, 같이 가자."

안나를 만나고 온 후, 뭔가를 기분 좋게 한다는 건 정말 큰 발전이었다.

"으으응, 난 운이랑."

"응? 만나자 해?"

"뭐, 내가 먼저, 힛."

시소가 나의 볼을 꼬집, 했다.

"잘 됐어."

나는 안도의 한숨을 쉬며 빠르게 준비를 했다. 혹여 운은 내가 보이지 않아서 시골에 가는 중, 이라고 말할 수도 있을 녀석이다. 빠르게 움직일 수 있도록 운동화 끈을 동여 맸다. 아직 마르지 않은 머리카락이 조금 거추장스러웠지만 그것을 신경 쓸 시간이 없다.

나는 시소의 현관문을 벌컥 열어 신발을 신은 채, 발 한 쪽을 현관에 걸치고 한 쪽은 방바닥을 지지하고 섰다.

"셀, 뭐하는 거야 또."

"아, 중말 가까이 와 봐."

시소는 커피 잔을 높게 들며 내게 다가왔다. 나는 커피를 흘리지 않을 정도로 시소를 세게 안으며 말했다.

"맛있는 것 많이 먹고 사랑 듬뿍 받고 와, 몹시 사랑스러운 여자여, 나 간당, 이따 봐."

시소가 나를 잡았다.

"잠깐, 이거."

시소가 바람에 젖은 머리카락이 휘날리다 그대로 말라 버릴 것을 걱정하며 머리 끈을 쥐어 주었다.

"섬세한 뇨자."

"좀, 조심히, 응?"

"응."

나는 계단을 냅다 달렸다. 여자답게 두 칸씩만 뛰었다. 뒤통수에서 조심하라는 시소의 목소리가 메아리 쳤다. 운의 집은 역 앞에서도 십 분은 더 걸어야 했다. 역에서부터 뛴 나의 발바닥에 열이 나기 시작했다. 나는 헉헉거리며 안나가 앉았던 그네에 엉덩이를 붙였다.

"에효오오오."

큰 한숨이 땅으로 절로 꺼져 내린다. 서서히 땅거미가 내려앉았다. 출

광과, 모서리를 닮은 여자

발, 이라는 단어로 문자를 보낸 것을 다시 확인했다. 혹시나 나를 내려 보고 있지 않을까, 란 생각에 나는 어딘지 모를 그의 집을 올려 보았다. 이제 차오르던 숨이 잔잔함을 찾는 순간이다.

"서리."

운이 차 운전석에서 창문을 내리고 나를 불렀다. 어스름한 빛에도 운의 얼굴은 빛이 난다. 운이 차에서 내리더니 조수석의 문을 열어 주었다. 나는 또 골룸처럼 어깨를 굽히며 키득거렸다.

해는 벌써 지고 빛의 끝자락을 쥐고 있는 남은 노을이 그렇게 아름다울 수가 없다. 운의 모습은 그것과 너무 잘 어울려 내가 만약 화가라면 평생 이들의 그림을 그리고 싶을 것 같다는 생각을 했다.

"그만 좀 봐."

"어떻게 안 봐."

나의 이런 단어 선택이 운의 볼을 붉게 만들 줄은 꿈에도 생각하지 못했다. 약간의 뻔뻔함을 매력으로 발휘하고 있는 운의 볼이 발개지다니, 꽤 수확이 좋았다. 우리가 도착한 곳은 한강 공원이다. 나는 서울 생활을 꽤 하고 있었지만 솔직히 한강을 찾은 건 단 한번도 없다.

앗, 딱 한 번 전 직장 동료의 결혼식 전 모임을 근처 레스토랑에서 했다. 한강 위에 등실 떠서, 소고기를 썰어 입에 넣는다는 건 아주 근사한 경험이기도 했다. 운과 함께 있는 지금 나는 왜 이런 상상, 또는 기대를 하는 것인지. 웃음이 나온다.

"푸읍."

운이 나를 보며 말했다.

"뭐가 재밌어?"

"웃음이 나오지, 같이 있으니까."

운은 자동차 트렁크를 열어 무언가를 찾아 한 손에 잔뜩 들었다.

"서리, 이거, 들어."

"응?"

"같이 들어."

이런 짐 따위는 남자들이 드는 것 아닌가, 역시 운은 특이한 녀석이다.

"별로 안 무거워 보이는뎀?"

나는 최대한 여자인 척을 떤다.

"그럼 넌 잔디 위에 앉아라."

"뭐어?"

운이 들고 있는 건 돗자리 즘이나 되는 모양이다. 운은 큰 가방을 자신의 어깨에 매고 돗자리는 내 손에 꼭 쥐어 주었다.

"쳇, 치사해, 넌 왜 레이디를 위한 신사의 마음이 없는 거냐?"

운은 미간에 인상을 잔뜩 찌푸리며 질색하는 표정을 지었다.

"이럴 때는 남녀 평등이 사라지지."

"알았다 알았어, 그 가방까지 아예 주지 그래?

운은 내 말을 들은 척도 않고 앞으로 먼저 쭉, 쭉 걸어 나갔다.

"아, 진짜, 같이 가."

주위를 둘러보니 일찍부터 자리 잡은 커플들이 꽤 있었다. 커플, 이 나의 눈에 띄자마자 나의 볼이 뜨거워진다. 지금 우리도 커플인 것이다. 나는 마음의 목소리로, 으아아하하하하하, 라고 계속 웃었다. 운은 능숙하게 자리를 펴고 가방에 들어 있던 것들을 꺼내 가장자리에 두는 것도 잊지 않았다. 나는 그가 꺼낸 도시락을 보자마자 눈이 휘둥그레졌다. 나의 두 손은 이미 함께 마주하고 있었고 기대와 공손함을 지니고 있는 중이다.

"뭐 해? 앉자."

"아, 어쩌지, 나는 근사한 저녁을 사려고 했는데….."

나는 분명 운이 좋아하는 음식을 사주고 싶었다. 한강에서 블랭킷을 깔고 커플 놀이를 할 줄을 상상도 못했던 일이다. 운은 그저 웃기만 한다. 나는 또 한 번 감탄했다.

어둠 속에서도 선명한 노란색의 달걀을 밥 위에 올려져 있는 것이 눈에 확 들어왔다. 그리고 그 타원형 초밥 모양을 길고 고운 운의 손가락으로 탁탁, 거리며 만들었을 거라고 상상해 보았다. 나는 저것을 어떻게 나의 육식 동물과 같은 이 몸에, 저 맑고 깨끗하고 선명한 것을 이 속에, 넣고 깨물어 먹을 것인지 고민했다.

"말도 안 돼, 운, 어떻게 이런 걸 만들지?

긴 손가락이랑 너무 잘 어울려."

나는 말을 해 놓고도 변태 같은 문장을 뱉었다는 생각에 징글 맞았다.

"배달인데."

"헉."

"오버 좀."

나는 괜히 크게 웃었다.

"하하하하하."

"먹자."

하지만 나를 위해 이런 이벤트를 준비했다는 건, 이것은 이성을 느끼지 않고는 할 수 없는 일이지 않은가.

"잘 먹을게."

나는 끊임없이 오물거리며 끊임없이 말을 했다. 운과 함께 있으면 나의 입은 쉬지 않는다. 무슨 말을 했는지 밤새 골똘히 생각을 해 봐도 생각나지 않을 정도로 나는 쉬지 않았다. 빈 그릇이 민망하게 입을 헤, 벌리고 있는 꼴이다. 운이 말했다.

"며칠 전, 서리 어머니께서 고구마를 갖다 주셨어.

정말 맛있게 먹었어."

놀라지 않을 수가 없었다. 에이즈, 라는 말에 놀라 손을 씻으라며 세상이 끝날 것처럼 말하던 엄마가 고구마, 라는 인정을 베풀다니 희한한 일이 아닐 수 없다. 그리고 내게는 일체 고구마에 대한 말도 없었다.

"에?"

"장갑을 두 겹이나 끼고 오셨더라, 큽."

운이 말한 모습이 나는 상상이 되었다. 엄마는 아마 그날 운에게 보였던 그 모습이 마음에 걸렸던 모양이다. 나의 엄마는 원래 그런 사람이니까.

"하하, 그 그래?"

"참 아버님도 몇 번 뵈었어. 반갑게 인사도 해 주셨고."

"에에?"

나의 가는 눈이 다시 한번 커졌다.

"맥주 마실래?"

나는 운의 차가 주차되어 있는 곳을 가리킨다.

"차는?"

"너 말이야."

"아, 아니 뭐 괜찮아, 혼자 마시는 건 심심해."

"그럼 커피라도 마시자, 너가 갈래?"

"어잇?"

"알았어, 내가 간다."

나는 피, 하는 소리를 내며 운의 뒷모습을 한참 동안 바라보았다. 오늘 따라 반짝이는 별들이 쏟아져 내릴 것처럼 강물 위를 흐트러 놓았다. 살 랑거리는 바람이 없다면 물결도 일지 않았을 것이다. 운이 있어서 내 가 슴이 쿵쿵거리는 것처럼 말이다.

운이 내민 커피를 받아 들었다. 따뜻한 공기가 필요한 순간 딱 맞춤거 리다.

"와, 따뜻하다."

"이 시간이면 제법 쌀쌀해, 새벽에도 뛰다 보면 공기가 달라. 그냥 콧 물이 흘러내리거든."

"풉."

운이 미소 짓는다.

"마셔."

나는 종이컵의 뚜껑이 열려 있는지도 모르고 힘을 주고 뚜껑을 쥐다 그만 커피를 쏟고 말았다.

"으앗 뜨, 아 뜨거어."

뜨거운 커피가 가랑이로 쏟아지는 바람에 나는 벌떡 일어났다. 운도 덩달아 놀라 벌떡 일어나더니, 자신이 입고 있던 카디건으로 나의 허벅 지를 감쌌다.

"괜찮아?"

나는 허벅지에 닿은 운의 손길이 민망해 운의 카디건을 빼앗듯 낚아챘다.

"어, 어 괜찮아."

"바보."

"야, 뚜껑을 열어 놨으면 그렇다고 말을 해 줘야지."

운의 카디건이라는 것을 깜박 잊고 나는 그것으로 젖은 허벅지를 벅벅 닦아 댔다. 운은 두 손으로 하늘을 받치듯, 눈은 둥그렇게 뜨고 어깨는 으쓱거렸다.

"후, 데인 거야?"

"아니야, 그 정도는."

운이 나의 삐죽 올라간 모서리를 바라보고 웃고 있다. 분명 그것을 보고 웃는 것이다.

"그만 봐, 그만 웃어."

운은 계속 웃었다.

"그만 웃어라."

"웃긴 건 잘 못 참아."

"으씨."

"잘하면 너 욕하겠다?"

"안 들려? 이미 하고 있어."

실컷 웃은 운이 말했다.

"그만 가자, 너, 감기 들어."

그제야 나는 운의 카디건이 더럽혀진 것을 알았다. 운은 신경 쓰지 않은 듯했으나, 나는 이미 카디건의 정체를 알아 버렸다.

'헐, 어쩌지⋯.'

운은 내게 차 키 홀더를 내밀었다.

"먼저 들어가 있어, 추워."

"아니 뭘, 같이 가."

운은 내 손에 키 홀더를 쥐어 주며 강압적으로 다시 한번 말했다.

"먼저 가, 젖었잖아."

나는 정말 똑바로 걸으려고 노력했지만 차가운 밤 공기가 만든 이 축축함은 나의 허벅지가 서로 마주치지 않게 하려고 작정한 것일 테다. 나의 걸음걸이가 상상이 되는가.

'하, 망쳤다, 첫 데이트를.'

운의 말대로 허벅지의 축축함에 덜덜, 정도는 아니었지만 한기가 금세 올라왔다.

"젠장, 하필 양도 많아."

운은 짐을 트렁크에 싣자마자 시동을 걸어 히터를 켰다.

"따뜻하게 하고 있지, 이 바보."

운의 하얀 얼굴에 붉은 코, 붉은 귀, 붉은 입술, 운도 추운 것 같았다. 핸들을 잡은 운의 하얀 손가락 마디 마디가 붉었다. 나도 모르게 난 운의 손등에 내 손을 얹었다. 나는 왜 자꾸만 변태가 되어 가는가, 남자가 먼저 표현해 줄 것을, 기다림에 지쳐 나는 자꾸만 자꾸만 꾸준히 시동을 건다. 내가 생각해도 나는 운을 만나자마자 발칙해졌다.

내 손은 아주 추운 겨울에도 아주 따뜻한 편이다. 이것은 나의 장점, 이자 단점이다. 좀 여린 면이 있어야 모태 솔로에서 탈출하는 법인데, 나는 지금 마치 내가 남자인 것처럼 운의 손을 데워 주고 있는 꼴이다. 운은 나의 발칙함에 더 이상 놀라지도 않는다. 아주 나지막하고 친절하고 부드럽게 말했다.

"서리, 그만 집쩍대라."

"핍."

운은 못 들은 척 말했다.

"출발한다?"

나는 고개를 끄덕였지만 나의 집으로 향할 오른쪽 발을, 엑셀을 힘껏 밟을 그의 오른쪽 발을 아주 잠깐만 빌리고 싶었다. 고장 나도록 말이다. 다시 말끔하게 돌려줄 수 있을 텐데 말이다.

그때 시소에게 반가운 문자가 왔다.

『어디야?

난 일복씨랑 『오든지』,

『오든지』에 오든지.』

이럴 때 시소의 문자는 참 달콤하다.

"시소네? 『오든지』에 오든지, 라고."

"푸합."

나는 활기차게 고개를 끄덕거렸고, 운의 발을 잡지 않아도 되니 하늘을 날 것만 같았다. 일복 아저씨와 시소의 웃음 소리가 『오든지』의 문 밖까지 들렸다. 안나를 보낸 날 저렇게 시소가 웃다니 나는 의아하기도 또는 안심하기도 했다.

운은 일복 아저씨를 이미 알고 있었다. 명의 남편 한수영의 친한 친구이기도 한 그를 어쩌면 나보다 더 많이 본 사이라고 할 수 있을 것이다.

"우연보다 운명이지, 어떻게 시소 누나와 일복 형이?

놀랐어, 정말 잘된 일이야, 복이 형은 정말 좋은 사람이니까."

광과, 모서리를 닮은 여자

나는 운의 입에서 복이 형, 이라는 말이 튀어나오자마자 키득거렸다가 운의 시선에 혼이 났다. 하지만 난 아직도 일복 형, 복이 형, 복이 아저씨, 일복 씨라는 단어가 어색하고 웃음이 났다. 그런 일복 아저씨는 오늘도 아주 호탕하게 웃으며 운과 나를 맞았다. 시소의 얼굴은 이미 꽃이 만개하고 있었고 『오든지』의 공기는 히터를 틀지 않아도 따뜻했다.

나는 서둘러 시소의 바지를 갈아 입으려 했으나, 역시 26사이즈의 청바지는 내게 들어갈 리가 없다. 난 뚱뚱한 몸매는 아니지만 보통 여자들에 비해 뼈대가 굵고 키가 크고 어깨까지 넓었다. 당연히 시소의 바지가 맞을 리 없다. 어쩔 수 없이 죽기보다 더 싫은 요상한 꽃 그림이 프린팅된 원피스를 걸쳤다. 정말 초기 임신부에게나 어울릴 듯한 원피스다. 어깨 쪽에 달린 프릴과 둥근 카라는 나의 입 모양을 뒤집어 울게 만드는 아주 잡스러운 것들이다. 당연하다.

내가 주방에서 나오자마자 일복 아저씨와 운은 아예 배를 잡고 웃었다. 시소는 나를 달래는 건지 놀리는 건지, 나의 어깨를 툭툭, 치며 괜찮다고 말하곤 입을 헤 벌리고 웃었다.

"에이 증말 그만들 웃어요, 나도 다 안다고, 다 알아요.

하, 모태 솔로가 아무 짓도 안 하고 임신부라니."

나의 이 말을 듣고 일복 아저씨는 더 크게 웃었다. 가늘게 잘 빠진 저 일복 아저씨의 다리를 뒤에서 발로 훅, 차고 싶은 심정이다. 시소가 말했다.

"아, 정말 실컷 웃었다, 설, 뭐 마실래?"

나는 김하영처럼 말했다.

"위톡."

일복 아저씨는 약간 눈치가 떨어지는 사람이다. 운과 나의 사이가 정말 완벽한 연인 즘 되는 사이라고 생각하는 모양이다. 일복 아저씨가 운에게 심각한 표정을 지으며 시소를 한 번 더 보며 말했다.

"그럼 둘 결혼은 언제쯤?"

정말이지 눈치 없는 사람이다. 시소가 눈을 둥그렇게 뜨고 말했다.

"아, 일복씨 얘들 아직, 그런 거 아니에요."

시소는 우리에게 어울릴 만한 마땅한 단어를 찾지 못한 모양이다. 나는 목을 천정으로 뽑아 올리며 말했다.

"아직은, 왜? 그건 아무도 몰라."

운의 입에서 소리가 났다.

"후읍."

일복 아저씨가 말했다.

"뭐야? 우리가 더 빠르다는 거네? 와."

나는 일복 아저씨를 보고 말했다.

"뭐에요? 벌써 식장에 들어 갔다 나온 사람처럼."

시소는 주방에서 뒤통수만 보였지만 분명 뒤통수까지 발개졌을 것이다. 일복 아저씨는 포기하지 않고 운과 나를 계속 아주 끈적한 사이로 만들어 주고 있었다. 나는 음흉하게 운을 계속 올려 보고, 돌려 보고 했지만 운은 눈길 한 번 주지 않고 술을 마셨다.

일복 아저씨는 그야말로 이야기꾼이다. 흘러가는 시간 속에서 우리의 술잔도 늘어만 갔다. 역시 마지막은 시소의 특제 라면이 빠지면 섭섭하다. 지금 이곳에 있는 사람 중, 일복 아저씨의 얼굴 색만 멀쩡하다.

난 술만 마시면 시골에서 뛰어다니던 그때처럼 볼의 중간 부분만 발개진다. 간혹 날씨가 추워지면 코도 한 몫 한다. 시소는 발개진 얼굴도 참 예쁘다. 발개진 볼은 그녀를 더욱 어리게 여리게 만들었다. 역시 시소는 내가 아는 여자들 중 가장 예쁘고 가장 사랑스러운 사람이다.

운은 술 기운이 얼큰하게 올라오면 자신의 머리카락을 흐트러 놓는 버릇이 있다. 정돈되지 않은 길 들지 않은 거칠함 속 순수함, 그런 운의 모습이 내 눈 속으로 콕콕 박히고 있었다.

지금 나의 입은 이미 헤벌쭉이 되어 있을 게 뻔했다. 운은 다시 한번 자신의 머리카락을 손가락으로 빗어 댄다. 나는 나의 귀에 대고 음흉하게 속삭였다.

'멋진 놈.'

시소의 특제 라면 국물을 깔끔하게 비워 낸 일복 아저씨가 말했다.

"크하, 역시 맛있어요!

참, 운과 설휘 씨는 그럼 오늘부터 시작?"

일복 아저씨는 내게 윙크까지 한다. 난 천천히 고개를 끄덕거리며 머리칼을 벅벅 빗어 대는 운을 올려 보았다.

"대답해."

운은 웃으며 숨을 크게 내쉬었다. 그리고 작정한 듯 일복 아저씨를 보며 말했다.

"복이 형, 나 독한 바이러스에요, 어떻게 바이러스가 누굴 만나고 결혼을 하고, 에이 그만 해요 이제. 장난은 여기까지만 받겠습니닭."

운은 말이 떨어지자마자 다시 머리카락을 건드렸다. 내심, 계속 같은 말을 듣는 운의 심기가 불편했던 것이다. 주위 사람들에게 가시 같은 말을 하는 사람이 아닌 운이, 지금 가시 같은 말을 하고 있다. 그건, 아마도 나와 같은 감정이기 때문일 것이다.

나의 심장에 유리가 콕, 박힌 기분이 들었다. 그리고 아팠다.

시소는 가슴에 작은 손을 올리고 발개진 볼로 금방이라도 눈물이 떨어지듯 울컥, 하고 있었다. 나는 시소에게 검지를 왔다 갔다 보이며 안 돼, 라는 의미를 부여했다. 정말 난 아무렇지 않았다.

그래서 유난스럽지 않은 단어다, 라는 듯 크게 말했다.

"에이즈가 뭐, 특별하다 생각하면 특별하지, 하지만 일반 사람들과 다르지 않아."

이번에는 운이 내게 눈빛으로, 그만하라며 시선을 멈추었다. 운의 지금 이 시선은 정말 그만해야 한다. 운은 계속 자신이 주인공이 되고 있는 지금이 심각하다. 여느 때 면역 결핍자가 아니라, 진짜 에이즈 환자가 된 것이다. 일복 아저씨는 말을 잇지 못했고 괜한 티슈만 만지작거렸다.

"복이형, 괜찮아요, 난.

근데 이 술이, 괜찮지가 않아요, 먼저 일어나야겠어."

시소가 다가와 운의 팔을 잡았다.

"같이 가, 취했다."

"아니 아니, 괜찮아 누나, 정말 괜찮아요. 갈게요, 가야 돼요."

일복 아저씨는 무슨 죄라도 지은 사람처럼 고개를 들지 못했다.

"시소 내가 갈게, 걱정 마."

시소가 조용히 고개를 끄덕거렸다.

"형, 형이 미안하면 난 더 마음이 안 좋아요, 형도 어차피 알게 될 일이었고… 이게 사람 마음을 굉장히 좁게 만들어요. 하지만 잠시니까, 이해, 해 줘요, 다음에 봐요, 정말 갑니다."

일복 아저씨가 일어서며 운의 어깨에 손을 얹으며 말했다.

광과, 모서리를 닮은 여자

"그래 다음에 보자."

멀쩡하게 걷는 운을 나는 괜히 잡으며 오히려 더 기댔다. 이 순간까지도 난 이렇게 음흉하다니, 앞만 보고 걷던 운이 말했다.

"여자가 데려다주는 거 이상해."

"큿, 내가 여자긴 하지."

"정말이야, 알잖아? 나 잘 갈 수 있는 거, 얼른 들어가."

"운, 그냥 같이 좀 걸어도 안 되는 거야?"

"흐음, 서리가 더 기대고 있잖아?"

"하하하하, 하하하."

운은 한참을 웃는 나를 보고 서 있다가, 다시 걸음을 걸었다. 그리고 난 조용히, 아주 천천히 그의 팔을 잡고 걸었다. 마치 부축이라도 하는 것처럼, 아니 부축이라는 핑계를 대는 것처럼. 술 기운에 뜨거워진 얼굴은 찬 바람이 반갑다. 민트를 씹어 먹은 것처럼 상쾌했다.

운이 중얼거렸다.

"스토커 서리."

"풉, 그 소리 이제 나쁘지 않아."

"그러게."

"오늘 그렇게 네가 나와주었으니까, 우리… 그럼 본격적으로 연인? 해볼까?"

운이 짧게 웃었다.

"서리 서리 서리, 이봐."

운이 걸음을 멈추고 나를 불러 세웠다. 다시 한번 새삼스럽게 느끼는 거지만 운의 키가 참 크다.

요가의 한 동작처럼, 허리를 길게 뻗어 고개를 뒤로 제치고 그를 올려보았다.

"왜."

"정신 차려, 나 진짜 바이러스 덩어리야."

"응 잘 알아."

"근데?"

"너도 그렇게 날 만나고 밥 먹고 그러잖아, 근데 너가 바이러스 덩어리면 달라질 게 있어? 나는 없어, 정말 그래.

그냥 똑같이 밥 먹고 만나고, 하면 되는 거잖아? 뭐, 가끔 뽀뽀도 하고…"

이런, 나는 점점 대범해지고 있었다. 아니 질척이고 있었다. 운은 눈을 커다랗게 뜨고 콧구멍까지 넓히며 이상한 소리를 낸다.

"에? 에에에? 아주 그냥."

나는 한번 더 운에게 볼을 잡히고 말았다. 맘 같아서 그 손이 아예 내 볼에 늘 붙어 있기를 바랐다.

"아얏."

"으이구, 우리가 좋아서 만나면 그러면 그냥 다 되는 거야?"

나는 운의 길게 뻗은 새끼 손가락을 잡았다.

"글쎄 어떻게 될지, 미래는 나도 잘 몰라, 하지만 지금 난…

난 운이 좋아, 그리고 운 없으면 안 돼. 그건 확실해.

그리고 단 하나 미래에 대해 알 수 있는 건, 운을 더 좋아할 거라는 거야, 그건 정말 내게 중요한 일이야."

운이 숨이 길게 내쉬며 꼭 쓴 약을 집어먹은 사람처럼 웃었다.

"내가 완벽하게, 아주 완벽하게 사라지지 않아서 그래, 내가 완벽하게

광과, 모서리를 닮은 여자

사라져야 하는 건데⋯ 내가 그걸 못 했어, 아니 안 한 거지. 그런데 자꾸만 생각과 행동은 다르고⋯ 나만 생각하기란 말이 안 되니까, 그러니까⋯ 이렇게 만든 건 내 탓이야.

내가 완벽하게 사라져야⋯ 하, 이런 말도 혼자 생각하면 되는데⋯

안 돼, 너란 존재가, 내 생각과 행동을 바꿔 버려."

"그거 좋다, 운. 그렇게 쭉, 내 탓 해 주면 안 돼?"

"네가 만지고 싶어지면⋯ 만지고 싶어지면⋯ 난⋯."

나는 운의 말을 계속 듣고 있다면 눈물을 흘릴지도 모른다는 생각을 했다. 그의 말을 막아야 했다. 나는 그의 심장을 움켜쥘 것처럼 뛰어올라 그를 안았다. 운에게 약간의 충격이 있었고 한 발이 뒤로 물러났지만 금세 중심을 잡았다. 모태 솔로인 내게 이런 용기와 이런 행동을 할 수 있는 로맨스와 눈치가 살아 있다니, 빠르게 반응하는 나의 세포들에게 경의를 표하고 싶은 심정이다.

"그만 말해, 말하지 않아도 알아.

정확히 말하면 넌 HIV바이러스 보균자지, 에이즈 환자가 아니야. 내가 지독한 비염인 것처럼, 내가 죽기 전까지 코가 막힐 것처럼."

나는 운을 더욱 세게 끌어안았다. 에이즈라는 당황스러운 단어를 미친듯이 정복하고 공부한 나를, 운은 내가 그를 잡아당기는 힘보다 더 나를 힘껏 끌어안았다. 그가 이제야 나를 세차게 끌어안았다. 그리고 속삭였다.

"스토커 서리."

우리는 굉장히 오랫동안 누군가 아름다운 연인의 포옹 장면을 사진으로 찍어 둔 것처럼 달빛 아래 그렇게 빛이 났다. 처음의 우리의 숨은 가빴다가, 어느새 천천히 나의 숨을 들이 마시면 그의 숨이 뱉어 나왔다. 그리고 그가 숨을 들이 마시면 나의 숨이 뱉어 나왔다.

나는 아예 그의 팔에 온몸을 기댄 채 그를 올려 보았다. 어쩌면 나의 정수리가 그의 발 끝에 닿았는지도 모르겠다. 나의 어깨에 고개를 숨기고 있던 그의 얼굴도 나를 내려 보았다. 운은 그때 자신이 진짜 에이즈 환자라는 것을 인식하며 애쓰며 웃었다.

나는 발가락 끝에 힘을 주어 그의 얼굴에 다다르려 애를 썼지만 에이즈 환자는 시선으로 나를 밀쳤다. 나는 나의 고집으로 다시 점프했다. 그리고 찰나의 순간으로 그에게 입맞춤을 했다.

운의 동공이 확장되었다. 나는 배시시 웃었고 중심을 잃은 나의 몸을 그의 긴 팔로 나를 다시 지지했다. 나는 생각했다. 이 순간 나는 운에게 가장 아름답고 순수하고 사랑스러운 여자일까, 그래야 하는데, 하늘에 계신 신이시여 도와 주소서, 라고 말이다.

그리고 나는 빠르게 말해야 했다. 나의 입술이 그의 입술이 스친 후, 그의 입술은 얼음처럼 꽁꽁 얼어 버렸으니 말이다.

"아니야, 운 걱정 마, 이런 전혀 야하지 않은 입맞춤 따위는 HIV 따위를 이기니까. 정말이야."

운은 이미 나에게 벗어나 뒷걸음질을 쳤다. 나는 그가 간 만큼 다시 그에게 다가섰다. 그리고 아이처럼 그의 두 손을 꼭 잡았다.

"정말이야, 운, 나 좀 봐. 괜찮아, 정말 괜찮아."

운은 그 순간 다리에 힘이 풀려 아스팔트 바닥에 풀썩 주저 앉았다.

"으웃."

무릎 위에 팔을 얹고 고개를 반쯤 숙이며 운은 다시 울 듯 웃었다. 이번에는 나도 함께 울 듯 웃었다. 그리고 그를 옆에서 꼭, 안았다.

"지금 더 괴롭지? 그리고 또 괴로워지지, 앞으로도 그럴테지.

그 속에 내가 함께 하고 싶어 그렇게 할래."

우린 서로에게 오랫동안 얼굴을 파 묻었다. 그리고 잠시 후, 시소의 꽃무늬 원피스를 훑어 내리며 서로 키득거리며 다시 울고 다시 또 웃었다. 나는 아주 오랜 시간이 지나고, 나의 머리카락이 흰색을 띠며 주름살과 어우러졌을 때, 나홀로 이 길을 지날 때마다, 하늘에 맡겨 둔, 우리의 그림을 감상하며 운을 곱씹었다.

5

운과 나는, 아니, 이제 난 우리라는 표현을 쓰고 싶어졌다. 우리는 원래 알고 있던 그 아스팔트를 그날은 조금 더 특별하게 지나왔다. 그날의 아스팔트는 마치 달콤한 초콜릿을 사방에 늘어 놓은 것처럼, 지금도 그곳을 지날 때면 나는 분명 그 달큰한 냄새를 맡는다. 지나간 시간, 즉 그 추억은 향기로 내게 각인되어 있다.

우리는 이제 일주일에 두 번은 서로의 얼굴을 확인했고 서로의 목소리를 확인해야 했다. 누가 먼저 만날까, 누가 먼저 말할까, 라고 생각하는 시간도 우리에겐 부족하다. 내가 먼저 렌트 카를 타고 시골로 향하는 고속도로를 가는 중이라면 조금 더 빠른 서울행, 운의 자동차는 나를 가장 가까운 휴게소로 보내 버렸다. 우리에게 장소는 중요하지 않았으니까.

휴게소에서 내가 그를 기다리는 날에는 돈이 아깝지 않은 거짓말을 했다. 우린 고액의 거금을 내고 내가 끌고 온 렌트 카를 포기했다. 그게 몇 번째인지 모른다. 그렇게 우린, 함께 운의 차를 타고 끊임없이 얼굴을 마주하고 목소리를 들려준다.

짧아지는 시간이 우리를 슬프게 했지만 운이 시골에 도착하는 시간 동안 나의 목소리는 그의 귓속에서 슬픔을 녹여 준다.

『난, 이제 운을 사랑한다고 말한다.

난 운을 너무 사랑한다.

운을 사랑하는 내 심장을 더욱 격정적인 단어로 말하고 싶다. 하지만 표현할 수 있는 단어는 이 세상에 없는 것 같다.

꼭,

HIV바이러스라는 놀람을 머금은 이름처럼

내가 운을 사랑하는 심장을 그 정도로 놀랍고 치명적인 것으로 표현하고 싶다.

그는 정말 내게 HIV바이러스처럼 놀라운 사람이다.

앗, 잊고 있었다.

운은 놀라운 HIV바이러스 보균자인 것을.

운은 놀랍다.

그리고 나는 그를 HIV바이러스처럼 독하고 놀랍게 사랑한다.

이제 나의 심장을 표현할 수 있는 그것을 찾은 것 같다.

나와 운과 그 놀라움도 우리는 그렇게 함께, 한 세월을 더 먹어 갔다.』

나는 최근 한 달 동안 언니 설진의 노예가 되어 그녀의 손에 잡힌 채 끌

광과, 모서리를 닮은 여자

려 다녔다. 세상에 결혼을 이렇게 복잡하게 하다니, 역시 설진다운 행동이다. 설진은 자신이 늘 말했던 그런 부류의 사람과 결혼을 한다. 솔직히 난 검사, 라는 직업을 말하면 정말 남들이 생각하는 그 특별함을 난 느끼지 못한다. 하지만, 설진이 가족들이 모인 자리에서 결혼할 사람이 검사, 라는 말을 했을 때, 모두의 반응이 참 대단했다.

엄마가 말했다.

"뭐? 검사? 그 뭐야? 티비에 나오는 검사?"

그야말로 난 웃음이 터져 나와 어이없이 아주 오랫동안 키득거렸다. 나의 엄마 이 여사는 일일 드라마를 너무 많이 시청한다. 그중 구세주처럼 짜잔, 하고 등장하는 인물들은 거의 검사나 의사 또는 변호사다. 아니면 재벌 2세 즘이다. 이런 이 여사의 반응을 이해 못할 일도 아닌 것이다. 설진은 지금 나이 서른 셋이다. 그 검사의 나이는 딱, 설진과 열 살 차이라고 한다. 나는 검사라는 말을 하자마자 물었다. 왜냐하면 이 여사의 드라마 속 검사는 이혼을 했거나, 재혼을 했거나, 미혼부거나, 뭐 그랬으니 말이다.

"초혼이야?"

당연히 난 엄마에게 뒤통수를 내어 주었지만 설진은 당당하게 초혼이 아니라고 말한다. 엄밀히 말하자면 나의 가족들 중에서 설진이 하려는 모든 것에 대해 브레이크를 걸 사람은 아무도 없다. 이유가 무엇일까, 나는 늘 생각해 왔지만 아직도 잘 모르겠다.

역시나 설진의 결혼은 일사천리, 쭉쭉 진행되고 있었다. 일주일 동안 설진이 입어 본 웨딩드레스가 도대체 몇 벌일지 숫자를 세어 가던 나는 포기한 지 오래다. 그 덕에 나의 휴대폰의 저장 공간은 이미 꽉 찬 상태이고 그것을 다시 확인하며 골라야 할 그 검사라는 미래의 형부가 안타까울 뿐이다. 드디어 선택된 드레스를 가봉하여 입어 보는 날이 왔다.

마침내 난 해방이 될 거라 생각하며 이날만은 설진에게 내 천 자의 이마를 보여 주지 말자고 다짐했다. 설진은 검사와 약속한 시간을 기다리며 가봉이 완료된 드레스를 입었다.

드레스를 입는 순간 온몸의 근육들이 긴장을 한다. 설진의 근육들이 긴장한 지 한 시간이 넘어가고 있었다. 검사는 연락도 두절, 얼굴도 보이지 않았다.

나는 안절부절 어쩔 줄 몰랐고, 오히려 설진은 마네킹처럼 꼿꼿이 서서 여유를 부렸다. 이 여사가 말하는 드라마속 검사들은 사기는 치지 않았지, 라는 생각을 하며 걱정을 덜어 내려 노력했다. 정확히 한 시간 이십 분이 지날 무렵 검사는 꼽추처럼 등을 굽히고 살금살금 들어왔다. 설진을 보자마자 펼쳐지는 검사의 액션은 나의 엄마 이 여사가 말한 티비에 나오는 검사? 라는 말이 이해될 정도로 연기력이 대단했다.

그의 쉼 없는 사죄와 쉼 없는 아름다움의 표현은 설진의 천성이 원래 어진 마음을 갖고 있던 사람처럼 만들었다. 설진의 입에서 대체 김 검사, 검사, 검사, 라는 말이 도대체 몇 번이나 나왔는지 모르겠다. 웨딩 숍 직원들의 심기도 이만하면 불편할 만하다.

정말이지 나의 언니, 한 핏줄이지만 어쩜 이렇게까지 자본주의의 노예가 되어 버렸는지 씁쓸할 뿐이다. 다만 난 진심으로 설진이 행복하기만을 바랄 뿐이다.

결혼이라는 제도가 이렇게 복잡한 건지, 알면 알수록 결혼이라는 문턱이 싫어졌다. 하긴 한 편으로 생각하면 김 검사라는 사람은 초혼도 아니

광과, 모서리를 닮은 여자

고 재혼인데 설진을 정말 사랑하긴 하는 가보다. 이 거추장스러운 보여주기식 결혼식을 또 치르다니 말이다. 난 나의 역할은 이제 끝일 거라 생각했다.

운의 얼굴을 만지지 못한 날이 계속 쌓여만 갔다. 나는 마치 몹시 질이 좋지 않은 약물에 중독된 사람처럼 안절부절했다. 그럴 때마다 나는 운에게 문자를 했다.

『보고싶어 보고싶어』

『스토커 또 시작이네』

『얼굴 좀 보여줘』

『정신 못 차리고

결혼식 장에 신부 대신 걸어 나가지 말고. 응?』

운은 이렇게 답장을 보내면서도 아주 화질 좋은 사진으로 한 장은 전면 얼굴, 한 장은 머리부터 발 끝까지 나온 사진을 보내주었다. 나머지한 장은 장미꽃, 인터넷에서 퍼 온 사진을 보냈겠지만 이보다 더 향기가진하고 색이 진한 장미꽃은 처음 본다.

난 설진에게 집중하지 못했고 혼자서 키득거린다. 운은 자신이 어떤사람인지 잘 모르겠지만, 그는 초콜릿처럼 중독성 있는 달콤함을 지닌남자다. 때론 에스프레소처럼 쓰지만 꼭 맛보고 맡아야 하는 그런 감칠맛이 깊은 쌉쌀함을 지닌 남자, 아주 독하고 중독성 있는 카페인을 지닌남자, 나는 그것을 끊지 못하는 여자다.

이 복잡한 결혼은 우리 가족을 한 번도 경험해 보지 못한 곳으로 이끌었다. 설진은 당부, 또 당부한다.

"아빠, 호텔 음식은 다른 식당과는 아주 달라.

내 앞에 있는 음식만 드시면 돼요, 그리고 제발 쓸데없는 말은 하지 않기, 엄마도 명심하고! 그리고 특히 설휘 너! 넌 그냥 먹기만 해, 말할 필요 없다는 얘기다. 눈에 띄는 행동하면 알아서 해라, 알았어?"

"그럴 것 같았으면, 왜 우리까지 불러?"

설진이 그 큰 눈을 내게 들이댔다.

"야, 딱 한 번 있는 결혼식이다, 방해할 생각 마."

나는 조용히 중얼거렸다.

"쳇, 한 번은 무슨, 상견례부터 저돌적이네…

그 쪽은 한 번 했으면 좀 간단히."

엄마 이 여사는 나의 입을 틀어막았다.

"설휘, 그만."

설진이 다시 한번 눈을 크게 뜨고 말했다. 어차피 그 어떤 것에도 관심 없는 막내는 쳐다보지도 않는다.

"우리와는 다른 사람들이야, 환경부터 달라.

하여튼 모두 조심해 줘."

나는 이렇게까지 하면서 그 환경부터 우리와 다른 집에서 자른 김 검사와 결혼을 해야 하는지, 과연 설진이 행복할 수 있을지, 지금부터 걱정이다.

다행히 우리의 상견례는 안전하게 별 탈 없이 마무리됐다. 난 설진이 말한 대로 입을 굳게 다물었고 붉은 피가 뚝뚝 떨어지는 고기 역시 먹을 수가 없어서 입을 더 굳게 다물었다.

김 검사의 부모라는 사람들은 말 끝마다, 우리는 그래요, 라는 말을 했다.

우리는 그래요, 라는 말에서 김 검사의 가족들은 나의 가족을 자신들과 다른 사람, 즉 더 낮은 사람 즈음으로 생각한다는 느낌을 받았다. 나는 상당히 기분이 나빴고 그것도 눈치 채지 못한 나의 순박한 아버지와 딸 설진이 행복하기 바라는 나의 순수한 어머니, 이 여사가 가슴이 찡, 할 정도로 마음에 들지 않았다.

나는 식사하는 내내 김 검사를 유심히 보았다. 어떻게 공부를 해서 검사가 되었을까, 라는 의문이 들 정도로 김 검사는 똑똑하지 않다. 심지어 마흔 셋이라는 나이에 엄마의 눈짓이나 몸짓에 반응을 하며 마치 속된 말로 마마보이 같은 느낌을 주는 것이 아닌가.

나의 언니 설진의 고생 길은 김 검사의 여 동생으로부터 시작될 것이라는 불길한 예감도 슬슬 피어 나기 시작했다. 설진의 결혼식은 여의도 한복판에 있는 으리으리한 교회에서 이루어졌다. 정말 깜짝 놀랄 정도의 인파가 몰렸다. 도대체 권사, 집사, 장로는 무엇이란 말인가, 누군가를 소개를 하면서 그 단어들을 쓰는 사람들을 보니 어지럽고 멀미가 났다.

하지만 난 목사라는 존재는 알고 있다. 대장은 어디서나 눈에 띄는 법이다.

나는 여의도에 사는 사람들이 모두 온 건 아닌가, 라는 생각마저 했다. 김 검사의 집안은 아주 독실한 기독교 집안이라고 한다. 그리고 그의 아버지는 장로라고 했다. 그것을 설진이 검사, 검사, 하는 것처럼 장로, 장로 하면서 표현하는 김 검사의 부모를 보니, 그것 또한 뭐 대단한 것인가 보다 했다. 나의 아빠는 교회에서 결혼하는 것을 반대, 아니 조금의 의견을 냈지만 설진에게 절대 먹히지 않을 의견, 아니 모기 소리만 한 것이었다.

설진은 그렇게 완전히 김 검사 집안의 며느리가 되었고 설진에게 완벽한, 이라는 단어가 나올 정도로 완벽한 결혼식을 치렀다.

이 여사는 여행을 떠나는 설진의 모습을 보며 말했다.

"저 년이 효녀인지, 불효녀인지."

고모는 이 여사의 그 말을 듣고 말했다.

"아니 돈 한 푼 안 들였는데 효녀지, 암, 효녀지!

게다가 검사 사돈까지 두지 않았나."

고모는 자신이 무슨 덕이라도 볼 것처럼 이상한 말투로 말을 뱉었다. 나의 아빠는 그 모습을 보며 혀를 쯧쯧, 하는 소리를 내며 고모를 훑어 내렸다. 설진은 부모님의 도움을 일체 받지 않았다고 한다. 아빠는 도저히 설진을 그냥 보낼 수가 없어서 내게 봉투를 전하라며 당부했다. 설진이 받지 않을 것을 난 알고 있었지만 난 아빠와 이 여사가 속상해서 밤잠 못 자는 꼴을 절대 보지 못하는 딸이다. 처음으로 난 설진의 고집을 꺾었다.

나는 웨딩드레스처럼 새 하얀 봉투를 설진에게 건넸고 그녀는 촉박한 시간 탓에 그것을 받아 들었다. 나의 착각일 수도 있지만 설진은 이때 잠시 뭔가를 생각하는 듯했으며 눈동자가 약간 붉어지며 충혈된 것처럼 보이기도 했다. 설마 아빠의 이 봉투 때문에 울컥했던 것일까, 나는 그렇게 생각하기로 했다.

"아빠한테 감사하다고 전해."

나는 아빠에게 설진이 감동을 느꼈다는 것을 제대로 전달해 주고 싶었다. 설진의 눈가에 눈물이 맺혔다는 말을 들은 순간 순박한 나의 아버지는 주머니 속의 손수건을 찾으며 어디론가 사라졌다.

그날 밤, 나는 단 한 번도 깨지 않고 여섯 시간 동안 잠을 잤다. 이 여

광과, 모서리를 닮은 여자

사도 그날 밤 아주 달콤한 잠을 잤다고 했다. 나의 아빠는 새벽까지 술을 드신 모양이다. 식탁에 그대로 놓인 소주 잔과 멸치, 그리고 배추 김치가 바싹 말라 있었다. 나는 잠든 아빠의 모습을 보자마자 고개를 홱, 하고 돌렸다. 마치 딸을 잃어버린, 인생을 송두리째 잃어버린 사람 같았다.

자식의 결혼은 부모에게 기쁨이라는 말이 나의 아빠에겐 통하지 않는 모양이다. 그 모습에 나도 모르게 눈물이 핑, 돌아 이상한 소리를 입으로 뱉으며 슬퍼 보이는 마른 반찬들을 치웠다.

"으ㅎ흠, 으흠."

나중에 안 사실이다. 아빠가 말했다.

"설휘 너 그거 알아? 설진이가 말이지, 중학교 다닐 때만 해도 결혼은 아빠 같은 사람 아니면 안 할 거라 했어. 그런데 어느 순간 보니, 아차 싶었지… 내 소중한 딸이 진짜 나 같은 사람이랑 결혼하면 어쩌지… 하면서 말이야. 설아, 다행이지 않느냐…."

그리고 나는 대답했다.

"다행이긴, 칫, 이 세상에 아빠처럼 인니를 사랑하는 사람은 없어. 김 검사도 못 따라오지…."

나는 애써 웃으며 자꾸만 코 끝이 발개지려는 아빠의 눈물샘을 동여 맸다.

올 겨울은 눈 내리는 것을 흔히 보지 못했다. 유년 시절을 생각해 보면 눈이 내리거나, 쌓인 눈으로 눈 사람을 만들거나, 아무도 걷지 않은 눈길 을 걷다가 눈 속에 빠지는 일이 흔했다.

언니 설진이 결혼하던 그날 바람과 함께 딱, 눈에 보일 만큼만 눈이 날렸었다. 그렇게 추울 수가 없었는데, 이제 겨울도 지나갈 모양이다.

"비가 오려나."

나는 내일 식단에 들어갈 재료들 확인한 후, 아주 오랜만에 밖을 내다보았다.

"휴우우."

가볍게 지나갈 수 있을 거라 생각했다. 며칠째 운이 감기에서 회복하지 못하고 있다. 운에게 티 내지는 않았지만 감기가 지속되면 폐렴이라는 것에 노출이 되고, 면역 결핍증이 있는 운에게는 치명적일 수 있다는 것을 나는 알고 있었다.

나는 겁이 났고 추위보다 더한 그 공포 때문에 이를 덜덜거렸다. 운은 지금 본가에서 병원을 왔다 갔다 하면서 치료를 받는 중이다. 나는 휴대전화를 만지작거리면서 또, 괜찮아? 라는 문자를 보내고 나의 안정을 위해 똑같은 질문을 할 수가 없었다.

"어, 엇."

그때 창 밖에서 설탕처럼 하얀 눈이 아주 느리게 내렸다.

"세상에."

나는 건너편에서 나의 목소리를 들은 김하영에게 손짓했다. 김하영은 마치 다리 없는 귀신처럼 스으으윽, 하고 빠르게 내게 왔다.

"앗, 깜짝이야, 대리대리님 인기척 좀, 어? 네?"

"눈 오네? 봄 앞두고 발악하는군."

"좋다, 눈은 끝인 줄 알았는데…."

김하영은 눈을 가늘게 뜨고 나를 바라본다. 이럴 땐 뭔가 중요한 이야기를 하겠다는 뜻이다.

"왜요? 또 뭘?"

김하영의 과장의 자리를 가리키며 말했다.

"저기, 아무래도 심상치 않아요."

"왜요?"

"두고 보면 알겠지만 저쪽 팀, 박현주 씨 알죠?"

나는 고개를 끄덕거렸다. 김하영이 다시 턱을 새롭게 과장 자리에 앉은 자칭 노총각을 가리키며 이해하지? 라고 눈으로 말했다. 사실 우리의 측은한 대머리 과장님은 승진 후, 위층으로 자리를 옮겨 간 지 꽤 되었다. 나는 자신이 노총각이라고 스스로 말하고 다니는 저 과장을 힐끔거렸다.

"잉? 뭐?"

김하영은 뒤돌아서 중얼거리며 걸어 나간다.

"에효, 이눔에 막장 드라마 같은 엿 같은 세상."

나는 한참을 생각한 후에 과장의 얼굴과 유부녀인 박현주의 얼굴을 떠올리며 김하영의 말을 맞추어 보았다.

"허억, 맙소사, 말도 안 돼, 이런."

나는 나의 넓은 이마를 정말 세게 손바닥으로 쳤다. 그리고 다시 멀찌감치 멀어진 김하영을 보았다. 김하영이 소리친다.

"뭐, 그렇다고, 진짜 젠장입니다아."

"하… 맙소사."

아무래도 또 한동안 이 작은 회사 안이 시끄러울 모양이다. 창 밖의 눈발이 점점 더 세지고 굵어졌다. 눈발이 창문에 사선의 모양을 만들어 유리와 닿자마자 눈은 생명력을 잃고 스르르 물방울로 내려 앉는다. 나는 과장이 들어올 때까지 기다리려 했지만 사랑에 눈 먼 과장은 들어올 생각을 하지 않는다.

사랑에 눈 먼 나는 가방을 들고 자신 있게 눈 속으로 파고 들었다. 김하영이 뒤따라오는 것 같았지만 나는 돌아보지 않고 소리쳤다.

"따라오지 말시요오."

바람이 꽤 세다. 나는 모자를 둘러쓰고 안경을 고쳐 썼다.

『운, 눈 봤어?

예뻐, 보고 싶다 운』

괜찮아? 라는 문자를 눌렀다가, 다시 지우고를 몇 번, 언제나 그리운 운, 특별히 더 그리운 오늘 같은 날, 나는 운과 함께 한 날들을 다시 곱씹으며 마치 숫자를 세듯, 걸었다.

이대로 라면 나는 끝없는 사막 길을 걸을 수도 있겠다는 생각을 하며 웃었다. 편의점 유리에 비친 모습이 꼭 눈사람 같다. 그 좁은 편의점 안에 사람들이 꽉 들어 찼다. 날씨 탓인 모양이다.

"직장인님, 누나님, 오셨어요?"

얘는 단 하루도 나를 이렇게 부르지 않는 날이 없다.

"응."

알바가 기겁을 하며 손가락으로 밖을 가리켰다.

"아, 안 돼요 안 돼, 털고 들어와요."

나는 이미 들어온 발을 다시 뒤로 밀며 나갔다. 마치 마이클 잭슨처럼. 벌써 후드 티 안으로 습기가 가득 들어찼다.

"됐지?"

광과, 모서리를 닮은 여자

알바가 엄지를 세웠다. 어차피 바닥은 이미 하얀 눈이 녹아 시커멓게 길을 만들어 내고 있었다. 깔아 놓은 종이나 카펫은 소용이 없다. 그래도 알바는 웃었다. 나는 알바에게 뜸했던 직장인의 자상함, 그 의미를 담은 자양강장제를 남겨 주고 나왔다. 집까지 얼마 안 되는 거리에도 불구하고 나의 모자 위는 다시 눈이 쌓이고 있는 중이다. 나는 걸음을 재촉하며, 고개를 반쯤 숙이며 빠르게 걸었다.

앗, 설마, 운의 실루엣이다. 공동 현관 앞의 그것은 분명 운이다. 나는 뛰었다. 정말 운이다.

운이 나를 발견하고 두 팔을 벌렸고 나는 나의 운에게 달려갔다. 운의 품은 추워도 따뜻했고 더워도 따뜻했다. 우리는 그렇게 열열했다. 난 운의 얼굴을 올려보았다.

"운, 춥잖아, 연락했다면 내 발이 KTX 같았을 거야."

운은 말없이 나를 꼭 끌어안았다. 나에게 남은 많은 날들의 삶이 이 장면으로 가득 채워졌으면 좋겠다.

"왜 걸어와, 미끄러진다."

나는 운의 팔에 몸을 기댄 채 운을 올려 보았다.

"운 생각하면서 걷는 길이 좋아.

그리고 이 눈이 꼭 겨울 마지막 눈일 거 같아서."

운이 나의 이마에 가볍게 입맞춤 했다. 여전히 나의 심장이 나부대고 있다.

"운은 어때?"

운이 미소 지으며 고개를 끄덕거린다.

"다행이다, 하…."

나는 눈을 가볍게 감고 하느님께 짧게 감사를 드렸다.

"들어가자, 얼른 얼른."

우리가 잡은 손은 절대 떨어지지 않는다. 마치 미리 입을 맞추기라도 한 것처럼 계단을 성큼성큼 두 개씩 뛰어 걸었다. 살짝 뒤쳐지는 나는 운이 나의 팔을 들어올리는 힘 덕에 가볍게, 날개를 달은 것처럼 계단을 넘었다. 집 안에 들어선 우리들의 얼굴은 똑같이 발갛다.

나는 우유를 전자레인지에 넣고 데웠다. 운의 얼굴은 일주일 만에 많이 수척하다. 안 그래도 작은 얼굴은 더욱 홀쭉해져 내 마음을 찢어 놓았다.

나의 이 여사는 가슴이 아프다, 라는 말을 자주 하는데 나는 그 말을 이해하지 못했다. 가슴이 아프면 큰 병이 걸린 것이 아니냐며 내가 초등학생 무렵, 울음을 터트린 적이 있다. 그런데 지금 운의 얼굴을 보니 정말 가슴이 뭔가 일렁거리는 느낌이 들더니, 우찌근거리며 아팠다. 억, 소리가 나올 뻔했지만 나는 침을 꿀꺽 삼켰다.

시소는 안나가 싱가폴로 출국한 후, 당분간 『오든지』를 닫기로 했다.

"힘이 없어, 아무것도 할 수 없어."

시소는 부산에 있는 큰 아버지 댁에서 얼마동안 머무를 것이다. 그곳에 시소를 키워 주신 할머니가 계셨고, 아주 어린 나이에 시소의 엄마를 낳았던 터라 아직도 굉장히 젊으시다고 한다. 시소를 알고 난 후부터 시소가 할머니를 찾은 건, 두 번째다. 그때마다 안나의 일 때문이었고 이번에도 시소가 웃으며 돌아오기를 바랄 뿐이다. 안나는 설 명절을 보내고 싱가폴로 떠났다. 완전한 이민이기 때문에 일부러 한국에 오는 일은 거의 없을 거라고 그 전남편은 시소에게 말했다. 마치 협박이라도 하는 것처럼 굴었다.

전남편은 시소와 일복이 아저씨가 좋은 관계라는 것을 들었던 모양이다. 거참 신기한 건, 시소가 아는 사람들 중에 전남편과 깊은 우애를 갖고 있는 사람은 없다. 그런데 이런 소식이 어떻게 그놈 귀에 잘도 들어갔는지, 나는 좀 의아했고 모두가 의심스러웠다. 일복이 아저씨가 직접 말했을 리는 없지 않은가 말이다. 전남편은 말 그대로 정신이상자 같았다. 자신은 시소와 부부생활 중 다른 여자와 자식까지 있었던 주제에, 안나 교육상, 친엄마라는 사람이 남자 친구를 그것도 전남편의 친구를 만난다는 건 아주 큰 악영향이 끼칠 수밖에 없다고 말했다. 나는 그 말을 들은 순간 당장 그놈을 찾아가서 입을 꿰매 주고 싶은 심정이라고 시소에게 말했다.

어쩜 간혹 이런 인간들은 자신의 모습을 진지하게 들여다보지 않는지 한심스러웠다. 그러면서 자신은 이 나라의 몇 프로밖에 안 되는 지성인이며 높은 등급의 삶을 살고 있다, 라고 말할 수 있을까. 세상에, 삶을 놓고 등급이라는 단어를 쓰는 인간이라니, 안나의 아빠는 정말이지 시궁창 같은 인간임이 틀림이 없다.

시소는 그런 인간의 생각을 뛰어 넘은 사람이다. 정말 단 한마디도 하지 않고 그 사람이 하는 이야기를 온전히 듣기만 하고 왔다.

"내가 말을 하는 순간, 그때부터 나는 피의자가 되는 거야.

그 인간은 늘 그래, 빌어먹을 가스라이팅."

시소는 정말이지 대단한 참을성을 갖고 있는 사람이다. 이 또한 할머니의 코치가 있었다고 한다. 그리고 일복이 아저씨는 당연히 큰 아버지

댁에서는 박수를 받을 만한 환영 인사가 되었다.

늘 예기치 않게 시소가 보고 싶었던 일복이 아저씨, 이때를 말하면 일복이 아저씨는 정말 나와 비슷하다. 사랑이라는 감정에 굉장히 솔직한 편이니까.

일복이 아저씨는 부산에 내려가 있는 시소를 꼭 만나야 한다는 생각에 빠른 열차를 타고 달려 갔다. 시소는 그 사실을 할머니에게 알렸고 그런 환영 인사를 그냥 가게 둘 수 없다며 갑자기 잔치 집이 되어 버린 그곳에 일복이 아저씨가 두둥, 하고 나타나게 된 것이다.

큰 아버지와 일복이 아저씨는 이상하게 닮은 부분이 많았다. 키가 크고 어깨가 넓은 건 말할 수도 없고 자상함은 그저 기본 장착물이라고 시소가 말했다.

그리고 할머니는 시소에게 당부했다.

"잊지 말거라, 네가 행복하면 자식도 당연히 행복한 법.

네가 불행하면 자식도 당연히 불행한 법.

그리고 시간이 오래 걸리겠지만, 자식은 네게 돌아오게 되어 있어. 괜한 발 동동거리지 말거라.

물론 커 가는 그 시간에 네가 없어서 안타깝지만, 어쩌겠니? 그들도 그들 삶을 살아야 하니까. 어쩌겠니? 너도 네 삶을 살아야지, 가만 보니 일복이는 눈빛이 아주 따뜻해.

널 정말 사랑하는 거 같구나, 얼마든지 그 사랑받거라.

물론 주거니 받거니지…

세상에서 물건이든 마음이든 주고받는 것만큼, 아름다운 게 어디 있을까… 잊지 말거라, 내 새끼."

광과, 모서리를 닮은 여자

시소는 서울에 도착하자마자 나를 보고 웃었다. 나의 바람대로 할머니의 바람대로.

일주일 전 내렸던 눈은 낮은 영하의 기온 탓에 얼음덩이가 되어 반질거리거나, 시커멓게 녹아 지저분해 보이거나, 정말 끝이 말끔하지 않은 사람처럼 굴었다. 내릴 때 깨끗하고 아름다웠던 눈의 최후가 이 모습이라니, 나는 씁쓸하다고 운에게 몇 번이나 말했다. 운은 그런 나의 남다른 생각들이 좋다고 말한다. 운은 이 생각들을 꼭 특이하다, 라고 말하곤 했다.

운의 감기는 다행히 아주 잘 잡혔다. 오래 걸리긴 했지만 운이 감기 바이러스를 이긴 것이다. 이제 남은 건 그동안 술술 빠져나간 운의 건강한 기운들을 다시 몸 속에 집어넣는 것이다. 나는 그렇게 점점 더 할 일이 많아지고 바빠졌다.

운은 날씨가 따뜻한 기온을 찾을 때까지 나와 운의 부모님 당부대로 계속 본가에 머물기로 했다. 나의 마음도 편치 않았지만 그냥 홀로 있겠다고 운이 고집을 피웠다면 운의 부모님의 심기도 불편했을 것이다.

운은 누군가를 걱정시키는 것을 심각할 정도로 내키지 않아 했다. 뜻하지 않게 걱정을 끼치고 말았는데 또 그럴 순 없다며 완벽하게 나았음을 인정받은 후 시골로 향하겠다고 부모님의 걱정을 꽉, 붙들어 주었다고 한다. 나는 그런 운, 다운 마음과 행동이 참 좋다.

나는 우연히 운의 부모님을 밖에서 아주 잠깐 뵈었다. 그것도 운의 손을 내가 두 손으로 꼭, 잡고 있을 찰나에 마주쳤다. 이런 우연은 꼭 이런 순간 찾아오는 법이다.

아주 잠깐의 시간이었지만 두 분의 느낌이 너무나 강렬해서 기억에 또렷이 남았다. 운은 어머니를 아주 많이 닮았다. 아니 꼭 같았다. 그중 눈, 코, 입이 정말 똑같았다. 얼굴의 크기와 얼굴형까지, 그리고 색까지 완벽히 같았다. 운의 겉 모습, 그러니까 전체적인 실루엣은 아버지와 같았고, 우리가 흔히 말하는 완벽한 유전자, 절대적인 우성의 유전자인 셈이다.

그리고 그들은 아주 소탈했으며 자상했으며 웃음이 많았지만 그 속에 베어 있는 습관적인 진지함도 꽤 묻어났다. 그분들은 이상하게 나의 눈을 잘 마주치려 하지 않았다. 이건 곰곰이 생각할 필요도 없는 문제다. 그냥 나는 무조건 이해한다.

나는 이렇게 말하고 싶다. 미안함은 제발 보이지 않는, 알 수도 없는 지옥 같은 곳에 버려 두라고 말이다. 다시 꺼낼 수 없도록 하고 싶었다. 왜냐면 절대적인 나의 사랑에 방해가 되니까.

나는 토요일 저녁 초대를 받았다. 그분들 중 어머니는 일본 음식을 꽤 잘 하신다고 했다.

누나 명이 두 아이를 출산했을 때마다 어머니는 그곳에서 꼬박 일 년이 조금 안 되는 시간을 함께 보냈다. 당연히 명의 남편의 입맛에 맞는 음식을 하다 보니 자신도 모르게 일본 가정식은 전문가가 되어 있었다고 한다. 나는 그 덕분에 일본에 여행을 갔을 때만 특별히 먹는 초밥을 운의 본가에서 맛볼 수 있었다.

와, 운의 어머니는 정말 음식을 잘 한다, 가 아니라 전문가이다. 음식을 만들기보다 이론적으로 음식을 하는 내게는 정말 대단해 보이는 것 중 하나다. 물론 시골 밥상의 지존인 나의 엄마 이 여사를 따라올 사람은 없다.

여하튼 운의 어머니의 솜씨는 나의 엄지 손가락을 치켜 올린 모습이 모자랄 만큼의 맛이었다. 그날도 역시 내가 말을 하거나 운을 바라볼 때마다 부모님은 나의 눈을, 그런 나의 모습을 보지 못했다. 괜찮다, 라는 말이 좀 이상하게 들리겠지만 나는 정말 괜찮아요, 저 좀 보세요, 라고 간절히 말하고 싶다. 나의 그런 말을 들은 운은 또 멋지게 미소 지으며 나를 기특해 했다.

나는 그렇게 아주 자연스럽게 운의 본가를 자주 드나들게 되었다. 처음에는 애써 자리를 피해 주거나 애써 대화를 시도하려는 모습을 보였지만 내가 어떤 성격의 사람인지 운의 부모님도 이제 아는 것처럼 행동했다. 내가 신경 쓰지 않으니, 아니 내가 운에게만 신경을 쓰는 모습을 보니, 그들도 더 이상 나를 불편하게 생각하지 않았다.

다만, 미안하게 생각할 뿐이다. 또한 귀한 자식을 키우는 같은 부모의 입장에서 죄를 짓는 기분이다, 라는 말을 나중에 듣게 되었다. 우리들은 그렇게 서로의 마음을 들여다보며 그렇게 적응해 나갔다. 물론 나는 그때도 부모님에게 이렇게 말했다.

"그 미안함은 제 것이 아니고, 운의 것도 아니에요.

그리고 부모님도요, 자책하지 마세요.

저희는 괜찮아요, 그러니 부모님도 괜찮아질 거예요."

라고 말이다.

5월은 총체적으로 난국의 날, 아니 난국의 달이다. 가정의 달, 이란 언어는 보기 좋게 웃는 모습이지만 대체적으로 그것을 자세히 관찰을 한다면 그렇지가 못하다. 더군다나 식구들이 많거나, 사람들이 많이 모인 자리는 더욱 그러하다. 여느 명절과 못지않게 결혼식을 올린 지 얼마 안 되는 부부들에게는 더욱 그렇다.

5월이 상징하는 가정의 달, 가운데 어버이날은, 나의 엄마 이 여사의 생일이기도 하다. 아마도 그 이야기를 듣자마자, 모두가 옳다, 거니 라는 소리를 지르고 손뼉을 두 번 정도 마주쳤을 것이라 상상을 한다. 나는 금요일 하루를 휴가를 낼 수밖에 없었다. 이 아까운 휴가를 이렇게 써야 한다, 고? 운과 함께 할 시간이 하루 줄어든 셈이다.

설진은 갑자기 내 통장에 이십만이나 되는 거금을 이체했다. 분명 난 바라지도 않은 바, 이 굉장히 의심스럽고 부도덕한 돈에 나는 이를 갈았다. 마치 내가 친일파라도 된 기분이 들었다. 역시 이 분은 아직도 제멋대로다.

"설, 너 이번 이 여사 생신 어쩔 거야?"

나는 첫 마디부터 기분이 나빴다. 어쩔 거라니, 마치 이 여사가 생일을 일 년에 두 번이나 해 먹는 사람처럼 말하고 있지 않은가.

"어쩔거냐니, 결혼하더니 철이 거꾸로 먹는구나?"

"야, 까불지 말고, 금요일 휴가나 내."

이젠 나의 일과 휴가까지 손을 대는 지경이다.

"언니 니가 내 상사냐? 왜에?"

"하, 왜긴, 김 검사, 처음 본가에 가는 거야, 그것도 엄마 생신이고."

"근데 내가 왜에? 아니, 그러게 본가 가서 인사는 한 번 했어야…."

못돼먹은 설진은 나의 말을 막았다.

광과, 모서리를 닮은 여자

"됐고, 하… 네가 미리 와서 도우라는 말이야."

"아니 글쎄 내가 왜…."

설진은 입을 앙, 다물고 얘기하고 있는 게 분명하다.

"내가 네 통장에 용돈 좀 보냈다, 그냥 잔말 말고 그렇게 해라, 어? 제발, 부탁한다."

나는 잠시 틈을 두고 대답했다.

"흠, 그러니까 부탁하는 거야?"

설진은 또 이를 물고 말했다.

"그렇다고 했지, 부탁한다, 부탁해."

"흠, 김 검사의 어색함을 나도 모르지 않은 바, 뭐 그렇다면 설진, 너 언니의 간절한 부탁을 들어줘야겠군. 내게 이렇게 애원을 하니, 뭐 들어줘야겠지."

설진은 더 이상 나의 말을 듣지 않고 전화를 끊어 버렸다. 나는 김 검사의 어색한 얼굴을 생각하니 나의 어깨와 나의 얼굴이 갑자기 각이 진 것처럼 굳은 느낌이 들었다. 그 어색함은 이상하게 옆 사람에게 전염이 된다. 아, 고난이다.

내 눈으로 들어오는 따뜻한 봄날의 풍경이 아름답다. 본가로 내려가는 내내 나의 코에서는 홍얼홍얼 대는 소리가 났다. 브로콜리가 산을 두르고 있는 것처럼 파릇파릇하다. 창문을 열면 꽃 냄새가 나는 것 같기도 하다. 역시 봄 냄새다. 나만 아는 나물 냄새, 풀 냄새, 이파리가 흔들거리는 냄새, 꽃 가루가 집을 찾아 정착하는 냄새, 말이다.

아빠는 내가 온다는 것을 알면, 아니 딸 셋이 온다는 소식을 들으면 하염없이 밖에 나와 계신다. 눈이 와도, 비가 와도, 추워도, 더워도 말이다. 아빠의 변함없는 밀짚 모자가 제일 먼저 눈에 들어오고 그 다음 집을 둘러싼 나무들이 5월을 알리듯, 부드러운 잎을 품은 푸르름을 보이는 처음의 색, 그것들이 팔랑거린다.

그것들은 아빠와 정말 잘 어울린다. 아빠가 우뚝 서 있는 저곳을 꼭 그림으로 그려 볼 것이다. 세상에서 가장 아름다운 그림이 될 수 있을 것 같다.

"하 좋다, 아빠, 아빠아."

나는 아빠를 지나치며 집 앞으로 차를 몰았다. 밀짚 모자를 눌러쓴 아빠의 얼굴은 보이지 않고 기다란 팔이 삐죽 나와 하늘로 뻗어 흔들거린다. 어느새 이 여사도 마당 한가운데 나와 있었다.

빛을 받고 마루에 앉아 있는 설연의 모습도 보인다.

"언니이."

나는 안전벨트를 풀고 한 번에 뛰어내렸다.

"와, 왜 이렇게 큰 차를 타고 왔어?"

"사고의 위험을 줄이기 위해서."

운은 내가 소형 차를 타고 다니는 것을 마땅치 않게 생각했다. 만약, 이라는 것에 노출이 된다면 조금이라도 완충 작용이 되는 것을 찾은 것이다. 설연은 뭔 소리야?, 라는 식의 표정을 지으며 자동차 뒷좌석을 기웃거린다.

"뒤에 짐이나 들어, 참고로 네 거 없다."

설연의 표정이 금세 어두워진다.

"칫, 누가 뭐래?"

"너 알바 또 그만 둔 거야? 왜 이 시간에 집에 있어?"

"그러니까 그것을 알바라고 하는 거야."

나는 설연의 말도 일리가 있다며 어이없지만 웃었다. 정말 일리 있는 말이다. 아주 오랜만에 이 여사의 시골 밥상을 먹었다.

방금 딴 고추를 이 여사가 만든 쌈장에 푹 찍어서 먹는 맛이란, 정말 말로는 표현하기 힘든 맛이다. 똑같은 밥상을 이렇게 먹어도 이 느낌은 나지 않는다. 꼭 이곳, 에서 이 여사가 해 준 밥상이어야 한다. 우린 일부러 저녁을 일찍 먹었다.

어색함이 뚝뚝 떨어지는 김 검사를 위해 이 여사가 내린 특약 처방인 듯하다. 함께 밥을 먹는다는 게 얼마나 중요한 일인데, 그것 마저 불편한 내색이라니, 보나마나 이것은 설진의 부탁이었을 것이다.

가만히 생각해 보니, 김 검사는 직업상 사람들 앞에서 검사 노릇을 하며 한 사람의 정의를 위해 설명을 해 줘야 할 텐데, 그럴 땐 대체 어떻게 말을 한 단 말인가, 상상하기가 참 어렵다. 김 검사를 향한 우리들의 의문점은 계속해서 끝나지 않았다.

우리는 모두 들마루에 앉았다. 해는 지고 있었고 봄볕에 달궈진 들마루는 꽤 따뜻했다. 이 여사는 농사진 땅콩을 으깨어 만든 땅콩 차를 들고 온다. 나는 누워서 발을 까닥거리는 설연을 쿡, 찔렀다.

"야, 일어나서 받아."

설연은 대꾸없이 그것을 받아 들었다. 가끔 보면 막내는 막내 답기도 하고 말도 참 잘 든다. 만약 설진이 내게 지금처럼 말했다면 백 마디를 더 붙여 가며 겨우 하나의 행동을 이루어 냈을 것이다. 아빠의 얼굴은 봄

볕에 더 그을린 것처럼 보였다.

워낙 어두운 피부지만 이 여사의 선크림을 바르라는 잔소리는 늘 먹히지 않는 얘기다. 그런 잔소리는 역시 잔소리로 끝난다. 나는 이 여사에게 물었다.

"설진이가 저녁 따로 먹겠다지?"

이 여사는 들마루에 떨어진 땅콩 껍질을 주웠다.

"지들 편한 게 좋지 뭐, 넌 아무 말마."

"아니, 왜 다들 그렇게 김 검사한테 맞춰야 해."

"아이고 됐어 사위가 둘이니? 하나니까 맞춰야지, 너까지 시끄럽게 굴지 마 엄마 피곤해, 머릿속이."

"아니 그니까⋯."

아빠가 툭, 나섰다.

"사위는 만년 손님이야."

어느 정도 불편함은 오히려 장점이다. 나는 김 검사를 더욱 욕하고 싶었지만 아빠의 점잖은 말 한마디에 나의 좁쌀만 한 크기의 인격이 탈로날까, 입을 꾹 다물었다.

그때 설연이 말했다.

"못생겨도 너무 못생겼어."

순간 이 여사와 아빠가 설연을 뚱, 하게 바라본 후, 우리는 누가 먼저일 것 없이 동시 웃음이 폭탄처럼 터졌다. 아빠의 높은 인격도 순식간에 무너지는 순간이었다.

앗, 운의 문자다.

『예쁜 것 같은 서리

보고 싶다.』

나의 두 볼이 화끈거렸다. 누가 눈치라도 챘을까, 나는 뒤돌아 답장을 보냈다.

『예쁜 것 같은이라니, ㅋㅋㅋ

내일을 기다려, 운』

이런, 맙소사, 설연에게 들키고 말았다.

"엄마, 언니 남친 생겼어. 얼레리 꼴레리."

나는 그 순간 누워 있던 설연의 엉덩이를 발로 걷어 찼다.

"아야, 아프잖아."

"시끄럽다 너."

이 여사가 눈을 가늘게 뜨고 나를 보며 말했다.

"설휘, 휴대전화 줘 봐."

"에에? 엄마 나 성인이야 이거 왜 그래?

휴대전화를 달라니, 어처구니가 없습니다용."

"하여튼 너 의심스러운 거 한두 개가 아니야."

"아니 뭐 모태 솔로가 누구라도 만나면 다행인 거 아니야?

언제는 외박이라도 하라며?"

나는 운동화를 꺾어 신고 내 방으로 우다다다 냅다 달렸다. 이 여사가 내 뒤통수에 소리를 질렀다.

"그래서 그게 누군데? 하여튼 너 언덕 총각이라는 단어만 나오기만 해, 조심해라 윤설, 호적에서 파 버리는 수가 있어."

김 검사와 설진은 약속한 시간보다, 두 시간이나 더 늦게 도착했다. 저녁을 일찍 해결하지 않았다면 배꼽 시계를 달고 있는 나의 아빠의 위가 쪼그라들었을 것이다. 출발한 시간이 다섯 시, 그런데 이 사람들은 열 시에 도착했다. 차가 밀렸다는 말을 누가 믿을 수 있을 까.

"아버님 어머님 죄송합니다, 차가 많이 밀렸습니다."

김 검사의 말에 설진도 얼토당토 않았는지 대신 말을 바꾸었다.

"차가 막히길래 휴게소에서 좀 쉰다는 게…."

아빠는 설진의 말을 막고 말했다.

"배가 고프겠네, 당신 얼른 저녁 상 좀 봐야겠어."

설진이 대답했다.

"아니, 휴게소 들렀다니까? 먹었어요, 차릴 필요 없어 엄마."

나는 설진의 말을 계속 듣고 있으려니 속이 쓰렸다. 왜 이유 없이 부모님에게 짜증 섞인 말을 뱉는 건지 이해가 가지 않았다.

김 검사의 반질반질한 얼굴을 보니 더욱 화가 밀려왔다.

"그럼 전화라도 미리 하던가 저녁 와서 먹는다고 했잖아?"

나는 주방을 가리키며 다시 말했다.

"저게 식으면 또 가스 불 켜고, 또 식으면 또 켜고, 엄마가 몇 번을 왔다 갔다 했는지 알아? 전화라도 했어야지."

김 검사의 얼굴이 붉어지고 있었고 어깨는 움츠러들었다.

"얘 그만 해, 그만."

나는 엄마의 목소리에 설진을 한 번 더 노려보았다. 설진과 김 검사는 예의와 사랑과 존경 대신 돈 다발을 싸 들고 온 사람들 같았다. 고급 승용차에서 각진 고급 종이 가방, 또는 금색 보자기에 담긴 그 무엇, 그리고 금색 봉투, 누가 알면 저들은 중국 사람이 아닌가, 라는 생각도 했을 것이다. 나의 이 여사는 두툼한 금색 봉투를 보고 이미 눈이 번뜩이고 있

광과, 모서리를 닮은 여자

었고 입 꼬리는 좋다, 라는 것을 자꾸 표현하면 체면이 깎일 것 같았는지, 자꾸만 손으로 입을 가리며 가슴으로 소리쳤다. 와, 라고 말이다.

원래 모든 것은 사람의 인간성 때문에 결과가 달라지는 것 아니었던가, 나는 그랬던 것 같은데, 새삼 김 검사는 단순한 마마 보이가 아니라는 생각에 조금 소름이 돋았다. 아빠는 바닥에 펼쳐 놓은 것들을 애써 외면하며 김 검사가 어쩌고 저쩌고, 아버님, 이라고 말하면 그래 그래, 라는 대답만 한다.

"여보 막걸리 한잔 하게⋯."

"응 알았어요."

아빠는 김 검사에게 말했다.

"막걸리 한잔 어떤가?"

설진이 김 검사의 모친처럼 김 검사의 말을 막았다.

"아빠, 이거 드세요, 맨날 먹는 막걸리 같은 거 말고, 이 사람이 좋아하는 술인데, 공항에서 샀어요.

아빠, 그리고 김 검사는 막걸리 안 좋아해."

아빠는 목에 가시라도 박힌 것처럼 기침을 했다. 나는 벌떡 일어나 냉장고에서 막걸리를 꺼내 들고 왔다.

"그건 김 검사가 막걸리 안 좋아하는 거고, 아빠는 막걸리 좋아해. 그러니까 오늘은 막걸리 드세요, 김 검사."

아빠가 내게 미간을 찌푸렸다.

"어허, 설아 김 검사가 뭐야? 형부라고 불러야지."

아빠는 꼭 설진을 진아, 설연을 연아, 라고 불렀고 희한하게 나만 설아라고 불렀다. 하긴 휘야, 라고 부르기엔 나의 이름 끝 단어가 괴상하다.

"아빠, 설진은, 김 검사라고 부르는 거 더 좋아해요."

설진의 입이 기분 나쁜 모양을 만들더니 치아로 입술을 깨물며 마무리한다. 김 검사 앞에서는 내게 뭐라고 하기가 곤란한 모양이다. 내게 계속 눈을 부라리며 아래로 내렸다 위로 올렸다는 하는 중이다. 저들이 가져온 금색보다 색이 바랜 알루미늄이지만 꽤 멋스러운 막걸리 잔을 김 검사에게 내밀었다.

"한 잔 받으세요, 검사 형분님."

김 검사의 얼굴이 붉어지며 자신의 모친에게 그랬던 것처럼 바래진 알루미늄 금색 잔을 들며 설진을 흘긋거렸다.

나는 막걸리를 찰랑찰랑하게 따랐다. 팔을 쓰지 않고 얼굴을 먼저 갖다 대는 것이 흘리지 않는 좋은 방법일 것이다. 역시, 하얀 막걸리는 김 검사의 검은 양복에 주르륵, 흘러내렸다. 나는 피식, 하고 웃는 소리를 그 둘에게 들켰다. 하지만 설진에게 지금 보복을 당하지는 않을 것이다. 보아하니 김 검사 앞에서 설진은 조금 지적인 여자가 돼야 한다는 굳은 의지가 보였기 때문이다.

"야 너 이게 얼마 짜린데, 아 정말 막걸리 얼룩이라니."

아빠의 기침 소리가 다시 들렸다.

"음, 검사 형부 미안요."

"아, 아, 아, 아니야, 별것도 아닌데 뭐."

어라, 저 양반이 딱 세 번 본 처제에게 반말이다. 이 여사는 무슨 불이라도 끄려는 사람처럼 김 검사의 겉옷을 벗기고 그것을 들고 젖은 걸레로 쓱쓱, 닦아냈다.

"아앗, 엄마아아, 그걸 걸레로 닦으면 어떻게 진짜아."

광과, 모서리를 닮은 여자

"미리 닦아내면 얼룩은 안 생겨, 가만 있어 봐."

"아, 줘요 그냥 세탁소 맡기면 돼, 이 옷이 아빠가 입는 그런 옷인 줄 알아?"

설진은 정말 듣기 싫고 유난 떠는 또는 모멸감을 느낄 수 있는 말만 골라서 한다. 마치 그런 교육을 따로 받은 사람처럼 말이다. 예의 없는 손놀림 또한 이 여사를 당황스럽게 만들었다. 말 그대로 설진은 아빠가 입는 옷과 다르다는 그 옷을 싸늘하게 빼앗아 갔다.

내가 만약 여기서 참지 못하고 말 한마디를 더 한다면 이 여사의 생일을 망치는 것이 될 것인가, 아니면 말을 해야 이 여사와 아빠의 자존심을 지켜 주는 것인가, 나는 잠시 딜레마에 깊게 빠졌다. 그때 아빠는 벌떡 일어서며 바지를 탁탁, 두번 털었다.

그리고 겉옷을 챙겨 입고 설진이 말한 그 다르다는 아빠의 겉옷 중 하나를 골라 김 검사에게 건넸다.

"자네, 이 옷 걸치고 따라 나오게… 요즘 밤 공기가 아주 맑아,

봄을 느끼기 아주 좋은 시간이야. 그리고 이곳에 왔으면 별이 쏟아지는 것도 봐야 해, 자 어서."

김 검사는 겉옷에 적힌 올이 나간 영어를 슬쩍 보더니, 그것을 조심스레 걸쳤다.

"네네."

나는 이래서 나의 아빠를 존경하고 사랑한다. 그나저나 큰일이다. 김 검사가 자리를 비운다면 저 마귀 같은 설진이 나의 머리채를 잡을 수도 있기 때문이다. 아니나 다를까, 설진은 나를 쥐 잡듯 잡았다. 말 속에는 김 검사의 모친이 우리 가족을 자신들과 마치 수준의 차이가 급격히 나

는 것처럼, 대하듯, 했던 기분 나쁜 무언가 들어 있었다. 설진은 자꾸만 내게 또는 우리들에게 그렇게 말을 하고 있다. 나는 말하고 싶었다. 당신들이 말하는 그 수준은 정말 쓸모 없는 척박한 땅보다도 더 하찮은 인격이라고 말이다. 나는 이 여사 앞에서 들을 이야기가 아닌 듯했고 거들었다.

"야 윤설진 인생 똑바로 살아? 너한테 너가 좋아하는 억지스러운 부자 냄새 나서, 골치가 딱딱 아파. 그 냄새 때문에 우리 머리 아픈 거 안 보여? 억지 좀 그만 부려, 정말 너무 어색하잖아."

"너 말 진짜 이상하게 한다? 왜 오자마자 시비야?

넌 내가 하는 건 무조건 다 싫어 하잖아? 뭐 오늘이라고 별 수 있었겠어? 넌 늘 그렇게 입에서 말이 곱게 안 나오는 년이야.

"이것 봐, 이렇게 나와야 니 진짜 모습이지 훨씬 보기 좋네."

"이게 진짜"

설진이 내게 달려들 기세다. 나는 살짝 뒷걸음 쳤고, 그때 엄마가 소리쳤다.

"둘 다 그만 못해? 오랜만에 다들 모여서 꼭 이래야 해?

응? 안 그래도, 너 시집 보내면서 해 준거 없어서 아빠나 나나 전전긍긍, 걱정이 태산. 온다는 소리에 지금까지도 가슴이 두근거려… 우리, 이러지 말자, 응?

아빠도 속상한 말은 다 알아들어, 눈치 없어 봬도."

설진이 씩씩거렸다.

"엄마까지 이러는 거야? 내가 잘못했다는 거야?

뭘? 뭐 얼? 내가 뭘 그렇게 잘못 했어? 그리고 내가 뭘 바랬어? 뭘 해

광과, 모서리를 닮은 여자

달라고 했냐고, 안 했잖아. 그럼 미안하다는 생각도 하지 마… 내가 무슨 남이야? 왜, 다들 남처럼 구는 거야?

내가 뭘 그렇게 잘못했는데?"

막내 설연은 눈만 멀뚱하게 하고 있다가 입을 열었다.

"흐음, 그러게, 휴우우… 언니들 둘 다 그만 좀 해라!

엄마 생일이잖아, 왜 둘 다 주인공이 되고 싶어서 안달인거야?

주인공은 엄마 아냐? 에혀, 내가 보고 배울 게 없다.

정말, 만나기만 하면 으르렁."

우리는 막내가 한 그 말을 듣고 아무 말도 하지 않고 정적만 듣고 있었다. 나는 김 검사가 남기고 간 막걸리를 털어 마셨다. 그리고 땅이 꺼져라 숨을 뱉었다. 엄마는 나의 한숨 소리를 듣더니 나의 등을 있는 힘껏 스매싱, 한다.

"아얏, 아 깜짝이야. 왜 나만 때려어, 쟤도 때려야지.

아씨 따가워, 진짜 불공평해."

나는 눈물이 찔끔 나왔다. 아마도 억울함과 통증의 감정이 섞인 눈물이었을 것이다. 바깥 공기가 꽤 따뜻하다. 들마루에 앉아 있는 아빠 옆자리를 얼른 차지했다. 따라 나오지 않을 설진이 아니다. 설연은 막걸리 병을 들고 이 여사는 술상을 들고 나왔다.

사위라는 사람이 술상을 들고 있는 장모를 보고도 가만히 앉아만 있는다. 보다 못한 아빠가 술상을 받아 들었다. 도무지 예, 라는 가정 교육을 배우지 못한 사람이다. 설진은 술상을 받으라는 눈치도 남편에게 주지 않는다. 김 검사는 분명 공부만 한 게 틀림없다. 뭐, 수학 문제를 어떻게 하면 예의 있게 계산할 수 있을까? 라는 문제는 없었을 테니 말이다.

우리는 제법 무난하게 별 탈 없이 이 시간을 지나갔다. 김 검사는 말이 거의 없었고 묻는 말만 대답한다. 말 많고 궁금한 것 많고, 그때 그때마다 풀어 내야 하는 성격의 설진이 과연 저 사람을 잘 극복할 수 있을지 나는 내심 걱정이 된다. 아빠와 이 여사도 나와 같은 생각일 것이다.

김 검사는 술을 꽤 잘 마셨다. 그리고 얼굴 색도 하나 변하지 않는다. 오히려 아빠의 볼이 붉게 물들었다. 설진은 피곤하다는 말을 연발했고 그 덕에 김 검사는 빠르게 그 자리를 벗어날 수 있었다. 설진과 김 검사가 이층으로 올라간 후, 이 여사는 위를 한 번 보더니 눈치를 살피며 말했다.

"에휴, 참 내 집에서 가시방석이라니."

아빠가 헛기침 소리에 그만하라는 뜻이 담겨 있다.

"설아."

"네 아빠."

"너도 김 서방 앞에서 진이한테 짓궂게 굴지 말어.

귀하게 여기는 걸 보여 줘야 김 서방도 진일 귀하게 여길 게야."

아빠의 말은 늘 옳았다. 누군가를 귀하게 여기는 모습을 보면 상대방도 그 사람을 귀하게 여기는 법이다.

"그래야 하는데, 잘 안되네… 그렇게 할게요, 아빠."

설연이 말했다.

"부자가 됐으면 뭐 해 마음이 부자여야지."

막내는 가끔씩 뱉는 말이 참 아빠와 같다. 이 여사가 말했다.

"참 걱정이다, 쟤가 잘 살아야 내 맘이 편할 텐데…."

"진이가 못 살고 있어 어디?

광과, 모서리를 닮은 여자

지레 걱정 말고, 이제 막 시작했으니까, 싸가지는 없어도 뭐든 똑 부러지게 잘 하는 애야. 걱정 마세요, 여사님."

오랜만에 밤 하늘에서 별 들이 쏟아져 내렸다. 반짝거리는 것들만 눈에 띄면 난, 운이 떠오른다. 아직 밤 공기가 차가웠지만 나의 다락방에서 창문을 열어 놓고 별들과 운과 속삭이며 잠이 들었다. 운의 속삭임은 어떤 소리보다 더 맑고 어떤 맛보다 더 달다.

봄볕은 어제보다 한층 더 따뜻했다. 연두색의 반짝임과 노란색의 향기로움은 더할 나위 없이 봄 다웠다. 이른 아침, 언니 설진은 누구보다 더 일찍 일어났다.

나의 엄마는 새벽 다섯시만 되면 로보트처럼 왔다, 갔다 움직인다. 헌데 설진이 그보다 더 일찍 일어났다는 것은 뭔가 수상쩍은 것이다. 나는 미리 담가 둔 미역을 핑계 삼아, 설진의 걸음 소리를 따라 주방으로 살며시 걸어갔다. 조리대 위가 냄비, 그릇, 조리 도구로 아주 엉망이다. 설진은 요리를 하는 사람이 아니다.

어릴 적, 부모님이 집을 비워도 동생들을 위해 라면 하나 끓일 줄 몰랐던 사람이 가스렌지 앞에서 내게 뒷모습을 보이고 있다니, 믿을 수가 없다. 설진이 뒤를 돌아본 순간 우린 눈이 마주쳤고 설진은 입을 막으며 나오는 소리를 틀어 막았다.

"으으흡."

무지 놀란 모양이다.

설진의 눈동자가 아래 위를 마구잡이로 움직인다. 나는 두 손바닥을 보이며 진정시켰다. 그리고 모기 날개 짓만 한 소리로 말했다.

"뭐 해?"

설진이 가리키고 있는 것은 붉은 핏덩이, 소고기다. 설진은 생고기를 만질 수 없었는지 집게로 그것을 잡고 칼로 썰고 있던 중이었다. 세상에 저 비싼 한우가 저렇게 잘라지고 있다니, 나는 이마를 짚었다. 그리고 엉덩이로 설진의 엉덩이를 밀었다. 그리고 손을 닦고 핏덩이 고기를 손으로 잡고 일정한 모양으로 썰어 냈다. 설진은 미역과 고기를 냄비에 넣고 볶았다. 그리고 한 손으로 휴대전화를 잡고 놓지 않았다. 내가 귀에 대고 속삭였다.

"무슨 미역국을 레시피를 봐? 어우 정말, 왜 생전 안 하던 짓을."

"픕, 야 나도 엄청 지금 기가 막힌다."

나는 대차게 웃으며 말했다.

"어? 픕, 언제부터 그랬는데?"

우린 얼굴을 마주 보며 으르렁 하던 때가 언제야, 라는 듯 서로에게 애정은 깊고, 비난 섞인 웃음은 얕게 지어 본다. 나는 보란 듯이 엄마가 만들어 놓은 맛 간장과 소금을 넣었다. 그리고 냄비 뚜껑을 덮었다. 나의 고개가 두 번 끄덕이더니 설진에게 잘난 척을 했다.

"간단하지?"

"후우."

그제서야 나는 설진이 벌려 놓은 이 상황을 훑었다. 갖은 채소들과 양념 통이 널부러져 있는 상태다.

"잡채, 갈비찜, 어 그리고 이건 봄나물."

"이걸 혼자 하려고 했어?"

설진은 미역국도 끓이지 못했던 자신의 어깨를 들썩였다. 그리고 휴대폰을 들었다.

"여기 다 있잖아."

"너 답다. 김 검사 밥은 어떻게 먹이려고 그래? 에혀."

"거긴 반찬도 해다 줘."

나는 눈을 둥그렇게 뜨고 설진을 보았다. 마치 자신의 집을 남의 집을 칭하듯 말하는 그녀가 이상했다.

"어머니가 하지 말라더라, 믿고 맡기는 곳이라고 그렇게 먹어 왔다나, 후."

"며느리보다 반찬 집 아줌마를 더 믿는 꼴이군."

"너라도 날 믿겠냐? 편하다, 라는 것에 의의를 두는 중."

나는 설진의 이 말에 심장이 쿵, 내려앉는 기분이 들었다. 막 결혼식을 끝낸 여자의 입에서 이런 말이 나오면 뭔가 불안한 것이다. 뭔가 삐걱, 거리고 있다는 것을 느꼈다.

나는 애써 미소 지었다.

"채소나 씻어, 볶는 건 내가 할게."

"췟, 이럴 때 보니 네 직업 할 만하다."

그래도 우리가 자매는 맞는 것 같다. 손발이 아주 척척 맞았다. 새벽의 어스름이 물러가고 아침의 밝음이 작은 주방 창문으로 새어 들었다. 나는 반갑게 그것을 보고 환영해, 라고 속삭였다. 나중에 안 사실이지만 이 여사는 설진보다 일찍 일어났다.

오늘따라 눈치 빠른 아빠 덕에, 꼼짝하지 말고 방에 있으라는 말에 이 여사는 모처럼 늦잠을 잤다고 했다. 이 여사는 생일 상을 보고 설진과 나를, 아니다, 설진의 이름을 수십 번 읊어 가며 밥알과 잔치 음식을 씹으며 칭찬했다.

아빠가 말했다.

"설이도 고생했다."

나는 아빠에게 윙크를 했다.

"쟤가, 아니 언니가 다 했어, 난 거들었고."

설진은 그 말이 반갑지 않다는 듯, 나의 눈을 흘겼다. 거짓말, 이라면 질색하는 인간형이다.

게다가 설진의 완벽한 솜씨라고 믿을 사람도 없었을 것 같은 눈빛들이었다. 이 여사는 끊임없이 이것 저것을 김 검사 밥 그릇 위에 올려 놓았다. 김 검사는 어쩜, 입도 짧고 입도 작으며 씹는 것도 조선시대 궁 안의 아낙네들처럼 씹었다. 정말이지 손으로 입만 가리지 않았을 뿐이다. 설진은 김 검사의 밥 위에 얹힌 것들을 자신의 입으로 가져갔다.

이 여사는 참, 눈치가 없다. 보다 못해 내가 끼어 들었다.

"여사님 생신이시니까 그만 챙기시고 얼른 드세요 네?

낮에는 여사님 좋아하는 칡 국수나 먹으러 갑시다."

엄마의 얼굴이 화사해지며 젓가락의 움직임이 더욱 빨라졌다. 봄이라는 계절은 마치 신이 사는 세상처럼 고통도 슬픔도 없을 것 같은 그림이다. 모든 것에 색이 입혀지고 싱그러운 향기가 났다. 고통과 슬픔에 몸부림쳤다면 꼭, 봄을 맞이해야 할 것처럼 말이다. 봄이라는 계절을 만들 수만 있다면 고통과 슬픔이 가득한 계절은 사라지는 게 되는 건가, 난 봄이라는 계절을 만들고 싶다.

나는 처음으로 김 검사가 마음에 드는 구석을 찾았다. 여섯 식구가 함께 움직이기 위해 우리는 아빠의 승합차에 올라탔다. 아빠는 이 여사의 생일 케익을 자르면서 축하주를 마신 상태였고 어쩔 수 없이 김 검사가 운전석에 올라타게 되었다. 김 검사의 운전 솜씨는 한마디로 시속 70km를 기계처럼 유지하며 달렸다. 조심성은 또 얼마나 대단한지 모른다.

느린 앞차를 상대로 추월하려는 낌새는 찾아볼 수가 없다. 뭐 다른 핑계거리도 있었겠지만 설진과 김 검사가 어제 왜 그렇게 늦었을까, 이해가 되는 부분이다.

보통 삼십분의 시간을 소요하면 도착하는 그곳을 우리는 꽤 오랫동안 차 안에서 잠도 청할 수 있을 정도로 여유를 부리며 도착했다. 이 여사가 내게 귓속말을 하며 차에서 내렸다.

"복장 터질 뻔했다."

이 여사는 답답함을 봄 공기를 가득 들이마시며 한번에 뿜었다. 주말이라 역시 이곳은 봄 구경보다 사람 구경이다. 우리는 만개한 꽃들 앞에서 사진을 찍고 오늘의 주인공 이 여사의 기분을 맞추어 가며 최대한 배려했다.

설연은 차에서 내리자마자, 줄을 서서 기다려야만 먹을 수 있는 국수집으로 달렸다. 이런 것 하나는 우리 막내가 빠르다. 우리는 순번이 58번째다. 아직 이른 점심 시간인데 벌써 57명이 왔다 갔다는 게 믿을 수가 없다. 순서가 다가오자 우리는 작은 테이블에 여섯 식구가 꾸깃꾸깃 앉았다. 김 검사의 미간이 좀처럼 풀어지지 않는 모습이다.

내 생각엔 아마도 신발을 벗고 들어와 엉덩이를 맨 바닥에 대고 앉아 뭔가를 먹는다는 건 그에게 정말 불편한 일처럼 보인다. 나는 김 검사의 미간이 좁아질수록 웃음이 났다.

어버이 날이 탄생일인 이 여사 덕분에 나의 아빠는 그날의 기쁨과 만족을 거의 느끼지 못할 거다. 자식 셋이 성인이 되고 난 후, 쭉, 이 날은 이 여사를 위한 날이었다.

우린 오늘 서울로 출발할 설진 부부를 위해 일찌감치 승합차에 올라섰다. 연례 행사처럼 이곳에 국수를 먹으러 왔다면 저녁을 먹고 가는 게 일정이었지만 이 여사는 그것을 꾹 참았다. 원래 조용하지 않은 승합차를 원래 소음 없는 차로 둔갑한 것처럼 김 검사는 갈 때도 병적으로 안전 운전을 했다. 그때 김 검사의 휴대전화가 울렸고 설진을 그것을 받아 들었다.

설진의 손이 바빠지는 것을 보고 나는 앗, 하고 눈치챘다.

"네 어머니."

설진의 고개가 약간 숙여지는 것을 나는 보았다. 그리고 설진은 우리들을 향해 검지 손가락으로 입을 막으라는 시늉을 한다. 김 검사의 휴대전화 통화 소리는 마치 마이크에 대고 말하는 것처럼 우리 가족에게 다 들렸다. 아니면 그 분의 목소리가 유별나게 큰 것일 수도 있겠다.

"왜 네가 받니?"

"아, 운전 중이라서요."

"올라오는 중이구나?"

"아, 아니 그건 아니고, 점심 식사 마치고 본가로 가는 중이에요."

안 그래도 우리의 귀를 쫑긋하게 만들 정도로 큰 목소리는 한 음이 더 높아졌고 소리는 더 커졌다.

"아직 출발도 안 했다는 얘기니?"

"네 그게…."

"날이 날인 만큼 이해는 하지만, 김 검사가 휴일도 없이 바쁜 사람인데… 쯧, 쉬지도 못하는구나, 매년 이러지는 않을 거라 생각한다. 나라면 잡아 두지는 않을 것 같구나."

세상에, 김 검사의 모친은 왜 늘 말을 남 탓, 비슷한 성질로 뱉어 내는 건지 모르겠다. 아니, 거 눈치 없고 재미없는 사람을 누가 잡아 두고 있다는 말인가, 설진은 왜 아무 말이 없을까, 나는 이해할 수가 없다. 설진은 바보같이 이런 상황에서 한마디 말없이 그냥 넘어가는 그런 사람이 아니다. 그런데 설진이 말했다.

"네, 곧 올라가겠습니다."

"끊겠다."

"네, 들어가세요, 올라가서 뵙겠습니다."

김 검사는 그때까지도 별 반응이 없다. 우리는 그렇게 끝까지 침묵을 지켰다. 이 여사는 소리 나지 않게 명치 끝을 계속 눌러 댔다. 아빠의 한숨 소리도 끊임없이 이어졌다. 이 여사는 설진에게 챙겨줄 것들을 식탁에 올려 놓고 커다란 아이스 박스에 담고 있었다. 내 생각에는 저 아이스 박스를 설진이 가져갈까, 의문이다. 이유도 모른 채, 왠지 살얼음 판에 발을 디디고 있는 느낌이 들었다. 이층에서 설진이 짐을 들고 내려왔다. 어제 풀어 놓은 선물 보따리 덕분에 올 때보다 짐이 가뿐하다. 설진의 얼굴은 꼭 며칠 잠을 꼬박 세운 사람처럼 거뭇하다. 스트레스를 받고 있다는 증거다.

나는 김 검사의 부모와 우리 가족이 만났을 때부터 설진의 결혼 생활이 순탄치 않을지도 모르겠다, 라는 생각을 여러 번 했었다. 이 여사의 얼굴도 설진과 같다. 설진은 아이스 박스를 보자마자 한숨을 내쉬며 말했다.

"엄마, 필요 없다니까."

나는 이 여사의 뒤에 서서 설진에게 무언으로 입을 벙긋거렸다.

내, 가 갖고 가 내가, 이 상황을 제대로 인지하지 못한 이 여사를 위해 내가 할 수 있는 방법은 이것뿐이다.

눈치 빠른 설진은 말했다.

"하아, 모르겠다."

이 여사는 혹여 봄나물이 쉴지도 모른다는 생각에 얼음 주머니를 사방으로 둘렀다.

"갖고 가면 다 먹게 돼 있어.

다 너가 좋아하는 거고, 이건 너가 좋아한다고 아빠가 일찍부터 뜯어서…'

"알았어요, 알았어."

김 검사는 이미 들마루에서 설진을 기다리고 있었다. 그렇게 느린 사람이 참 빠르기도 하다.

아빠는 운전석에 앉는 김 검사에게 말하며 손을 내밀었다.

"김 서방, 자식을 이렇게 보내고 나니 참, 나도 이런 말을 다 하네… 설진이 잘 부탁하네, 가끔 말을 멋없게 해도, 속정이 깊은 아이일세. 잘 부탁하네 김 서방."

김 검사는 인색한 건지 말 주변이 없는 건지 아빠의 내민 손을 가볍게 그리고 짧게 잡은 후 말했다.

"네, 아버님."

나는 김 검사가 말 끝에 걱정마세요, 라는 말을 뱉을 줄만 알고 기다렸다. 김 검사는 찬 바람을 쌩, 하게 남겨 놓고 차에 올라탔다. 이 여사는

광과, 모서리를 닮은 여자

설진이 차에 올라타자 눈두덩이가 붉어졌다. 설진은 애써 부모님을 보지 않았다. 나는 기분이 참 묘했다. 결혼을 한다는 게 이런 것인가, 이렇게 슬픈 것이란 말인가.

이 여사가 말했다.

"먹을 거 잘 챙겨 먹어 자주 연락하고, 응? 그리고 김 서방!

사돈 어른에게 안부 인사 꼭 전해 드리고…

조심해서 올라가고, 언제든지 내려와, 날이 따뜻하니까 갈 곳도 많고…."

"엄마, 우리 가요 응? 전화할게, 아빠 갈게요."

이 여사는 설진의 손을 놓지 못했고, 아빠는 말없이 이 여사의 손을 움켜 잡았다. 설진은 그제야 차에 오른다. 김 검사는 그렇게 끝까지 아무 말없이 엑셀을 밟았다. 나는 다가가서 다정한 인사 좀 하라고 뒤통수를 치고 싶은 심정이었다. 고개만 까딱하는 모양새라니, 그렇게 예의 운운하는 부모님은 저 버릇없는 김 검사에게 뭘 가르쳤단 말인가, 나는 자존심이 상했고 화가 났다. 소리치고 싶은 단어들이 목구멍 속에서 올라갔다 내려갔다 했지만 설진을 위해 꿀꺽, 하고 삼켰다. 그들의 차가 뒤 꽁무니만 살짝 보일 때 즘, 나는 그제서 소리쳤다.

"싸가지."

아빠가 나를 보며 헛기침했다.

"어허엄."

이 여사는 기어코 눈물 바람이다. 구슬 같은 것들이 볼을 타고 내려와 입 속으로 주르륵 스며 들었다. 아빠는 이 여사를 보며 뒷짐을 지며 산을 향해 걸었다.

"엄마아, 우는 거야?"

"에효, 저게 저 헛 똑똑한 것이, 쓴 시집살이를 어떻게 삼킬지, 걱정이다."

나는 이 여사의 등을 계속 쓸었다. 막내가 이 여사의 팔을 끌어안으며 말했다.

"모르고 간 거 아니고, 이미 다 알고 있었어.

큰 언니 몰라? 큰 언니가 누군데, 그러니까 걱정 마세요오."

나는 막내가 하는 말을 듣고 눈을 둥그렇게 떴다. 설연은 아마 우리 셋 중에서 가장 똑똑한 아이일 것이다. 막내 말을 듣고 이 여사가 말했다.

"그렇지? 그렇겠지?"

막내가 말했다.

"그렇다니까 엄마."

이 여사도 막내의 어깨를 꼭 끌어안았다. 막내가 나지막이 말했다.

"난 시집 안 가."

이날 나의 쓸쓸한 아빠는 삼촌네에서 밤 늦도록 술을 마셨다. 철없는 놈, 또는 문제만 일 삼는 놈, 이라 말해도 아빠에겐 속을 터 놓을 수 있는 유일한 사람이긴 하다. 설진의 유학비를 순식간에 사라지게 만든 삼촌에게 아빠는 그렇게 쓸쓸함을 달래러 찾아간 것이다. 과연 삼촌이 아빠의 쓸쓸함을 모두 담아내 줄 수는 있을까, 나는 쓸쓸했다.

특별한 이 여사의 생일은 이렇게 자정을 넘기고 마무리됐다. 운은 설진 부부가 올라가기 전 이곳에 도착했다. 멀리 보이는 흰색 차를 보고 나는 단번에 알았다.

나는 운에게 문자를 보냈다.

『나의 양심이

발을 언덕 위로 가져가기가 힘듦

운, 보고 싶지만』

운은 그저 웃었다.

『그래도 가까워』

이 여사는 자정을 넘긴 설진의 전화를 받고 나서야 잠이 들었다. 그 덕에 나의 양심은 아주 양심적이었고, 새벽을 틈타 언덕 위를 끙끙거리며 걸었다. 누가 나를 발견할까, 나는 낮은 포복 자세를 유지하며 걸었다. 한낮의 포근한 공기는 어디로 사라지고 나의 목덜미가 어둠과 찬 공기 때문에 더욱 싸늘하다. 운은 아주 두터운 겉옷 덕에 하얀 얼굴만 동동, 떠 다닌다. 운을 발견하자마자 나의 걸음이 빨라졌고 운이 나의 걸음을 줄여 주려 뛰었다.

운은 커다란 겉옷을 넓게 벌려 나를 안았다. 우린 꼭 몇 년 동안 이별한 연인처럼 포옹했다. 나는 운의 귀에 대고 속삭였다.

"또 감기 걸리면 진짜 안 돼."

운의 고개가 끄덕거렸다. 운은 담요 같은 겉옷으로 나를 감싼 채 끌어당겼다. 우리는 작은 창문을 열어 둔 채, 두꺼운 담요를 덮고 턱을 괴고 하늘을 바라보았다. 그리고 끊임없는 이야기가 시작되었다.

나는 아빠의 쓸쓸한 뒤, 허리춤의 두 손을 말하며 약간의 눈물을 훔쳤다. 운은 순간 굉장히 혼란스러운 표정을 지었다. 아마도 우리, 아니 자신으로 인한 부모님들의 이야기를 생각했던 것 같다.

나도 오늘 우리의 이야기를 수없이 떠올리며 아빠와 이 여사의 쓸쓸함을 걱정했다.

"몰라 정말 몰라, 이건 참 모를 일이야."

새벽의 색은 푸른 빛을 띠며 별도 조금씩 사라졌다. 그 순간 시간이 멈추었고 나는 잠이 들었다. 아주 깊은 잠에 들었던 것처럼 개운했다. 눈을 떠 보니 운은 그대로 누워 나를 바라보고 있었다.

"엇."

운이 미소 짓는다.

"깨우기 싫었는데 일어났네, 잘 됐다."

나는 벌떡 일어나 아침 해부터 확인했다. 다행히 아직 해는 마중 오지 않았다. 우린 서둘러 언덕 길을 내려갔다.

"운동할 거야?"

"아니, 집에 가서 자야겠어."

"으응, 기다릴게."

나는 휴대전화를 흔들어 보였다. 그리고 운의 겨드랑이 속으로 두 손을 말아 넣어 안았다.

"간다."

"응."

고개를 들어 높은 운의 얼굴을 보며 말했다.

"잘 자."

"응."

운의 커다란 겉옷이 스르르 빠져나갔다. 나는 한참을 뒤로 걷다 앞을 향해 얼굴을 돌렸다.

그 순간, 나는 잊지 못할 것이다. 운과 나 그리고 나의 쓸쓸한 아빠, 우리는 트라이앵글처럼 그렇게 거리를 두고 시간을 멈춘 채 서로를 보고 또 그를 보고 또 나를 보고 또 아빠를 보았다. 누구라도 먼저 말을 해야 했다. 아빠는 그 쓸쓸한 허리춤에 손을 얹고 그 모습 그대로 얼어붙었

광과, 모서리를 닮은 여자

다. 운이 먼저 트라이앵글의 꼭지점에서 허리를 굽혔다.

아빠는 다시 나를 보고 운을 보며 다시 나를 보았다. 나는 운을 한 번 보고 천천히 아빠의 곁으로 걸었다. 아빠는 내가 가까이 오자 나를 무섭게 노려보았고 다시 운을 무섭게 노려보았다. 그리고 걸었다. 나는 아빠의 쓸쓸한 허리춤 위 두 손을 바라보며 따라 걸었다.

나는 오늘 아빠에게 소중한 그것, 그것을 또 잃게 만든 사람처럼 느껴졌다. 집에 다다르자 아빠가 말했다.

"이러려고 내가 술이 취하지 않은 모양이다."

"아빠."

"아무 말도 하지 마, 아무 말도 내가 말하기 전에…

넌, 아무 말도 하지 마."

아빠는 발 소리도 없이 다시 반대편 언덕 길을 향해 사라졌다. 어쩌면 처음 운을 본 순간부터 아빠는 짐작하고 있었는지도 모른다. 아빠의 표정은 모두 알고 있었다, 라는 체념이 섞인 표정이었다. 아침 상을 차려 놓은 이 여사가 계속 밖을 보며 말했다.

"아니 이 양반이 어디를 간 거야."

나는 이 여사와 눈이 마주칠까 고개를 들지 않고 밥 솥만 뚫어져라 보았다.

"워낙 속이 시끄러운 거야, 왜 아니겠어, 나도 모르겠다.

먼저 먹자."

점심 시간을 또 훌쩍 넘겨 버렸다. 이 여사는 아빠가 두고 간 휴대전화를 만지작거리며 삼촌네 전화를 걸었다. 나는 가슴을 쓸어 내렸다. 아빠도 갈 곳이 참 없는 모양이다. 저녁부터 시작한 막걸리는 그때 끝난 게 아니었다. 다시 발길을 돌린 아빠는 다시 막걸리를 부었다고 한다. 부었다, 라는 말은 삼촌의 표현이 그랬다.

이 여사는 끝없이 중얼거리며 아빠를 욕하다가 또 이해하다가 또 불쌍하다가 다시 욕을 하며 입을 쉴 새 없이 움직였다. 아마도 아빠는 내가 서울로 출발을 해야 집에 들어올 모양이다.

나는 운에게 문자 했다.

『아무래도 먼저 올라가야 할 듯.』

운은 잘 알겠다는 듯 이유를 묻지 않았다.

『그래, 천천히 조심』

『언제 와?』

『곧..』

서울에 도착한 후, 휴대전화 연결음이 들리자마자 전화를 받던 나의 아빠는 내 전화를 받지 않았다. 문자는 물론 답장도 없다.

집 전화로 아빠의 목소리를 들을 땐 아주 간단했다.

"엄마 바꿔 주마."

아빠는 나의 입에서 운의 이야기가 나오는 것을 듣고 싶어 하지 않았다. 그 이야기를 듣는 순간부터 운과 나는 공식적인 연인이 될 게 뻔했고 난 솔직히 지금도 숨기고 싶지 않았으니까 말이다. 나는 도착한 다음 날, 이 여사가 챙겨 준 아이스 박스의 죽음을 막기 위해서 설진의 집을 찾아갔다. 집에 들어가는 입구부터 경비가 삼엄했다.

딱 보기에 그렇게 비싸거나 고급스럽거나 번잡하기 힘든 것의 느낌이

드는 집도 아니었다. 아주 오래되어 보이는 나이 많은 나무와 풍성한 조경들은 봄을 맞이하여 꽃도 피우고 향기도 퍼 날랐다. 나의 신분을 확인한 후 열어진 게이트를 통과해 들어갔다. 입구를 한참 지나쳤음에도 불구하고 나는 십 분의 시간을 더 할애해야 했다. 생각보다 단지 내는 굉장히 넓었다.

설진의 집은 오르막 길의 끝 부분에 위치했다. 설진의 말로는 그 고귀하신 김 검사의 부모가 사는 집과 딱 두 집을 사이에 둔 거리라며 내가 이곳을 왔다는 건 침묵의 인기척으로 당연히 알 것이라 말했다.

"그러니까 설, 츄리닝은 안 된다."

"날 그냥 그 아이스박스를 인수할 배달인, 즘으로 생각해 주면 안 될까?"

나는 이미 옆 줄이 선명하게 보이는 트레이닝복 차림이었다. 설진은 내게 절대 부르지 않을 그 이름을 불렀다. 아빠처럼 말이다.

"설아아아, 내가 부탁한다. 응?"

나는 간곡한 그녀의 목소리에 슬랙스와 가디건을 걸치고 다시 운전대를 잡았다. 설진의 집을 들어서자마자 강한 나무 냄새가 나의 코에 들이닥쳤다. 향을 피우는 냄새 같기도 하고 익숙한 향기는 아니다. 설진의 모습을 보니 머리부터 발끝까지 굉장히 긴장한 옷차림을 하고 있었다. 어떤 옷을 입느냐, 에 따라서 사람의 행동이 달라지듯, 설진은 꼭 자신에게 벌을 내리는 사람처럼 그렇게 긴장되어 보였다.

"언니 너, 불편해 보인다? 어깨가 딱 봐도 긴장되어 있네."

"후, 적응 중."

"별걸 다 적응한다, 니 집에서."

설진의 주방은 그야말로 아주 고급스러운 레스토랑 분위기가 났다.

"시원한 거 줄까?"

"아냐, 금방 갈 거야."

설진은 허공에 대고 말했다.

"아주머니."

나는 보이지도 않은 아주머니를 설진이 찾는 바람에 고개를 왔다, 갔다 눈을 이리저리 돌렸다. 아주머니의 발걸음은 소리 없이 빨랐다.

"네."

"그거요, 그것 좀 갖다 주세요."

"아이스박스요?"

"네."

나는 다시 일어나 아주머니에게 인사했다.

"아, 안녕하세요."

아주머니는 나를 보며 어쩔 줄 몰라 하며 고개를 숙이고 다시 소리도 없는 빠른 걸음으로 사라지더니 아이스박스를 들고 다시 나타났다.

내가 말했다.

"감사합니다."

아주머니는 고개를 몇 번 숙이더니 이층을 향하는 계단으로 사라지며 말했다.

"필요하신 것 있으시면 부르세요! 이층 정리 좀 하고 있을게요."

정말이지 소리 없이 빠르다.

"누구야?"

설진이 짜증 섞인 말투를 뱉었다.

"보면 몰라? 눈치 없어 정말."

"앗 왜 또 짜증은."

"하아, 꼭 나 감시하는 거 같아서 기분 나빠."

"잉? 누가? 저 축지법 주인공이?"

"어머니가 붙여 준 사람이야, 둘 살림에 저런 사람이 뭐가 필요하다고."

"헐, 그래도 다시 출근하면 뭐, 도움되지 않아?"

"내가 뽑은 사람이 아니니까."

"아…."

설진은 잠을 자지 못했는지 눈 밑이 검다 못해 푸르렀다. 설진의 어깨가 긴장으로 점점 더 솟는 모양새다. 그 공기에 나의 몸도 자꾸만 긴장이 되었다. 나는 설진이 조금 안쓰럽게 생각이 들려는 중이다. 솔직히 상견례 자리부터 그랬다. 그때 설진이 나의 마음을 읽은 사람처럼 말했다.

"너 그런 눈빛, 치워라.

조금도 그런 생각하지 마, 기분 나빠."

"하, 그래 너 답다, 나 갈래."

"벌써?"

"언니, 너 긴장하는 꼴이 보기 좋아서."

설진은 관자놀이를 꾹꾹 누르며 인상을 찌푸린다. 나는 아이스 박스 안의 봄나물을 들어 보이며 말했다.

"이거, 좋아하는 거잖아?"

설진은 말도 귀찮다는 듯 손짓으로 다시 집어넣으라 말한다.

"알았다 알았어."

갑자기 나타난 아주머니가 아이스박스를 번쩍 들었다.

"아니 아니에요, 괜찮아요 내가 들게요."

"아닙니다 제가 들고 가요, 천천히 나오세요."

나는 눈을 둥그렇게 뜨고 설진을 보았고 설진은 그냥 두라며 다시 관자놀이를 꾹꾹, 눌렀다. 나는 엑셀을 밟기 전 설진에게 말했다.

"내가 필요할 때가 있을 거야, 주저 말고 연락해, 뭐 그래도 가재는 게 편이니까."

"쳇, 너 언제까지 렌트하고 다닐래? 차 좀 사, 운전 조심하고."

"간다, 아빠한테 연락 좀 자주 하고, 문자라도."

사이드 미러로 보이는 설진의 모습이 작아질 때까지 설진은 움직이지 않았다. 나는 이런 난해하고 긴장되는 곳을 얼른 빠져나와 시소에게 향했다.

우린 아주 오랜만에 김하영과 함께 시소의 집에서 저녁을 먹고 당연한 술도 함께, 아직 터득하지 못한 고스톱을 배우기 위해 혈안이 되어 있었다. 알수록 매력적인 이 고스톱은 정말 애물단지다. 월요일 출근을 앞두고 우리는 새벽까지 고스톱의 숫자 세기와 익숙하지 않은 단어들을 읊으며 꺅, 거리며 호들갑을 떨었다.

운은 소작농도 아니면서 씨앗을 심거나 흙을 골라낼 때나 주변을 이리저리 살폈다. 도통 집중이 되지 않았다. 여러 종류의 쌈 채소 이름은 줄줄 외웠지만 뭘 심고 있는지 생각도 나지 않는다. 한참을 멍하니 서서 빛나는 하늘을 바라보았다. 눈앞이 하얀 섬광을 만들어 앞이 보이지 않을 때까지. 몇 분 동안의 어지러움이 운의 발에 알은 체를 한다. 발을 다시 디디며 자세를 잡았다. 그리고 중얼거렸다.

"제정신이 아니군, 흙을 보면 더 보고 싶다니."

머리 뒤에서 흙을 밟는 바스락, 거리는 소리가 들렸다.

"모자를 써야지."

운이 조금 휘청거리며 뒤를 보았다. 하얀 얼굴이 더 하얗게 상기되며 눈은 커다래졌다. 눈앞의 중년의 남자가 자신이 쓴 밀짚 모자를 가리켰다. 아빠가 운을 찾아온 것이다.

"안녕하세요."

운은 고개도 허리도 발끝에 닿을 것처럼 꺾어 내렸다. 장갑을 낀 손으로 운이 심어 놓은 모종을 다시 잡고 꼼꼼하게 흙 속으로 집어넣었다. 운은 어찌할 바를 몰라 머뭇거리며 말했다.

"저기 잠시 앉아 계시면, 시원한 것 좀…."

"좋지 고맙네."

윤을수, 라는 이름의 남자는 운이 심은 몇 안 되는 흔들리는 모종을 다시 또, 잡아 단단히 흙 속으로 밀어 넣었다. 그리곤 허리를 꼿꼿하게 세우고 운이 살고 있는 커다란 집과, 언덕과 연결되어 있는 산 너머를 보며 숨을 크게 내쉬었다.

운은 미숫가루를 온전히 녹게 만드는 게 이리 힘든 일인 줄 다시 깨닫는 중이다. 자신이 먹는 무언가를 만들 때, 이렇게 정성을 들이지는 않았다. 운은 얼음이 거의 녹아 없어진 컵에 다시 얼음을 붓고 다시 미숫가루를 붓고 다시 젓기 시작했다. 결국 양이 많아진 이것을 더 큰 컵에 옮겨 담았다.

'어욱, 망했다.'

윤을수는 민망한 컵을 건네자 한 번에 그것을 꿀꺽 삼켰다.

"하, 잘 마셨네."

컵 안에 녹지 않은 미숫가루가 덩어리째 남아 있었다. 그는 그것을 한참 씹어 넘기는 모습이다. 운의 얼굴이 자연스럽게 붉어졌다.

운은 세상의 가장 인자한 얼굴을 갖고 있는 이 사람의 마음이 궁금했다. 아빠는 딸과 운의 관계를 전부터 알고 있었고 딸에게도 단 한마디의 말도 하지 않았다는 이야기를 운에게 짧게 말했다.

운은 망설여진다. 자신의 입에서 설휘에 관한 죄송, 이라는 단어를 말한다면 자신과 설휘의 모든 것들에 대해 부정을 나타내는 말이 될 것이다.

운은 그렇게 말할 수는 없었다. 하지만 따지고 보면 정말 죄송하다는 단어가 맞는 단어이기도 했다. 아빠의 입에서 헛기침이 나왔다. 운은 침을 꿀꺽 삼키고 주먹에 힘을 주고 귀를 열었다.

"으흠, 계획은 있나?"

"아…."

운의 입에서 말이 쉽게 나오지 않았다.

"이 사람, 먹고는 살아야 할 거 아닌가."

"서울에서 작은 커피 숍을 했었습니다."

"아니 근데 이런 곳에 와서 이름도 모를 채소나 심고 있나?"

"앞으로 많이 배워야…"

"흠, 됐네."

아빠는 잠시 망설였다. 운의 빠른 눈치는 급하게 말을 뱉게 한다.

"걱정하시는 부분 아주 잘 알고 있습니다."

"알고 있다면 섬세하게 좀 더 신경 쓰게…

내가 특별하다면, 함께 할 사람이 더 힘들어지는 건 당연한 거니까."

"네 아버님, 명심하겠습니다."

운의 입에서 아버님, 이라는 단어 툭, 나왔다.

"아직 아닐세, 하지만 내가 허락한다, 라는 건 좀 말이 안 되지…

자신들이 다 알아서 할 문제지만 말이야, 나는 남들처럼 내 자식만이 잘되길 바라는 사람은 아니네…

자네도 어느 한 부모의 귀한 자식이니, 그 귀한 자식들이 인연이라면, 둘 다 잘 되어야 하지 않나.

그래야 모두가 평화롭지… 나는 그래서 그게 참 걱정이야, 걱정. 내 자식이 힘들면 자네도 힘들테고, 또 자네가 힘들면 내 자식도 힘들테니까 말이야… 그게 걱정이야, 쯧."

운은 아빠의 입에서 나오는 모든 단어 하나하나를 귀에 한 번 가슴에 한 번 새겼다. 그리고 진심을 다해 말했다. 약간 울컥하기도 했던 것 같다.

"정말 잘 살고 싶습니다."

윤을 수는 그 말을 듣고 한참을 하늘을 보더니 운의 팔뚝을 툭, 하고 건드리며 일어섰다.

"어이쿠, 팔 한번 단단하니 맘에 드는군."

운은 머쓱하며 그를 따라 일어섰다.

"내일도 뛸 건가?"

윤을 수는 운이 매일 새벽 언덕길을 따라 낮은 산 등성이를 걷거나 뛰는 것을 알고 있었다. 몇 번 마주치기도 했지만 그때마다 운은 늘 긴 창이 달린 다른 모자를 쓰는 그를 알아보지는 못했다. 하지만 아빠는 빛나는 피부와 어디서나 눈에 띄는 훤칠한 키의 그를 잘도 알아보았다. 운이 놀란 듯 그를 보았다.

"뭐 그렇게 놀라나? 뭘 거냐고 물었네."

"아 네, 있는 동안은 매일 뜁니다."

"알았네, 난 내려감세."

운은 그가 내려가는 길에 대고 고개를 숙이고 허리를 굽히며 인사했다. 그리고 중얼거렸다.

"감사합니다."

운은 모서리를 『오든지』에서 처음 보았을 때처럼 심장이 두근거렸다.

고요하기만 한 나의 시골 집에서 악 소리를 듣는다는 것은 아주 큰일이 났다는 일이다. 우리의 삶에 있어서 이 여사의 외침은 대수롭지 않은 일이었지만 정말 악, 하고 내는 소리는 별수로운 일이 되어 버린다. 며칠 동안 나는 그런 일이 있었다는 사실을 까맣게 몰랐고 막내 설연의 전화를 받고 나서야 대략 짐작이 되었다. 어쩐지 너무 고요한 하루 하루가 내게 긴장감을 주고 있었던 건, 예감은 늘 적중한다는 의미일 것이다.

나의 아빠는 나보다 당신이 먼저 운에 대한 이야기를 이 여사에게 늘어 놓았다.

"넌 아무 말도 하지 말고 아무것도 하지 마."

난 그 말이 아직도 귀 볼에 남아 있는 상태. 이 여사는 물론 운과 나의 이야기를 듣고 노발대발하며 있을 수 없는 일을 가능하게 만드는 거 아니냐는 둥, 며칠을 그렇게 서로 목소리를 높였다고 한다. 설연이 말은 그렇게 해도 아빠의 목소리는 절대 높아지지는 않았을 것이다.

광과, 모서리를 닮은 여자

"당신이 걔를 낳았어? 내가 낳았어.

어떻게 당신 마음대로야? 어떻게 키운 자식인데, 병든 놈에게 딸을 맡겨, 당신 지금 제정신이야?"

아빠는 아주 독한 말을 뿜는 이 여사에게 나지막하게 에이즈에 관해 설명하고 또 설명했다.

이 여사가 말했다.

"병이라는 게 걸려도 괜찮은 병이 어딨어?

이건 전염병이잖아, 말이 안 되지 말이 안 돼."

몇 번의 시도 끝에 아빠의 침도 말라붙었는지 두꺼운 책 한 권과 여러 가지 안내서 같은 종이들을 거실 바닥에 던졌다.

"부정해야지, 당신이 틀렸다는 것이 아니야.

맞아 부정해야 하는 거, 어떤 부모가 이걸 부정하지 않겠어…

그런데 말이야, 한 번 봤어? 설휘 얼굴 말이야.

글쎄 나는 그 앨 키우면서도 그런 얼굴을 한 번도 보지 못했어.

애 얼굴 표정 하나로 난 고개를 끄덕이기로 한 거야…

왜 나라고 부정하고 싶지 않을까, 왜 설휘라고 고통스럽지 않겠어."

아빠는 책자와 말을 툭 던져 놓고 늘 그랬듯 삼촌네로 향했다. 만약 도망간 삼촌을 찾지 못했다면 아빠의 외로움과 괴로움을 어디서 누구와 덜어 낼 수 있었을까 싶다. 언뜻, 철없는 듯한 마음 착해 빠진 삼촌이 참 고맙다.

나는 운과 내가 만나는 그 중간 지점까지 버스를 탔다. 휴게소는 평일이지만 사람들로 시끌벅적하다. 벌써부터 여름이 자꾸만 바람 좋은 계절을 비집고 들어오려고 하는지 나는 생수를 벌컥거렸다. 6월의 시작이참, 벌써부터 잔인한 것이다.

내게 알은 체 말라던 아빠의 당부를 이 여사는 아주 잘 지키고 있었다. 그 덕에 이 여사와 나는 며칠째 감감 무소식이다.

많은 인파 속에서도 운은 한 눈에 띄었다. 나는 벌떡 일어나 그에게 손을 흔들며 두어 번 점프했다. 신이 날 게 뭐가 있나, 라는 생각에 나는 빠르게 의기 소침해진다. 운이 나의 두 볼을 두 손바닥으로 잡으며 말했다

"많이 기다렸어?"

나는 고개를 저었다.

"뭐 좀 마실까?"

나는 가방 안에 고이 모셔 놓은 운을 위한 텀블러를 내밀었다. 시소가챙겨 준 운과 나를 위한 홍삼 달인 물이다. 좀 나이 많은 사람처럼 보이긴 하지만 우리에게 최고의 선물이다.

"가자."

운이 나의 손을 잡았다. 늘 같았지만 그가 나의 손을 잡고 이끌 때마다나는 늘 새롭다. 이 사람이 다른 사람인가, 라고 얼굴을 확인해야 할 것처럼 내 느낌은 늘 그랬다. 묵직한 운의 입을 보고 있으면 꼭 아빠와 같다. 그 묵직함이 참 비슷하기도 하다.

이 여사는 묵직한 아빠의 입이 답답하거나 꼴 뵈기 싫을 때가 많다, 라고 했다. 간혹 부부끼리 모임을 다녀오거나 이 여사의 마음에 들지 않는 사람과 만나고 온 날에는 아빠의 입이 좀 가벼워서 이 여사의 편을 들어주길 바랐다. 하지만 아빠의 입은 그렇게 무거운 사람이다. 나는 운의

이 묵직함이 답답하지도 밉지도 않다.

운의 묵직함은 오히려 그를 더 사랑할 수 있게 만드는 마법과 같은 것이다. 집에 도착하자마자 설연이 뛰어나왔다.

"엄마는?"

나는 어안이 벙벙, 말을 이었다.

"무슨 소리야? 집에 안 계셔?"

"방금 나갔어."

"차 끌고?"

설연이 고개를 끄덕거렸다. 이 여사는 나의 전화를 꿋꿋하게 받지 않았다. 운과 내가 함께 올 거라는 소식에 이 여사는 사라진 게 분명하다.

"아빠?"

"오실 거야."

"하…."

우리는 얼떨결에서 아빠 설연 운 그리고 나 이렇게 똘똘 뭉쳐 이 여사를 찾았다. 이 여사의 행방이 묘연했지만 그 사이 뭉친 우리들 속에 운이 있다는 것이 안심이 되었다. 아빠는 이 여사에게 시간을 주자, 라고 말했지만 나는 그럴 수가 없었다. 엄마가 느끼는 감정이 정확히 어떤 건지는 안다, 라고 말할 수는 없지만 그래도 조금은 알기에 가만히 있을 수가 없었다.

"아빠랑 연이는 그냥 집에 있어요, 엄마가 올 수도 있으니까.

나는 한 번만 더, 돌아보고 올게."

아빠는 나를 쳐다보지도 않고 대답도 하지 않았다. 사실 아빠와 이 여사의 결혼은 정말 특별했다. 뭐 나와 운처럼, 이라고 말하기는 우리가 조금 더 충격적이긴 하지만 이 두분들의 결혼도 만만치 않은 길이었다.

자존심 강한 나의 엄마는 자신에게 장애가 있다는 것을 자식들도 모르게 했다. 혹시나 우리가 학교생활을 하다가 놀림을 받거나 그 사실로 인해 주눅이 들거나 사회적인 문제에 노출이 되는 것을 두려워했다. 헌데 놀라운 건 나의 엄마 이 여사의 장애를 말하지 않는 한, 사람들은 눈치채기 어렵다. 그것은 이 여사의 엄청난 노력의 결과이기도 했다. 이 여사의 청각은 정상이 아니다.

어릴 적 홍역을 심하게 앓고 난 후 청력을 조금 잃었고 시간이 갈수록 기능은 떨어졌다. 다행히 조금 남은 청각 기능으로 빠르게 인공 와우 수술을 할 수 있었고 재활 또한 굉장히 열심히 했다. 지금은 생활에 불편없이 지내고 있지만 우리가 몰랐던 시절의 이 여사는 굉장히 힘든 일들을 많이 겪었다고 한다.

가끔 이 여사는 나의 입 모양만 보아도 듣기보다 먼저 그 말을 알아보기도 한다. 내가 이 여사의 장애를 알게 된 건 고등학교 첫 등교 날이었다. 왜 꼭, 무슨 일이 일어날 것 같은 날에는 비가 오는지 알다 가도 모르겠다.

나는 학교로 걸어가는 도중, 비가 오는 것을 그대로 맞을 수밖에 없었다. 도중에 집으로 돌아간다면 첫날부터 지각을 할 게 뻔했으니까, 되도록 빠른 걸음으로 걷던 중 이 여사가 우산을 들고 나를 불렀다. 당신은 비를 맞으며 겨우 손 우산으로 눈동자만 가렸다.

"설아 설, 우산."

나는 엄마의 목소리를 듣자마자 뒤를 돌아보았고 엄마는 신호가 없는 횡단보도 중간에 서서 나를 보고 웃고 있었다. 우회전을 하려던 승용차가 도로 중간에 서 있는 이 여사를 향해 찢어지는 클랙슨 소리와 함께 브레이크가 아스팔트에 밀리는 경박한 소리를 질러 댔다.

나는 반사적으로 두 귀를 막고 엄마라고 소리친 후, 그 자리에 박혀 버렸다.

나와 눈이 마주친 엄마는 굉장히 해 맑은 표정으로 나를 보고 있었고 뒤 늦은 클랙슨 소리와 나의 행동과 목소리를 인지한 후 주변을 살폈다. 정말 나는 이날을 수도 없이 그려냈고 수도 없이 기억했다. 그럴 때마다 느끼는 아찔함은 등줄기를 싸늘하게 만들었다.

그날 이 여사는 오직 내가 우산을 써야 한다는 생각에 보청기를 두고 앞만 보고 뛰었다고 했다.

"글쎄 이상하지, 그날은 진짜 뭔가 홀린 것 같았다니까…."

보청기를 끼지 않아도 소리에 민감했던 사람이 그날은 왜 그랬는지 모르겠다는 말만 반복하며 웃으며 말했다.

"글쎄, 니들한테 들키려고 그랬나 봐."

그렇게 난 이 여사의 장애를 알게 되었고 우리 자매 셋은 그날 이 여사와 함께 끌어안고 서로를 다독였다. 그리고 우린 지금까지 엄마의 장애를 잊고 살았으며 가끔 꺼내 보며 엄마에 대한 존경과 사랑을 더욱 북돋았다. 마치 지켜야 할 우리들의 약속처럼 말이다.

운과 나는 저수지를 넓게 걸었다. 어릴 적 우리가 주말 마다 찾았던 곳이기도 하다. 유일한 우리의 놀이터이기도 했다. 다행히 해가 길어져서 어둠속에서 이 여사가 혼자 있지는 않는다는 생각에 조금 안심은 되었다. 운은 나의 손목을 잡았다.

"저기."

"응?"

나는 운이 바라보는 시선을 따라 그곳을 보았다. 이 여사는 카페 유리창에 비춰진 대로 그곳에 앉아 있었다. 아직 나를 발견하지는 못한 모양이다. 시선이 어디에 머물렀는지 모를 정도로 이 여사의 표정은 아무것도 읽을 수가 없었다.

"얼른 들어가 봐, 난 기다릴게."

나는 고개를 끄덕이며 빠른 걸음으로 카페에 들어섰다. 문을 열자마자 울리는 알림음에도 이 여사는 꿈쩍하지 않았다. 혹여 이 여사가 놀라기라도 할까, 나는 아주 조용히 천천히 이 여사를 바라보며 앞 자리에 앉았다.

"엄마."

역시 놀라지 않는 눈치다. 이 여사는 나를 뚫어져라 바라보며 눈빛으로 내게 언성을 높이고 있었다. 억지로 감정을 누르고 있는 것이다.

"잘도 찾네."

"엄마."

"부르지 마, 엄마라고 부르지도 마.

나와도 갈 곳이 있어야지, 참 뭐 떨어진다."

"엄마아아."

"부르지 말랬지? 듣기 싫어, 어떤 말이든 다 듣기 싫어.

이 배신자… 시작이라도 하기만 해 봐, 그냥 입 다물고 있어."

그때 운을 발견한 모양이다.

"엇, 쌍으로, 이것들이…."

"집에 가요 엄마, 응?"

광과, 모서리를 닮은 여자

이 여사가 벌떡 일어났다.

"휴우, 난 갈 곳도 없어."

나는 이 여사를 따라 나섰다.

"집으로 가는 거지?"

이 여사는 고개를 숙여 인사하는 운을 본체만체하며 주차장까지 걸었다. 나는 운의 차에 올라타는 순간 귀가 찢어질 듯한 소리를 들었다.

"야 이 지지배야, 당장 와서 안 타? 정신나간 것."

나 또한 스스로 아무렇지 않게 운의 차에 타려 한 내게 조금 놀랐다.

"운 이따 봐, 미안."

운은 고개를 절레절레 저으며 미소 짓는다. 이 여사는 내가 차에 타자마자 엄포를 놓는다.

"너 말하지 마, 아무것도…

그랬다간 내가, 저 차를 뒤에서 들이박을 수도 있어."

나는 눈을 둥그렇게 뜨고 입을 악, 하고 벌리고 엄마를 보았다. 그리고 두 손으로 입을 가렸다. 허억, 하는 소리가 조금 나자 이 여사는 그대로 나를 잡아먹을 듯이 노려보았다. 나는 그대로 고개를 세차게 끄덕이기만 했다.

아빠와 설연은 들마루에 앉아 이 여사를 기다린 모양이다.

이 여사는 집에 도착하자마자 방으로 들어가 버렸다. 정말 찬 바람이 쌩, 하고 매섭게 부는 모양이 따로 없다.

운은 차에서 내려 아빠에게 인사하고 언덕 길을 향했다. 운이 모는 차의 뒷모습도 나는 안타깝다. 어쨌든 이 정적을 깨부셔야 결론에 달할 것이다. 나는 굳게 마음을 먹었다. 우린 살벌한 공기와 함께 저녁을 먹었다. 그 누구도 정적을 깨지는 못했다. 아빠가 따라내는 막걸리가 꼴꼴, 거리는 소리만 들릴 뿐. 아빠는 숨을 크게 내쉬며 마치 마지막이라는 듯, 말했다.

"당신, 좀 나와 봐. 싫든 좋든 대화는 해야 할 것 아니야."

이 여사가 안방에서 뭐라고 말한 게 분명한데 들리지는 않는다. 나는 안방 문을 빼꼼 열어 이 여사를 보았다.

"엄마아."

설연이 문을 확 열어 제치며 말했다.

"언니 니도 참 대단하다, 설진이 욕할 거 아니네."

"조용히 해라, 네가 나설 문제 아니다."

"왜 아니야? 북한도 아니고 집이 이렇게 설렁한데?"

이 여사가 말했다.

"그만, 시끄러워."

설연 덕이라고 해야 할지 이 여사가 아빠 맞은편에 앉더니 막걸리 잔을 들고 한꺼번에 들이켜고, 다시 또 막걸리를 따라 내 들이켠다. 참고로 이 여사는 소주 한 잔이면 충분히 취한다.

"엄마아."

아빠가 말했다.

"그냥 둬라, 마시겠다는데."

설연이 말했다.

"에휴, 치사량이네, 난 미리 약이나 찾아야겠다, 쩝."

설연은 너 때문이야, 라며 속삭이며 지나갔다. 난 소리도 나지 않게 먼지도 나지 않게 이 여사 곁에 멀찌감치 떨어져 앉았다. 우리의 정적은 또

광과, 모서리를 닮은 여자

다시 시작이다. 시간이 얼마나 지났을까, 이 여사의 얼굴이 붉게 달아오르고 있었고 막걸리는 벌써 두 병이 비워졌다.

이 여사가 막걸리 잔을 다시 들자 아빠가 거둬들이며 말했다.

"그만 먹어라, 당신, 병 나…

그리고 이야기는 할 수 있어야지."

아빠의 말이 끝나자마자 이 여사는 나를 노려보았다. 나는 눈치를 살피며 아빠의 곁으로 엉덩이를 조금씩 들이밀었다. 이 여사의 입이 터졌다.

"나쁜 지지배 같으니, 이런 식으로 나를 배신을 해?

너 언제부터 야? 어떻게 그렇게 모르게 사기를 쳐, 그것도 말도 안 되는 자식이랑? 넌 그게 말이 된다고 생각해? 머리가 있으면 생각을 할 거 아니야? 너 그거 말이 되니?"

나는 자신 있게 고개를 끄덕였다.

"말이 된다고?"

"엄마, 사랑이 말이 안 되는 것도 있어? 날 몰라요?"

"사랑? 웃긴다, 내가 널 알아?

아니? 너 내가 낳은 자식 아닌 거 같다."

"엄마가 몰라서 그래, 운이 잘못해서 면역력이 떨어지는 것도 아니고, 이건 그냥 장애 같은 거야. 엄마."

난 말이 끝나자마자 내가 무슨 말을 지금 뱉고 있는 건지, 지진이 난 것처럼 이 여사의 어깨가 흔들리는 것을 보았다. 그리고 난 내 입을 손으로 틀어막았다. 난 지금 큰 실수를 한 것이다. 이 여사의 입에서, 허, 허 하는 기막힌 소리가 연달아 튀어나왔다.

"장애? 장애… 그래, 여보, 얘가 장애라고 했어요?

장애 같은 거라니….”

“엄마.”

순간 나의 눈에서 눈물이 터져 나올 것 같아서 나는 주먹을 있는 힘껏 꽉 쥐고 이를 있는 힘껏 앙 물었다. 그리고 또박또박 말했다.

“어 맞아 엄마, 장애 같은 거…

엄마가 더 잘 알잖아요, 우리 모두 아무 문제없이 잘 지내고 있잖아, 응? 운도 같아, 조금만 더 신경 쓰면 보통사람과 같아.

우리처럼 아무 문제없이 잘 지낼 수 있는 거야, 조금 특별한 거라고.”

이 여사가 고개를 숙인 채, 눈만 치켜 뜨고 내게 말했다.

“너가 장애를 알아? 아무 문제없이 잘 산 거 같니?

아… 너희들이? 그래, 그건 참 감사한 일이구나…

그럼 나는? 내가 아무 문제없이 잘 산 거 같니? 다시 물어보자, 넌 그렇게 생각해?”

“물론 자신은 더 힘들다는 거 알아, 그러니까 엄마가 더 운을 이해해 줄 수도 있는 거 아니야.”

“아니, 그건 아무도 도와줄 수 없는 거야, 알아? 내 스스로 나 혼자 감당할 문제야, 그리고 그걸 너가 어떻게 알아?

내가 잘 지낸 거 같다고? 이런 망할 지지배.

그걸 겪어야 하는 사람과, 그런 사람과 함께 하겠다고?”

이 여사는 어이없는 웃음을 뱉으며 실성한 사람처럼 계속 웃었다. 나는 아무것도 아무 말도 할 수 없었다. 북 돋았던 용기와 결심이 불끈 쥔 두 주먹 사이로 빠져나가고 있었다. 삶이라는 게 질병과 동 떨어져서 살 수는 없는 거라며 교과서에 나올 법한 이야기들을 이 여사의 귀에 대고

소리치고 싶었다. 나의 심장은 계속 그걸 하라 명했지만 두 주먹의 힘은
풀려 나풀거렸다.

나는 잠을 이룰 수가 없었다. 그것을 아는지 모르는지 밤 하늘의 별은
무심하게도 더욱 더 반짝거린다. 운에게 문자가 왔다.

『아직, 불, 켜졌네?』

나는 운에게 전화를 걸었다. 운의 목소리가 낮게 잠겨 있었다.

"응 서리."

"남들에게 우리가 별일이긴 별일이겠지?"

"흠, 그러엄, 아주 별일이지."

"지금 서울 갈까?"

"응?"

"엄마에게 시간이 필요할 거고, 내가 보이지 않는 게 맞는 거 같고…."

"걱정하실 거야."

"그래도 없는 게 나을 것 같아."

나는 아빠에게 쪽지를 남기고 조용히 대문을 나섰다.

『아빠, 일찍 올라가요 죄송해요, 전화할게요.』

운과 나는 서울로 올라 가는 내내 서로 말이 없었다. 몇 번씩 나의 손
등을 따뜻하게 감싼 그의 손길이 절벽을 올라가는 내 심정을 조금이나
마 다독여 주었다. 토요일 새벽 길은 우리처럼 꼭, 조용했다.

운과 나는 헤어질 때도 조용히 미소로 인사했다. 그는 내 감정의 모든
것을 읽어 내고 온전히 느끼고 있는 사람이다. 나의 슬픔이 그에게 전해

질까, 또 슬픔이 돋아났다.

그의 특별함이 그에게 또는 내게 자꾸만 별일을 만들어 낸다. 나는 알고 있다. 이 별일을 앞으로 수없이 겪고 함께해야 한다는 것을 말이다. 나는 그것이 미안했고 그것이 원망스러웠다. 나는 집에 들어오자마자 침대에 풀썩, 엎드렸다. 온전히 홀로 남겨지자 그제서야, 눈물이 쏟아졌다. 베개에 얼굴을 묻고 귀까지 이불을 덮었다. 혹여, 이 소리와 이 감정이 새어 나갈까, 단단히 쥐고 또 쥐고 나는 온몸을 들썩이며 쏟아냈다. 문자 알림음이 울렸다.

운의 문자다.

『먹을 것 좀 샀어, 놓고 갈게

피곤하네, 난 잘 수 있을 거 같아, 그러니까 잘 자 서리도.』

"바보."

운은 미리 나의 걱정을 붙들고 싶었던 모양이다. 나는 운이 놓고 간 김밥, 맥주와 말랑한 오징어를 씹고 마셨다. 어깨 너머로 보이는 거울 속 내 모습이 가관도 아니다. 얼굴은 퉁퉁 부어 눈동자가 보이지 않는다. 작고 가느다란 눈을 가진 사람들의 비애다. 슬픔을 눈물로 쏟아 붓는 날에는 얼굴이 참, 기괴하게 변한다. 참, 내가 봐도 나는 못 생겼다. 이 와중에 나의 얼굴은 웃음을 만들었다.

"우흐훗."

나의 기분과 피로감은 한 시간도 채 잠들지 못 했을 거라고 생각하게 만들었다. 부은 눈을 반쯤 뜨고 창문을 뚫고 들어오는 볕을 보았다. 그리고 달그락, 거리는 소리가 들렸다. 소리를 찾기도 전에 나는 시소의 냄새를 맡았다. 그녀의 오렌지 향수 냄새가 좋다.

광과, 모서리를 닮은 여자

시소가 말했다.

"얼마나 푼 거야? 늦게 올 줄 알았더니… 얼른 일어나 열두 시야."

시소의 열두 시라는 말에 일요일을 온전히 모두 보낸 것처럼 화들짝 놀라 벌떡 일어나 앉았다.

"하, 벌써? 말도 안 돼, 한숨도 못 잤어."

"그건 아닐 걸? 그럼, 입을 헤, 하고 벌리고 자고 있던 건 어느 년 입니까?"

나는 입 주변을 더듬거렸다. 앗, 침을 흘린 게 분명하다. 나는 무릎 걸음으로 바닥을 질질 끌어 물티슈를 집어 들어 얼굴을 닦았다. 시소가 뒤돌아 눈을 흘겼다.

"차라리 씻어라 쫌, 너 이러는 거 운도 알아?"

"쳇, 뭘 해도 예쁘대."

"안 들은 귀 산다."

얼큰한 고춧가루의 기운이 공기 중에 퍼졌다. 나의 코는 바로 재채기로 음식을 알아 차린다.

"으핫 취."

"설, 내가 콩나물 국을 한 달에 몇 번 끓이는 줄 알아?"

나는 네 발로 새로 들인 식탁까지 엉금엉금 기었다.

"여섯 번이다, 어?"

시소는 콩나물을 잔뜩 건져 올린 그릇을 내게 들이 밀었다.

"뉘뉘, 감사합니당, 아주 잘 먹어 주겠어, 시소."

"으이구 애물단지."

시소는 다시 한번 부은 나의 얼굴을 내려 보며 고개를 절레절레 흔들었다.

"설, 얼음 팩 좀 해야겠다!

천천히 나와, 뭐 안 와도 되고, 근데 삼겹살 구워 먹을 거야."

"풉, 안 와도 되는데 삼겹살을 구워 먹을 거라는 거야?

아주 불친절한 단어군 그려."

"그래, 그건 그렇고, 아버지 단단히 화나셨구나?"

"흐흠, 아니 아니, 여사님이 문제야."

시소는 이 여사의 이야기를 듣더니 안나의 이야기를 했다. 물론 운이 자신의 사람이기 때문에 다른 상상을 해 본다는 건 억지지만 만약 안나가 나와 같은 선택을 했다, 라고 생각한다면 시소 또한 이 여사와 같지는 않았겠지만, 어느 정도는 엄마라면 다들 비슷하지 않겠냐, 라는 말을 했다.

물론 맞는 말이고 이 여사의 불편한 심기는 당연한 것이다.

"응, 그럼 당연히 나도 알아… 내 말은, 이것을 어쨌든 극복하고 결론을 내야 한다는 거지, 그 과정이야 난, 모두 인정하고 또 인정하고 또…"

시소가 말했다.

"근데 결혼, 할 거야?"

나는 빠르게 답했다.

"꼭 해야 해?"

"어?"

시소가 놀란 눈치다.

"왜 꼭 결혼 같은 으레 치르는 그런 예식을 거행해야 사랑함이 성립되는 거야? 그럼 우린 지금 사랑하고 있지 않은 건가?

남들 보기는 남들 보기고."

"아니 뭐 그렇지는 않지만⋯."

"운과 나는 뭐, 다른 사람들에게 인정받고 싶어서 그런 것도 아니고, 우리 그냥 이렇게 잘 지내는 거, 그냥 그러고 싶은 것뿐인데."

"설아! 넌 이 여사님 배 속에서 나왔잖니, 부모님이 널 신경 쓰고 걱정하는 건 당연한 거야."

"흐음, 그러니까 그게 문제지."

시소의 콩나물 국은 역시 최고다. 나는 밥 한그릇을 뚝딱 말아 해치웠다. 전날 술을 잔뜩 위에 구겨 넣은 사람 같지 않게 말이다.

"잘 먹었습니다."

"설거지 해, 나 먼저 나가!

또 자지 말고. 응? 늦게 라도 와서 먹고 가, 나 간다."

"응 시소."

나는 본격적인 여름이 시작되기 전에 집 안을 뒤적이며 버릴 것과 정리할 것들을 구분했다. 건조함에 이리저리 날리는 먼지들이 내 눈과 콧속에 투명한 것을 계속 만들어 낸다.

나는 콧물을 들이마시고 눈물도 닦아 내느라 정신이 없다. 이 좁은 방 안이 버려져야 할 것들 때문에 더 비좁아 보였던 모양이다. 붙박이 장 속 서랍을 열었다. 모태 솔로 생활 동안 사랑하다 지치다 단념하다 또 사랑하다, 했던 생활의 연속이던 시절이 고스란히 들어 있었다.

그 시절 홀로 좋아하다 나의 마음을 시름시름 병들어가게 하던 사람들, 이제 보니 참 별로다. 어이없는 웃음이 종이와 사진들을 훑어 가며 훗훗, 거리며 나왔다. 그때는 참 절실했고 연약했던 그 감정들이 왜 지금에 와서 유치한 것들이 되어 버렸을까, 운을 만나려고 그랬나 보다.

나는 잊었던 운 생각에 깜짝 놀라 급하게 전화를 걸었다.

"서리."

운의 목소리가 굉장히 멀게 있는 것처럼 느껴졌다.

"운전 중?"

"응, 괜찮아.

차가 많아서 엑셀에서 거의 발을 놓고 있어, 컨디션 어때?"

"음 시소의 콩나물 국으로 다시 태어났어."

운의 웃음 소리가 들린다.

"운."

"서리."

"고마워, 내가 모태 솔로로 죽지 않게 해 줘서."

운이 또 웃었다. 운의 웃음 소리는 정말 잘 익은 딸기처럼 달콤하다.

"고마워, 난 굉장히 특별한데, 서리 같은 사람을 만나게 되어서, 아주 많이… ."

"어디가?"

"언덕 위의 집."

나는 놀랐다.

"벌써?"

"응."

"우리 얼굴도 못 봤는데… ."

운이 말했다.

"욕심쟁이."

"흐으으음, 도착하면 연락해.

광과, 모서리를 닮은 여자

참 일복이 아저씨랑 시소가 『오든지』에서 삼겹살 파티를 할 거래⋯
시소는 둘인데 자꾸 파티, 라는 말을 해.

홋, 그래서 내가 가 줘야지."

"웅 삼겹살 파티, 낼 출근이다?

삼겹살이랑 소주에 너무 욕심내지 말고 욕심쟁이 아가씨, 연락할게."

"웅."

"안녕."

"안녕."

나는 전화를 끊자마자 운의 전화번호, 숫자에 대고 쪽, 소리가 나도록
입을 맞췄다. 쓸 일 없었던 가장 큰 쓰레기 봉투를 구석에서 찾았다. 먼
지가 가득한 것들을 모두 그곳에 털어 넣었다. 언제 입었는지 모를 옷들
은 다시 입을 수 없을 정도로 크다. 아마 그때는 젖살이 채 빠지지 않을
때였나 보다.

그 옷들도 모두 쑤셔 넣었다. 붙박이장 속이 이제서야 넉넉하고 깨끗
해 보인다. 가끔 안락한 곳이 필요할 땐 저곳에서 잠을 자도 될 듯싶다.

일복이 아저씨의 요리 솜씨가 이렇게 좋은지, 시소도 몰랐던 모양이
다. 나는 이 세상에서 시소가 해 주는 음식만큼 맛있는 음식을 먹어 보지
못했다. 이 여사에게 미안한 일이지만 엄마의 사랑이 깃든 음식으로 말
한다면 아주 좋은 포장일 것이다. 일복 아저씨의 음식은 시소의 음식을
따라 넘었다. 아니, 우선 스타일이 달랐다. 나의 머릿속 랭킹은 앞으로
오직 일복 아저씨, 라고 기억할 것만 같다.

"일복씨가 이제 주방장해요, 난 손 놓아야겠어."

시소가 웃으며 말했다.

"에이, 그래도 시소 손 맛은 따라갈 수가 없지.

난 이것들을 많이 쓰니까, 맛이 없을 수가 없어."

일복 아저씨가 조미료 통들을 가리켰다. 내가 말했다.

"난 그 수많은 조미료를 털어 넣어도 그 맛이 안나요, 능력이 있어야 조미료도 부릴 줄 아는 법."

우린 동시에 함께 웃었다. 일주일에 한 번쯤 연락오는 안나는 시소의 말처럼 어두웠던 얼굴이 밝아진 게 보였다. 사진 속 안나는 괴상한 포즈를 하며 웃고 있었고 뜨거운 태양 아래서 얼마나 뛰어다녔는지 피부가 새까맣게 탔다. 건강하고 행복해 보인다.

"안나 얼굴 많이 변했지? 부쩍 빠르게 크고 있어 정말 빠르게… 하루 동안에도 그렇게 크나 봐."

"응 그러네? 안나 되게 행복해 보여, 심통을 턱에 달고 있었던 얼굴과 너무 달라, 큿, 시소 빈 자리 없어 보여 다행이야."

시소가 눈을 가늘게 뜨며 말했다.

"안나는 원래 내 빈 자리는 없었을 거야."

내가 눈을 치켜 올리고 아니라며 고개를 흔들었다. 시소는 그래도 웃었다. 안나가 웃고 있었기 때문이다. 일복이 아저씨와 시소는 곧 살림을 합칠 모양이다. 시소는 큰 집은 필요하지 않다며 지금 살고 있는 오피스텔을 고집했지만 나는 새로운 시작을 굳이 그곳에서 할 필요는 없지 않냐, 라고 말했다.

나는 말했다.

광과, 모서리를 닮은 여자

"변기 막힐 걱정은 하지 않을 곳으로 가."

일복 아저씨가 크게 웃으며 그것 하나는 제대로 갖추었다, 라며 자랑 아닌 자랑을 했다. 이들은 혼인 신고부터 할 생각이라고 한다. 일복 아저씨의 결혼관은 나와 거의 비슷했고 시소는 일복 아저씨에게 결혼이라는 것이 처음인 만큼 결혼식을 올리는 것에 대해 긍정적으로 생각했다. 물론 시소 자신만 생각했다면 결혼식 따위는 소름 돋는 관행이야, 다시 하고 싶지 않아, 라고 말하겠지만, 그녀에겐 일복이 아저씨가 먼저다.

"아, 이 배려심 깊은 두 사람이라니, 축복받으시오오오~."

난 시소가 느끼는 기쁨이 가슴에 와 닿아 시소만큼 기뻤다. 일복이 아저씨의 행동은 빛보다 더 빨랐다. 새로 시작하는 6월 1일 그들은 부부가 되었다. 일복 아저씨는 혼인 신고라는 것이 이렇게 간단할 줄은 몰랐다며 부부가 되는 게 종이 한 장에 달려 있다니 조금 서운한 감정도 든다, 라고 말했다.

아무래도 가까운 지인들을 모아 결혼식 파티라도 해야겠다, 라며 시소에게 말했다.

"난, 당신이 원하면 찬성이에요."

나는 얼마 안되는 시간 동안 시소가 곁에 있는 동안 느꼈던 소중함을 더욱 뼈저리게 느꼈다. 시집을 간다는 것, 결혼을 한다는 것, 곁에 있는 누군가에게 기쁘고도 이상 야릇한 슬픔을 남기기도 하는 모양이다. 이 여사가, 또는 아빠가 설진의 결혼식을 마치고 느꼈던 그 쓸쓸함이라고 말해야 할까, 부모가 자식에게 느끼는 것과는 다르지만, 그 쓸쓸함의 쓸쓸함은 조금이라도 비슷하지 않을까, 란 생각이 든다.

나는 시소가 이사를 한 후 며칠도 되지 않아, 그 감정을 느꼈다. 아니다, 솔직히 말해서 이사를 할 때부터 시작됐다. 내 모습을 안나가 봤다면 팔짱을 끼고 짝다리를 짚으며 이렇게 말했을 거다.

나보고 언제 철들래? 라고 말하며 쯧, 설, 이모는 아직 어른이 아니었네, 라고 말이다.

나도 모르게 자꾸만 어슴푸레한 시간에 눈을 뜬다. 몸도 손도 고개도 움직이지 않고 그대로 눈만 멀뚱, 하고 뜬 채 하늘을 올려 보다 주방 쪽으로 고개를 돌리는 것이다. 왠지 시소가 소리 나지 않게 발끝을 올리며 분주하게 다니거나, 고춧가루를 듬뿍 넣고 끓인 콩나물 국을 끓이는 냄새가 나거나, 나를 보며 한숨 짓는 시소의 숨소리가 들릴 것만 같은 것들, 나는 코를 흐윽, 하고 먹으며 다시 눈을 감았다.

일복 아저씨와 시소는 아주 간단한 결혼식을 치렀다. 아니 결혼식, 이라고 말해야 하는 건지는 모르지만 어쨌든 이 날을 결혼 기념일로 지정할 것 아닌가, 그래서 난 결혼식이라고 부르기로 했다.

알고 보니 일복 아저씨는 엄청난 재력가였다. 이건 시소도 몰랐던 사실이다. 어쩐지 비가 올 때마다 스스로 우산을 갖고 다니는 것을 보지 못했다. 비가 오면 늘 키가 멀대 같은 사람이 허리를 굽으며 그 큰 우산이 작아 보일 정도로 성큼성큼 어디선가 튀어나와 일복 아저씨의 조금 남은 머리카락을 위해 우산을 씌어 주었으니 말이다. 지금 생각해 보면 시소나 나나 참, 눈치가 없는 사람들이다.

참, 그리고 정말 놀랐던 건 시소의 『오든지』가 있는 그 5층짜리 건물이 일복이 아저씨가 건물주라는 점이다. 아마도 일복 아저씨는 시소를

광과, 모서리를 닮은 여자

몇 년 동안 또는 몇 달 동안 몰래 훔쳐보며 장기간의 계획을 세우며 돌입했을지도 모른다는 생각을 했다. 일복 아저씨는 그런 완벽함이 남다른 사람이다. 일복 아저씨는 자신이 좀 심한 부자라는 것에, 시소의 마음이 혹시라도 다칠까, 그 이야기들을 장문의 편지로 고백했다고 한다. 참으로, 시소를 위한 마음만이 그득한 정성스러운 일복 아저씨다.

"시소, 부자네?

축하해 동반자가 일복 아저씨라서, 그리고 일복 아저씨가 부자라서."

나의 말에 시소는 짧게 말했다.

"칫, 오늘도 내가 밥 샀어, 뭐."

나는 시소의 오늘도 내가 밥 샀어, 라는 말을 듣고 웃지 않을 수가 없었다. 사실 일복 아저씨는 밖에서 쓰는 모든 돈에 대해서 좀 짠 편이라고 들었다. 건물주가 밖에만 나가면 아내에게 돈을 쓰라고 응원을 한다고 한다. 일복 아저씨의 덩치로 보면 어울리지 않는 행동이다.

하지만 일복 아저씨의 통 큰 모습을 목격할 수도 있다. 시소를 위한 그 어떤 것에도 돈을 아끼지 않는다는 것이다. 시소가 그렇게 노노노노, 라는 말을 했지만 『오든지』의 간판을 새로 달았다는 거다. 내가 폭소를 했던 이유는 아무나 갈 수 없는, 피나는 노력을 해야 하는 그런 대학원까지 나와서 일복 아저씨는 『오든지』의 간판을 『오든지』가 소리나는 대로 『Odenzi』라고 써서 달았다는 것, 이건 정말 웃지 않을 수 없는 상황이다.

"설휘 씨 잘 봐, 『오든지』를 이렇게 써 놓으면 진짜 오든지 말든지, 난 해 줄 것만 해 줄 테니 알아서 드시고 가라, 라는 그런 느낌도 나지 않아? 이들이 이곳에 모두 모였다. 명은 이런 자리에 빠질 수 없다며 약속된 하루 전날 이미 한국에 온 상태였고 나와 운은 물론, 절대적으로 먹을 것이 많은 이런 자리, 그리고 이야기가 많을 수밖에 없는 이런 자리에 빠질 수 없는 김하영 대리, 그리고 일복 아저씨의 친구들, 물론 시소의 전남편 놈은 참석하지 않았다.

시소의 할머님은 꼭, 이 자리에 오겠다고 으름장을 놓으셨다고 한다. 일복 아저씨는 이름만 들어도 비싸고 유명한, 온라인 게임을 즐겨하는 사람들이 좋아한다는 의자를 『Odenzi』에 들여 놓았다. 그 자리는 상석이고, 할머니를 위한 일복 아저씨의 찐한 배려심이라고 한다. 역시 진정한 짠돌이 부자 아저씨는 진짜 짠돌이는 아니었다. 말하자면 진정성 있는 짠돌이.

이 넓은 세상에 사람들은 정말 가지각색의 성격을 지니고 있다. 시소는 친구들이 많지 않다. 하지만 이 모임을 어떻게 알게 되었는지 소위 친구라고 일컬어야 하는 사람들이 시소를 찾아 스스로 왔다는 것이다. 뒤늦게 알게 된 건 이 넓은 땅이 참 좁기도 하겠다, 라는 생각을 했다. 일복 아저씨는 우리만 몰랐던 유명 인사였다. 시소의 친구들은 유명 인사의 그 사회적 인간 관계에 끼고 싶었던 게 분명하다. 시소가 이혼 전 처음 집을 나왔을 때 손 한 번 내밀지 않았던 그들이, 어떻게 시소의 결혼식에 참석하기 위해서 일부러 발을 디뎠을까, 나는 아직도 그 생각만 하면 토악질이 나온다.

시소는 내게 오늘만 그냥 잘 넘어가면 돼, 라는 싱거운 말을 하며 내가 그녀들을 상대하지 않기를 바랐다. 하지만 일복 아저씨 또는 일복 아저씨의 지인들, 게다가 명의 남편에게도 눈길을 주며 하하, 호호 하는 꼴을 보고 있으니 이 축복받아야 하는 신성한 자리에 그녀들의 존재가 미운 털이 아닐 수가 없었다.

시소의 친구라고 일컬어야 하는 여자1이 일복 아저씨와 시소를 번갈아 보며 말했다.

"요즘 이혼이 어디 흠이니?

이혼 세 번 하고도, 새 신랑 얻어 사는 사람들도 많더라."

축복을 가득 담아도 모자랄 이 자리에서 그야말로 천박하기 그지없는 말솜씨. 이건 정말 들으라는 소리다. 시소는 바보같이 그것을 듣고 또 미소를 짓고 있다.

난 이들을 그냥 둘 수 없었다. 들이받지 않은 건 참, 다행이라고 생각한다. 내가 끼어들며 말했다.

"그러게요, 이혼이 흠이 아닌 세상에 이혼이라도 하는 게 낫죠, 결혼 한번 못하고 살다 가면 너무 아까운 세상이니까요."

순간 여자1의 얼굴이 창백해지다 붉어지다 갈피를 못 잡는 꼴이다. 운은 멀찌감치 서서 그런 나를 열심히 보고 또 보며 미소 짓는다. 여자1은 자신은 그런 말에 충격 따위 받지 않는다는 듯, 샴페인을 홀짝거리며 고개도 끄덕하며 시소를 마치 불쌍한 사람 취급하듯 어깨를 토닥거렸다. 여자1, 2, 3이 일복 아저씨의 친구들 무리로 섞이는 때를 틈 타 시소가 내게 속삭였다.

"쟤들 모두 똑같아."

그리고 시소가 풋, 훗, 거리며 웃음을 참았다. 아니, 결혼을 좀 하지 않으면 어떤가, 아니 애인이 좀 없으면 어떤가, 자격지심인가, 사람들은 대체 왜 저런 심보를 갖고 다니는 건지, 갖고 다니기에 무겁지도 않은지, 안쓰럽기까지 하다. 남들의 불행을 입에 올리며 만족하는 잿빛 인간들, 어쨌든 그들에게 시소는 이제 약하거나 쯧쯧, 소리를 듣는 대상이 아니다.

난 그것으로 만족하기로 했다. 운의 누나 명은 계속 그때도 지금도 나만 지켜본다. 무언가를 하려고 움직일 때마다 느껴지는 시선에 돌아보면 나와 눈이 마주친다. 명은 나를 피하지 않았고 어떻게 하면 좀 더 관찰자, 적인 시선을 내게 꼽을 수 있는지 연구하는 사람 같다. 덕분에 난 운의 손이나 팔, 그리고 하얀 볼을 만질 수가 없었다. 사막 한가운데서 물을 갈구하는 사람처럼 나는 운에 대한 갈증이 생겼다.

명은 화장실도 가지 않는다. 운과 내가 사랑하는 관계, 아니 너무 너무 사랑하는 관계라는 것을 이곳에 있는 사람들 중 모르는 이는 없다. 모르는 척하는 사람이 있을 뿐이다. 명과 또는 여자 1, 2, 3일 것이다.

파란 하늘에서 내리쬐는 태양이 좋아 눈을 지긋이 감고 바라본 때가 엊그제 같은데, 이글거리는 태양이 밉기만 하다.

일복 아저씨는 신혼여행을 빌미로 삼아 시소에게 사랑받을 기회를 또 만들었다. 그들은 싱가폴 여행을 시작했고, 전남편과 다르게 생각이 바른 안나의 새 엄마는 시소와 안나가 기쁜 만남을 할 수 있도록 도움을 손길을 뻗었다. 나는 시소가 한 말을 믿으려 하지 않았지만 정말 안나는 부쩍 커 버려서 시소의 키를 넘었다.

"사진 보내 줄게."

"에이."

"그렇대두."

"에이."

광과, 모서리를 닮은 여자

시소가 보내 온 사진 속 그녀 둘은, 이 세상에서 가장 아름다운 미소를 띠고 있었다. 나는 안나에게 괜한 트집을 잡으며 제법 예뻐진 얼굴을 제법 별로다, 라는 말투로 어깃장을 놓았다.

안나의 쳇, 하며 뱉는 말투는 안나를 더욱 그립고 특별하게 만드는 그녀만의 고유명사다. 우리는 이렇게 아닌 척, 서로의 애정을 확인하곤 한다.

새벽부터 건물 전체가 시끄럽다. 나는 안 그래도 밤잠을 설친 탓에 신경이 곤두서 있었다. 현관문에 귀를 기울이자 소리가 나는 방향이 굉장히 수상했다. 시소가 남긴 빈 자리, 세입자가 아직 없는 그곳에서 나는 소리다. 나는 인터폰의 카메라를 켜고 뚫어져라 보았지만 개미 한 마리 보이지 않는다.

밤새 바퀴가 달린 뭔가의 소리를 드르르르르, 하고 들렸던 것이 분명한데, 이상했다.

"꿈인가."

나는 나의 볼을 찰싹, 하고 때려 보았다. 꿈을 꾼 것 같기도 했다.

"아얏."

나는 용기를 내어 현관문을 열었다. 혹시 뭔가 나를 덮칠 수도 있다는 생각에 윤이 당부하고 간 야구 방망이를 들었다. 생각보다 무거운 방망이 때문에 잠을 자지 못해 제정신이 아닌 나의 몸이 조금 휘청거렸다.

"으어엇."

현관문을 고정시키고 센서 불이 켜졌다, 꺼졌다 하는 곳도 확인했다. 희한한 일이다. 이번에는 갑자기 고소한 참기를 냄새가 진동을 했다.

"이 새벽에?"

나는 앞집 현관문에 귀를 기울였다. 센서로 켜지는 불이 말을 듣지 않는다. 꺼졌다면 다시 켜져야 하는 이것이 나를 골탕 먹였다. 어둠이 내 눈을 멀게 하니 궁금함과 호기심이 삽 시간에 공포감으로 몰렸 왔다. 나는 야구 방망이를 꽉 움켜 쥐고 집으로 들어가기 위해 천천히 걸었다. 그때 앞집 현관문이 아주 빠르게 열리더니 환한 형광 불빛 덕에 사람 형체만 보일 뿐, 다시 눈이 멀었다. 그 사람과 나는 동시에 멈춤, 이 되어 서 있었다.

조금씩 앞이 보이기 시작했을 때 목소리가 들렸다.

"뭡니까? 그 방망이는?"

앗, 대리대리 김, 김하영의 목소리다. 나는 눈을 깜박이며 다시 확인했다. 정말 기겁할 일이다.

"으어엇, 왜? 이 시간에 지금? 대체 무슨 이유? 헉."

"서프라이즈."

김하영은 참 천연덕스럽다.

"뭐야 대체."

"뭐긴 뭡니까? 새로 들어온 세입자지."

나는 귀가 막히고 코가 막혔다. 매일 회사에서 얼굴을 마주 보며 이야기를 하고 밥을 먹고 하면서 이사에 대해, 아니 이 집에 대해 말 한마디 없었던 그녀. 어깨에 매고 있는 야구 방망이를 손가락질 한다.

"그것 좀 치워 주죠."

시소가 이 집을 나오기 전부터 김하영과 이야기를 마쳤다고 한다. 마침 김하영이 집을 구하고 있었고, 어쩌다 보니 우연처럼 시간이 잘 맞아 떨어진 것이다.

"아니, 그렇다고 이 밤에 도둑도 아니고 탈옥수도 아니고 이사를?"

광과, 모서리를 닮은 여자

며칠 후, 믿을 수 없는 일이 또 일어났다. 김하영이 소리를 고래고래 질렀고, 그 소리는 닫힌 나의 집 현관문 사이로 아주 정확하게 들렸다. 나는 신발도 신지 않고 시소가 있을 때처럼 눈곱도 떼지 않고 달려갔다. 그리고 난, 김하영의 집에 들어섰고 소리가 나는 쪽으로 눈을 돌리자, 맙소사, 잘 뚫리던 그 변기가 주인이 바뀐 것을 알고 또 일을 내고 말았다.

막힌 변기를 뚫는다며 보기만 해도 끔찍한 접시를 뒤집어 놓은 듯한 모양의 그것을 변기에 대고 있는 것이다. 김하영의 펌프질이 굉장한 힘을 가했는지 역류된 모든 것들이 뒤집어 놓은 접시 모양의 그것 사이로 마구 뿜어져 나왔다. 김하영은 그것을 막느라 얼굴은 이미 노래진 상태였고 의미없이 움직이고 있었다. 나는 발길을 돌려 내 집으로 돌아가고 싶었다.

김하영의 목소리는 그 어느 때보다도 애절했다.

"제발, 형님, 서리님, 제발."

그 애절함에 나는 발길을 다시 돌렸고 어차피 씻지 않은 몸, 더 더러워지면 어떠랴, 나는 빠르게 변기 손잡이를 힘차게 눌렀다. 그리고 또 누르고 다시 또 눌렀다. 새어 나오는 것들은 멈추었고 화장실 안은 아주 고요하다. 얼룩 얼룩한 나의 몸을 훑으며 사라지지 않는 지독한 냄새를 안고 아무 말없이 터덜 터덜 다시 발길을 돌렸다. 이 집에는 분명 변기 귀신이 존재한다. 분명 그럴 것이다.

"은혜를, 꼭 갚겠습니다."

김하영의 목소리를 듣자마자 나는 조용히 말했다.

"뭘 먹은 거냐."

그날 나는 한번의 샤워를 마친 후, 가까운 목욕탕을 찾았다. 그리고 하루 종일 그곳에서 비누칠을 했고 물을 끼얹으며 다시 비누칠을 했고 또 물을 끼얹고 또… 나는 그 짓을 또 한 것이다. 시소는 싱가폴에서 나의 이야기를 듣고 믿지 않았다.

"어떻게 그럴 수 있어? 우카카카카카카카."

"변기 귀신이 있는 거 같아, 아무래도."

시소는 나의 말에 미친듯이 웃기만 했다.

한 여름에 태어난 사람은 더위를 잘 타지 않는다고 했던가, 추위를 많이 탄다고 했던가, 뭐 그런 비슷한 속설을 들은 것 같다. 그야말로 정말 속설이 확실하다. 이번 여름은 정말 견디기 힘든 습함이 사람들의 표정 하나하나를 참 짜증스럽게 만들고 있었다. 차라리 뜨거운 해를 정면으로 바라보는게 나을 것 같다는 생각도 들었다. 벌써 일주일 동안, 장마 시기도 아닌 이른 시기에 비가 추적추적 내리는 중이다.

이 여사는 아직도 나와 말을 하지 않는다. 휴대전화는 물론 문자 연락까지, 이 여사는 묵묵부답으로 일관하는 중이다. 어쩌다 집으로 전화를 걸어 이 여사의 목소리를 듣고 엄마, 라고 할 때는 갑자기 아빠를 부르며 내게 전화를 바꿔준다. 아빠는 네가 이해해야 한다, 네가 기다려 주어라, 라고 말하지만 어느 순간 나는 이 여사를 신경 쓰고 싶지 않아졌다.

나는 운에게 말했다.

"나도 알아, 난 엄마 배 속에서 태어난 거, 내가 엄마 것이라고 말할 수는 있지만, 이 인생은 내 거라고, 왜…

이 여사 마음대로 하게 돼야 해? 내 인생이잖아, 아니 그리고 우리가 결혼한데? 아이를 낳는데? 신혼 살림을 차린데?

　우린 그냥, 그냥 우리가 이렇게 예쁘게 만나고 사랑하는 거 그냥, 봐 달라는 거 그거잖아."

　나는 한숨을, 두 숨을 쉬고 들이 마신 후, 다시 속사포로 뱉었다.

　"나는 진짜 욕심 없는데…."

　운이 말했다.

　"나처럼 특별한 사람과 함께 하는 게 욕심 있는 거지."

　나는 입을 비죽거렸다. 운이 나의 손등에 가볍게 입을 맞추었다. 아주 달콤한 향이 베어 난다. 운의 향기.

　시소와 일복 아저씨가 보름 동안의 여행을 마치고 돌아왔다. 운과 나는 그들이 돌아오기 전 그들의 신혼 집에 너무 앙증맞아서 소름 돋는 풍선을 달았고 달콤한 딸기와 하얀 크림이 가득한 케익도 준비했다. 보름 만에 마주한 시소는 몰라볼 정도로 달라졌다. 행복과 사랑이 눈동자에서 뚝뚝 떨어지거나 몸짓 하나하나에 서로에 대한 신뢰가 가득했다. 안나가 일복 아저씨를 보는 순간 고개를 떨구고 이런 말을 했다고 한다.

　"난 새 엄마도 있는데 또 새 아빠도 생겼네?

　그럼 아빠 둘 엄마 둘?"

　일복 아저씨는 고민도 하지 않고 대답했다.

　"에이 안나 내가 왜 아빠야?

　아빠는 세상에 하나뿐이지, 난 그냥 아저씨라고 불러줘.

　나이 많은 좋은 친구 즘으로…

　그리고 엄마는 걱정 말고, 이 정도면 좋은 친구 아니야?"

　안나는 일복 아저씨의 말에 큭큭, 거리며 웃었고 아주 유쾌하게 영어로 오케이 땡큐, 라고 답했다. 시소가 걱정했던 것보다, 일복 아저씨의 존재를 안나는 꽤, 유쾌하게 받아들였고, 일복 아저씨 덕에 복이 많아졌다고 하루 종일 일복 아저씨의 뒤통수를 쓰다듬었다고 한다. 시소의 인생은 이제 제대로 시작이 된 셈이다. 난 마음속으로 은은하게 박수를 치며 그들을 늘 응원할 것이다.

한 여름 구내식당 조리실은 그야말로 최대치의 온도를 올려 놓은 찜질방과 같다. 얼음이 가득 들어 있는 음료를 조리실 직원들을 위해 건네면 오 분 만에 얼음의 형체가 사라질 정도다. 잠깐 들른 내 모습도 영 말이 아니다. 나는 이렇게 두 번째 여름을 이곳에서 보내고 있지만 이 여름이 조리실 직원들에게 잔인한 계절이겠다는 생각에 발걸음을 뗄 수가 없었다.

조리실 직원 최고참이 말했다.

"아이고 영양사님, 다 확인하셨으면 얼른 올라가요? 응? 머리카락이 다 젖었네."

"죄송해요."

"아니 왜 여름만 되면 영양사님이 미안하다는 거야?

에어컨이 몇 대가 돌아가는데요 뭐, 그리고 우리는 이골이 났잖아요? 얼른 얼른 올라가요, 응?"

"네, 그럼."

"참 이거 잘 마실게요."

조리실 직원들이 똑같이 음료수 잔을 올리며 얼음 없는 멀건 음료를 들어 보인다. 그 누구도 내게 네 잘못이야, 라고 말하는 이도 없고 내 잘

광과, 모서리를 닮은 여자

못도 아닌 일에 나는 또 이렇게 뒤통수가 따끔거리고 그들에게 오히려 악이 될 수도 있는 동정심이 자꾸만 터져 나왔다. 난 사무실 의자에 앉아 땀에 젖은 머리카락을 수건으로 닦아 냈다. 선풍기 바람도 미지근하다.

나는 온도를 낮게 설정하려고 움직였다. 그때 두 명의 여직원이 걸친 가디건이 눈에 띄었다.

"하아… 세상 한 번 쓸쓸하다."

나는 홀로 중얼거리며 선풍기의 바람 세기를 더 높이며 얼굴을 들이밀었다. 아빠에게 문자가 왔다.

『내일 올 수 있니?

시간 되면 내려 와.』

나는 이 여사와의 대화가 단절이 된 후, 시골 집을 가지 않았다. 길다면 긴 시간이다. 아빠의 휴대전화 연결음은 한 번도 채 가지 않아 딸각, 하고 목소리가 들린다.

"여보세요."

"아빠 설휘."

"바쁘냐?"

"아니 지금은 괜찮아요, 집에 무슨 일 있어요?"

아빠의 버릇과 습관적인 기침 소리가 들린다.

"어험 어험 무슨 일은, 집에 한 번 오라는 거지."

"둘째 딸이 보고 싶구나?"

"그 녀석만 보고 가지 말고."

아빠는 알고 있었던 모양이다. 운의 차를 타고 운의 집에 들러 고양이처럼 발소리도 내지 않고 서울로 올라오곤 했다. 이 여사 때문이라는 핑계는 진짜 핑계일 거다. 당연히 운이 바랐던 바는 아니었지만 운에게 중독된 이상 운을 보지 않으면 아무것도 할 수 없는 나이지 않은가.

"아빠…."

"녀석, 모를 줄 알고?"

"그냥 끝까지 모른 척 좀 하지…

엄청 미안하고 죽겠고, 쥐 구멍 찾고…."

"미안하면 내려 와."

아빠는 내가 답을 하기도 전에 전화를 끊는다. 역시 나의 아빠는 긴 전화 통화를 좋아하지 않는다. 나는 또 운의 위치부터 생각한다. 운은 지금 정기 검진 때문에 서울에 머무는 중이다.

"나, 나쁜 년 맞네."

어느새 머리카락과 끈적한 땀이 마르고 쾌쾌한 냄새로 대신한다. 나는 운에게 문자를 보냈다.

『내 님을 오늘은 보지 못해서 슬픔

시골에 다녀올게, 오랜만에 김밥 사서 고속버스 타고.』

『오랜만에 김밥 사서 나도 먹여 주고 서리도 먹고 어때?』

나는 문자를 쓰며 고개를 저었다.

『아니 아니 아니 나 혼자

고속버스 여행』

『음, 그럴래? 알았어

이번만 봐 줄게.』

나는 한 여름이 되고 부쩍 체력이 약해진 운이 걱정이었다. 더군다나 장거리 운전은 밀리기도 하고 지속된 에어컨 바람은 더 안 좋을 게 뻔하다. 운은 나의 그런 걱정을 아주 잘 안다.

예스, 라고 말하며 쓸쓸한 미소를 지었을 게 눈에 훤하다. 나는 성질 급한 문자를 아빠에게 보냈다.

『아빠 나 오늘 내려가요』

설연이 아빠 문자를 본 듯하다. 분명 이 답장은 아빠의 것이 아닌 설연의 못된 손가락이다.

『어쭈, 미리 와서

하루의 휴일을 남겨 놓고, 그놈과 보내겠다?』

나는 고속버스 티켓 예매 사이트를 확인하며 중얼거렸다.

"아오 윤설연."

아직 이른 시간임에도 불구하고 금요일이라 벌써부터 사람들로 북적 거렸다. 에어컨 바람에 길들여진 내 몸이 뜨거운 공기에 반응하느라 온몸이 따끔거렸다.

"빵빵, 빠앙."

나는 시끄러운 소음 소리를 듣지 않으려 이어폰을 귓속으로 밀어 넣었다. 그때 나의 사람 목소리가 들린다.

"설, 서리."

나는 도로 건너편을 보았고 운의 흰색 차가 깜박, 깜박, 비상등을 켜고 있었다. 운은 손을 흔들고 말했다.

"천천히, 천천히 와."

아스팔트가 녹은 것처럼 나의 발이 끈적거리는 느낌이다. 순간 발이 움직여지지 않았고 발발부터 배꼽, 위, 심장, 목구멍을 지나온 울컥, 함에 눈물이 쏟아져 내릴 것만 같았다. 발걸음이 빠르게, 쉭쉭, 지나가는 이 많은 사람들이 연출된 필름처럼 아득하다. 지하철 역 방향으로 바쁘게 걷는 사람들과 반대로 나는 천천히 걸었다. 한 발을 딛고 운을 보고 또 한 발을 딛고 운을 보았다. 그리고 횡단보도의 애꿎은 빨간 불을 원망했다.

운은 한시도 나를 놓치지 않고 보고 있었다.

"앗, 녹색, 지금이다."

지금부터 나는 백 미터 달리기 육상 선수처럼 빠르게 뛰었다. 운은 안심하지 못하고 차에서 내려 나의 뜀박질을 줄여 주려는 듯 함께 달려왔다.

운이 말했다.

"스도옵."

나는 커다랗고 넓은 운의 가슴속에 골인했다. 그리고 가슴에 귀를 대고 숨을 몰아 쉬었다.

"하아하아하아악."

"뛰지 좀 마."

"참을 수가 없으니까."

"뛸 때마다 내 심장이 없어질 거 같아."

나는 그의 품 안에서 남들이 우릴 보든 말든 맘 놓고 키득거렸다.

"가자, Cctv에 찍혔을 거야."

"응?"

운이 주차금지 구역이라고 적힌 곳을 손가락으로 가리켰다.

"헉."

"얼른 튀자."

운은 차를 세울 곳을 마땅하게 찾지 못했고, 나를 위한 기쁨의 놀람을

광과, 모서리를 닮은 여자

만들어 주고 싶은 마음에 주차금지 구역에 세울 수밖에 없었다고 한다. 그리고 운은 나의 고속버스 김밥 여행의 시간을 만들어 주기 위해 버스 정류장까지만 동행했다.

가끔 생각한다. 내가 이렇게 사랑을 받을 수 있다는 게 놀랍고 또 놀랍다. 그리고 하늘을 올려보고 감사한다.

버스를 타고 간다는 소식에 아빠와 설연이 마중을 나와 있었다.

"택시 타면 되는데, 여기까지 나왔어요?"

설연이 중간에 끼어 들었다.

"언니가 토끼처럼 튈까 봐."

나는 설연의 정수리를 쥐어박을까 생각하다 그만둔다.

"얼른 가자, 엄마 기다린다."

나는 머뭇거리며 말했다.

"나 온다는 거, 알아?"

아빠는 고개를 끄덕인다.

"좋은 소리 안 하지?"

설연이 다시 똑 부러지는 소리를 한다.

"좋은 소리 못 들을 짓 해 놓고 뭘 물어?"

이번에는 정수리를 쥐어박지 않을 수 없다.

"아얏."

"까불지 마."

아빠가 음식이 매울 때나 하는 소리를 낸다.

"스으으읍."

설연이 나를 밀치며 아빠 옆자리, 앞 좌석에 앉는다.

"야, 윤설연 니는 일 안 해? 왜 자꾸 집에서 놀고 먹어?"

아빠가 말했다.

"모르는 소리 마라, 제일 열심히 산다."

"응?"

설연이 아빠의 응원의 소리에 맞춰 쳇쳇, 거린다.

알고 보니 설연은 시간대 별로 여러 종류의 아르바이트를 한다. 이 일도 유경험자, 즉 경력자, 라면 대우가 다르다고 한다.

그리고 중요한 건 꽤 모은 돈으로 어릴 적부터 말하던 꽤 값진 여행을 하겠다는 것이다. 물론 해외로 나홀로 여행한다는 것에 대해 이 여사는 극구 반대를 했지만 이번에는 좀 다른 내용이라고 한다. 여행의 개념이 아닌 어학연수라는 것. 나는 설연의 뒤통수에 대고 말했다.

"조그만한 게 제법이네?"

과연 이 여사가 설연도 집에 없다면 얼마나 쓸쓸할지, 순간 그 쓸쓸함이 설진의 것과 합쳐져 더욱 크게 전해지는 것만 같다. 아빠는 설진의 소식을 내게 묻는다. 그 후 연락 한 번 하지 않았다고 한다. 눈 속에서 뭔가 이글이글 끓어오르는 기분이다. 아빠는 내 얼굴만 보아도 속을 아는 것처럼 말했다.

"무소식이 희소식이다."

집에 들어서자마자 참기름 냄새가 진동을 한다. 밥 공기를 놓을 자리도 없을 만큼 식탁 위가 빽빽하다. 나는 뒤돌아서 밥을 담고 있는 이 여사의 뒤통수로 소리쳤다.

"이야 역시, 우리 엄니 솜씨는 와아!

딸내미 온다고 이렇게나, 소녀 눈물이 나옵니다, 어마마마."

나는 바닥에 무릎을 꿇고 절을 했다. 이 여사는 역시 들은 척하지도 움찔거리지도 않는다.

얼마만에 식탁에 모두 둘러 앉아 밥을 먹어 보는 건지, 정말 오랜만의 따뜻함이 계속 녹아 들었다. 역시 설진의 빈 자리는 내게도 큰 법이었다. 이 여사가 한 명 몫의 밥을 더 담으며 퉁명스럽게 말했다.

"그놈 오라 해, 밥 먹으러."

아빠, 설연, 그리고 나는 너무 놀라 동시에 이 여사를 보며 나의 인생 최대치의 커진 눈을 되었을 것이다.

"어, 엄, 마?"

"두 번 말 안 해, 내일 또 달라질 수도 있지만…."

나는 이 여사의 손을 덥석 잡아 올렸다.

"어마마마마님."

"왜 이래, 놔."

이 여사는 뚱, 하며 손을 뿌리친다.

"근데 엄마 운은 오늘 언덕 집에 없어, 나 혼자 온 거야, 서울에 있어."

이 여사의 얼굴은 아닌 척, 했지만 꽤 실망한 표정이다.

"지가 복을 찼네, 복 없는 놈."

아빠가 내용 없는 헛기침을 한다.

"어험, 으허엄."

설연이 거들었다.

"진짜 복 없다, 인생 최대의 실수네."

나는 식탁 밑으로 설연의 발을 냅다 찼다.

"으억, 아씨 밥 먹을 때 개도 안 건드려."

"그러니까 건드리지 마라, 응?"

아빠의 굵은 목소리가 답이다.

"스으웃, 그만 밥 먹자."

이 여사는 길지 않은 시간 동안 내게 주지 못했던 관심과 애정을 탓하기라도 하듯, 모든 음식을 자꾸 내 곁에 옮기고, 또 옮겼다.

"그렇다고 결혼 허락은 아니야, 어디까지나 그냥 연애하라는 거지."

나는 고개를 끄덕이며 미소도 짓고 이 여사를 보며 응 응 응 하며 애교를 떨었다. 운과 나는 정말 결혼, 이라는 것에 생각이 없다. 상상을 해 본 적도 없다. 운도 그렇게 말했다.

"서리가 결혼을 말하면 도망갈 거야."

"아마 내가 먼저."

깊은 밤, 다락 방의 창문은 더없이 아름답다. 여름의 별이 이렇게 반짝거렸었던가 싶다. 운은 이 여사의 소식을 듣고 감격한 모양이다. 한참 동안 말이 없었고, 어떤 단어로 설명을 해야 할지 모르겠다고 말했다. 별처럼 반짝거리는 운의 눈동자가 내 눈앞에 선하다.

"내일 일찍 갈게."

"정말? 운전 피곤할 텐데."

"그러엄, 새벽녘은 차가 없지…"

"흐음, 이 여사는 아마, 내일 또 마음이 달라질 거야, 운을 도끼 같은 눈빛으로 바라볼 수도 있어."

"큽, 당연한 거잖아, 난 특별하니까."

다음 날 아침, 운은 정말 새벽같이 왔다. 덕분에 우린 이 여사의 따뜻한 밥을 먹을 수 있었다. 나는 이 여사의 부릅뜬 눈을 생각했지만 내게

광과, 모서리를 닮은 여자

보내는 애정의 눈빛보다 더한 끈적한 애정의 눈빛으로 운에게 음식을
쏟아 부었다.

"어제 먹었어야 하는데, 뭐든 하루 지나면 맛이 없어."

"아닙니다, 정말 너무 맛있었습니다."

"에효, 이렇게 이쁜 아들을, 부모님이 참 마음이 얼마나 아프실지…."

"엄마아."

운이 괜찮다며 나의 등을 토닥였다. 운은 긴 시간 동안 이 여사의 목소
리를 들어야 했다. 그중에 정말 답답한 단어, 그리고 뾰족한 유리를 심장
에 데인 것처럼 아픈 단어, 운은 자신의 일상적이 대화나 생활에 젖은 것
들이라며 아무 문제가 되지 않는다고 말하지만, 그렇게 말하는 운의 심
장을 꺼내 보기라도 한 것처럼 나는 더 아팠다. 하지만 이 과정은 운과
내가 겪어야 할 것들이라며 우린 단단해지자, 라고 서로를 다독였다.

정오가 되자 볕은 더 사나워졌다. 나와 운은 아빠가 정성스럽게 키운
채소들을 담았다. 볕과 수분을 머금은 채소들은 정말 싱싱했다. 손가락
으로 상추 잎을 톡, 하고 튕기면 아파, 라고 마치 소리칠 듯이 말이다.

나는 아빠가 키운 것들 중, 방울토마토를 가장 사랑한다. 이 달큰하고
쌉쌀하고 고소한 맛을 지닌 토마토는 세상 어디에서도 맛볼 수 없을 것
이다. 아빠는 넙적한 스테인리스 그릇과 컵을 담은 쟁반을 들고 들마루
로 나왔다.

"설아, 와서 먹어라."

"우와 아빠표 미숫가루."

아빠의 미숫가루는 물과 꿀의 비율이 중요한 만큼 만년 주부인 이 여
사도 따라갈 수가 없다.

얼마 전 운이 아빠에게 대접한 미숫가루 이야기가 생각났다. 나는 혼자 큭큭거린다. 눈치를 알아차린 운은 내게 눈을 흘겼다. 아, 그 모습까지 아름답다. 나의 아빠는 일 년에 한 번 나올까 말까, 한 장난을 오늘 보여준다.

"이게 미숫가루지, 정성으로 저어야 덩어리가 없지."

"아빠 그렇게 덩어리였어?"

"그렇데도, 그러니까 싱겁지 멀겋지, 정성이 덜 들어가서 그래."

난처했던 운은 그냥 호탕하게 웃어 버린다.

"다 마셨나? 자네는 나랑 좀 걸을까? 저기 정자까지 어때?"

"좋습니다."

나는 아빠와 운에게 생수를 챙겨 주며 들마루에서 그들의 뒷모습을 보았다. 그리고 휴대전화로 그 모습을 찍었다. 나의 뇌가 기억할 수 없을 때까지 기억하고 싶은 장면이다. 내가 사랑하는 두 남자가 함께 있다니, 정말 놀라운 일이지 않은가.

이 여사는 또 스티로폼으로 된 아이스 박스와 전쟁 중이다. 이것 하나면 몇 달은 거뜬히 먹고 살 수 있을 것이다.

"엄마 조금만 싸요, 자주 오는 구만."

"제철 음식은 그때 그때 먹어야 해, 그게 약이 되는 거야."

"네 마님."

이 여사는 나와 눈을 마주치지 않고 더 깊고 얼굴이 붉어지는 이야기를 시작했다. 이 여사는 운이 갖고 있는 면역 결핍증에 관해 공부를 한 모양이다. 나보다 더 전문가가 되어 있었다.

"결혼은 안 된다, 라는 이야기는, 즉, 결혼을 허락하지 못한다는 이야

광과, 모서리를 닮은 여자

기가 아니야. 너도 그놈도 아주 잘 알겠지만, 그놈이 너를 아낀다면 그러지는 않겠지만 그래도 사람일은 모르는 거야…

더군다나 남자잖니."

"엄마아."

난 시소가 말한 것처럼 이 여사의 입장을 이해해야 한다고 몇 번이나 다짐했다. 오늘만은 나도 이 여사의 이야기를 끝까지 경청할 것이며 예스, 라는 답을 주고 갈 것이다.

"들어 끝까지, 너희들이 끝까지 예쁘게 만났으면 좋겠어.

같이 잠드는 것까지는 괜찮다는 거야.

잘 만나야지, 같이 죽으러 들어갈 수는 없는 거야, 이해했어?

아니면 더 깊게 들어가 볼까?"

"엄마, 알았어 알았어 다 알아요, 우리가 그걸 왜 모르겠어. 엄마도 운을 보면 알잖아, 운 같은 사람은 세상에 또 없어."

이 여사는 눈을 꿈벅거리며 고개도 끄덕거렸다.

"그럼 됐어, 뭐 니 말대로 애가 참 달라, 아주. 다 그런 거야, 팔이 안으로 굽지 밖으로 굽어? 난 내 딸이 중요해."

"응 엄마, 잘 알아, 그리고 너무 너무 감사해요."

이 여사는 말이 없다가 갑자기 눈을 흘기며 소리친다. 아직도 이 여사의 울분은 사라지지 않은 것이다.

"이런 나쁜 지지배."

그리고 나의 등짝을 다시 스매싱하고 또 한 번 스매싱한다. 이 맛은 진짜 불같이 뜨겁고 청양고추처럼 맵고 눈물이 난다. 육체적인 고통보다 정신적인 고통이다.

"아야야앗."

이 여사는 그러다 갑자기 나를 안아 버린다. 그리고 나의 이 여사는 울었다.

"엄마아."

엄마는 소리 없이 조용히 눈물을 흘리며 벌떡 일어나 세면대가 아닌 이 여사만의 주방 개수대에서 세수를 한다. 아, 코끝이 지독하게 맵다. 나중에 아빠에게 들은 이야기다.

"설휘가 어떤 앤데요, 쟤는 그냥 평생 운밖에 없을 아이에요.

당신도 알잖아, 우린 그걸 허락한 거고, 무지막지하지, 우리도… 우리 같이 모진 부모가 또 있을까."

이 여사와 아빠는 이미 나와 운을 잘 알고 있었던 것이다. 우리가 운명이고 그 운명을 끝까지 함께 지고 갈 것이라는 것을 말이다. 맞다, 무지막지함, 말이다. 그 속에 모진 부모가 함께 한다는 것이다. 기 막힌 일이 어찌 아닐까, 나는 시간을 쪼갠 후, 또 쪼개고 또 쪼개 내어 일 초를 느끼고 또 일 초를 느끼며 사랑하며 감사하며 살 것이다. 무모함과 모진이라는 단어가 후회로 남지 않도록 말이다.

광과, 모서리를 닮은 여자

6

『Odenzi』가 문을 활짝 열고 손님을 맞이하는 날이 조금씩 줄어들고 있었다. 벌써 삼 일째 문을 닫는 중이고 삼 일 전 오늘의 메뉴는 그대로 멈춰 있다. 시소가 몸이 좋지 않다고 한다.

하계 휴가를 앞두고 구내 식당 전체가 일주일 동안 문을 닫을 계획이다.

그 바람에 나의 머릿속은 시소 생각으로 가득 차, 하던 일에 계속 묶여 있는 상태다. 남은 재료들을 빠르게 소진해야 하는 일만큼 복잡한 일이 없다. 좋은 재료를 구하는 것만큼 벅차다. 덕분에 난 잡채와 김밥을 원 없이 먹고 있는 중이다.

김하영이 말했다.

"병원은 다녀왔다 해요?"

"편도가 엄청 부었답니다."

"나 감기 세 번 왔을 때도 한 번 안 걸리던 사람이….."

"난 먼저 퇴근!"

"같이 가, 같이 가요."

나는 김하영의 옆 좌석에 앉아 시소 집에 도착할 때까지 잔소리를 했다.

"시소는 쉬어야 하니까, 아주 잠깐 있다가 올 거예요, 웅?"

"아, 증말 알았다니까요?"

눈치가 있어도 없는 척하는 김하영이 걱정이다. 생각대로 시소는 삼일 동안 살점이 모두 떨어져 나간 거처럼 몰골이 엉망이었다. 말이 나오지 않아 나는 눈으로 시소에게 협박이라도 하듯 흘기고 있었다.

"그만 봐, 알아 나도."

나는 급히 싸 온 음식을 식탁 위에 마구잡이로 펼쳐 놓았다. 말없이 나는 또 먹으라는 시늉을 했다. 김하영이 말했다.

"아니, 목이 퉁퉁 부은 사람한테 무슨 잡채야, 이게 넘어 갑니까? 으이그."

김하영은 갑자기 냉장고 문을 열고, 무언가를 꺼내어, 다시 밥 솥을 열어 확인했다. 시소는 정말 말할 힘도 없는 모양이다. 나는 김하영에게 눈을 흘기며 말했다

"우리 금방 일어나야지?"

"아, 증말, 있어봐요 좀, 피죽도 못 먹은 사람을 두고."

김하영은 계속 입으로 중얼거리며 이것저것 참 잘도 찾는다. 냄비에 기름을 두르고 냉장고에서 꺼낸 고기를 볶더니 밥을 넣어 다시 볶는다.

마치 그녀가 시장이라도 가서 재료를 미리 사다 놓은 것처럼 말이다. 이건 아주 순식간에 일어난 일이었다. 김하영이 소고기 죽을 끓이다니, 대단한 일이 아닐 수 없다. 난 또 눈치는 백 단인 사람이 눈치 없는 척 밥이라도 먹고 갈 생각인지 알고 발을 동동 굴렀으니 말이다. 재빨리 뜨거운 죽을 그릇에 담아, 시소 앞에 떡, 하고 내려 놓는다.

광과, 모서리를 닮은 여자

자기 집인 양 김하영은 말한다.

"대충 끓였지만 맛은 있을 거예요.

억지로 라도 먹어요, 저 사람 얼굴을 봐요, 온종일 시소 때문에 저 인상이라니까."

"아, 하영 씨 고마워."

시소는 나오지 않은 말을 억지로 뱉었다. 나는 김하영에게 윙크를 하며 엄지를 척, 하고 치켜 세웠다. 시소는 아주 열심히 아주 천천히 죽을 모두 비워 냈다. 그제야 나의 찢어진 눈이 제자리를 찾는 기분이 들었다. 뭐 원래 찢어지긴 했지만 그래도 착해 보이긴 할 거다.

한 여름에도 긴 팔을 입는 시소는 더위를 타지 않는 사람이다. 헌데 시소의 이마에서 땀이 빗줄기처럼 흘러내렸다. 나는 닦을 무언가를 찾아 일어났고, 시소도 따라 일어서는 그때 시소는 바닥으로 나동그라졌다. 다행히 김하영이 쿵 하는 소리가 나기 전에 시소를 잡았고, 나도 빠르게 그녀의 머리를 받쳤다.

시소의 얼굴이 백지장처럼 하얗다. 뭔가 큰 일이 일어나고 있었던 것이다. 김하영과 나는 동시에 멈춰서 아무것도 할 수가 없었다.

먼저 정신을 차린 것은 김하영이다. 김하영은 시소의 뺨을 정말 철썩, 소리가 날 정도로 때렸다. 하얀 시소의 얼굴이 붉어지더니 입은 뭐라고 말을 하고 있었다.

"안 되겠어, 윤설 정신차리고 내 등에 업혀 줘요, 얼른."

나는 코를 훌쩍거리고 눈물이 온 얼굴에 범벅이 된 채 김하영이 시키는 대로 했다. 그리고 우린 빠르게 뛰었다. 나는 뒷좌석에 앉아 시소를 안았고 벨트로 나와 그녀의 몸을 단단히 고정시켰다. 그리고 김하영이

했던 것처럼 나는 시소의 뺨을 조금씩 다치지 않게 건드렸다.

"시소 시소 눈 좀 떠, 응?"

시소는 희미하게 고개를 끄덕이고 있는 것 같아 보이기도 했다. 나는 얼른 일복 아저씨에게 전화를 걸었고 도착할 응급실 이름을 대자마자 전화를 끊어 버렸다. 일복 아저씨와 의료진들은 이미 응급실 앞에서 대기를 한 상태에서 시소를 옮겼다. 나는 차마 시소를, 일복 아저씨를 따라 들어갈 수가 없었다. 너무 겁이 났다. 한 여름인 것을 인지하지 못하고 온몸이 서늘했고 손과 발이 덜덜 떨려서 멈출 수가 없었다. 나는 응급실 앞, 길바닥에 쪼그리고 앉아 잠시 숨을 골랐다.

김하영은 정말 침착했고 그런 나를 얼마든지 기다려 줄 수 있다는 표정으로 서 있었다. 시간이 훌쩍 지나고 나서 나는 대기실 의자에 앉을 수 있었다. 시간이 지날수록 입이 바짝 타 들어갔다. 김하영이 들이민 생수 하나를 한 모금도 남기지 않고 모두 마셔 버렸다.

드디어 일복 아저씨가 눈에 보인다. 나는 벌떡 일어나 일복 아저씨의 손을 잡아 끌고 발도 동시에 동동거렸다. 일복 아저씨는 나의 등을 쓸어 주며 머리통을 쓰다듬으며 미소 짓는다.

미소를 지었다는 건 시소가 괜찮다는 뜻이다. 나는 일복 아저씨의 미소를 보자마자 다시 주저 앉아 주책 맞게 엉엉, 소리를 내며 울었다.

시소는 놀랍게도 임신 3개월을 지나고 있었으며 입덧인지도 모를 만큼 한번의 구역질도 없이 음식을 아예 거부하기도 했다고 한다. 게다가 부은 편도까지, 당연히 임신이라고 상상할 수 없는 일이라고 말했다. 먹지 못했기 때문에 그렇지 않아도 깡마른 몸에 체력은 바닥보다 더 낮은 바닥이었다.

통통 부은 목 때문에 목소리가 잘 나오지 않았지만 시소는 임신이라는 소식에 괴이한 목소리를 내며 웃 듯, 울 듯 기뻐했다.

시소는 일주일 동안 꼼짝없는 병원 신세다. 역시 병원에서 생활 하루 만에 시소의 얼굴이 맑아졌다. 시소 앞에서 김하영은 자꾸만 내 흉내를 냈다. 시소의 집에서 병원까지 난 어떻게 왔든지 기억도 희미하다. 하지만 김하영은 잘도 기억한다.

"물을 마시라고 줬더니 내 몫은 남기지도 않고 다 마셔 버리더라고."

나도 질까 대꾸했다.

"아니 물을 사오려면 두 개를 사야지 누가 한 개 갖다 나눠 먹어요?"

시소가 방긋거리며 웃는다. 일복 아저씨는 자꾸만 우리 눈에 들키고 만다. 무슨 행동을 하든 그것은 시소를 위한 행동이었고 그 곰살맞은 행동은 꼭 우리에게 들킨다. 덕분에 김하영과 나는 남들이 말하는 투잡이라는 것을 시작했다. 쓸데없는 거라며 시작도 하지 말아라, 라는 말을 시소는 했지만 슬슬 시동을 걸기 시작한 건 김하영이다.

사실 말하자면 나름 음식 솜씨도 좋았고 모르는 게 없는 그녀가 아닌가, 우린 나름의 『Odenzi』를 시소 없이 아주 잘 꾸려 가고 있었다. 이건 정말 신나는 일이었다. 피곤함에 아침 기상이 조금 버겁기는 했지만 김하영과 나는 두 번째 직장에 대해 첫 번째 직장에서 의견을 나누기도 했다. 그리고 일복 아저씨는 꼭, 우리의 가장 늦은 손님이다.

가장 늦은 이 손님은 꼭 『Odenzi』의 남은 설거지와 그리고 청소, 그리고 문단속, 까지 했다. 우리에게 가장 비싼 손님이 아닐 수 없다며 시소는 오늘도 웃었다. 우리가 얼마 동안의 정신없이 바빴던 날들, 피곤함을 무릅쓰고 견뎠던 날들은 드디어 우리에게 보상을 할 차례가 왔다. 이번

긴 여름 휴가는 긴 날짜만큼 사람들도 길게 줄 서 있었다.

우리는 아예 한 달 전부터 우리가 지낼 수 있는 곳을 물색하기 시작했고 휴양지는 걱정 말라며 할 일 없는 자신에게 역할을 달라며 시소는 말했다. 휴가가 시작되기 전 김하영이 내게 말했다.

"알죠? 비키니?"

나는 작은 눈을 터질 듯이 크게 뜨고 그녀를 보았다.

"엥? 난 그런 거 없어."

"시소한테 빌려요."

"엥? 절대 안 맞아."

시소가 천 쪼가리를 탁탁, 거리더니 내게 집어 던졌다. 그것은 그야말로 손바닥만 가릴 수 있는 천 쪼가리에 불구하다. 시소가 말했다.

"맞을 거야."

나는 천 쪼가리를 들어 보이며 고개를 세차게 저었다.

"오오 노노노노노노 절대 안 돼 놉 놉."

갑자기 그녀들이 나의 양팔을 잡고 옷을 벗기기 시작했다.

"으악, 이게 뭐하는 짓들이야? 신고한다?"

시소가 말했다.

"난 임신부라고 가만있어, 나 다친다?"

나는 그 소리를 듣자마자 온몸에 힘을 모두 빼고 그들에게 몸을 맡겼다. 마치 종이 인형 옷 갈아 입히기가 아닌가.

"내가 가장 통통했을 때 입었던 거야."

통통했을 때라니, 그걸 말이라고 하는가, 나는 가슴을 가리고 있는 이 두 개의 천 쪼가리가 남아 도는 것을 보고 말했다.

광과, 모서리를 닮은 여자

"말도 안 돼 이게 커? 와, 시소 사이즈라고?

에이 이건 아니다."

김하영이 내 가슴을 보며 말했다.

"뭐가 아니에요?

가슴만, 그것도 남아 도는 정도가 아니구만, 앞이야 뒤야?"

나는 김하영의 엉덩이 중간을 발로 걷어찼다.

"악, 꼭 차도 거길 차야 합니까?"

결국 나는 그 천 쪼가리를 가방에 넣고 그녀들이 원하는 올바른 자세로 여행에 임했다. 우리가 도착한 곳은 산과 바다가 함께 머무는 곳이다. 이런 곳에 이렇게 대단하고 아름답고 정교한 건물이 우뚝, 하고 지어져 있다니, 입이 떡, 하고 벌어졌다. 마치 우리를 환영하듯, 3층까지 불이 훤히 켜져 있었다.

이 건물을 둘러싼 울타리의 크기도 어마어마 했다. 3층을 지나 옥상으로 올라가자 끝이 없는 바다의 수평선이 눈에 들어왔다. 갑자기 아드레날린이 분비되며 아름다운, 웅장함에 울컥한다. 우리들은 이곳에서 며칠 동안 온전히 함께 섞여 아름다운 기억을 머릿속에 넣을 것이다.

1층은 실내보다 더 큰 수영장이 있었고 나를 위한 얕은 수영장도 있는 것 같기도 하다. 그것이 맞기를 고개를 끄덕여 본다. 운은 일복 아저씨에게 엄지를 들어 보이며 웃었다. 일복 아저씨는 다른 사람보다 시소에게 예뻐해 줘, 라고 말하는 듯 늘 시소만 바라본다. 멀리서 하얀색 커다란 차가 좁을 길목을 아주 빠르게 올라오고 있다.

운이 말했다.

"어? 매형 차인데?"

나는 정색을 하며 시소를 보았다. 시소는 의자에 앉아 얼음을 씹으며 어깨를 으쓱한다.

"여름 휴가래, 여기를 온다니까 명이 빠질 수는 없다고⋯."

나는 미간을 찌푸렸다.

"응?"

"여름 휴가는 한국의 바닷물을 맛보아야 한데."

운이 나의 등을 토닥인다.

"아, 나는 망했다."

눈치 빠른 김하영은 또 눈치 없는 척, 포도 알갱이를 질겅거린다. 왜 운의 누나 명은 나와 운이 함께 하는 곳에 꼭 참석하려는 건지 모르겠다. 시소의 친구니까, 라는 생각을 하다 가도 나는 꽤 신경이 쓰이는 명의 행동이 의심스럽다.

운과 함께 음식을 먹든 손을 잡든, 내가 운에게 눈을 맞추고 이야기를 하던, 그럴 때마다 명은 나를 게슴츠레하게 바라보거나 온몸을 훑으며, 나는 알고 있다, 라는 눈빛을 내게 쏘아 보낸다.

오늘은 기필코 말려들지 않을 것이다. 알고 보니 나의 부모님보다 더 신경이 쓰이는 건 명, 이지 않은가. 내가 운의 사람임을 인정할 수 없다는 건지, 우리의 관계를 진심으로 걱정하는 건지, 오늘은 꼭 알아내고 말 것이다.

오늘따라 해가 빨리 지는 것 같다. 일복 아저씨는 빠르게 불을 피우기 시작했다. 시소에게 갖다 줄 얇은 가디건도 잊지 않는다. 나는 아빠가 보내 준 가지각색의 채소들을 깨끗이 씻어 채반에 담았다. 아빠의 정성은 언제나 남다르게 뽐낼 줄 안다.

광과, 모서리를 닮은 여자

긴 여행길에 시소는 피곤함을 누르지 못하고 작고 앙증맞은 배를 끌어 안고 넓은 의자에서 곤히 잠이 들었다. 언제나 시소에게 시선을 놓지 않은 일복 아저씨가 그녀를 보며 세상에서 가장 아름다운 미소를 짓는다. 우리는 각자 맡은 역할을 하며 최고의 저녁 만찬을 준비했다. 일복 아저씨처럼 명의 요리 솜씨도 대단했다. 그러고 보니 요리에 관해 이론으로만 똑똑한 나는 정말 요리를 못한다. 그들이 만들어 낸 요리를 보면 정말 그림을 그리는 화가나, 글을 쓰는 작가나 다름없다는 생각을 해 본다.

명이 만든 구운 채소와 절임 채소는 같은 채소라 해도 각각 다른 맛을 자아냈다. 나의 젓가락은 역시 고기를 집은 후, 명의 요리에 닿아 입 속으로 쏙, 들어오기를 계속 반복했다.

명이 말했다.

"일식 좋아해?"

난 나의 질문이라고 생각치 못하고 다시 음식을 입으로 구겨 넣었다. 명이 다시 말했다.

"저기, 그쪽, 나 질문했는데?"

"네?"

난 정말 무슨 말인지 몰라 멀뚱거리며 운을 올려 보았다. 운이 대신 대답한다.

"서리는 채소는 다 좋아해, 일식도 잘 어울리지."

명이 운에게 눈을 흘겼다.

"너한테 물었어? 쳇."

나는 빠르게 대답했다.

"아, 저 먹는 건 잘 가리지 않아요, 뭐 혐오스러운 것만 빼면."

"뭐 그럴 것 같네."

명은 그들이 가져온 소고기를 타오르는 불 위에 얹더니 그것을 몇 번 앞뒤로 뒤적이다 나의 그릇에 놓았다. 이제야 명이 내게 손을 내미는 모양이다.

"앗, 감사합니다."

"이거 귀한 거야."

운이 무언가를 말을 시작하려 하자마자 나는 그것을 입 속에 넣어 꼭꼭 씹었다. 고소한 육즙의 맛이 정말 특별했다.

"누나, 그건."

나는 고소한 맛에 운을 올려 보며 엄지를 들었다.

"거봐 맛있지? 특수 부위니까."

꿀꺽, 나의 입 속에는 이미 아무것도 없는 상태, 사라진 상태다.

"특수 부위요?"

운이 나의 두 귀를 막는다.

"누나 짓궂어, 듣지 마 셜."

"왜에? 뭔데?"

시소가 말했다.

"으이구 정말 너 좀 그만하지?"

명은 입 꼬리를 올리고 키득거리고 있었고 남편 한수영이 정말 아무것도 모르고 어떤 상황인지도 모르고 말했다.

"그거 우설, 소 혀예요, 일본에서는 이게 인기예요, 맛도 좋고,
그런데 귀해서 좀 비싸죠."

나는 그 말을 듣자마자 오만 인상을 다 찌푸리며 그렇지 않아도 작은

눈을 찌그러뜨렸다. 도저히 그냥 앉아 있을 수 없었고 냅다 화장실로 뛰었다. 이미 삼켜 버린 음식이 나올 리 없지 않은가. 난 그것의 씹는 감각과 맛을 잊기 위해 오랫동안 양치했다.

그리고 맥주 컵에 소주를 따라 위를 세척하듯 꿀꺽거렸다.

"크어어억."

"미안해."

나는 고개를 저었다.

"아니, 아니야 운이 무슨."

"누나가 원래 좀 장난이…."

"아니 내가 미운 거야, 그런 거 같아."

"아니야, 그거 진짜 귀한 건 맞아."

나는 처음으로 운에 대한 서운함이 불거져 나왔다. 밖으로 꺼내고 싶지 않았다. 소중한 운에게 그러고 싶지 않았다. 나의 마음 속에 있는 단어를, 미운 단어를 뱉으려다 나는 소주처럼 꿀꺽 삼켰다.

"흐음, 응."

운이 나의 손을 잡았다. 부드럽고 따뜻하다.

"수영할까?"

"응?"

"원래 물놀이는 밤에 해야지."

"덥긴 해."

김하영이 갑자기 이층에서 내려왔다. 나는 김하영을 보자마자 너무 놀라 입을 손으로 막았다. 김하영은 검정 색 비키니를 입고 안이 훤히 들여다보이는 로브를 걸쳤다. 그녀는 아름다운 마녀가 마법을 부리기 전 모습처럼 카리스마를 뿜어댔다.

역시 김하영의 몸매는 대단하다. 나는 운의 얼굴을 안 본 척, 본다. 입술에 힘을 주며 어깨를 으쓱한다.

"오, 멋지네 김 씨."

"키야, 우와!"

난 두 번의 박수를 치며 김하영에게 고개를 끄덕거렸다. 김하영은 갑자기 빠르게 뛰더니 열려 있는 창문 사이를 뚫고 그 깊은 수영장으로 퐁당, 들어가 버렸다. 모두가 눈이 휘둥그레지고 일복 아저씨가 말했다.

"시소는 안 돼."

"네 잘 알겠습니다아."

"나도 들어가 볼까."

명은 벌떡 일어나 그 자리에서 옷을 차례차례 벗었다. 모두가 그 광경에 익숙한 모양새다. 그 누구도 당황하지 않았다. 당연히 명은 수영복을 입고 있었던 상태였고 당연히 나 홀로 그 광경에 놀라 눈을 떼지 못했다. 나는 아직 이런 것들이 낯설고 어색했다.

명도 빠르게 김하영처럼 속력을 내더니 물 속으로 들어가 버렸다. 정말 신기하다. 명과 김하영은 오늘이 두 번째 만남일 텐데, 몇 년은 본 사이처럼 굴었다. 역시 명은 내가 싫은 것이다. 시소가 소리친다.

"설, 갈아 입고 들어가."

운이 말했다.

"엇? 수영복 챙김?"

나는 운의 장난끼 있는 얼굴이 명과 살짝 겹치는 것을 확인하다.

"난 물이 좀 무서운데."

"내가 있잖아, 들어 가자."

알고 보니 이들은 해 마다 이곳을 들러 여름 휴가를 지냈다고 했다. 그 속에 물론 시소의 전남편, 그리고 안나도 있었다. 순간 나는 나만 몰랐던 것을 알게 된 기분이라고 해야 할까, 뭐라고 말할 수 없는 외로움을 느꼈다. 운에 대하여 내가 알 필요 없다고 느꼈던 그 누군가의 흔적이 남은 곳일 수도 있다는 생각이 들기 시작했다.

나는 내 인생에 있어서 신생아일 때를 빼고 이렇게 작은 천으로 옷을 가려 보는 건 처음 있는 일이다. 어색함에 몸 둘 바 몰랐지만 이들은 참 자연스럽다. 나는 늘 당당한 김하영이 부러웠다. 나의 부끄러움을 김하영이 벗어 놓은 로브로 대신했다.

운은 나를 정말 자세히도 훑어본다.

"운, 그만 봐 줄래?"

운이 웃는다.

"왜, 어떻게 안 볼 수가 있어."

나는 로브의 잡히지도 않는 옷깃을 움켜쥐며 몸을 움츠렸다.

"창피해."

운이 일어서며 나의 손을 잡아당긴다.

"그렇다면 들어가야지, 자."

운은 깊은 물 속으로 빠지더니 한참을 나오지 않았다. 나는 놀라 물 속을 빤히 들여다보았고, 푸엇, 하고 떠오르는 운의 머리통과 마주했다.

"앗, 깜짝이야."

운이 나의 허리를 두 손으로 잡아 올렸다. 나는 정말 아기처럼 그에게 안겼고 두 발목으로 그의 허리를 꼭 감싸, 안았다. 물 속으로 홀로 빠질

6

417

까, 나의 두 팔은 굉장히 강한 힘으로 운의 목 둘레를 누르고 있었다. 미지근한 물이 살갗에 닿는 느낌이 나쁘지 않다. 물 위로 피어 오르는 소독약 냄새가 친근하지 않다.

"살짝 놓아 볼게."

나는 고개를 세차게 흔들었고 마치 코알라가 나무에서 잠든 것처럼 운의 목덜미에 고개를 푹 담갔다.

"발바닥, 닿아. 서리."

운은 손을 천천히 나의 몸에서 떼어 내며 나의 허리를 잡았다.

"안 돼 안 돼, 아니야 아직."

"에이, 내가 잡았잖아, 내가 잡고 있어, 응?"

나는 돌고래처럼 물 속에 들어 갔다가 나왔다 하며 수영을 하고 있는 김하영을 보았다. 지금 이 상황을 나는 꼭 극복을 해야 할 것이다. 다음을 위해서 말이다. 나는 운에게 고개를 끄덕거렸고, 운에게 체중을 의지한 채 발바닥을 천천히 내려 보았다. 마치 긴 세월이 지날 것처럼 발바닥은 물 속을 헤매고 있었다.

"웃, 깊어, 닿질 않아."

"서리 발은 그대론데?"

운이 웃으며 말했다.

"응?"

"물살 때문에 움직이는 것 같을 거야, 자 다시 천천히 내려 봐."

"응."

나는 물 속에서도 땀을 삐질삐질거렸다. 물이 목까지 차 올랐고 순간 겁이 덜컥, 나는 운의 손을 쥐어짜듯 잡았다.

광과, 모서리를 닮은 여자

"괜찮아."

"읏, 닿았어."

"거 봐, 괜찮지?"

"으, 으응."

나는 애써 대답을 했지만 목까지 차오른 물 덕에 숨이 조금 가빠지기 시작했다. 마치 나는 어린아이가 된 것처럼 운의 손을 맞잡고 따라 걸었다. 물의 힘은 대단했다. 한 걸음 한 걸음을 내딛는 게 이렇게 힘들 줄은 몰랐다.

내가 다섯 살 즘이었다. 우리 가족은 여름만 되면 늘 물을 따라다녔다. 짠 맛이 나는 바다나 얼음처럼 차가운 계곡이나 가 보지 않은 곳이 없다. 물론 그 일이 있고 난 후에도 나는 잘도 따라다녔다. 다만 물과 친하지 않았을 뿐이다.

그때 난 이 여사가 주는 과자를 잘도 씹어 먹고 있었으며 설연과 설진은 한창 물놀이 중이었다. 이 여사와 아빠는 함께 온 일행들과 고스톱 삼매경에 빠져 있을 때였다. 우린 그때 커다란 바위 위에 자리를 잡고 있었고 나는 그곳에 앉아 있었다. 이 여사의 말을 들어 보면 그때 난 마치 등받이가 있는 의자에 등을 기대려는 것처럼 몸을 뉘이더니 아주 순식간에 물 속으로 떨어졌다고 한다. 이 여사는 그 광경을 보면서도 빠르게 나를 잡거나 소리칠 생각을 못하고 얼음이 되어 화투장을 손에 쥔 채, 덜덜 떨고 있었다고 한다.

그 다음 내가 높은 바위 위에서 물 속으로 떨어지는 것을 목격한 사람은 설진이다. 설진의 비명 소리가 들렸다. 내가 물 속에서 물을 열심히 먹고 있을 때, 나의 아빠는 슈퍼맨처럼 물 속에 뛰어들었다. 수영을 제대로 배운 설진은 첫째의 책임감을 이때 다 했을 것이다. 아빠가 나를 찾아든 순간 설진은 열심히 헤엄을 쳐서 아빠에게 다가간 것이다. 나는 이 이야기를 듣고 아주 잠깐, 감동을 하기도 했다.

나의 배는 맛있게 마신 물 탓에 부풀어 있었고 꽤 오랫동안 물을 토하고 기침을 했다. 그때 나의 선명했던 기억은 딱 한가지다. 물 속으로 빨려 들어가자마자 나는 위험을 직감했고 눈을 떴다. 내 눈에 비친 물 속 광경은 정말 공포스러웠다. 이끼가 가득한 갈색의 바위 덩어리, 작은 돌들 사이에 움직이는 알 수 없는 것들, 나의 이 기억은 아주 선명했다.

이후 가족들과 여름만 되면 물을 찾아 떠날 때마다 내가 물과 함께 할 수 있는 최대치는 딱, 무릎까지만 허락이 된다. 그리고 물 속에서 나의 발바닥은 맨 살을 원하지 않았다.

바닥이 그 어떤 환경이라 해도 나는 절대적으로 신발을 신어야 했다. 그날 이후 그 누구도 내가 물 속으로 뛰어 들어가는 것을 강요하지 않았다.

난 지금 다시 다섯 살이 된 기분이다. 나는 운이 걷는 방향대로 잘도 따라 갔다. 수영장 바닥을 발바닥으로 통통 튀며 걸어 보기도 했다. 그럴 때마다 물 속 광경의 공포가 나타났다가 다시 사라지기를 반복했다.

"나 이제 나갈래."

"그럴래?"

나는 고개를 끄덕거렸고 운은 그 자리에서 나를 번쩍 들어 올려 수영장 가장 자리에 앉혔다. 역시 물은 나의 종아리에서 찰랑거릴 때가 가장 아름답다. 나는 벗어 던진 로브를 다시 걸쳤고 함께 있지 못한 미안함에 그곳에서 다리를 텀벙거리며 운을 지켜보았다.

운의 수영 실력 또한 수준급이다. 명의 남편 한수영과 운은 마치 내기라도 하듯 어린 아이들처럼 앞 서거니 뒤 서거니를 한다.

진한 김치찌개 냄새가 공기 중에 퍼진다. 냄새만 맡아 보아도 시소의 솜씨라는 것을 직감했다. 일복 아저씨가 뿜어 내는 시소에 대한 열정만큼 모닥불이 활활 타올랐다. 우리는 다시 옹기종기 모여 앉았다.

김하영의 곱슬 머리카락이 마르기 시작하자 폭탄을 맞은 것처럼 우스꽝스러워졌다. 시소는 그 모습을 보며 연신 웃어 댄다.

명이 말했다.

"여기 하루 더 있다가 정말 몸무게가 무섭게 늘어나겠어."

시소가 말했다.

"지금 나 만큼은 아닐 거야."

김하영이 말했다.

"에이 시소, 티도 안 나요."

명이 말했다.

"하긴 나도 첫째 임신 때는 그랬어, 그때 재희가 이것 저것 챙기느라 힘들었었지."

명은 자신의 입에서 튀어나온 말에 자신도 놀랐는지 눈을 커다랗게 뜨고 운을 바라보았다. 아무렇지 않게 한수영이 말했다.

"그랬지, 정말 좋은 사람이었어, 안타깝지."

내가 명을 보며 말했다.

"재희라는 분도 일본에 계세요?"

모든 사람들의 초점이 나의 얼굴에 박힌 순간이다. 나는 운의 한숨 소리를 들었다. 한수영이 하늘 위를 손가락으로 가리킨다.

"저기요, 저어기 있어요."

나는 한참 후 그 손가락의 뜻을 이해했다. 김하영은 궁금증을 참지 못하는 성격이다.

"아니 왜…."

한수영이 대답했다.

"뭐, 말하긴 뭐하지만 그렇게 됐지."

명이 말했다.

"세상이 그렇게 만들었어, 안타깝지만…

재희만 아니었다면 운이 이렇게 말도 안 되게…."

운이 소리친다.

"누나 그만."

순식간에 분위기가 험악하다. 나는 운의 이런 표정과 이런 목소리를 들어 본 적이 없었다.

시소가 말했다.

"김치찌개 더 먹을 사람?"

시소의 밝고 억지스러운 목소리에 모두가 고개를 숙이거나 숨을 크게 내쉰다. 그것은 재희를 아는 사람들만의 행동이다. 김하영은 무엇을 생각하거나, 뭔가 옳다, 또는 맞다, 라는 생각이 들면 늘 눈동자를 이리저리, 고개를 이리저리 돌렸다.

나의 호기심이 김하영의 입술에 닿아 그것이 어서 빨리 열리길 바랬다. 명이 할 말을 마저 다 할 셈인지 운을 불렀다.

"운, 너 그러는 거 더 안 좋아, 그냥 쉽게 꺼내 놔야 잊혀지는 거고… 저 애도 억울함은 알아야 하지 않을까?"

저 애, 라는 말은 나를 가리키는 말일 것이다. 운이 다시 명의 말을 막는다.

"그만, 하라고, 누나, 응? 내 일을, 내 머릿속을 그렇게 잘 알아? 그만해, 왜 이 순간에도 나의 일을 말하려는 거야? 그리고 다시 한 번 말하지만 저 애, 가 아니라 설휘, 윤설휘."

운은 내가 없는 사람 취급하는 것에 분개했다. 김하영이 끼어 들었다.

"운님, 전 여인이시네."

시소가 김하영의 정수리를 쿡, 하고 손가락으로 누르며 속삭였다.

"눈치 없어 너, 그만 좀 해, 그리고 명, 너도! 이건 지금 필요 없는 이야기라고."

시소는 명의 얼굴을 보며 미간을 찌푸렸다. 해맑은 표정으로 일복 아저씨가 쟁반에 칵테일을 가득 담아 총총 걸음으로 걸어온다.

"자자, 드디어 왔습니다, 시소는 무 알콜로."

일복 아저씨가 내게 투명한 잔을 내밀었다.

"마음도 투명한 설휘 씨는 요거."

"감사합니다."

일복 아저씨는 분위기를 급히 읽어 내며 말했다.

"아니 분위기가 갑자기 왜 이래? 이렇게 좋은 날은 손에 꼽는다고."

일복 아저씨의 말에 그 누구도 대답하거나 대응하는 사람은 없다. 운은 칵테일을 받아 들고 그것을 단숨에 들이켠다. 그는 팔을 바닥으로 길게 늘어뜨린 채 잔을 위태롭게 잡고 있었다. 이 상황에서 내가 할 수 있는 건 아무것도 없다.

또 다시 난 쓸쓸하다. 운에게 나는 괜찮아, 라는 말이 그에게 더 민감한 반응일 수도 있겠다는 생각이 들었다. 나도 따라 술을 들이켠다. 명이 잔을 들고 운의 곁을 지나며 운의 어깨를 쓸며 말했다.

"누난 너 건강이 가장 중요해, 다른 거 없어.

자, 운의 건강을 위해."

명이 잔을 높게 들었다. 나는 타오르는 불의 모양을 따라 재희라는 사람을 떠올려 보았다.

나는 아직 어린 아이, 말도 안 되는 이 지구상에 없는 사람에 관해 질투를 하는 그런 어린 아이다.

그때 뭔가 찌그러지는 소리가 들린다. 바닥에 날카로운 유리알이 떨어졌다. 멍하니 바라보다 나는 그것이 운의 손에서 흘러나온 것을 알았다. 그리고 붉은색, 그 누구에게도 익숙하지 않을 법한 그 색깔이 새어 나왔다. 운은 자신의 행동이 갑작스럽게 감정에서 나온 것을 이해했고 부정하려 하지 않았다. 그러다 무엇인가에 홀린 사람처럼 눈동자가 흔들렸다. 언젠가 운이 내게 말했다.

분노 같은 감정을 느끼며 굉장한 억울함과 원망을 쏟아내는 눈빛이다. 나는 그의 손만 눈에 들어왔다. 그리고 말이 나오지 않는 입을 원망하며 그의 손을 잡아당겨 담요로 움켜쥐었다. 분명 나는 울고 있었을 것이다. 상황은 아주 급박했다.

일복 아저씨는 놀란 시소를 진정시켰다.

"시소, 내가 알아서 할게. 걱정 마."

일복 아저씨는 구급 상자를 찾아 집 안으로 뛰어 들어갔고 김하영은 시소를 다독였다. 운이 내 눈을 똑바로 바라보며 나지막이 말했다.

"미안 서리, 그냥 둬. 내가 알아서 할게."

나의 입은 아직 말할 용기가 나지 않았던 모양이다. 나는 고개를 흔들어 그의 손을 다시 움켜쥐었다. 얇은 여름 담요로 붉은색이 새어 나왔다. 나는 입속으로 울컥대고 으르렁 대며 울었을 것이다. 운은 피가 새어 나와 나의 손에 묻는 것을 보는 순간 괴물의 소리를 지르며 다른 한쪽 손으로 나를 세게 밀쳤다.

그때 나는 작은 돌들이 모여 있는 바닥에 나동그라졌고 앉아 있을 수 없던 시소가 소리를 지르며 나의 몸을 받쳤다. 나는 정말 세게 나가 떨어졌다.

"운, 정신 차려."

일복 아저씨가 하얀 상자를 들고 뛰어왔고, 명과 한수영도 따라 나왔다. 명은 운의 손을 보자마자 나를 잡아먹을 듯 노려보며 울먹였다. 다가온 명은 나와 같이 운에게 세게 떠밀렸다.

"가까이 오지 마, 다들 모르겠어?"

운은 피가 새어 나오는 손을 들어 보이며 다시 말했다.

"내가 알아서 해, 다가오지 마."

운은 나의 눈을 똑바로 바라보며 경고하듯 말했다.

"오지 마."

그는 마치 강도라도 된 것처럼 우리에게 둘러 쌓여 협박을 하는 모습처럼 보였다. 일복 아저씨는 우리를 손바닥으로 제지했고 조용히 말했다.

"쉬이."

잠잠해진 명이 다시 바닥에 털썩 주저 앉았다. 운은 내게 뒤를 보이며 터벅터벅 걸으며 사라졌다. 운이 내게 초라하고 겁먹은 그 처량한 모습을 보이며 사라졌다.

작은 돌들에게 찍힌 나의 엉덩이는 아프다고 알은 체 하라고 말한다.

시소가 나를 끌어안았다. 나는 머릿속이 복잡했다.

명이 울먹이며 말했다.

"오지 말았어야 해, 여긴 늘 함께 재희가 있었어. 어떻게 떠올리지 않을 수가 있겠어? 오지 말았어야 해."

명은 과거형으로 말해야 하는 것을 현재형으로 말하고 있다. 마치 내가 오면 안 되는 일이라는 말처럼 나의 귀를 찢어 놓았다. 일복 아저씨가 아주 천천히 운이 간 곳을 향해 구급함을 들고 걸었다. 일복 아저씨는 걱정하지 말라, 는 말과 함께 나를 다독였다.

그날 밤, 나는 시소에게 정확한 이야기를 들었다. 재희, 또는 앤지에 대해, 명과 모든 이들이 말하는 그녀에 대해서 말이다.

처음 내 생각은 왜, 라는 의문이 먼저 들었다. 나는 그날 밤 김하영과 함께 그곳을 벗어났다. 아무리 생각해도 운에게 지금, 나는 사라져 줘야 하는 게 맞다는 생각이다. 또는 나는 도망치고 싶었던 것 같기도 하다.

명의 말이 맞는 것일 수도 있다. 스스로 든 자괴감이나 앞으로 들 자괴감에 대해서 그것들을 온몸에 묻힌 채 내게 보여 주고 싶지는 않을 것이다. 내가 그를 도울 수 있는 방법의 최대한이다. 시소에게 문자가 왔다.

『운, 괜찮아, 방으로 들어 갔어, 치료도 했고, 걱정 마.』

운의 소식에 심장이 쿠궁하고, 아팠다.

운전하는 내내 김하영은 나의 눈치를 살피고 있다. 나의 곁눈질에 그녀의 넓은 이마가 훤히 보일 정도로 나를 탐색하고 있다.

"운전이나 집중해요."

광과, 모서리를 닮은 여자

"휴우우우우."

김하영이 길게 숨을 내쉬었다.

"말을 잃었나 걱정했지."

난 대꾸하지 않는다. 밤길은 깊은 산길보다 고속도로가 더 어두운 것 같다. 지금 내 심장처럼 말이다.

"저기."

김하영의 목소리를 듣자 피곤함이 몰려왔다.

"저기 있잖아요."

"말해요, 어차피 말할 거잖아."

"아까 운이 밀친 거 말이야, 모르는 거 아니죠?"

나는 김하영을 빤히 보았다.

"그거 서리님, 지키려고 그런 거야, 그거 면역결핍, 에이 모르겠다, 그러니까 에이즈 말이야…

그 사람들은 그렇게 감염되니까, 그래서 당신 밀친 거라고."

"닿았다고 해서 감염되는 거 아니에요, 알잖아?"

"알아도 그건 운님 몫이니까 그럴 만 했어."

난 이제까지 그 요망한 병에 대해서 공부를 했음에도 왜 그것을 잊고 있었던가, 김하영의 말이 맞다. 그건 운의 몫이다 완벽하게.

"아앗."

나의 새카만 심장이 또 쿠궁, 바닥으로 떨어졌다. 나는 작게 신음을 토했다.

"으읏. 읏."

그리고 잠시 숨을 참았다. 쉬고 싶지 않았다. 그때 운의 고통을 나눌 수만 있었더라면, 그랬더라면, 이라는 생각으로 그렇게 할 수 없는 나의 입술까지 꽉 물었다. 드디어 터져 나온 급한 숨이 헉헉, 소리를 내며 살려 달라며 내게 애원을 했다. 살고 싶은 나의 숨이 소리를 내며 울고 또 울었다.

"으어어어어어어어, 으어어."

김하영은 불빛을 찾아 차를 세웠다.

"실컷 울어요, 실컷 울어, 왜 안 그래…

울 수밖에, 뭐가 이렇게 고통이 따르는 거야, 나도 슬프고 아프고, 젠장이고…."

나의 여름 휴가는 이렇게 잔인하게 끝이 났다.

여름의 절정을 맛볼 만한 날씨다. 오늘은 이례적으로 수십 년 만에 찾아온 더위라고 뉴스에서 시끄럽게 떠들어 댔다. 운과 나는 연락이 끊긴 채 하루하루를 버티고 있는 중이다. 흔히 연애를 시작하는 사람들의 줄다리기가 아닌 우린 서로에 대한 배려와 미안함과 존중의 사랑 때문에 휴대전화의 단축키를 누르지 못하고 있는 것이다.

글쎄 나는 그랬다. 나는 새하얀 민소매 면 티를 입고 발목까지 떨어지는 검정색 슬랙스를 입었다. 여름에 운과 나는 이것을 신지 않으면 안 된다. 엄지 발가락과 검지 발가락 사이에 끈이 들어간 슬리퍼, 나는 휴일만 되면 이것을 질질 끌고 다닌다. 마치 일부러 닳기를 원하는 사람처럼 말이다. 슬리퍼를 내려다본 순간 운과 나의 첫 여름을 떠올린다.

태양처럼 빛나는 운의 얼굴, 그리고 피부의 광채, 운이 말하는 단어 하

광과, 모서리를 닮은 여자

나하나의 구슬 같은 부드러움, 귓속을 간질이는 운의 카스텔라 같은 저음, 나를 안고 있을 때 또 다른 나를 안을 수 있는 그 기다란 두 팔, 그리고 손가락, 보고 싶다. 광과 같았던 운이 보고 싶다.

해가 중천이라 정수리에 달걀을 얹어 놓으면 흘러내리기도 전에 완숙으로 익어 버릴 듯한 강렬한 뜨거움이다. 맞은편 양산을 쓰고 오는 아주머니가 부럽다.

설진의 집은 설진이 결혼 후, 두 번째 방문이다. 버스 정류장에서도 한참을 올라간다. 언덕 길은 이 더위에 참으로 찰떡같이 잘 어울린다. 굳이 왜 집에서 만나야 한다고 고집을 피우는 건지는 모르겠다. 검사 남편의 출장으로 집이 비었고, 당연히 시어머니 출입도 없을 거라는 설진의 대답이다.

내 머릿속이 설진 답지 않은 말과 행동 때문에 조금 복잡하다.

초인종을 누르는 순간 빠르게 뛰어오는 그때 그 수상한 아주머니가 나를 보며 섬뜩하게 반기며 웃었다. 분명 내가 올라오는 길목을 계속 감시하고 있었을 것이다.

"네, 어서 오세요, 기다리고 계세요."

"네, 안녕하세요."

설진의 앞 마당은 처음 보았을 때의 계절과 달라서인지 굉장히 푸르르다. 녹색의 짙음이 얼마나 진한지 코끝으로 그 진한 냄새가 들어와 입안까지 맴돌았다. 설진이 텔레비전에서 나올 법한 잔디 위의 의자에 앉아 있었다. 설진이 손을 들었고, 그녀의 모습은 녹색의 짙음 사이 뿜어져 나오는 것과 달리 흑백의 떨떠름한 모습으로 그들과 어울리지 않게 앉아 있었다.

"안 더워?"

설진이 어깨를 으쓱한다. 안 그래도 살이 붙지 않아 이 여사의 걱정이 유독 많았던 설진이다. 그녀의 모습은 정말 뼈만 앙상하다. 자연스럽게 나의 미간이 찌푸려질 수밖에 없지 않은가.

"시원한 커피 마실래?"

"그래."

설진의 목소리를 듣자마자 아주머니가 설진과 눈을 마주하며 또 다시 빠르게 궁전으로 후다닥 들어갔다. 나는 자리에 앉자마자 다시 설진의 모습을 훑었다. 설진은 대단한 각오라도 한 듯 말했다.

"알아, 나도, 많이 궁금하겠지, 우선 아무 말 말고, 그냥 내 말 좀 들어줘."

나는 화가 치밀었다.

"넌, 진짜, 늘 그러더라?"

나는 말을 뱉어 놓고 그녀의 초조한 눈 밑의 떨림을 느끼고 나지막이 말했다.

"후우, 알았어, 들을게."

설진은 아주머니의 등장에도 아랑곳하지 않고 계속 말을 이었다.

"괜찮아, 저 사람 이제 내 편이야."

편, 이라는 말을 듣자, 뭔가 끝이 있을 거라는 예감에 이 여사와 아빠의 얼굴이 떠올랐다. 김 검사는 결혼 후, 세 달 만에 바람이 났다고 한다. 난 속으로 꼴에 남자냐? 라고 비꼬며 그와 비슷한 설진의 시어머니를 떠올리며 둘에게 바치는 쌍 시옷이 들어가는 욕을 속으로 뿜었다.

설진은 그 사실을 알고 그녀 답게 현명한 방법으로 대처하려 했으나, 그 바람은 시어머니까지 알고 있었던 일, 마치 시소와 전남편의 일이 맞

430　　　　　광과, 모서리를 닮은 여자

물리면서 나는 끔찍함에 치를 떨었다. 김 검사의 처신은 말할 것 없이 그다웠고 시어머니의 처신 또한 말할 것 없이 그녀다웠다. 남자가 다른 여자에게 눈이 가는 것은 여자의 잘못, 또한 능력 있는 남자가 다른 여자에게 눈이 가는 것은 그럴 수 있다, 라고 생각하는 사람들에게 설진은 그어떤 설득도 기분 나쁨도 표현하지 않았다고 했다. 설진은 그녀답게 행동했을 거라 나는 믿는다.

또한 결코 굽히지도 않았을 것이다. 설진의 마지막 말에 나는 자리에서 벌떡 일어났다.

"그 자식이 나를 때렸어, 태어나서 처음으로 느껴 본 불꽃 같은 거, 그때 정신이 번쩍 들었어."

설진은 그들이 행한 일에 관하여 정당화시키느라 바쁠 때 그만두었던 일을 다시 시작했다. 당연히 김 검사가 저지른 일은 설진에게 문제가 되지 않았다는 거다. 김 검사는 무관심한 반응을 보이는 설진에게 모욕감을 느꼈고 자신을 괴롭히려는 수작 쯤으로 여긴다고 말했다.

설진이 김 검사에게 말했다.

"난 당신을 모욕하고 싶은 욕구도 없어요. 그리고, 당신이 좋아하는 그여자도 관심 없어요. 그냥 내 일을 하는 거예요."

"그게 나를 모욕하는 거지, 그렇게 나와 결혼하기 위해…

아니지, 이 모든 나의 것들을 얻기 위해 갖은 애를 다 쓰더니,

지금 그 어떤 감정도 없다고?"

설진은 표정 없이 대답했다.

"그건 부정 못하겠네요."

"뭐?"

설진의 말이 끝나자마자 김 검사의 형편없이 작은 손이 주먹을 쥐었다. 자신의 손이 형편없이 작다는 것을 알고 있었던 것처럼, 맞는 사람이 꼭 아프길 원하는 사람처럼 여자 아이 마냥 뾰족하게 쥔 주먹으로 그녀의 얼굴로 날아 들었다. 키가 컸던 설진은 김 검사와 체격이 비슷했다, 아니 그가 더 작았다.

설진은 그대로 주먹을 받아들였고 김 검사는 자신의 힘에 못 이겨 대리석 바닥으로 나동그라졌다. 그의 무릎은 당연히 나올 법한 염좌 정도로 치료를 해야 했다. 설진이 머리카락을 귀 뒤로 넘기며 내게 귀와 목덜미를 들이 밀었다.

볼이 아닌 목덜미 쪽이 보라 빛 물이 들어 있었다. 그때 아주머니는 얼음 주머니를 설진에게 내밀었다.

"고마워요."

"병원은?"

"괜찮아, 병원은 그 사람이 신세야, 완전히 날아갔거든, 후웃."

"넌 웃음이 나오니?"

"기가막히니까, 너무 기가막혀서. 너무 기가막히니까, 웃음이 나오더라."

"하, 아빠가 알면, 참⋯."

설진이 정색하며 나의 어깨를 툭 밀친다.

"야, 생각도 하지 마, 내가 알아서 해.

너 부른 건, 그냥 내 편이 필요해서 야, 그것뿐."

"그래서, 어쩔 생각이야?"

"어쩌긴 이혼이야."

"뭐?"

광과, 모서리를 닮은 여자

나는 당연히 김 검사를 혼을 내줘야 한다는 생각을 하긴 했지만 이혼, 이라니, 어안이 벙벙하다.

"김 검사도 알아?"

"응."

"뭐야, 그래서 동의했다는 거야?"

"아직, 그래서 말인데, 네가 날 좀 도와줘."

"말해."

"후우, 나 임신한 거 같아."

나는 다시 한번 자리에서 벌떡 일어났다.

"쉿, 앉아, 이건 아무도 몰라."

무슨 일이 첩첩산중이다. 임신 테스터기에 양성으로 나왔다면 그건 확실하지 않은가, 나는 겁이 덜컥 났다.

"그냥 병원만 같이 가 주면 돼."

나의 찢어진 눈이 더욱 정수리 쪽으로 올라갔을 것이다.

"보호자만 돼 줘."

"너 설마."

"내 일이야, 그리고 난 네게 도움을 청하는 거고."

"하, 지금 나보고 그 일을 함께 하자고 말하는 거야?"

"어렵게 말하지 마, 그냥 예스, 노우만 말해."

"헛, 넌 참 간단하다, 그게 어떻게 그리 간단해? 아무리 그래도…."

"내가 하루 만에 이 생각을 끝낸 것 같니? 다른 여자와 그 짓을 한 남자와 내가 똑같이 그 짓을 했어, 그리고 임신을 했고. 너라면 용납이 돼?

"하지만 너 아이기도 해."

"아니, 이 낮아진 자존감으로 나는 할 수 없어.

모두가 불행해질 거야, 물론 배 속의 이 작은 것도."

설진의 눈동자와 눈 밑이 크게 흔들거리며 파도처럼 요동쳤다. 갑자기 고개를 돌리며 눈물을 훔친다. 우린 오랜 시간 동안 말을 하지 않았다. 해가 넘어가는 동안 유리잔의 얼음이 녹아 마치 설진의 결혼 생활처럼 흙탕물이 되었다. 난 그녀에게 더 할 말이 생각나지 않았다. 그녀의 말처럼 난, 그녀의 편이어야 한다.

"후우, 몸이나 조심해, 미리 연락 줘.

그리고, 김 검사, 아니 그 자식 건드리지 마, 혼자서 감당 못할 일은 만들지 마."

설진이 고개를 끄덕거렸다. 그리고 내 뒤통수에 대고 말했다.

"고마… 워."

그렇게 천리 같던 길이 순식간에 짧아졌다. 아주 순식간에 지하철 역 안으로 들어와 있었다. 나의 생각은 대체 옳은 길을 가고 있는 것인가, 옳은 길이란 설진을 위한 길이 맞는 것일까, 김 검사를 어떻게 응징해야 할까, 또, 그리고 또 나의 운은 괜찮은 걸까, 에 대해 답 없는 물음을 계속 되물었다. 그러다 이 여사와 아빠의 얼굴이 나를 책망하듯 스치며 지나간다.

건강 검진 센터에 매년 발을 들이지만 산부인과 쪽 검진은 늘 꺼림직하거나, 또는 마치 네, 얼른 들어오세요, 여기는 자궁경부암 검사를 위해서 이렇게 무서운 의료기구가 있습니다, 라고 말할 것 같은 좁은 문, 그

광과, 모서리를 닮은 여자

리고 좁은 공간 속을 비집고 들어가야만 하는 삭막한 간이 침대, 살이 닿자마자 차가움과 냉혹함에 움찔 움찔, 놀라고 나서야, 아 검사 끝났구나, 라며 끔찍함에 어깨를 뒤 흔드는 그곳, 생각만 해도 몸서리가 쳐진다.

왜 꼭 건강검진 센터의 그곳은 늘 그렇게 구석진 곳에 삭막하게 무섭게 여성들을 노려보며 기다리고 있는 것 같은 기분이 들까, 좀 더 따뜻한 표현은 없었을까?

예를 들어 꽃들이 주위를 감싸고 있거나, 그곳에 들어서자마자 따뜻한 노란색 프리지어 꽃향이 난다면?

몸서리를 치며 그 좁은 문을 나오는 일은 드물지 않을까 싶다.

나는 산부인과 전문 병원은 처음이다. 나의 고정 관념 속 산부인과 덕분에 나는 입구부터 솔직히 겁을 집어먹었다. 입구에 들어서자 어디선가 맡아 본 듯한 오렌지 향이 났다. 그리고 간혹 섞여 있는 커피 향이 싫지 않았다. 매끈하게 잘 빠진 베이지 색의 바닥은 프리지아 만큼은 아니지만 꽤 따뜻한 느낌이 들었다. 과연 나의 고정관념이 신 관념으로 바뀌어질 수 있는 기회가 될까, 배 부르지 않은 자들보다 배 부른 자들이 더 많이 이곳은 온실 속 식물원에 와 있는 것처럼 마음이 따뜻한 기분이다. 나는 오늘 같은 날, 설진에게 이런 느낌을 준다면 혹시, 라는 이상한 희망 같은 것이 부여되지 않을까, 라는 생각을 해 본다.

설진은 임신 5주째 접어들고 있었다. 초음파의 화면을 나는 들여다보지 않았다.

범죄자의 공범이 된 것마냥 눈을 어디다 둘지 갈팡 질팡이다. 설진은 의사의 단 한 번의 다시 생각, 이라는 말이 나오자마자 단호하게 자신의 의견을 다시 당당하게 말했다.

435

"아니요, 괜찮습니다."

의사는 두 번 말하지 않았으며 설진의 의견을 존중한다는 말을 남겼다. 설진은 내게 말했다.

"난 정말 괜찮아."

나는 고개를 끄덕이며 의자에 앉아 설진을 초조하게 기다렸다. 휴대 전화 벨이 울렸고 발신인을 확인하자 나는 놀라 뒤로 자빠질 뻔한다.

"어, 어어."

맙소사, 이 여사다.

"애가 왜 말을 더듬어? 너 어디야?"

"어, 어 어디긴."

"너 그놈이랑 한 번 와, 설진이네도 같이 부르게."

"어? 왜에?"

나도 모르게 소리를 쳤다.

"아니 얘가, 소리는."

"설진은 내가 말할게."

"그래?"

"응 응."

"언제 올 거야?"

"엄마, 당장 어떻게 말해, 전화할게요."

며칠 전화 한 통 없던 엄마의 눈치가 무섭다.

'내가 무슨 짓을 하고 있는 거야….'

나는 꽤 지난 시간을 확인하며 설진을 찾기 위해 벌떡 일어섰다. 초조함과 죄책감에 눈물이 핑 돌았다. 대리석 바닥이 빙빙 도는 것 같았다.

광과, 모서리를 닮은 여자

"언니, 흑 언니이⋯."

나의 입에서 절로 언니라는 단어가 튀어나왔다. 나는 지나가는 간호사를 붙잡았다.

"저기 혹시 윤설진 산모 어디에 있는지 알 수 있어요?"

"지금 나오실 거예요."

"네에?"

나는 믿겨지지 않아 다시 시간을 확인했다.

"말도 안 돼."

한 시간이 채 되지 않은 시간이다. 오랫동안 사라졌던 손톱 물어 뜯는 버릇이 다시 튀어나왔다. 뒤에서 설진의 목소리가 들렸다.

"손톱 물어 뜯냐? 아직도, 그 버릇 안 고쳤어?"

멀리 있지도 않은 설진에게 달려갔다.

"언니, 언니. 괜찮아?"

"언니라 부르니 좋네, 가자."

먼저 앞서는 설진의 뒤를 따라 조심스럽게 입을 열었다.

"이렇게 걸어도 되는 거야?"

"가볍게 걷는 게, 뱃속에 있는 이것한테 좋다네."

설진이 손가락으로 분명 배를 가리켰다.

"응?"

"영양실조 전이란다, 영양제 좀 맞고 나왔어."

나는 앞서 가는 설진을 두고 병원 로비 중간에 서서 배를 잡고 허리를 잡고 다니는 산모들을 보았다. 다시 눈물이 핑 도는 순간이다. 꼬챙이 같은 설진의 팔을 끌어안듯 잡았다.

"으아, 흑, 잘했어, 잘했어 언니."

"야, 징그럽다."

이곳의 따뜻한 오렌지 향과 간혹 풍기는 커피 냄새가 그녀의 모성애를 이끈 모양이다. 나는 어느 때보다 더 그녀가 예뻐 보였고 가장 설진, 다운 모습이라 생각했다. 우리는 그녀가 좋아하는 불고기 맛집을 들러 3인분을 해치웠다. 늘 음식을 깨작거리던 설진은 마치 전쟁이라도 나갈 사람처럼 비장하게 음식을 입으로 가져가 씹었다.

"앞으로 계획은?"

"글쎄, 내가 선택한 거니까, 지금 선택한 것에 우선을 둘 거야.

그리고 다음 것은 나중에."

"걱정 돼, 혹시 또 다시 그 자식이…."

"자기 자식을 임신한 여자를? 그 사람 그 정도까지 엉망은 아니야.

설진이 김 검사를 감싸는 것처럼 느껴진다. 이것이 부부인가, 싶다.

"마치 로보트처럼, 감정 없이 하라는 대로 하고 자란 사람이야… 그 사람 엄마에게 선한 영향력을 받지 못한 거지.

어찌 보면 불쌍한 인간이더라, 내가 착각한 거야, 연민이 사랑인 줄 알았나 봐."

나는 설진에게 연민, 이라는 감정이 있을 줄은 생각도 못했다. 그리고 사랑 속에 연민이, 연민속에 사랑이 있다는 것을 그녀는, 아직 모르는 모양이다. 어느 순간마다 늘 냉정함을 잃지 않는 그녀가 아닌가.

"검사라는 자리도?"

설진이 웃는다.

"그건 부가 서비스지, 난 불타오르는 야망이 있는 사람이니까."

광과, 모서리를 닮은 여자

"칫."

순간 볼이 발개진 설진이다. 설진이 말했다.

"우리 밥도 볶아 먹을까?"

김 검사는 설진의 임신 사실을 모른 채 설진에게 무릎을 꿇었다고 한다. 그리고 믿어지지 않은 각서의 내용이 있었다. 같은 일, 즉 설진에게 폭행을 가했던 점에 대해, 꼭 이와 같은 일을 저지른다면 전 재산을 설진에게 내어 놓겠다는 내용말이다. 나는 이 이야기를 들으며 김 검사가 직업만 검사일 뿐인 건 아닐까, 라는 생각도 해 보았다.

설진의 말처럼 김 검사에게 그녀가 연민을 느낄 수밖에 없다는 것, 또한 어느 정도 동감이다. 이혼과 불륜에 대한 것들이 정리되고 있을 때즘, 설진은 그때 임신 사실에 대해 김 검사에게 털어 놓았다. 김 검사는 이혼을 했다면 어쩔 뻔했냐는 등, 별의 별 상상의 말을 설진에게 늘어 놓으며 눈물까지 흘렸다. 아니, 엉엉, 거리는 소리를 내며 울었다고 한다.

상황을 보면 설진은 그 부가 서비스라는 것의 종류가 많아서 그와 결혼을 선택했다는 것을 부정할 수는 없다.

어쨌든 설진의 연민 또한 사랑이 되지 말란 법이 어디 있단 말인가. 연민도 또 다른 사랑의 방식일 수 있다. 이것은 순전히 설진의 사랑학개론이다. 그리고 김 검사는 다만 표현할 줄 모르는 사랑이라 해도 그 사랑을 처음부터 설진에게 느끼고 있었다는 것 또한 아주 분명한 사실이다. 그렇다고 폭력을 행사했다는 것은 절대 용서받지 못할 사실이다. 그리고 난 그것을 절대 잊지 않을 것이다.

설진이 앞으로 느낄 행복으로 그것을 잊을 수 있다고 말해도 말이다.

여름이 드디어 가 주려나 보다. 그런 만큼 우리의 시간과 만남과 열정도 끝자락일까, 머릿속이 온통 끝자락, 이라는 단어로 가득 찼다. 우리는 여전히 서로를 모른 척, 아니 배려하고 있는 것일까, 아니면 정말 끝자락으로 가고 있는 것일까, 끝자락으로 가야 하는 것이 우리를 위한 것일까, 만약 그렇다면 정말 잔인하다. 잔인함 속에 조금의 자락이라도 나는 잡을 수 없다는 것인가. 후천성 면역 결핍증을 앓는 중, 나를 사랑하게 된 운에게도, 후천성 면역 결핍증을 앓는 그를 사랑하는 나에게도 말이다.

시소는 의사가 내린, 이젠 안전합니다, 라는 말을 듣자마자 『Odenzi』의 문을 열었다. 물론 일복 아저씨가 어렵게 일손을 구하긴 했지만 음식은 꼭 그녀의 손을 거쳐야 했다.

김하영이 커다란 검은 비닐 봉투를 두 손에 쥐고 들어온다.

"으악, 더워 더워."

"뭐에요?"

김하영은 그것을 탁자에 내려 놓고 물을 벌컥거린다.

"하아아아, 순대."

엄청난 양에 놀라 입이 다물어지지 않는다. 시소가 봉투를 뒤적거린다.

"아니 이게 무슨."

시소가 순대가 먹고 싶다는 말에 김하영이 들고 온 것이다. 정말 이 여자의 인정스럽지 않은 외모 속에 숨겨진 인정스러운 따뜻한 속셈은 늘, 알 만하다.

광과, 모서리를 닮은 여자

"아니, 대리대리대리님, 이렇게 많은 양을 어쩌려고."

"손님한테 돌리면 되죠, 시소 일도 줄이고."

나는 아직 따끈한 비닐 봉투를 급한 마음에 열어 제친 후 손가락으로 순대를 탐했다.

"으으음흐, 역시 어머니 솜씨야."

김하영이 고개를 절래절래 하며 말했다.

"아는 척은, 아니에요, 엄마 이제 일 안 해."

혹시 나의 표정이 정말 웃겼을까? 김하영이 잘 표현하지 않는 배시시, 한 웃음을 내게 던졌다.

"접었어요, 지인한테 넘겼어요, 얼마나 잘 된 일인지."

"와, 왜 말 안 했어요?"

"순대 집 그만두는 걸, 굳이 뭘 말해요?"

"그런가?"

시소가 말했다.

"와 너무 맛있다 하영 씨, 고마워서 어쩌지?"

김하영이 목덜미에 흐르는 땀을 닦으며 말했다.

"그거 있잖아요, 아저씨가 잘 마시는 거.

그거 한 잔 주세요, 힛."

"네네, 잠깐만 기다리세요, 대리대리대리님."

나의 눈은 계속 열심히 일하는 아르바이트에게 눈이 간다. 이 여사나 아빠가 보면 기가 막혀 할 일일지도 모르겠다. 난 중얼거린다.

"참 좋을 때다."

시소가 주방에서 소리친다.

"할머니냐? 이제 서른이…."

나는 거울을 찾아 들었다. 그리고 유난히 푸석한 얼굴을 마른 세수한다. 세상에 나는 이제 점점 더 못 생긴 채로 늙어 가고 있다.

"나 진짜 못 생겼다, 저 모서리가 나아."

김하영이 절인 생강을 씹으며 말했다.

"이제 하다하다 사물에 질투를 하네?

그나저나 너무 오래간다, 그렇지 않아요? 정말 끝난 거예요?"

끝, 이란 단어를 듣자 귀가 욱신거리는 느낌이다. 그리고 나는 어깨를 들었다 내렸다, 할 뿐, 할 말이 없었다. 김하영의 말대로 정말 끝, 일 것 같았기 때문이다.

나도 김하영을 따라 절인 생강을 씹었다. 덜 익은 생강이 씹혔다. 코끝이 찡하게 울린다.

"운님도 참, 고통일 듯, 하긴 아닌 사람보다 그런 사람이 더 고통이 따르는 법."

"아닌 사람은 뭐고 그런 사람은 뭐에요?"

"면역력이 있는 자와 면역력이 없는 자."

한숨이 절로 나온다. 나는 하루라도 운을 보지 않거나 말하지 않는 날이 올 것이라는 건, 꿈에도 생각해 보지 않았다. 대비 없는 괴로움은 세상에 없는 단어로 표현할 수가 없다.

"후우우우, 좀비 같잖아."

나의 입이 쓰고 또 쓰다. 사람은 안 되는 것을 더욱 열망하라, 라는 뇌로 태어난 게 분명하다. 일복 아저씨가 들어왔다.

"숙녀분들, 초저녁부터 얼굴이 발갛네?"

광과, 모서리를 닮은 여자

일복 아저씨는 멋진 신사답게 시소를 품에 가볍게 안으며 인사를 한다. 그들은 참 언제 봐도 아름답다. 나는 지금 취했을까? 취기로 용기가 돋아난 모양이다. 불쑥 튀어나온 직감으로 일복 아저씨에게 운의 향기가 흘러나온 것을 느꼈다. 엄청나게 큰 소리로 마치 술 주정이라도 하듯, 일복 아저씨에게 말했다.

"운은 어딨어요?"

일복 아저씨의 얼굴이 분명 난감해 보였고 시소의 눈치를 살폈다. 뭔가 의심스러운 냄새가 피어 오른다. 나는 시소와 일복 아저씨의 얼굴을 번갈아 보며 다시 말했다. 아, 그러고 보니 이들은 공범이다.

"운은 서울 집에 있어요?"

"어, 글쎄."

글쎄, 라는 말에 불길한 생각과 운의 얼굴이 동시에 떠올라 말을 재촉했다.

"어 진짜 이상하네? 시소, 말해 봐, 운 지금 어디에 있어?

왜 바로 답이 안 나와? 서울에 있어?"

"어, 뭐 그렇겠지."

"에? 그렇겠지? 라는 답은 또 뭐 야?"

김하영이 김치 국을 들이마시며 아주 조용히 홀로 들을 수 있을 만큼 중얼거렸다.

"아, 신이시여, 불행을 멀리하게 하옵시고⋯."

나는 벌떡 일어나며 탁자를 내리쳤다.

"뭐야, 무슨 일이야? 무슨 일이 있는 거지? 시소오."

나는 시소에게 다가갔다.

"말해 줘, 무슨 일이야? 뭔가… 뭔가 있어, 내가 원망하게 만들지 마."

일복 아저씨가 나의 어깨를 토닥이며 말했다.

"저기, 우선 앉아 봐요, 응?"

"말해요 아저씨, 나 숨 막혀요, 정말… 죽을 것 같아…."

나는 다시 의자에 앉아 심장을 주먹으로 쾅쾅, 하고 때렸다.

"운은 정말, 설휘 씨가 알게 되는 거 원하지 않아, 더 괴로울 거야, 운이 더 괴로워지는 설휘 씨도 원하지 않잖아."

김하영이 말했다.

"미치겠다, 불행을 말하는 군."

시소가 김하영에게 눈을 흘기며 손가락을 입으로 가져간다.

"쉬잇."

"뭐에요? 운, 병원에 있어요?"

일복 아저씨가 고개를 끄덕인다. 나는 주저앉고 말았다.

"지금은 아주 좋아졌어, 밥도 잘 먹고,

그 더운 날 그렇게 지독하게 앓더니 결국, 입원할 수밖에 없었어."

지금 내가 서 있는 곳의 하늘은 분명 땅으로 내려앉았을 것이다. 그리고 난 구덩이로, 또 구덩이로 들어가고 있다. 절대 나올 수 없을 것이고 절대 나오지 않을 것처럼 나는 꼿꼿이 구덩이에 박혔다. 눈물샘이 얼고 심장을 느끼게 하는 뇌도 얼어붙었다.

"지금 정말 좋아졌어, 이틀 후면 퇴원할 거고…, 그러니까 그때까지는 모른 척하자고."

김하영이 흥얼거리듯 중얼거린다.

"운 님 나쁘네, 운 님의 불행이 힘든 건 잘 알겠지만…

광과, 모서리를 닮은 여자

그럼, 이 여자의 불행은, 뭐 감당하라는 건가?"

내가 소리친다. 분명 나의 눈 꼬리는 다시 정수리를 향하고 있었을 것
이다. 화난 모서리처럼, 우울한 모서리처럼.

"아씨, 김하영, 제발 좀 조용히 해."

나는 택시를 잡아타고 그곳으로 향했다. 운이 그곳에 있다. 일복 아저
씨 말이 맞다. 운은 내가 자신의 모습을 보고 고통을 함께 느끼는 것을
원치 않을 것이다. 만약 내가 그와 눈이 마주친다면 그의 고통은 이루 말
할 수 없을 정도로 더 커질 테니까. 나는 내 심장을 스스로 제어해야만
했다.

갑자기 기사 아저씨가 백미러로 자꾸 나의 얼굴을 흘긋거린다. 신경
쓸 여력이 없던 나는 창문 쪽으로 얼굴을 들이 밀었다. 아저씨는 밑도 끝
도 없이 말했다.

"어떤 일이든 시간이 흐르면 견딜 만한 일이 되지요."

나는 말없이 기사 아저씨의 말을 곱씹었다. 그리고 입을 앙 다물고 백
미러로 아저씨를 노려보았다. 아저씨가 말했다.

"그거에 비하면 어쩌면 삶과 죽음은, 꼭 같은 거지요."

나는 공허하고 기막히게 헛, 하는 소리를 냈다. 아저씨는 갑자기 내게
자신의 이야기를 하기 시작했다. 듣기 싫은 마음에 창문 밖에 시선을 두
었지만 나는 점점 이야기에 집중을 하기 시작했다.

"나는 혼자요, 그러니까 그렇게 순식간에 가더라고 말이야.
뭐 물론 내 나이가 많은 것도 있고…."

나는 묻고 싶었다. 누가 삶의 길을 갔고, 누가 죽음의 길로 갔나요, 라고 말이다. 그가 다시 말했다.

"남은 자식들 때문에 괴로워할 시간도 없었지…

잊지는 못한데도 무게는 가벼워지니까, 그리고 살아야 하지.

그렇지 않소?"

나는 떨어지는 눈물을 먹어 버렸다. 유난스럽게도 짜다.

"저기 위에 있는 사람도 내가 잘 살기를 바랄 테니…."

나는 호기심에 물었다.

"그런데 왜 저에게 그럼 말씀을 하세요?"

기사 아저씨가 호탕하게 웃었다.

"웃허허허허허 웃어서 미안하네, 목적지는 응급실 앞이고,

얼굴은 근심이 가득하니, 이 일을 수십 년 한 나에게는 당연한 눈치고 일이지. 힘이 되진 않겠지만, 숨이라도 한숨 크게 쉬시라고."

나는 다시 창문으로 고개를 돌리며 붉어진 코끝을 들키지 않으려 애썼다. 그리고 기사 아저씨가 마치 나를 안으며 위로라도 해 주는 듯, 따뜻한 목소리로 말했다.

"삶이 책임이라면 죽음은 우리 책임이 아니오, 저기 위에 있는 분이 알아서 할 일이오."

나는 끝까지 아저씨의 말을 모른 척 떨었다. 기사 아저씨는 내게 택시 요금을 받지 않는다고 말했다. 강하게 거부하는 아저씨를 밀어 낼 수 없었고, 나는 앞 좌석 뒤 주머니 속에 지폐를 빠르게 넣고 내렸다. 아차, 나는 인사를 놓쳤다. 아니 인사라고 해도 할 말은 없었다.

감사하다는 말은 더욱 어울리지 않았고, 그렇다고 백발의 아저씨에게

세월을 더 산 사람처럼 파이팅, 이나 외칠 수도 없는 노릇이다. 나는 떠나는 택시를 아주 오랫동안 바라보았다.

저녁 식사 시간이 지난 병원은 조용했다. 보호자 한 명 외에는 들어갈 수 없는 곳이라 일복 아저씨의 전화 한 통으로 나는 병원 출입이 가능했다. 참, 미스터리한 일복 아저씨다.

그가 있는 1인실은 헤맬 필요도 없이 찾기 쉬웠다. 마구 뛰는 심장을 진정시키며 병실 앞에 앉았다. 누구나 내가 운이 있는 저곳을 들어갈 거라 생각하거나 그러길 원하겠지만 나는 그러지 않을 것이다. 대각선으로 그가 있는 병실 문이 보인다.

아주 굳게 닫혀 내가 들어간다 해도 열릴 것 같지는 않아 보인다. 나는 아주 오랫동안 그렇게 앉아 그 문만 바라보았다. 어느 정도 시간이 지났을까, 분홍색 가디건을 걸친 간호사가 스테인리스에 무언가 잔뜩 싣고 끌고 들어갔다. 드디어 그 문이 열렸다.

나는 빠르게 뛰어 문이 살짝 열린 틈을 타 휘릭, 지나가며 안쪽 풍경을 눈 안에 넣었다. 아주 찰나의 시간이었다. 보이는 건 나무색의 그 어떤 것, 그리고 들리는 음악소리, 그리고, 가장 보고 싶고 듣고 싶었던 아주 상냥하고 친절한 운의 목소리다.

"오늘은 좀 늦으셨네요."

그리고 들리는 간호사의 웃음 소리, 겁도 없이 나는 병실 앞 벽에 늘러붙었다. 마치 첩보 영화를 찍는 것처럼 멍청한 자세로 말이다. 운의 친절한 목소리가 계속해서 들렸지만 정확하지는 않았다. 또 다시 간호사의 웃음소리가 들린다.

"그럼, 쉬세요, 필요하신 것 있으시면 부르시구요."

간호사가 자신의 몸보다 커다란 것을 끌고 나왔다. 나와 잠시 눈이 마주쳤고 간호사는 뭘 알고 있는 사람처럼 표정을 짓더니 돌아선다. 나는 고민하고 또 고민하다, 간호사의 뒤를 졸졸 따랐다. 이 간호사는 분명 내가 따라가는 것을 알고 있다는 기분이 들었다.

하지만 뒤돌아서지 않고 자신의 일을 묵묵히 하며 말했다.

"김운 씨는 내일 퇴원합니다."

그 말이 순간 내게 하는 말인 줄, 생각도 못 했다. 한참을 골똘히 생각한 후, 운의 성이 김, 이라는 것을 떠올리며 고개를 끄덕였다. 간호사는 다시 무거운 것을 끌며 다른 병실로 향했다. 알고 보니 이 병원에서 운을 모르는 사람은 거의 없었다. 세상에서 가장 지루하다고 할 수 있는 병실 속에서 이어지는 대화는 죽음까지도 웃음으로 미화시킬 수 있는 능력을 갖고 있다고 운은 말했다. 그들은 운의 운 나빴던 그 병으로 인해, 우울하거나 멍청하거나 때론 용기 없이 때론 질척이는, 때론 많은 것을 감당해야 하는 좁은 마음에 대한, 그리고 어려운 사랑에 대한 이야기를 모두 알고 있었고 그 사랑에 대해 무한한 평화를 빌고 있는 사람들이었다.

병실에서 남자 주인공이 되어 여 주인공의 이야기를 하며 웃음을 자아내는 그와 그들이다. 눈부시게 밝았던 병원 로비가 아주 분위기 좋은 커피 숍에 온 것처럼 조명이 어두워졌다.

대기석에 앉아 잠시 숨을 골랐다.

'어떻게 해야 할까.'

나는 도무지 내가 먼저 나의 감정에 알은 체를 해야 할지 운이 나를 알은 체할 때까지 기다려야 할지 답을 찾지 못했다.

"어라? 뭐에요? 전화도 안 받고."

광과, 모서리를 닮은 여자

김하영이다.

"어라? 웬일?"

"아 정말 택시, 아깝잖아요?"

나는 모르겠다는 표정을 짓고 김하영을 올려보았다.

"와 진짜 이 사람 눈치 없네, 전화 안 받아서 운 님을 업고 도망이라도 간 줄 알았음. 이렇게 멀쩡하다니, 내 택시비나 줘요."

김하영은 오자마자부터 수다다.

"쳇, 대리님은 정말 정체를 모르겠어, 언제부터 그렇게 친절한 수다쟁이였어요? 처음에는 그렇게 독사 같은 말만 뱉더니, 알다 가도 모르겠어."

"말 잘 하는 거 보니 아직 멘탈이 정상이네요?

"나는 그저 내 삶에 책임감을 느끼며 그것을 충실히 따르고 있을 뿐입니다."

나는 택시 기사 아저씨의 말을 그대로 따라하고 있었다. 김하영은 갑자기 오글거린다는 표정을 지으며 말했다.

"아, 네네네, 그럼 내 택시비 대신 2차 갑시다."

우린 집에서 가까운 작은 선술집에 들어갔다. 역시 술은 밖에서 먹어야 제맛이라며 김하영이 입술을 풀기 시작했다. 오늘은 정말 이상한 날이 틀림없다. 왜 오늘 사람들이 내게 죽음이라는 단어에 대해서 자꾸만 설명하는 건지 모르겠다. 분명 나도 죽고 운도 죽고 김하영도 죽고, 택시 기사 아저씨도 죽을 것이다. 우린 다 죽음을 앞두고 있는 인간은 맞다. 그리고 보면 과연 인간의 행복은 영원할 수가 없다. 끝은 죽음으로 이르게 되니 말이다. 삶의 끝을 말하는 이 죽음이, 과연 또 불행의 단어에 속하는 걸까, 나는 택시 기사의, 그분만 아신다는 이야기가 떠올랐다.

나는 오늘 죽음에 대해 이렇게 특별 대우를 받고 있었다.

우리는, 아니, 내가 왜 자꾸 김하영을 우리는, 이라고 부르는지 모르겠지만, 하여튼 우리는 일복 아저씨 덕분에 다른 술의 세계를 알게 되었다. 물론 일복 아저씨가 마시는 그런 고급 술까지 따라가진 못하지만 나름 가격을 맞춘 제법 괜찮은 술을 알게 되었다.

우린 그것을 블랙 걸, 또는 블랙 우먼이라고 불렀다. 정말 소녀이고 싶을 때, 그리고 성숙함을 뽐내고 싶을 때 쓰는 아무도 알아채지 못하는 우리만의 신호를 가진 이름이다.

때론 선술집의 직원에게 진짜 블랙 걸, 의 이름을 말하지 않고 블랙 걸 작은 것 한 병 주세요, 라고 말하기도 한다. 물론 당연히 알아듣지 못하는 그들을 보고 우린 또 그렇게 키득거렸다. 우리가 좀 짓궂기는 하다.

오늘은 블랙 우먼으로서, 성숙함을 입에 넣었다. 벌써 반 병이 비워져 가고 있었다. 아, 또 김하영과 나는 우리가 된다. 김하영은 술이 조금씩 얼큰하게 취할 때면 머리카락을 쥐었다 펴는 버릇이 있다. 멀쩡한 머리카락이 산발이 될 때 즘이 되면 그만큼 취했다는 증거다.

"있잖아요, 알코올 중독이었어요, 나의 아빠."

갑자기 터진 속내에 나는 조금 놀랐지만 김하영의 이야기를 들으며 고개를 끄덕, 했다.

"결국, 죽을 때까지 이걸, 마신 거지, 죽을 때 죽더라도 이걸 못 놓겠다는 거예요. 나는 하면 안 되는 말까지 했어요, 미쳤다고 돌았다고, 그럼 실컷 먹고 죽어 버리라고."

김하영이 슬프게 웃었다.

나는 말했다.

광과, 모서리를 닮은 여자

"김 대리, 심했다, 못된 사람."

"응 응, 맞아요 심했지, 못된 년이지.

아빠는 희망이 없었어요, 아니 정신적인 거 말고, 신체적인 희망이요, 병원에서 포기했으니까요. 죽을 날을 받아 놓은 거였고… 그런데 도망갔던 엄마가 갑자기 돌아온 거야. 그래도 부부라고 죽는 날에 무슨 그런 찌릿, 한 게 있었던 건지. 후우우, 난 몰래 이 사람들을 지켜봤어요.

아빠는 그 새까만 얼굴로 엄마의 얼굴을 지그시 보는 거야, 마치 어제 보았던 사람들처럼, 늘 곁에 있었던 사람들처럼 말이에요. 그때 엄마의 가방 속에서 나온 게 뭔 줄 알아요?"

김하영이 갑자기 웃었다.

"으흐흐흣."

"뭔데요?"

"술, 술이에요, 그 초록색 병 말이야, 나머지 한 손에는 담배, 환자 앞에서 글쎄 술병에 빨대를 꽂아 주는 거야.

아빠는 아기처럼, 세상에 그렇게 행복한 얼굴을 하더니,

쪽쪽, 소리를 내며 빨아 먹더라고, 나는 지금 이게 무슨 짓이냐고 엄마를 쫓아낼 생각도 하지 못했어요.

말도 안 되게, 정말 말도 안 되게 그 둘의 모습이 참, 아프도록 아름다웠거든. 그리고 병실에서 아빠는 엄마의 손을 빌어 담배를 피웠지, 아주 오랫동안 기침을 하면서…."

김하영이 술 반 잔을 비워내며 크으읍, 하는 소리를 낸다.

"하아, 병원에서도 죽음을 기다리는 환자의 흡연은 모른 척해 주더라고요. 엄마는 한참동안 아빠의 손을 잡고 있었어요, 그 다음 날까지, 화

장실도 한 번 가지 않았어.

그렇게 다음 날, 아빠는 웃으며 저기로 갔지, 마치 영화처럼요. 남들이 알면 죽음을 부추겼다고 손가락질 했겠지만…

글쎄… 엄마는 그렇게 다시 떠났고, 아빠의 장례식에는 오지 않았어요."

나는 김하영의 말에 어떤 말도 할 수가 없었다. 알고 있던 감정이 아니었다. 처음 느껴 본 감정으로 낯설고 두려웠다.

"그때 난, 엄마를 더욱 원망하고 미워할 수 있는 기회라 생각했어요. 그리고, 엄마가 아빠를 죽였다고 말하고 다녔어요.

그렇게 라도 나타나라고, 지금 생각해 보면 그렇게 해서라도 엄마가 내 앞에 나타나 주길 바랐나 봐요.

그리고 난, 아주 조잡스러운 복수를 하고 있었던 거고…."

"어머니는 다 알고 있었을 거 같아."

김하영이 고개를 끄덕거린다.

"응 그렇지 맞아요, 그 일로 난 죄책감을 아주 많이 덜었어요,

매일 매일 아빠가 죽기를 기도했거든요.

저렇게 고통일 바에 야… 그러다 보면 생각이란 건 다시, 나 때문에 진짜 죽어 버리면 어쩌지, 라고 또 내 머리를 내리치죠.

그런 내 죄책감을 엄마라는 사람이 덜어 간 거…

나, 잘 알아요. 그리고 그때처럼 아빠가 행복한 얼굴을 보인 건 처음이었으니까."

김하영은 아주 어려운 이야기를 내게 털어 놓았다. 그리고 웃었다. 김하영은 정말 이 이야기를 하면서 내내 흐뭇하게 웃었다. 머리카락을 쥐었다 폈다 하며 산발이 되어 미친 여자처럼 말이다.

그때, 택시 기사 아저씨의 말이 생각났다. 시간의 장점, 그리고 스며든다, 라는 뜻의 이야기를 말이다. 나는 김하영의 감정을 모두 읽지는 못했지만 웃음의 의미는 알 수 있을 것 같았다. 그래서 나도 함께 웃었다.

"그러니까, 서리님도 그냥 받아들여요, 그걸 굳이 꺼내서 내색할 필요 뭐에요? 아니다, 이건 운 님에게 해야 하는 말이네."

반 모금 남은 잔의 것을 입에 털어 넣었다. 쓰고 또 쓰다. 우린 이 쓰고 또 쓴, 물약 같은 것의 맛을 감내하며 왜 목으로, 심장으로 밀어 넣는 걸까.

내가 말했다.

"난 처음부터 받아들였어요, 그건 내게 문제도 아니었는데, 정말, 대수롭지 않은 거예요. 하지만 운에게는 문제고 대수로운 거라는 거지… 운은 자신이 다치는 거 따위는 걱정 안 해요.

내가 자신으로 인해, 마치 오염되는 거 같은 거, 그게 두려운 거예요. 난 그걸 너무 잘 아는데, 그리고 나는 너무 괜찮은데, 나만 괜찮다고 운에게 말할 수는 없어요.

아무리 나는 괜찮다고 해도 운은 나를 처음 만난 그 순간부터 무슨 내가 오염이라도 될까, 전전긍긍. 정신적으로 얼마나 고난일지, 생각만 해도 내 심장을 도려내는 것 같아요.

하지만 운은, 그런 운은… 앞으로도 나아지지 않을 거고, 내가 정말 마음이 쇳덩이처럼 강한 사람이라면 운을 위해서 어디로든 도망이라도 가겠어요. 그렇다면 시간이 나를 잊게 해 줄 테고, 더 이상 더러움 오염, 이라는 것에 정신적인 피로감을 느끼지 않을 테니까. 하지만, 난… 그걸 할 수가 없어.

이기적인 거죠, 솔직히 말하면 난, 내 감정을 위해 나를 위해 운을 떠날 수가 없으니까. 내가 떠난다면 그보다 더, 내가 먼저 죽음과 더 가까워질 수 있을 테니까요."

김하영이 고개를 테이블에 박는 모양처럼 나의 턱을 올려 보며 말했다.

"어라, 시적이네? 어라? 근데 지금 그거 눈물이에요?"

나는 내 턱 밑에 얼굴을 깔고 있는 김하영을 내려 보았다. 세상에 김하영의 눈 속에도 다이아몬드가 있다니.

"어라? 대리대리대리님, 지금 그것도 눈물이에요?"

"푸흡, 이게 제어가 안 되는 거네요."

김하영이 나의 손을 움켜쥐었다. 그러고 보니 언제부터인가, 김하영의 입술 색깔이 달라졌다. 아니 아예 자연의 색일 때가 더 많았던 거 같다. 가면을 벗고 김하영은 변한 것이다. 굉장히 인간미가 철철 넘쳐 흐르는 진짜 김하영이었을 때처럼 말이다. 나는 장난 끼로 김하영의 손을 뿌리쳤다.

"치워요, 안 그래도 자꾸 우리라고, 말을 해서 이상해지고 있는 중이라고요."

또 우리다. 우리는 다시 다이아몬드를 머금은 눈을 마주하고 오랫동안 울고 웃었다.

운은 퇴원 후, 시골로 내려갔다. 친절한 일복 아저씨는 거부하는 운의 손을 뿌리치고 운전을 대신했다. 물론 시소도 함께 그들은 여행이라도 가는 사람처럼 신이 났다. 시소는 늘 그랬듯이 도시락을 싸고, 따뜻한 차를 담았다. 가는 내내 일복 아저씨는 몇 곡의 노래를 불렀는지 모른다.

광과, 모서리를 닮은 여자

운과 시소는 그 노랫소리를 자장가 삼아 곤히 잠든다. 그들에게 맞춰 일복 아저씨의 목소리는 좀 더 낮고 좀 더 부드럽고 좀 더 느리게 흘러간다. 완전히 정상으로 회복된 운의 모습이라며 시소는 몰래 카메라를 찍어 내게 보내 주었다.

『걱정 안 해도 돼, 정말 멀쩡해

힘은 더 세진 거 같다? 풉』

시소가 보내 준 영상은 여름의 끝자락에 추위를 대비하는 모습이다. 통나무가 장작으로 변신하는 순간, 운의 도끼질은 고전 드라마나 영화를 연상케 했다. 가끔 엉뚱한 모습의 시소는 참, 재밌는 사람이다. 또한 따뜻한 배려에 간혹 상처가 난 나의 마음은 아주 빠르게 아물었다.

운의 표정은 잘 드러나지는 않았지만 여전히 핏기 없어 보이는 듯하다. 나는 영상을 다시 보고, 또 보고 또 보았다. 그리고 차라리 가까이, 곁에 있는 저 마른 장작이 부러웠다. 부서지는 한이 있어도 말이다.

'차라리 오염되고 싶다.'

내가 생각한 이 짧은 말에 나는 이 여사의 얼굴이 떠오른다. 그리고 고개를 여러 차례 흔들어 보았다. 점점 혼미해지고 헷갈리는 나의 판단력은 남들이 말하는 이 죽일 놈의 사랑 때문인 것이다. 운과 함께 하지 못하는 밤은 길었고 아침은 짧았고, 낮은 갈증만 가득한 사막의 흐르지 않은 시간과 같았다.

여름과 이별을 한 후, 내 눈앞에 펼쳐지는 풍경들에 의해 나는 조금 더 감성적이거나, 조금 인색하거나, 질투 섞인 눈빛으로 모든 것을 비뚤어지게 바라보았다.

나는 술을 마시는 날이 늘어났고, 모든 것에 대해 왜, 싫어, 됐다, 라는 부정적인 단어들을 자주 섞어 가며 대화를 했다. 일주일 중 금요일은 가장 바쁜 시간이었으며 옳은 정신 상태로 임해도 부족한 날이다. 나는 오늘 실수를 거듭하고 있는 중이다. 식단에 들어갈 재료 중 하나를 빼먹기도 했으며 그램 수를 잘못 표기하는 말도 안 되는 실수 덕에 잘못 없는 주방 직원만 울상, 나를 잡아먹을 상이 되어 있었다.

여느 때처럼 나는 먹을 것을 잔뜩 사 들고 휴게실로 들어섰다. 아니다, 여느 때보다 더 나의 두 손은 아침 덩어리로 가득했다. 주방에서 가장 고참 격인 박현주가 내게 고개 짓으로 아는 척한다. 나는 눈을 어디에 둘지 몰라 머뭇거렸다. 정말 곤혹스러운 순간이다.

박현주가 말했다.

"아니, 단 한 번도 이런 실수를 하는 사람이 아닌데, 대체 무슨 일이에요?"

"뭐라고 드릴 말씀이… 죄송합니다. 곤혹스러우셨죠? 저 때문에."

박현주가 고개를 흔들며 주방에서 가장 막내인 하진영, 을 손가락으로 가리킨다.

"사실 뭐 나보다 저 친구가 혼쭐났지, 그냥 뭐 이것저것 따져 보지도 않고 그냥 신참이니까 이유 없이 난리더라고."

사실 나는 분명 개수가 누락된 것에 대해 전적으로 나의 실수라고 이미 밝힌 바가 있다. 하지만 왜 그들은 굳이 이곳까지 찾아와서 저 어린 친구를, 막말로 잡으려 했을까, 의문이다. 강한 자도 아닐 뿐 더러, 강한 자에게 약하고 약한 자에게 강하다, 라는 말이 지금 일과 연관이 있는 건지 의심스럽기도 하다.

박현주가 다시 말했다.

"그렇잖우, 신참이라면 너 잘 됐다, 매운 맛 좀 봐라, 하는 식, 말이에요. 우리야 닳고 닳았지만 저 친구는 사회에 첫 경험을 이렇게 했으니, 쉬는 시간 먹는 이 커피도 똥물 같을 거라고."

박현주의 말은 지극히 공감이 되는 말이다. 나는 고개를 푹 숙이고 있는 하진영의 옆으로 다가가 앉았다. 할 말이 생각나지 않아 커피 잔만 계속 더듬거렸다. 당황스러울 때마다 나오는 나의 상황에 맞지 않은 말이 툭, 나왔다.

"하, 진영 씨 맞죠?

진영 씨 일할 때는 꼭 장갑을 끼고 해야 해요, 이 고운 손, 거칠어지겠다."

하진영은 굉장히 난처한 표정을 지으며 나를 보았다. 나는 그제서야 하진영의 얼굴을 똑바로 읽을 수 있었다. 하진영과 나는 몇 초 동안 그렇게 서로를 멈춰 바라보았다. 박현주는 내가 들고 온 아첨 덩어리의 그것들을 뒤적이며 말했다.

"아이고, 이거 비싼건데, 뭘 이런 걸 매번."

박현주는 눈으로 맛을 보아도 맛있을 것 같은 조각 케익들을 보며 감탄의 신음을 연신 뱉었다. 그들이 나의 아첨 봉투를 탐하고 있을 때, 나는 하진영에게 속삭이듯 말했다.

"진영 씨 잘못 없어요, 이 일은 내가 다시 정정할게요.

일은 저질러져서 진영 씨가 겪을 수밖에 없었던 부분, 애초 내 실수에서부터 시작한 거에요… 미안해요, 정말."

하진영은 의외로 어른스러운 목소리를 갖고 있었다.

"이런 일, 자주 있어요, 여기서는 신참이지만 사회에서는 아니거든요.

그리고 뭐 확인 없이 물건을 받은 건 제 잘못이니까요."

그렇게 말하며 눈을 찡긋하는 여유까지 부린다.

"하지만 자초지종도 묻지 않고 달려든 그분한테는 사과를 받아야겠어요. 내 눈은 원래 이렇게 찢어졌는데, 상사를 째려 본다며, 가정 교육을 들먹이더라구요.

내 인상이 안 좋은 거랑 가정 교육이 무슨… 전 다 참는데, 이건 정말 못 참아요."

나는 고개를 끄덕거리며 아주 잠시 나의 눈과 비슷한 하진영의 눈을 보며 흠칫, 하고 픕, 하는 소리도 냈다.

"물론이죠, 물론."

나는 휴게실을 나오며 뱉은 긴 한숨을 쉬지 않고 뱉어 냈다. 그리고 과장에게 달려가 사직서를 내밀었다. 솔직히 이건 최후의 방법을 모색한 거다. 어쨌든 나의 책임이었기 때문에 내가 결론도 맺어야 하는 일이었다. 좀 무모하긴 하지만 하진영이 사과를 받을 수 있는 일은 이 방법뿐이라는 생각을 했다.

그래도 내가 사직서를 내밀면 아주 조금이나마, 내가 아까운 인재가 될 거 라는 믿음도 솔직히 있었다. 또한 작은 심장과 작은 간을 지닌 과장은 이 또한 자신이 책임을 질 일이 될까, 전전긍긍할 테니까 말이다. 과장은 내게 계속 같은 말을 했다.

"아니, 왜 설휘 씨 답지 않게 이래? 설휘 씨 답지 않잖아."

나는 대체 나다운 것이 어떤 것인지, 정말 모른다. 나 다운 건, 비겁하거나 사랑도 제대로 하지도, 지키지도 못하는 용기 없는 겁먹은 자에 불과한데 말이다.

광과, 모서리를 닮은 여자

결국, 하진영은 과장에게 사과를 받았고, 나의 사직서는 쓰레기통으로 들어갔다. 그리고 나는 나의 책임이었다, 라는 말을 다시 되새기며 정신을 바싹, 차리기 위해 미용실로 향했다.

정말 정신을 차리지 못한다면 이 불행들을 남에게 얹혀 줄 수도 있다는 생각이 들었다. 운을 만나고 난 후부터 나는 나의 두피에 머리카락이 계속 자라나도록 영양분을 주고 있었다.

늘 짧은 머리카락을 고수하던 내게 긴 머리카락은 애초부터 어울리지 않았을지도 모른다. 정신을 차리자, 라는 말을 계속 되뇌지만 미용실로 향하는 나의 걸음은 그렇게 더딜 수가 없다.

언덕 위의 새벽 바람이 맑고 시원했다. 이른 시간에 가장 높은 봉우리에 올라 원을 그리며 눈앞에 펼쳐진 그림들을 감상한다. 운은 커다란 바위 위에 앉아 신선처럼 물을 마셨다.

"너가 살던 곳."

운은 멀리 보이는 그곳에 시선을 떨구며 미소 짓는다. 사실 운이 이곳에 도착하자마자, 제일 먼저 사람과 마주친 건, 나의 아빠다. 아빠는 마치 길목에서 운이 오기만을 기다렸던 사람처럼 하얀 색 차가 지나가자마자 언덕 위의 집으로 쫓아 올라왔다.

운의 부모님과 마주치는 바람에 민망한 상황도 여러 번 있었지만, 아빠는 나의 말에 적잖이 놀라거나 걱정이 되었던 모양이다. 또는 운을 굉장히 좋아했거나.

"아빠, 운, 당분간 혼자여야 해요. 이유는 뭐, 아빠가 아는 게 다고 그러니까… 그러니까 그냥 돼요, 응? 부탁해요."

나는 짧은 변명으로도 이해한다, 라고 말하는 아빠의 말에 눈물이 왈칵 쏟아졌다. 그리고 말 많고 탈 많을 이 여사의 마음을 잡아 달라고 비겁하게 나는 또 아빠에게 부탁했다. 아빠는 정말 아무렇지 않다, 라고 말하며 운을 대했다.

미숫가루를 먹는 계절이 지났으니 차를 마셔야 한다는, 말을 하며 운에게 아빠가 직접 말린 과일과 찻잎을 들이 밀었다. 꾸준하게 하루에도 몇 번씩 운은 아빠와 마주쳤다. 운에게는 우연이었고 아빠에게는 우연을 가장한 필연이었다. 그 점을 운이 모르지는 않았지만 운은 불편한 기색 하나 없이 아빠를 대했고, 그들은 이상한 우정, 또는 의리, 또는 애정 같은 것들이 서로에게 조금씩 피어났다. 운은 조금 남은 물병을 내려 놓으며 다시 중얼거렸다

"그들이 사는 곳."

아빠의 인기척이 들렸고 자신의 뒤에 서 있는 사람이 누구인지 잘 아는 듯, 운은 돌아서며 얼굴도 확인하지 않고 말했다.

"좋은 아침입니다."

아빠는 조금은 민망함에 너털웃음이다.

"으허허허허, 날씨 정말 좋네, 사계절이 가을만 같았으면 사람들은 참 게을러졌을 거야. 시도 때도 없이 이 좋은 그림들을 보고, 시나 읊고 노래를 부르고, 풍족한 과일이나 곡식들을 먹기만 했을 거 아닌가."

운이 말했다.

"네에, 정말 그럴 것도 같습니다, 그런데 오늘은 조금 늦으셨습니다."

"내 말했잖나, 가을이라고 나도 좀 게을러졌네."

운이 하하, 거리며 웃었다.

"자네 몸은 어제 보다는 또 더 낫나?"

아빠는 운에게 매일 같은 질문을 했다. 운은 그렇게 매일 같은 대답을 했다. 아직까지는 말이다.

"네, 오늘은 어제 보다 훨씬 가볍습니다."

"자 그럼, 오늘은 우엉차를 한번 마셔 보자고. 내려가세."

이 여사는 나의 생각과 달리 운에게 나에 대한 저돌적인 질문이나, 난처한 일을 만들지 않았다. 아빠의 단단한 부탁도 있었고 누구보다도 이 여사는 운의 입장을 이해하는 것 같았다.

나는 꿈에도 모를, 이들의 우정은 점점 더 단단해지고 있었다.

시소는 나의 머리통을 보고 조금 놀란 모양이다. 일복 아저씨가 임신부를 이렇게 놀라게 해도 되는 거냐고 내게 웃으며 따져 물었다. 나는 정말 편의점 남자 알바생처럼 머리카락을 짧게 잘랐다. 바람에 머리칼이 넘어갈지 조금 의문이 든다.

김하영이 말했다.

"이제 슬슬 추워질 텐데, 에혀, 머리통까지 춥구만."

나는 정신을 바짝 차리기 위해 머리카락을 정리했을 뿐인데, 왜 이 짓이 나를 더 우울하게 만들고 있는지, 화가 났다.

늘 그랬던 것처럼 우리는 『Odenzi』에서 저녁을 먹었고 블랙 우먼 큰 병을 열었다. 아직 실내에 틀어 놓은 선풍기 바람이 내 뒤통수를 타격했다. 난 갑자기 화가 버럭 났다. 이 화는 드디어 나의 멍청함에 반기를 든 원망의 불길이었다.

"추워."

나의 목소리가 굉장히 작게 나왔다. 김하영이 묻는다.

"뭐라구요?"

나는 소리친다.

"추워 추워 춥다고."

김하영이 눈을 동그랗게 뜨고 나를 본다. 주방에 있던 시소와 일복 아저씨가 달려와 내 앞에서 걸음을 멈춘다. 나는 나의 쓸쓸하고 이 고통스러운 감정 때문에 주변 사람들에게 못할 짓을 자꾸만 한다. 나는 일어나 머리통을 붙잡았다.

"미안해요, 미안."

그리고 그곳을 나와 미친듯이 달렸다. 마치 영화 속 장면 속, 나의 희미한 기억 속에, 아직 덜 자란 깡마른 소년이 잃어버린 무엇인가를 찾아 나섰던 것처럼, 나는 그렇게 뛰었다.

내가 지금 기억하고 있는 장면 속 영화의 끝은, 그 소년은 끝내 그것을 찾았을까, 그랬던가, 아니었던가, 기억에서 끄집어 내려 애를 쓴다. 쓰고 있던 모자가 가을 바람에 날리며 손에 잡혔다. 그리고 나는 숨이 턱 끝에 차오른다.

입을 헤 벌리며 모자란 숨을 들이 마실 때가 되고 나서야 뜀을 멈췄다. 허리를 굽혀 무릎을 잡았다. 길바닥으로 벌린 입 안에서 침이 주르르르, 흘러나왔다. 아니다, 눈물이었던 것 같다.

나는 손에 쥔 모자로 얼굴을 쓱, 닦았다. 쓰린 심장처럼 얼굴이 따갑게 쓸려 내렸다. 고개를 들고 허리를 쭉 피며 달려 나왔던 곳을 뒤돌아 확인하고 앞을 확인했다.

"이런."

우리가 나란히 서서 마주 보았던 그 길이다. 눈앞에 코스모스와 노란색 꽃들이 잔뜩 피어나 우릴 돋보이게 해 주던 그 길이다. 나는 태양을 돌아보았다. 그때 운의 얼굴이 태양에 가려졌던 것처럼, 나의 빛나는 광(운)을 바라보았다. 태양을 마주한 나의 눈은 금세 하얀 점으로 변해 나의 시야를 가렸다. 나는 그렇게 아주 오랫동안 그곳에 서 있었다.

"꿈, 인가…."

태양과 함께 운의 얼굴이, 광의 얼굴이 정말 나타났다. 나는 다시 중얼거렸다.

"단단히 미쳤어."

나는 하얀 점이 된 시야를 똑바로 보기 위해 눈을 계속 깜박였다. 그래도 나의 운명적인 그림의 주인공 광은 사라지지 않았다.

이건 진짜다. 진짜가 나타난 것이다. 태양을 가린 그의 형체가 그림자로 선명하게 들어오기 시작했다. 그림자가 내게 두 팔을 벌렸다.

나는 아이처럼, 그리고 자석처럼, 그리고 흙이 필요한 씨앗처럼, 그대로 그의 품에 빨려 들어갔다. 나의 춥고 쓸쓸한 뒤통수에 그의 따뜻한 손바닥이 닿았다. 따뜻함이 나를 담으며 기쁨의 고통스러움이 밖으로 튀어나오려 했다. 난 신음을 토했다.

"읏으, 윽윽."

울음을 참으려 할수록 이상한 소리가 새어 나왔다. 운의 목소리다. 다정한 나의 운의 목소리, 그 목소리가 나를 찾았다.

"미안해, 죽을 정도로 미안해서, 나타날 수가 없었어.

죽을 정도로 너무 사랑해서 나타날 수가 없었어. 죽을 것 같아서 나타날 수밖에 없었어."

나는 운을 안고 있던 두 팔로 운의 등을 마구 쳤다.

"으어어어 으어어어억."

내가 버둥거릴수록 운은 나를 아주 세게 껴안았다. 내가 벗어나지 못하도록 운이 나를 으스러지게 만들어 주길 바랐다. 가루가 되어 그에게 스며들기를 바랐다. 운은 나의 쓸쓸한 머리통을 두 팔로 감싸 안으며 같은 말을 계속 되풀이했다.

"사랑해

사랑해

사,랑, 해

사랑해."

7

2012. 3.

꽃이 이르게 인사한다. 우리는 그 해 새 식구를 맞이했다. 새 식구라 말하기엔 너무 일복 아저씨와 닮은 꼴이라, 시소의 뱃속에서부터 우린 많은 것을 나눈 그런 사이 같았다.

가끔씩 나를 보며 웃는 작은 일복 아저씨를 보고 있으면 존댓말이 튀어나올 것 같아 우린 아이를 보고 웃고 또 웃었다. 일복 아저씨는 아이의 이름을 짓기 위해 우리들을 모두 불러 모았고 우리는 선거라도 하는 것처럼, 아주 심각하게 미간을 찌푸리며 이름을 골라 내기 시작했다. 우리는 이제 새 친구를 김민이라고 불렀다. 이 이름은 이제부터 우리에게 가장 많이 불리거나, 기쁨의 영향력을 가장 많이 끼칠 이름이라는 것을 우리는 미리 짐작한다.

시소는 이제 눈코 뜰 새 없이 가장 바쁜 사람이 되고 있었다. 그리고 눈코 뜰 새 없이 가장 행복한 사람이 될 것이다.

나는 나의 완벽하다, 라고 생각했던 직장을 그만두었다. 처음 그곳에서 김하영을 보았을 때 내가 1년도 넘기지 못하고 그만둘 것이라고 한 말에 대해서는 분명, 내가 이겼다. 하지만 김하영의 말 대로 나는 그곳을 그만두었다. 그곳의 모든 사람들은 똑같이 말했다.

"아니, 제 정신이에요? 월급도 제때 나오지, 보너스도 있지, 더울 때 시원하지, 추울 때 따뜻하지.

그나저나, 나이도 적지 않은 데 여길 그만둬요?

아니, 왜에? 왜요? 시집가는 것도 아니고, 왜?"

라고 말이다.

그런 제지를 당할 때마다 나는 말했다.

"부족해서가 아니라 넘쳐서요."

라고 말이다. 정말 그랬다. 이 직장은 내가 세 번째 갖는 직장이었고, 나의 능력에 비해 모든 것을 과하게 받거나 나를 초능력자로 만들어 주었던 곳이다. 그런 곳을 나오며 정말 잘하는 것일까, 라는 의문 때문에 몇 번을 고민했지만, 역시 나의 모든 생각과 결론은 운이라는 점에, 다다라 끝을 낸다.

운과 나는 둘만의 작은 식을 치렀다. 우리는 결혼식? 예식? 뭐 이런 이름을 붙이고 싶지 않았다. 운과 나는 그대로의 특별함, 으로 무장한 사람들이기 때문이다. 그것을 남들은 어머, 라는 소리를 내며 부정적인 단어 또는 안타까운 단어와 표정으로 내색을 하지만 우린 이제 그것은 두렵지 않다.

우린 그날 이후, 좀 더 단단해졌고, 위험한 오염, 이라는 것에 대해 서로 터놓는 솔직함을 갖고 있었고, 그것은 정말 가을 하늘보다 더 높은 신

광과, 모서리를 닮은 여자

뢰 덩어리가 되고 있었으니까.

정말 우린 그것을 특별함이라고 생각한다. 이 단어는 긍정적인 뜻이라는 말을 나는 천 번, 아니 평생 할 것이다. 그들이 우리를 진심으로 긍정적인 특별함, 이라고 생각할 때까지 말이다.

우리는 가을 밤, 언덕 위 집의 언덕을 올랐다. 운이 앉던 그 자리에 앉아, 눈앞에 보름달이 다가오기를 기다렸다. 보름달은 정말 우리 가까이 다가와 얼굴을 스윽, 내밀었다. 그리고 우리는 두 손을 잡고 운 만큼 특별한 반지를 나눠 끼웠다. 보름달이 우리를 비추며 말한다.

"특별하게 아름답게 사랑하겠느냐."

우린 동시에 고개를 끄덕이며 입을 맞춘다. 그리고 운의 눈을 보며 나는 장난스럽고 교태스럽게 말했다.

"운 님."

운과 나는 동시에 치를 떠는 듯이 어깨를 떨며 으아아악, 하는 소리를 내며 보름달 앞에서 함께 웃었다.

우리는 이곳에서 작은 찻집을 열었다. 기존에 있던 곳을 운과 나의 힘으로 우리만의 색깔을 입혔다. 정말 이곳에 들어서면 운의 냄새가 나고 운의 가슴팍에 안긴 것처럼 느껴진다.

나는 집으로 돌아가는 시간보다, 나의 어릴 적 다락방보다 이곳에서 시간을 보내는 것을 더 좋아했다.

앗, 운의 찻집 이름은 『그냥 찻집』이다. 그리고 조금 더 특별한 우리의 찻집에는 커다랗게 벽보를 붙여 놓았다.

『이곳은 긍정적인 특별함을 지닌 사람들의 장소입니다.』

찻집의 소문은 아주 빠르게 사람들에게 옮겨 다녔고, 때로는 부정적인 시각을 갖고 있는 사람들의 배설 공간이 되기도 했지만, 긍정적인 특별함을 위해 고개를 끄덕, 미소를 찡긋, 하는 사람들의 긍정적인 공간이 되기도 했다. 물론 우리는 그것을 적절히 감당하며 부정을 다시 긍정으로 만들 수 있는 큰 힘을 기를 수 있는 사건, 또는 미담으로 오롯이 받아들이고 있었다.

시소는 그 말을 듣고『오든지2』라고 짓지 그랬냐며,『그냥 찻집』이라는 이름을 못마땅해 했다. 물론 일복 아저씨는『오든지』를『Odenzi』라고 지은 것처럼『그냥 찻집』도 그렇게 짓지 그랬냐고, 정말 심각하게 내민 의견을 고집스럽게 우겨 댔다.

『그냥 찻집』에 그들이 발을 처음 들였을 때, 당연히 일복 아저씨는 이름을 적어서 우리에게 내밀었다.

"아직도 안 늦었어."

일복 아저씨의 눈빛에 정말 진심과 심각함이 담겨 있어서 나는 또 한 번 크게 웃었다. 그냥 찻집을 열기 전, 이 여사는 그렇게 좋은 대기업을 두고 이런 촌구석에 온다는 것을 두고, 너는 제정신이 아닌 사람이다, 라는 말로 하루 종일 매일, 그리고 일주일 내내 나의 작은 귓속에 불친절한 말들을 퍼부어 주었다.

이 여사는 왜, 자꾸만 내가 대기업에 다닌다고 말하는지 모르겠다. 부모님은 아주 자세히 설명을 해 줘도 서울에서 직장을 다니는 자식은 대기업이라는 곳에서 몸을 담고 있다, 라고 생각한다고 김하영이 말했던 게 생각난다.

그런 대기업을 나와 스스로 신세를 망치고 있다며 도시락만 싸지 않았을 뿐, 이 여사의 목소리는 마치 유령처럼 나를 따라다녔다.

물론 이 여사의 생각과 마음을 내가 모르지는 않지만, 나는 그 길고 유창한 말이 끝난 후 딱, 한마디 말을 뱉었다.

"엄마, 내가 행복하지가 않아."

놀랍게도 이 여사는 나의 이 말 한마디로 어마어마한 양의 그 말들을 마치 하지 않았던 사람처럼 나를 새롭게 대했다. 물론 간혹 나와 운에게 보내는 눈빛이 서늘하거나 바늘 같기도 했지만, 그 속엔 너희가 행복하길 바란다, 라는 속 깊은 사랑이 있음을, 나는 매일 느끼고 있는 중이다. 그렇다, 나는 우리는 그리고 우리 안에 있는 그들은, 지금 아주 행복하다.

간혹, 다른 그들은 내게, 우리에게 말한다.

행복하다고? 그래, 그래야 해, 괜찮아, 다 괜찮아지겠지, 하며 진심 어린 우리의 행복에 말도 안 되는 탁한 물을 타고, 애써 위로하며 다독인다. 우린 정말 그들이 시샘할 정도로 행복한데 말이다. 그것에 반감만 하던 우리는 이제 그 다독임도 익숙함과 친절함으로 새길 것으로 고개를 끄덕였다.

헐벗은 산이 연두색으로 채워지고 가느다랗고 꼬챙이같이 못생긴 가지에서 동그랗거나 봉긋한 모양의 이파리와 꽃들이 나온다. 눈과 코를 간질이는 계절은 삶이 살아나가야 하는 운명처럼 또 다시 다가온다. 가을처럼 높은 오월의 하늘은 정말이지 무어라 형언할 수 없는 풍경에 감탄의 신음 소리만 나올 뿐이다.

나는 이제 서른을 넘어갔고 비슷한 나의 또래 친구들처럼 또 새롭게 꼬물거리는 조카를 맞이했다. 나는 김민을 처음 보았을 때, 눌린 코, 우둘둘한 볼, 동그랗게 쥔 주먹, 벌건 피부, 이상한 나른 나라의 생명체 즘 되지 않을까, 라는 생각을 했다. 헌데 그 고귀한 생명체가 나의 눈을 맞추고 웃거나 나의 검지 손가락을 꽉, 쥐고 정수리까지 발개지도록 힘을 주며 뚱, 이라는 것을 쌌을 때, 앗, 그래 너도 이 세상 사람이구나, 라는 생각을 하며 미친듯이, 그 작은 손등에 나의 조카라는 것을 인정한다, 라 며 속삭이며 입을 맞추었다.

내가 이렇게 김민에게 넋이 나가 있을 무렵, 까맣게 잇고 있었던 설진 의 뱃속에 열 달을 있던 그 생명은 그날 그렇게 그 속에서 벗어났다. 김 검사는 예전과 정말 많이 달라진 모습으로 우리에게 나타났다.

설진은 병원보다 본가에서 지내길 원했고, 김 검사의 득달같은 어머니 의 말에도 불구하고 설진을 본가로 데리고 온 것이다. 그 작은 꼬물이와 함께.

김 검사의 어머니는 위생이 어떨지도 모르는 곳에 자기의 손녀를 둘 순 없다고 노발대발했고 꼬물이를 뱃속에서 나오게 하느라 여러 달 동 안 온갖 힘을 쏟은 설진에게는 수고했다는 말 한마디 뱉지를 않았다. 사 람은 변하지 않는다고 했던가?

하지만 김 검사는 너무 다른 사람이 되어 있었고, 눈빛은 설진과 꼬물 이를 너무나 사랑함에 축복, 이라는 단어가 떠오를 정도로 달라져 있었 다. 그렇다면 김 검사는 원래 그랬던 사람인 것이다. 사람은 변하지 않 는다면 말이다.

설진의 연민은 정말 사랑으로 진화되고 있었고, 그런 그들의 모습을 한눈에 담고 흐뭇하게 미소 짓는 나의 아빠는 더 이상 부러울 것이 없다 는 표정으로 그들을 맞이했다.

아빠는 이 꼬물이를 어찌할 바를 몰라, 꼬물이를 볼 때도 정말 귀한 보 물을 발견한 것처럼 양팔을 들고 멀찌감치 떨어져 보는 것이 아닌가, 우

472　　　　　　　　　　　광과, 모서리를 닮은 여자

리 세 자매를 키웠을 때도 그랬을까, 궁금한 일이다.

설진과 꼬물이는 당분간 본가에서 이 여사의 품에서 꼬물이가 자신의 품에서 안정을 느끼는 것처럼 그렇게 지낼 것이다. 김 검사와 설진은 꼬물이의 이름을 김그루라고 지었다.

나는 김그루가 눈을 뜨고 나를 바라보며 김민이 했던 것처럼 그렇게 똥을 싸 주길 바라며 나의 검지 손가락은 조카가 되기 위한 의식을 오매불망 기다렸다. 운은 김민과 김그루가 함께 있을 때는 아이를 만지거나 안거나, 하기를 꺼려 했다.

눈 속에는 그들에게 보내는 사랑이 바다처럼 넘쳐났지만 우리가 늘 말하고 나눴던 오염이라는 것에 대해, 생각하지 않을 수가 없었기 때문이다. 나는 그것을 이해했고 또 이해하지 않았다. 왜냐면 그건 우리에게 당연한 선한 법칙이었고 우리의 신뢰였기 때문이다.

우리는 보름달이 뜰 때마다 그도 아닌 그녀도 아닌 그저 보름달을 맞이하기 위해 늘 언덕을 올랐다. 찰떡 같은 날씨는 보름달을 감상하기에 딱 들어 맞는다. 운은 가끔 내게 말했다.

"부족하지 않아? 나 하나로?"

"푸읍."

나는 운의 말이 사랑 속에 존재하는 아주 섬세한 미안함에 관해서 말을 하고 있다는 것을 잘 안다.

"놉, 벅차."

"푸읍."

운이 나의 어깨를 잡아당긴다. 그리고 나는 그의 어깨에 기대어 다시 서로의 신뢰에 대해 말했다.

"완전히 갖지 못해서 너무 벅차."

운이 고개를 끄덕거린다.

"우리의 공통점."

나는 그에게 서로에 대한 욕구라는 것의 상실감에 대해 얘기를 자주 나눈다. 답은 정해져 있지만 우린 나름대로의 사랑을 글과 말과 손길과 눈길로 나눈다. 그 누구도 알지 못하는 우리의 비밀스럽고도 야릇한 이 사랑의 모험에 대한 성취감은 아무도 모를 것이다. 우리가 얼마나 이 모험을 잘 나누고 있는지 대해서 말이다. 욕구의 상실감은 성취감으로 둔갑하여 우리의 사랑을 더욱 달아지게 만들었다.

모르는 사람들은 말한다. 우리의 사랑은 계속될 수 없으며 한 사람이 먼저 포기를 하게 될 것이라고 말이다. 나는 그들에게 소리친다. 매일 나누는 사랑의 대한 성취감 때문에 힘이 들고 피곤하다고 말이다. 운은 내가 이런 말을 할 때마다 나의 얼굴에, 그가 닿는 모든 곳에 천 번의 입맞춤을 퍼붓는다. 그리고 우린 보름달을 보며 우리를 증명해 주길 바란다. 특별하지만 우리도 그들과 다르지 않다고.

우리는 오늘도, 내일도, 특별하게 사랑하고 적당하게 살아남을 것이다.

아빠의 목소리가 들린다.

"자네 오늘은 어제보다 또, 더 나은가?"

"네, 다행히, 오늘도 그렇습니다."

그리고 난 아직도 운을 보았을 때 노란 꽃의 이름을 모른다.

내게 그 꽃은 광이었다.

나만의 반짝이는 빛을 담은 꽃, 운.

광과, 모서리를 닮은 여자

ⓒ 금봉, 2022

초판 1쇄 발행 2022년 9월 23일

지은이   금봉
펴낸이   이기봉
편집   좋은땅 편집팀
펴낸곳   도서출판 좋은땅
주소   서울특별시 마포구 양화로12길 26 지월드빌딩 (서교동 395-7)
전화   02)374-8616~7
팩스   02)374-8614
이메일   gworldbook@naver.com
홈페이지   www.g-world.co.kr

ISBN   979-11-388-1240-5 (03810)